旋旗流転

架空歴史ロマン

アルスラーン戦記《せんき》⑨⑩

旌《せい》旗《き》流《る》転《てん》⚜妖《よう》雲《うん》群《ぐん》行《こう》

田《た》中《なか》芳《よし》樹《き》

KOBUNSHA

カッパ・ノベルス

9
旌旗流転《せいきるてん》

アルスラーン戦記

10
妖雲群行《ようウんぐんこう》

目次・扉デザイン　泉沢光雄
口絵・本文イラスト　丹野忍
図版作成　神北恵太

アルスラーン戦記 9

旌《せい》旗《き》流《る》転《てん》

主要登場人物一覧

アルスラーン……パルス王国の若き国王《シャーオ》
アンドラゴラス三世……故人。先代のパルス国王
タハミーネ……アンドラゴラス三世の王妃
ダリューン……パルスの武将。黒衣の雄将として知られる
ナルサス……パルスの宮廷画家にして軍師。敵は彼の智謀をおそれ、味方は彼の画才をおそれる
ギーヴ……あるときはパルスの廷臣、あるときは旅の楽士
ファランギース……パルスの女神官《カーヒーナ》にして巡検使
エラム……アルスラーンの近臣
キシュワード……パルスの大将軍《エーラーン》
クバード……パルスの武将。「ほら吹き」の異名あり
アルフリード……ゾット族の女族長、のはずだが……
メルレイン……アルフリードの兄
ジャスワント……パルスの武将。シンドゥラ国出身
イスファーン……パルスの武将

トゥース……パルスの武将
グラーゼ……パルスの武将、海上商人
ザラーヴァント……王都の警備隊長
ジムサ……パルスの将軍。トゥラーン国出身
告死天使《アズライール》……翼ある勇者
ルーシャン……パルスの宰相《フラマータール》
ヒルメス……パルス旧王家の最後の生き残り
ザンデ……ヒルメスの忠臣
ラジェンドラ二世……シンドゥラ王国の国王《ラージャ》
ギスカール……ルシタニア王国の王族
ボダン……イアルダボート教の教皇
カルハナ……チュルク王国の国王
ホサイン三世……ミスル王国の国王
右頬に傷のある男……ミスルの客将
ザッハーク……蛇王
グルガーン……魔道士

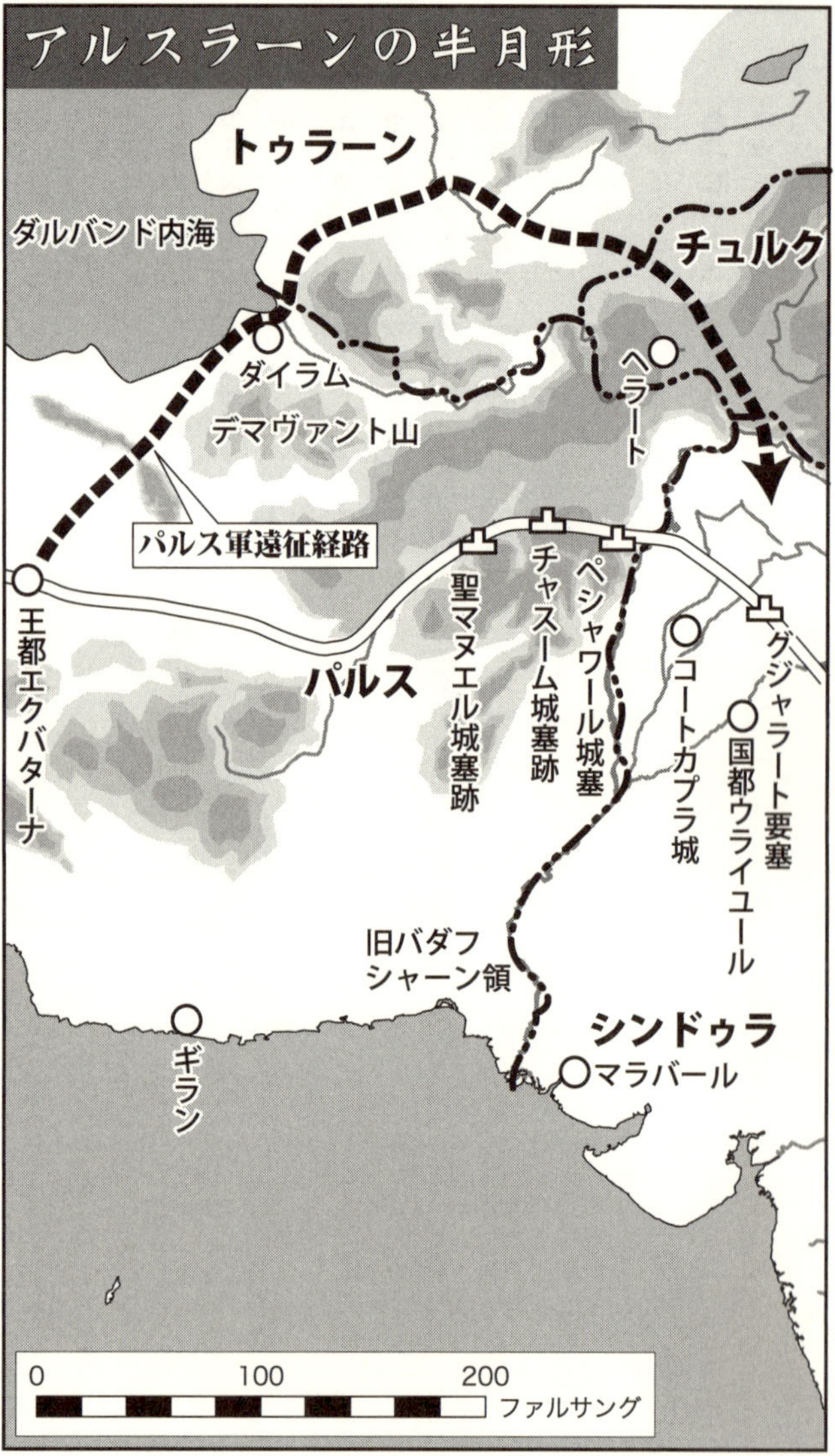
アルスラーンの半月形
トゥラーン
ダルバンド内海
チュルク
ダイラム
デマヴァント山
ヘラート
パルス軍遠征経路
王都エクバターナ
聖マヌエル城塞跡
チャスーム城塞跡
ペシャワール城塞
コートカプラ城
グジャラート要塞
国都ウライユール
パルス
旧バダフシャーン領
シンドゥラ
マラバール
ギラン
0
100
200
ファルサング

旌旗流転

第一章

アルスラーンの半月形

9

I

さえぎるものとてなく、曠野《こうや》を風が吹きぬけていく。高く低く、あるときは笛《ふえ》を吹き鳴らすように、そして一瞬後には目に見えぬ巨獣《きょじゅう》が咆哮《ほうこう》するように、風は人馬の列をたたき、吐《は》く息を白く凍《こお》らせた。大陸の奥深く、冬は苛烈《かれつ》に、また無慈悲《むじひ》に天と地と生物を支配している。

パルス暦三二五年二月。パルスの国王《シャーオ》アルスラーンは二万の軍を統率して親征の途上にあった。王都エクバターナを宰相《フラマータール》ルーシャンと大将軍《エーラーン》キシュワードの守りにゆだね、選びぬいた精兵のみで国境をこえたのである。目的は、友好国シンドゥラの救援であった。シンドゥラ国は北方の山岳地帯からあらわれた正体不明の仮面の騎馬《きば》兵団に侵攻され、パルスに援軍を求めてきたのである。

シンドゥラ国王《ラージャ》ラジェンドラ二世は、アルスラーンの親友であり、心の兄弟である。とシンドゥラ国の記録には書かれている。パルス国の記録は、それほど熱烈ではない。そして記録に残されていないところでは、パルスの将兵たちが、主君の心の兄弟に対して悪口を並べたてていたのである。

「またシンドゥラの国王《ラージャ》どのが、難局《なんきょく》を持てあまして、われらが国王《シャーオ》に救いを求めにきたというぞ」

「これではパルス軍はシンドゥラ国の傭兵《ようへい》も同様というものだ」

「傭兵のほうがまだましだ。おれたちはただ働きだからな。あのいけずうずうしい国王《ラージャ》どのには、苦労の味を知っていただくべきではないのか」

不平を鳴らしつつも、十八歳の国王《シャーオ》が出兵を命じれば、パルス人たちは拒否できないのであった。それどころか、留守をまもるよう命じられれば、なお強い不満をいだいたことであろう。彼らは自分たちの武勇に自信をいだいていたし、現実に、国王《シャーオ》アルスラーンの旌旗《せいき》のもと、敵に敗れたことは一度もなかった。

アルスラーン王の意を受けて、出兵の策を立てたのはナルサス卿《きょう》だった。パルス全軍の軍師であり、異国にまで智略《ちりゃく》の誉《ほまれ》をとどろかせる男である。シンドゥラからの救援依頼がとどいたとき、彼は国王《シャーオ》の御前に大きな地図をひろげて説明をはじめた。

「シンドゥラを救うためにシンドゥラへ出兵する必要はございませぬ。おそらくチュルクの正規軍は南の国境にひしめいて、わが軍がシンドゥラへ赴《おもむ》くのを待ち受けておりましょう」

アルスラーンはうなずいた。

「そうか、わが軍がカーヴェリー河を渡ってシンドゥラ国にはいったとき、一挙に南下して、わが軍の後方を絶《た》つつもりか」

「御意《ぎょい》」

ナルサスはうれしそうである。彼はアルスラーンにとって軍略の師であった。弟子の洞察力《どうさつりょく》がいちじるしく成長しているのを、彼は喜んでいた。

「だがチュルクの本国を急襲すれば、けわしい山岳地帯と、準備をととのえた正規軍と、双方《そうほう》を相手にすることになる。容易には勝てぬぞ」

そう意見を述べたのはダリューン卿であった。

「パルスの黒衣の騎士《きし》」といえば泣く子もだまる、といわれる雄将《ゆうしょう》である。ちなみに、「パルスの宮《きゅう》廷《てい》画家」といえば泣く子も笑うといわれているが、その理由は異国人にはわからない。

「もっともな意見だ。だが心配いらぬ。われらはトゥラーン領を通ってシンドゥラへ行くとしよう」

「トゥラーンの領域を通過する？」

アルスラーンはおどろいたが、すぐに諒解《りょうかい》した。ナルサスの作戦は奇をてらっているように見えて、完全に合理的であった。シンドゥラを席巻《せっけん》しつつある仮面の兵団が、ナルサスの予測どおりトゥラーン人によって編成されているとすれば、彼らの故国はまったく空白地帯となっているはずである。パルス軍が進撃しても、さえぎる敵軍は存在しない。そしてチュルクは北方のトゥラーン方面に対しては、いちじるしく警戒をおこたっているにちがいなかった。

「トゥラーン領内を通過するのは、文字どおり無人の野を行くようなもの。むだな時間を費《ついや》さずにすみましょう。ジムサ将軍に先導してもらえば、さらに時間を節約できます」

ジムサはトゥラーン国の出身で、現在アルスラーンの宮廷につかえている。たしかに、彼ほど先導役としてふさわしい人材はいなかった。

「わかった、ナルサスの策にしたがおう」

アルスラーンはいったが、ひとつ気になった。トゥラーンとチュルクの領内をパルス軍が通過するには、大義名分が必要ではないか。

ナルサスが答えた。

「チュルク国と仮面兵団とが無関係であるといたしましょう。さすれば仮面兵団は国境を侵して良民《りょうみん》を迫害する無法者の群。これを討つこそ正義と申すもの。喜んでチュルク国も協力してくれるはずでございます」

論理の強引さは、ナルサス自身とうに承知している。だが、こと外交と戦略の分野ではこれで充分なのだ。チュルク国王カルハナのような曲者《くせもの》を相手にして、形式的な正義などにこだわっていては、不利になるばかりである。

アルスラーンは、チュルクから帰国したばかりのギーヴ卿を呼んだ。彼はカルハナ王と対面して会話をかわした証人である。

「チュルク国王の為人《ひととなり》はどうだった、ギーヴ卿？」

アルスラーンが問うと、ギーヴは思いきり眉《まゆ》と口もとをひん曲げて答えた。

「いやあな奴《やつ》でござる」

アルスラーンはまばたきし、ナルサスが笑いだした。かつてナルサスは、シンドゥラ国王ラジェンドラ二世が即位する以前、チュルク国王の名を持ちだして外交上の道具にしたことがある。不快そうにラジェンドラは吐きすてたものだった。「チュルク国王が俠気《おとこぎ》のある人物などと聞いたこともない」と。どうやらギーヴも、ラジェンドラと似た意見を持ったようである。

仮面兵団がチュルク国王と深い関係にある。それがパルスの王宮に知られているのは、ギーヴの報告によってであった。ギーヴら一行は、チュルクから脱出する際、仮面兵団と戦闘をまじえている。その指揮者が、パルスの旧王族であるヒルメス卿ではないか、と、想像されるのであった。

その点について報告するときは、ギーヴは慎重《しんちょう》だった。

「戦士としての技倆《ぎりょう》と迫力《はくりょく》とは、ヒルメス殿下に匹敵《ひってき》すると見ました。兵士の統率にも乱れがなく、みごとなもので」

「真物《ほんもの》であってもおかしくはない、と？」

「御意《ぎょい》」

断言は避けたが、ギーヴには確信がある。彼と互角か、あるいはそれ以上に戦える剣士など、世にそれほど多くはない。まして、パルス風の剣技をふるう、ということであればなおさらである。

「あの御仁《ごじん》も、平和な余生という台詞《せりふ》は似あわぬと見えますな」

ダリューンがつぶやいた。かつてヒルメスはパルスの王位を求めてアルスラーンの生命をつけねらい、ダリューンの伯父《おじ》ヴァフリーズを斬殺《ざんさつ》したのである。

ヒルメスが国を去ったとき、ダリューンも、伯父の怨《うら》みを放棄《ほうき》することにした。だがふたたび戦場で見《まみ》えることになれば、今度こそ死を決して闘うことになろう。

アルスラーンが座から立ちあがった。

「ただちに進軍！　北へ迂回《うかい》してトゥラーン領を通過し、チュルク領を経《へ》てシンドゥラ国へ赴《おもむ》く」

こうして、「アルスラーンの半月形《はんげつけい》」と呼ばれる作戦行動が決定されたのだった。そう呼ばれるのは、パルス軍の針路が、王都エクバターナから北へ、つづいて東へ、さらに南へ、と、巨大な半円を描くからである。

ナルサスは国王アルスラーン親征の準備をととのえると同時に、クバードとトゥースの両将軍に指示し、東方国境のペシャワール城に軍を集結させた。チュルク軍は、パルス軍がカーヴェリー河を渡ってシンドゥラへ進撃する、と思っている。その「期待」どおりに動きを見せることで、チュルク軍の注意を引きつけておくことができるからであった。

かくしてパルス軍はあわただしく動きはじめたのである。

パルス軍より一か月以上早く、仮面兵団は雪を蹴《け》ってチュルクからシンドゥラへと南下していた。トゥラーン人一万騎をひきいるのは銀仮面卿ことパルス人ヒルメスである。彼は統率に甘さがなかった。

「このていどの雪山も越えることができぬ者は死ね！　弱兵《じゃくへい》になど用はない。生きて勝って帰れる者だけがついてくるがよい」

ヒルメスの苛烈な命令に、トゥラーン人たちはよく応《こた》えた。彼らには他に方途《みち》がないのだ。自分が生きるため、故郷の家族が飢《う》えずにすむため、彼らは冬山を踏破《とうは》してシンドゥラ国へ乱入しなくてはならなかった。シンドゥラの国民《くにたみ》にとっては、とんでもない迷惑であるが、そこまで思いやることはトゥラーン人たちにはできぬ。

トゥラーン人たちは山道の雪をとりのぞき、氷をくだいて前進した。両側を高い断崖《だんがい》にはさまれた道は、そのまま北風の通路となって、咆哮《ほうこう》する大気の激流《げきりゅう》が人馬を吹きとばさんばかりである。実際、突風《とっぷう》によって吹きとばされ、深い谷底へと転落していく者もいた。トゥラーン人たちは、たがいの身体《からだ》を革紐《かわひも》でしばり、ささえあって進んだ。シンドゥラの実り豊かな田園を想像し、思うさまそれを踏みにじることを願って、彼らは寒波と疲労に耐《た》えた。そして労苦はむくわれた。頭上の雪雲が消え、青空がひろがり、春さながらの陽光が降りそそいだ。眼下に薄緑《うすみどり》色《いろ》の野が展開し、陽光を受けてまどろんでいるかに見える。

「見よ、雪も氷も知らぬシンドゥラの沃野《よくや》が、おぬしらの前に展《ひろ》がっておる。思うがままに駆けめぐり、奪《うば》いつくせ」

ヒルメスに煽《あお》られたトゥラーン兵たちは、たけだけしい歓声《かんせい》をあげて馬を躍《おど》らせた。狂おしいほどの喜びが、十五日間の労苦を忘れさせた。

シンドゥラにとって災厄《さいやく》のはじまりだった。

II

シンドゥラ国王ラジェンドラ二世は、パルス人には信用がなかったが、自国の民衆には好かれていた。とくに改革などをおこなったわけでもないが、租税《そぜい》も重くはなかったし、地方役人の登用《とうよう》に気をつかったり、善行をおこなった者にほうびを与えたりしたので、農民たちはまずのんびりと生活できたのである。

その平和も、にわかに破られてしまった。畑で冬麦の世話をしていた農民たちは、大地がとどろくのに気づき、おどろいて北の方角を見た。そのときすでに、眼前に砂塵《さじん》がせまっている。

銀色の仮面が、まがまがしい反射光で農民の瞳《ひとみ》を灼《や》いた。シンドゥラ語の悲鳴があがった。それが断ち切られ、農民の首は口を大きく開いたまま宙を飛んだ。

血なまぐさいあいさつだった。不幸な農民の首とともに、シンドゥラの田園の平和も失われたのである。正体不明の侵掠者《しんりゃくしゃ》たちは、逃げまどう農民をつぎつぎと刃《やいば》にかけ、火矢を放って農家を焼き、さらに麦畑にも火を放った。炎《ほのお》と黒煙《こくえん》が宙に立ちのぼる。近くの村に駐屯《ちゅうとん》していたシンドゥラ軍の兵士五百人がそれを見て駆けつけた。異様な仮面の兵団に出会って彼らはおどろいたが、かつてトゥラーン軍を見たことのある兵士が隊長に報告していった。

「あの騎馬《きば》の動き、騎射《きしゃ》の技《わざ》、さらには馬上の剣技《けんぎ》。どれを見てもトゥラーン人としか思えませぬ」

「トゥラーン人がなぜチュルクから出撃《しゅつげき》してくるのだ。何かのまちがいだろう。もっとよくたしかめてみろ」

疑惑がシンドゥラ軍の混乱をさらに強めた。仮面兵団は容赦《ようしゃ》なく彼らにおそいかかり、殺し、火を放った。五百人のシンドゥラ軍は全滅した。大半は戦死し、一部の者は降伏《こうふく》を申し出たが、相手にされず、殺されてしまった。負傷して倒れている者はそのまま放置され、結局は出血や傷の化膿《かのう》によって死んで いった。助かったのは三人だけで、彼らは必死に逃げまわって、チャンバという城市《まち》にたどりつき、おそるべき侵掠者について報告した。

チャンバの城司《じょうし》はパルーという老人である。彼は文官で、租税を集めるのと裁判とが仕事であった。戦闘指揮などできる人ではない。とりあえず守備隊長に八百人の兵をひきいて出動させたが、たちまち全滅の報がもたらされて腰をぬかした。城門を閉ざしてたてこもればよかったのだが、農民たちを城内に収容するかどうか決断がつかぬうち、城内に乱入されてしまった。パルー老人は城壁《じょうへき》から地上へ突き落とされて死に、城内は殺戮《さつりく》と掠奪《りゃくだつ》にみたされた。

仮面兵団の行動は寒冷地の疾風《しっぷう》を思わせる。すばやく、猛々《たけだけ》しく、剽悍《ひょうかん》をきわめていた。しかも掠奪者としては貪欲《どんよく》で、残忍でもあった。ある大商人は両手の指に合計二十個も高価な指環《ゆびわ》をはめていたが、それが讐《あだ》となった。掠奪者たちが引きあげた後、両手首を切断された彼の死体が屋敷で発見されたのである。

シンドゥラの将軍アラヴァリは、二千の騎兵《きへい》と一万五千の歩兵をひきい、仮面兵団と正面から激突した。必死の戦いであったが、ほとんど一撃でシンドゥラ軍は粉砕《ふんさい》されてしまった。アラヴァリが陣を布《し》き、さてどう戦おうかと考えるうちに、仮面兵団は想像を絶する速さで殺到《さっとう》し、歩兵を馬蹄《ばてい》で蹴散《けち》らした。あわてて出動した騎兵は、一騎あたり三騎の敵に包囲され、乗馬を槍《やり》で刺《さ》された。人馬もろとも横転したところを、突きおろされた槍でつらぬかれる。千を算《かぞ》える間もなく、シンドゥラ軍は血と砂のなかに解体されてしまい、アラヴァリはかろうじて戦場を離脱した。

勝利した仮面兵団の兵士たちは掠奪に夢中になった。そのおかげでアラヴァリは助かったのである。惨敗《ざんぱい》したアラヴァリは、そのまま国都ウライユールに逃げ帰ることもできず、ひそかに戦場にもどって仮面兵団のようすをうかがった。仮面の兵士たちはチャンバ城の内外で掠奪をつづけていたが、兵士たちの間でたがいに争いがおこり、味方どうし剣をぬいてにらみあうありさまだった。

「そのとき、おそろしい光景を目撃《もくげき》いたしました」

と、アラヴァリはラジェンドラ王に報告した。ひときわ豪奢《ごうしゃ》な刺繍《ししゅう》いりのマントをまとった銀仮面の騎士が、掠奪者の群のなかに馬を乗りいれると、両腕に財宝をかかえこんだ別の銀仮面の前に立ちはだかったのだ。一言もいわず、一言もいわせず、長剣がうなりをあげて水平に走った。仮面をつけたままの首が青空へと舞いあがり、回転しながら地に落下する。すさまじいほどの手練《しゅれん》に、アラヴァリは胆《きも》をひやした。

「氷の鞭《むち》でなぐられたかのように、仮面の兵士どもは規律と秩序を回復いたしました」

掠奪された財宝と物資は一か所にまとめて積みあげられた。その半分は牛車に積みこまれ、残る半分は兵士たちに分配された。異議をとなえる者はひとりもいなかった。見ているだけで、その人物の統率力をアラヴァリは思い知らされたのである。

「なるほど、おそるべき奴だな」

ラジェンドラはうなった。話を聞くだけで充分に想像できる。仮面兵団の総帥《そうすい》はきわめて厳格な人物であるらしい。ラジェンドラとしては、単なる盗賊《とうぞく》集団ではない、と、気を引きしめねばならなかった。

「で、そやつはやはりトゥラーン人なのだろうな」

「あるいはチュルク人かもしれませぬが、確《しか》とはわかりかねます」

アラヴァリはヒルメスの声を聴《き》いていなかったので、確実なことはいえなかった。ラジェンドラは首をかしげた。

「だがトゥラーン人がなぜチュルクの国境から出てくるのだ。まさかチュルク全土がトゥラーン人に支配されたわけでもあるまい」

逆か、と、ラジェンドラは結論づけた。おそらくチュルク国がトゥラーン人を使ってシンドゥラを混乱させようとしているのであろう。

「昔《むかし》の友誼《ゆうぎ》を忘れおって。かつて三か国で協力し、パルスを滅ぼしてやろうとした仲ではないか。それが矛《ほこ》を逆《さか》しまにして、わが国を襲《おそ》うとは何ごとだ。どうせなら初心《しょしん》に帰ってパルスを襲えばよいものを」

かなり勝手な言分《いいぶん》だが、とにかくラジェンドラは事の真相をほぼ見ぬいた。まさか仮面軍団の総帥がパルスの旧王族であるとまではわからなかったが、全知の神々でない以上、それは当然のことである。想像の限度をこえている。

とりあえずラジェンドラは国都ウライユールの全部隊に出陣の用意を命じたが、その間にも敗報があいついだ。

いかに不愉快であろうとも、仮面兵団の強さをラジェンドラは認めざるをえなかった。となると、彼の思案はひとつのところに落ち着く。強い敵には強い味方をぶつけることだ。ラジェンドラには心の兄弟ともいうべき親友がおり、その麾下《きか》にはたぐいまれな勇将や智将《ちしょう》が名をつらねているのである。

三人の美しい侍女《じじょ》に手つだわせて甲冑《かっちゅう》を着こみながら、ラジェンドラは書記官を呼び、アルスラーンへの手紙を口述《こうじゅつ》したのだった。

パルスにむけて急使を派遣すると同時に、ラジェンドラはチュルクに対しても使者を送った。「チュルク国境より出現した武装集団が、わが国を劫掠《ごうりゃく》している。貴国はこの件について無関係か」と詰問《きつもん》するためである。

いかに事態が見えすいていても、この使者は送っておく必要があるのだった。チュルク国は「そのようなことはない、あずかり知らぬことだ」と返答するに決まっている。だがその返答を得ておけば、仮面兵団をどのようにあつかおうとシンドゥラがわの勝手ということになるのだ。それが外交というものであった。

ラジェンドラが送った使者は、だが、チュルク国王カルハナに対面することができなかった。国境をこえようとして行方不明になったのである。不幸な使者はチュルク軍につかまり、カルハナ王の指示でひそかに殺されて埋められたのだ。チュルク国王カルハナのほうでも、使者に会って言質《げんち》をとられることを好まなかったのである。

　ラジェンドラ二世の手紙がアルスラーンの手もとにとどいたのは一月半ばであった。新年祭も終わり、パルスは春をむかえる準備にはいったところである。かくしてアルスラーンは、軍師ナルサスらと相談し、シンドゥラ救援軍を編成することになったのだった。

「やれやれ、やはり陛下《へいか》はご出陣あそばすか」

「それが陛下のご性格よ。しかたあるまい」

「しかし、シンドゥラ国からは領土の二、三州ぐらい謝礼にもらってもよさそうな気がするぞ」

「もらったところで、あとがこわいわ。まったく、シンドゥラ国王など、さっさと見すてておしまいになればよいものを」

　ザラーヴァント卿とイスファーン卿などはそう語りあったものだ。だが、ナルサスにいわせれば、アルスラーンに見すてられたらラジェンドラはさっさと敵に寝返るにちがいない。仮面兵団にむかって「わが国よりパルスを劫掠したらどうだ。何なら手伝うぞ」ぐらいのことはいいかねない男である。それにこの際、チュルクに一撃を与えて、カルハナ王の正体をたしかめておく必要もあった。

　一方、国王不在の間に、王都エクバターナで何者かが騒乱をおこす可能性もある。ナルサスはそう考えていた。平時の政務は宰相《フラマータール》ルーシャンが担当し、非常のときは大将軍《エーラーン》キシュワードが指揮をとる。キシュワードの補佐としてはザラーヴァント。これで万全のはずだが、大事がおこったときの手筈《てはず》もナルサスは充分にととのえていた。

「火種《ひだね》をくすぶらせておくよりも、いったん燃えあがらせたほうが消火しやすい。いっそ火事をおこさせたほうがいいかもしれんな」

　ナルサス自身はそう語るのだが、彼の親友はすなおに解釈しなかった。

「騒動がなければ、わざわざ引きおこしてでも騒動を楽しみたいというのが、おぬしの本心だろうが」

「誤解もはなはだしい。おれは平和と芸術をこよなく愛する文化人だ。おぬしなどにはわかるまいが、天上なる神々は、かならずやおれを嘉《よみ》したもうだろう」

「神々にも言分《いいぶん》があると思うが」

黒衣の騎士が皮肉《ひにく》るのを無視して、ナルサスは打つべき策をすべて打《て》った。

シンドゥラ救援軍の兵数は二万だが、兵士も馬もえりすぐりである。従軍する将も、ナルサス、ダリューン、ギーヴ、ファランギース、エラム、アルフリード、ジャスワント、イスファーンと信頼できる者をそろえた。メルレインは遊軍として残る。ことにメルレインはゾット族の精鋭をひきいて、自分の判断で行動できる貴重な人材だった。

ギーヴ、エラム、ジャスワント、それにメルレインはチュルクの地理に通じている。外交の使者というものは、同時に敵地偵察の任務をおびるのが当然だ。それを承知の上で、相手の国はさまざまに偽《にせ》の情報を流したりする。外交はつねに情報合戦でもあるのだ。

ジャスワントにとっては、母国を無法な掠奪者から守る戦いでもある。はりきって出陣の準備をすすめた。アルフリードもエラムと何やら言い争いをしながら、兵士をそろえ、馬を選び、矢の数を確認し、武具をととのえる。鷹《シャヒーン》の告死天使《アズライール》も、アルスラーンのそばにあって、嘴《くちばし》で羽毛をととのえていた。

ただひとり、はりきっていない男がいた。流浪《るろう》の楽士である。ギーヴはチュルクへ行くのをしぶった。春が来るまで、エクバターナの都でぬくぬくとして時間をつぶしていたいのである。

「あんな国に二度と行くものか。ギーヴさまが出かけていくような価値はない」

ギーヴは先だってのチュルク行で、ただひとりの美女にも会えなかったことを根に持っているのである。そのことをエラムから聞いて、アルスラーンは笑い、髪をかきあげながら冗談をいった。

「チュルク国に美女がいないはずはない。ギーヴ卿が来るというので、みな扉《とびら》を閉ざし、息をひそめて隠れていたのだろうよ」

「そうだろうと私も思います。でも、とにかくギーヴ卿は従軍をことわるつもりのようでございますよ。エクバターナの妓館《ぎかん》で春まですごす気と見えます」

「そいつは残念だ。同行できずに、ファランギースがさびしがるだろう」

　さりげないアルスラーンの口調であったが、効果は絶大だった。国王《シャーオ》の発言をエラムから聞かされたギーヴは、とびあがって従軍の準備をはじめたのだ。

「陛下《へいか》は何と悪知恵《わるぢえ》がたくましくなられた」とぼやきながら。

III

　トゥラーンの野を駆けるパルス軍は、何者にもさえぎられることがなかった。まさしくナルサスの洞察したとおりである。トゥラーンの平原には河や湖《こ》沼《しょう》も散在しており、それらが騎馬の行動をはばむこともある。だが厳寒《げんかん》のため河や湖沼も凍結しており、パルス軍は氷上を駆けて前進することができた。わずか十日間でパルス軍は広大なトゥラーン領を通過し、南方に重畳《ちょうじょう》たる銀色の山岳地帯を見出した。いよいよチュルク領にせまったのである。

「トゥラーン人は影すらろくに見せませんでしたな」

　ダリューンはいったが、アルスラーンはトゥラーン人のことを気にした。攻撃されると思ったのではない。荒涼《こうりょう》たる冬の野を見て、トゥラーン人の窮状《きゅうじょう》が気の毒になったのだ。

「老病幼弱《ろうびょうようじゃく》の者たちが飢えるのは、あまりに気の毒だ。予備の糧食《りょうしょく》をわけてやるわけにはいかないか」

　アルスラーンの指示に背《そむ》いたことのないダリューンが、今回はすぐに「はい」とはいわなかった。

「おそれながら、陛下、それは一時の情《なさ》けと申すもの。しかも情けが仇《あだ》となるかもしれませぬ」

　ダリューンは気をまわしたのである。トゥラーンの弱者たちを救うのはよいが、後日《ごじつ》、それが原因となり、かえって彼らがこまる立場におかれるのではないか。また、誇り高いトゥラーン人は、あわれみを受けたことを侮辱《ぶじょく》と感じ、かえって攻撃してくるかもしれぬ。そこまでいかなくとも、受けとるのをこばむかもしれなかった。

「弱者に対する憐《あわ》れみは、人の情としてもっとも貴《とうと》いものでございます。おとめはいたしません」

　そういったのはナルサスである。

「ただし、このナルサスは狡猾《こうかつ》でございますから、陛下のご好意を有効に利用したく存じます。どうせ彼らに糧食をお与えになるのでしたら、彼らにトゥラーン領の通行料を支払うという形をおとりください」

　そうしておけばトゥラーン人も受けとりやすいだろう、というのがナルサスの意見であった。ダリューンが小首をかしげた。

「それでも受けとらなければどうする？」

「それは先方の勝手。善意がかならず通じるとはかぎらぬし、先方には善意の押しつけをこばむ権利がある。まあ、いまは陛下の御心《みこころ》を生かす方途《みち》を考えよう」

　ナルサスは多量の薬品を用意させている。風土の異なる地域で水を飲むゆえに、水を濾過《ろか》するための道具も必要だった。胃腸の薬。凍傷《とうしょう》をふせぐための塗《ぬ》り薬。強風と砂塵《さじん》とにそなえた眼薬。そして、「ひえきった身体《からだ》を内部から温めるための薬」、つまり葡萄酒《ナビード》がもっとも多量にそろえてあるのだった。

　これらの薬もそえて、ナルサスは、路傍《ろぼう》に天幕を張らせ、そのなかに食糧をおいた。「これらの品物は貴国の領土を過通させてもらう代価である」とパルス語の手紙も残した。

　トゥラーン人は他人から恵まれることを好まない。力と勇気とで相手から奪いとることこそ、トゥラーン人の本懐《ほんかい》である。だが現実に、冬をむかえて食糧はとぼしく、はるばるチュルクへと出かけた男たちもすぐには帰ってこない。残された女や子供、老人、傷病者《しょうびょうしゃ》では、完全武装のパルス軍に対抗することはできなかった。どうすることもできず、彼らはパルス軍を見送ることしかできなかったが、天幕に残された食糧でどうやら冬をこすことができそうであった。

トゥラーン人であるジムサ将軍は、この件に関しては何ひとつ語らなかった。胸中《きょうちゅう》さまざまな思いがあったにちがいないが。

緋色《ひいろ》の残光のただなかをパルス軍は南下していく。彼らの甲冑《かっちゅう》と刀槍《とうそう》が硬《かた》いきらめきを発し、夜にさきがけて星の群が地上に舞いおりたかのようであった。


チュルクの北方国境を守っていた兵は三千人ていどであった。まさかこの時機に北方からの侵入を受けようとは思ってもいない。形ばかり警備をおこなうだけですっかり油断していた。

パルス軍が国境を突破したのは夜明け直後である。チュルク兵も夜の間はそれなりに注意しているが、朝の最初の光が地上にさしこむと、「やれやれ、今夜も無事にすぎた」と安心し、望楼から宿舎へと引きあげてしまうのだ。朝食の後にはまた望楼にもどるのだが、その一瞬にしてやられた。ジムサのひきいる百人の兵が関門の壁をこえて侵入し、内側から門の扉をあけてしまったのだ。あとはほとんど戦いにもならなかった。

パルス軍侵攻の報を受けて、国都ヘラートにいるカルハナ王は愕然《がくぜん》とした。

「北から来るとはな。パルスの孺子《こぞう》め、なかなかやりおる」

そう口にするまで長い時間が必要だった。

それにしてもカルハナ王が疑問に思うのは、パルス軍が地理に精通していることであった。トゥラーンとチュルクとの国境地帯を、道にも迷わず、一挙に踏破してくるとは、信じられないことだ。

むろんそれはトゥラーンの若き勇将であったジムサが、パルス全軍を先導したからである。それにはカルハナ王は思いいたらなかった。自分がシンドゥラ侵略のためにパルス人やトゥラーン人を利用しているのだが、他人がそうするとはなかなか気づかないものだ。

カルハナ王は屋上の書斎《しょさい》から謁見室《えっけん》へと降りていった。召集された書記官や将軍たちの低いざわめきが聴《き》こえる。歩きながらカルハナ王は思案をめぐらせつづけた。

「パルスの小せがれは、すくなくとも骨惜《ほねお》しみはせぬ奴であるようだ。トゥラーンとチュルクの両国を縦断してシンドゥラにはいるとは。うかつには対処できぬ」

アルスラーンの行程は、パルスの距離単位で四百ファルサング（約二千キロ）にもおよぶであろう。季節は冬のさなか、場所は異国、いくつも不利な条件をかかえながら、パルス軍の行動速度は驚異的なものがあった。明日にでもヘラートの谷へ侵入してくるかもしれず、国王の部下たちは動揺を隠しきれない。

「陛下、どういたしましょうか」

「何とぞご命令を」

書記官や将軍たちが口々に国王の指示を求める。カルハナ王は黒檀《こくたん》の机にチュルク全土の地図をひろげた。ヘラートの谷間と外界とをつなぐ六本の峠《とうげ》道《みち》を、つぎつぎと指先でおさえる。

「峠の関門を閉ざせ。谷にひとりもパルス兵をいれてはならぬ。すべての関門に守備兵を五千ずつ増やせ。パルス軍の動きを監視し、どんな小さなことでも報告せよ」

カルハナ王の指示はこまかく、徹底していた。あわただしく将軍たちが去ると、カルハナ王は黒々とした顎鬚《あごひげ》を片手でつかみながら、さらに地図をにらんだ。さまざまな思案《しあん》が彼の脳裏をよぎっているようである。

「ナルサス卿か、そうか、あの男が……」

カルハナ王は舌打ちした。彼がまだ副王であったころ、チュルクはシンドゥラ、トゥラーンの両国と同盟を結び、大挙してパルスへ侵攻したことがある。総兵力は五十万。さすが強兵のパルス軍も対抗できぬと見えたのだが、ナルサスとやらいう無名の若者がパルス軍に参陣したと思うと、数日後には三か国同盟軍は解体してしまった。彼らはパルスの神々を呪いながら、それぞれの国へと敗走していくはめになったのである。

その敗戦からチュルクの国内は混乱し、その渦中を泳ぎぬいたカルハナが王権をかためることになったわけだ。きわめて影響の大きなできごとだったのである。カルハナとしては、ナルサスの名を意識せざるをえなかった。用心すべきであった。現在、パルス軍はヘラートの東方の道を南下しているが、西方の防備を薄くすれば、それに乗じられるかもしれない。カルハナ王はあらゆる方角の守りをかためた。

たちまちヘラートと周辺の谷間は、巨大な岩石の城壁にかこまれた要塞《ようさい》と化した。文字どおりの難攻不落であり、無敵パルス軍の猛攻を幾年もささえることが可能であろう。ただし、パルス軍が侵入することもできぬかわり、チュルク軍が出戦《しゅっせん》するのもむずかしい。本来それはそれでかまわないのだ。チュルク軍は谷にたてこもり、敵が攻略を断念して引きあげるまで、ただ待っていればよい。だが今回それではカルハナ王の気がすまなかった。

カルハナ王の治世は安定しているが、それも彼が生きている間だけのことだ。さだまった後継者がおらず、王の権限を分担する者もいない。カルハナ王は有能で猜疑心《さいぎしん》の強い独裁者であった。彼は宰相《さいしょう》を置かず、彼自身が宰相の職務をとりおこなった。内政、外交、軍事、裁判から宮廷内の事務にいたるまで、すべてを彼ひとりで統轄《とうかつ》し、専門の役人たちに指示を下した。

国王たる者が後継者をはっきりとさだめないのは、候補者が幾人かいて選択に迷う、という場合がほとんどである。五年ほど前のシンドゥラ国がそうであった。だが、カルハナ王はちがう。そもそも彼は候補者をつくらないのだ。彼には何人もの妃がいたが、とくに誰かひとりを寵愛《ちょうあい》することはなかった。子供も十人いたが、どういうわけかすべて娘で、息子がいなかった。最年長の娘もまだ十五歳で未婚だった。おそらくこの長女が結婚すれば、その花婿が王位継承の第一候補となるのだろう。そう宮廷の人々は噂《うわさ》したが、カルハナ王自身はいっこうに自分の本心を明らかにしなかった。

カルハナ王があらためて出戦の指示を出したとき、文官も武官も易々《いい》として服従したが、ただひとり異議をとなえた者がいる。

「パルス軍の目的はヘラートを陥すことではございませぬ。仮面兵団を撃《う》ち、シンドゥラ国を危機から救うことこそ彼らの目的でございます。このまま道を閉ざして谷間にたてこもっていれば、パルス軍は去って南に向かいます。それをわざわざ戦いをいどむ必要がありましょうか」

そう主張したのは、カルハナの従弟《いとこ》にあたる貴族で、カドフィセス卿という人物であった。じろりとカルハナ王は従弟を見た。

「だがこのまま手をつかねて傍観《ぼうかん》しておれば、ヒルメス王子は後背《こうはい》をつかれ、仮面兵団は全滅してしまうぞ」

「よいではございませぬか。どのみち帰るに家なき異国の流浪者《るろうしゃ》ども」

冷然と、カドフィセスは言い放った。

「彼らの背後にわがチュルク国がいると知られれば、まずいことになります。パルス軍の手を借りて消してしまうがよろしいかと」

「おぬしは国王にはなれぬな、カドフィセス」

相手よりさらに冷たい口調で、カルハナ王は決めつけた。

「ここでヒルメス卿を見すてるようなことになれば、どこの国の者もチュルクに協力しなくなるだろう。利用されただけで捨てられる、ということになれば、誰が力を貸すか。信義を守ることこそ、王者の義務なのだ」

カルハナ王は、いささか不正直であった。彼がヒルメスを見すてない理由は、信義のためだけではない。これは大陸全土に覇をとなえるための第一歩なのだ。一時的な不利にひるんで国内に閉じこもるようなことでは、カルハナ王の野心が実現するはずがなかった。

チュルク国とシンドゥラ国との境界には、五万のチュルク軍が展開している。パルス軍が東方に進撃を開始したら、一挙に南下してパルス軍の後方を遮《しゃ》断《だん》する予定であった。パルスの軍師ナルサスが見ぬいていたとおりである。この五万は、北方国境を警備していた三千の兵と、数もちがえば質もちがう。カルハナ王が大陸全土の覇権を賭けていた軍隊だ。えりすぐりの精鋭であり、装備もよい。この軍隊に対して、カルハナ王は国都ヘラートから命令を下した。南下するパルス軍を迎え撃ち、これを全滅させよ、と。

　こうして両軍はチュルク南方国境で激突する。

「ザラフリク峠の戦い」である。

IV

　チュルク軍五万は街道をふさぐ形で密集陣形をとっている。街道の幅は、パルス風にいえば二十ガズ（約二十メートル。一ガズは一メートル）ほどだ。そこにチュルク兵が長槍《ちょうそう》と盾《たて》をかまえてひしめきあっている。左右にひろがることができぬ分、その陣形は厚くて深い。パルス軍が斬りこんでも、あとからあとから槍と盾の壁が立ちふさがり、突破はとうてい不可能であろうと思われた。両軍は百五十ガズほどの距離をおいてにらみあった。チュルク軍の陣頭に、ドラーニーという将軍が馬を乗り出す。

「僣王《せんおう》の汚れた手から餌《えさ》をもらって尻尾をふるパルスの犬どもよ。無法にもわが国の境を侵《おか》して何を求めるか⁉」

　馬上からそうパルス軍を罵倒《ばとう》したチュルクの将軍は、不用意な発言を後悔《こうかい》するだけの時間を与えられなかった。馬上、弓に矢をつがえたファランギースが陣頭に乗り出すと、無言のまま弦《つる》を鳴らした。銀色の閃光《せんこう》がチュルク軍にむけて走ったと見ると、ドラーニー将軍の姿は馬上からもんどりうっていた。矢は彼の鼻の下に命中したのである。

　一瞬、チュルク軍は重い沈黙に落ちこんだ。ファランギースの神技にどぎもをぬかれたこともある。だが同時に、はなはだまずいことに気がついたのだった。冬、風は北から吹く。しかも山道は北風の通路となって、大気の流れに強さと勢いを加えるのだ。つまり北に位置するパルス軍の矢は、強烈な風に乗って、より遠くにとどく。それに対して、南に位置するチュルク軍の矢は、風に吹きもどされて、とても敵陣にとどかない。

「こいつはまずい」

チュルク軍はあわてた。矢戦《やいくさ》のことを考えるなら、最初から南に布陣《ふじん》すべきではなかったのだ。だが、もともとその場所にいて、南下するパルス軍を迎え撃つよう命令を受けたのだから、どうすることもできなかった。

「見てのとおりじゃ。敵は密集しておる。射ればかならずあたるぞ。射よ!」

ファランギースの声が風に乗ってひびくと、パルス軍はいっせいに歓呼《かんこ》をあげ、チュルク軍にむけて矢をあびせた。死の烈風《れっぷう》がチュルク軍におそいかかった。盾の蔭《かげ》に身をひそめて、チュルク軍は矢をふせごうとしたが、上方から降りそそぐ矢はふせげぬ。盾をあげれば、今度は足もとをねらわれる。

「ええい、何たることだ。ひとまず後退して陣列をたてなおせ!」

チュルク軍を指揮する将軍は、主将がシングとい い、彼のもとにドグラー、デオ、プラヤーグ、シカンダルといった人物がいる。いずれも経験ゆたかな闘将たちだが、冬の烈風を人知によって喰いとめるのは不可能であった。ろくに抵抗もできぬまま、一方的に矢をあびせられ、人馬を倒されていく。

「退《ひ》け、退《ひ》け!」

号令する声も風に吹きちぎられてしまう。何しろ大蛇のように長い陣形だから、命令を伝達するのも容易ではない。前方の部隊はさがろうとする。後方の部隊はどんどん進んでくる。味方どうしがぶつかりあい、揉みあって大混雑となった。

「落ちつけ、静まれ、乱れるな」

必死に命じる将軍たちの鼻が、異様な臭気《しゅうき》をかぎとった。烈風に乗って矢が飛来する。それにまじって奇妙なものが飛んできた。黒い球形のものが赤い炎の尾をひきながら何百も飛んでくるのだ。チュルク兵の間に落ちると、それはぼんと音をたてて弾《はじ》け、黒い煙と、胸の悪くなるような刺激的な臭いを大量にまきちらした。硫黄《いおう》と泥炭《でいたん》と毒草の粉末《ふんまつ》をこねあわせた球だった。

　ふせぎようもなく、チュルク軍はさらに後退した。硫黄の煙はチュルク兵の目や鼻や咽喉《のど》を容赦《ようしゃ》なく痛めつける。彼らは涙《なみだ》を流し、くしゃみを放ち、たてつづけに咳《せき》をし、戦うことなどできなくなった。

　この日の戦いが終わったとき、チュルク軍の戦死者は五千をかぞえた。パルス軍のほうは負傷者が二十名ほどで、ひとりの戦死者も出なかった。これほど一方的な戦いは、大陸公路周辺諸国の歴史上、かつてないことである。

　かろうじてチュルク軍は撤収《てっしゅう》し、街道をふさぐ防寨《ぼうさい》のなかに引きあげた。木の杭《くい》を三重に地に植えたもので、パルス騎兵《きへい》の突進《とっしん》をはばむ構造になっている。ここにひきこもったシングは諸将《しょしょう》を集めて天幕のなかで作戦会議を開いた。

「このまま、に、しておく、ものか、パルス人、どもめ、思い知ら、せてくれ、るぞ」

　シングの台詞《せりふ》がやたらと途中で切れるのは、くしゃみや咳がはさまるからであった。迫力に欠けることおびただしい。

「まったくでござる。彼奴《きゃつ》らの悪辣《あくらつ》で卑劣《ひれつ》な戦法、けっして赦《ゆる》せません」

　そう応じるドグラーは煙で目をやられて、涙がとまらない。ミスル国産の麻《あさ》で織られた手巾《ハンカチ》はすでに重く濡《ぬ》れている。チュルクの将軍たちは真剣そのものなのだが、パルス人たちが見れば、さぞ意地悪く笑いものにしたことであろう。プラヤーグは煙で鼻の粘膜《ねんまく》をやられ、鼻血と鼻水がかわるがわる出てきてとまらないので、地面に山羊《やぎ》の皮をしいて、あおむけに寝ている。鼻で呼吸できないので口を大きくあけたままだ。チュルク屈指《くっし》の勇将も、こうなっては気の毒なものであった。

　自分たちのぶざまさがよくわかるだけにチュルク人の怒《いか》りは激しい。

「とにかく、われらはパルス人どもに負けてはおらんのだ」

「そうだ、そうだ」

「負けるどころか、戦ってもおらん」

「まともに戦えば、彼奴《きゃっ》らごときにおくれをとるものか」

「おうさ、彼奴らの屍体《したい》で谷を埋めつくしてくれるわ。見ておるがいい」

くしゃみと鼻水と咳をまじえながら気炎《きえん》をあげたが、現実は厳しいものであった。戦意はおとろえていないが、さてどうやって「悪辣《あくらつ》で卑劣《ひれつ》なパルス人ども」に思い知らせてやるか。地の利を完全に失っているだけに、チュルク軍の反撃はむずかしかった。

「カルハナ陛下《へいか》は敗北をお赦《ゆる》しにならぬ御方《おかた》じゃ。ゴラーブ将軍の最期を、おぬしらもよく知っておろう」

シングの声が重い。昨年、パルスとシンドゥラの連合部隊に敗れ、捕虜《ほりょ》となったゴラーブ将軍は、階段宮殿の一室で処刑された。戦死者の遺族である少年たちの手で殺されたのである。ゴラーブ将軍の遺体には八十か所もの刀傷があったといわれた。チュルクの将軍たちは臆病《おくびょう》ではなかったが、ゴラーブの処刑のようすを聞いたときには慄然《りつぜん》として青ざめたのだった。そのような死にかたをするくらいなら、敵の刃《やいば》にかかって戦場で果てたほうが、はるかにましであった。

「夜襲《やしゅう》はどうであろう」

充血した目をこすりながら、デオが提案した。パルス軍は犠牲《ぎせい》なく勝って、油断しているであろうと思われる。チュルク軍は風下にいて、不利なことばかりのようだが、利点もある。かなりの物音をたてても風上には聴《き》こえないということだ。今夜いますぐ、えりすぐった兵士をパルス軍の陣営に忍びよらせ、夜襲をかけるべきではないか。

「よい考えのようだが、パルス軍にもそなえはあろう。簡単にはいくまい」

「といって、夜明けまで待っていても、どうしようもないぞ。今日と同じ策《て》でやられるだけのことだ。先手を打つ以外にあるまいが」

「わかった、たしかにそのとおりだ。夜襲して敵の国王を討ちとればすべては終わる」

議は決した。シングが立ちあがり、指令を発しようとしたとき、彼の左半面がいきなり赤く染まった。一瞬の間をおいて、チュルク語の絶叫がわきおこった。

「火攻《ひぜ》めだ。パルス軍だあ！」

将軍たちは飛びあがって剣をつかんだ。天幕から外へ走り出る。

火と闇に追われて、チュルク軍は逃げまどっていた。三重の杭は燃えあがり、ごうごうと音をたてながらチュルク軍に火の粉を振りまいてくる。そのむこうから、数百数千の火矢が射こまれてきた。夜空の星は、光を地上の火にかき消されてしまい、さらに煙がかさなって、明るいか暗いかさえ判然としない。

三重の杭が炎のなかにくずれ落ちた。チュルク軍とパルス軍とをへだてていた防寨《ぼうさい》が消えた。一段と強い風がチュルク軍をたたき、火の粉が舞いくるい、煙が渦《うず》をまいた。そして夜風のとどろきにかさなるのは、疾走する馬の蹄《ひづめ》のひびきである。

「あわてるな！　槍先《やりさき》をそろえてパルス軍の馬を突き刺せ。そうすればパルス騎兵《きへい》など恐《おそ》れるにたりんぞ！」

シング将軍の指示は的確だったが、兵士たちは誰もそれを聞いていなかった。ほどなく混乱のなかで、シカンダル将軍がパルスの黒衣の騎士に一槍《ひとやり》で討ちとられた、という報告がもたらされた。

「むむ……この上はやむをえぬ。いったんここを退《しりぞ》いてシンドゥラの国内にはいりこむのだ。彼《か》の地で軍を再建し、あらためてパルス人どもに復讐《ふくしゅう》戦《せん》を挑《いど》もうぞ」

シング将軍の決断に、チュルク兵たちは咳とくしゃみで応じた。彼らはなだれをうって、死と敗北の淵から逃げだした。半数は、武器も持たずに逃げだしたのだ。味方を突きとばし、押しのけ倒れる者を踏みつけ、ひたすら自分ひとり助かろうとする。勇気も義侠《ぎきょう》心《しん》も、介入《かいにゅう》する余地はなかった。ただ逃げ走るチュルク兵の背に、炎と煙が追いすがり、パルス軍の容赦《ようしゃ》ない刃《やいば》と矢が突き刺さる。

　夜明けの到来《とうらい》とともに、追撃戦はひとまず終わった。炎と混戦のなかで、パルス軍は五十名ほどの戦死者を出した。だがチュルク軍の戦死者はその二百倍にのぼった。かろうじてシンドゥラ領へ逃げのびたチュルク兵は三万五千。武器や食糧を放棄し、戦力は半減したといってよい。

　馬上、アルスラーンは煙のただよう戦場を見まわり、将兵の労をねぎらった。

「最初からすべてナルサスの作戦どおりに事が運んだな」

　何年つきあっていても、アルスラーンは、ナルサスの智謀《ちぼう》に感歎《かんたん》せずにいられなかった。ヘラートに閉じこもったままのカルハナ王を、ナルサスは完全に手玉にとったのである。カルハナ王がパルス軍のチュルク領通過をだまって見すごすはずはないこと。すでに配置されているシンドゥラ国境方面の兵が迎撃にまわされるであろうこと。すべてを彼は読みとっていた。

「アルスラーンの半月形」がナルサスによって立案され、正確に実行されたとき、パルス軍の勝利はすでに約束されていたのだ。ナルサスの凄みはそこにある。そうアルスラーンは思う。戦闘開始のときには、ナルサスはすでに勝っているのだ。

「カルハナ王も曲者《くせもの》でございます。自軍が不利な状況にあることを、すぐに理解いたしましょう。あるいは、すでに行動をおこしているやもしれませぬ」

「彼はどうするだろう、ナルサス？」

「たとえば、そうですな……」

　ナルサスは例をあげた。ザラフリク付近のような地形で有利に戦うには、風を味方につけねばならない。パルス軍がやったように、風上から矢と火を放つ。その戦法を生かすには北から攻めるべきだ。カルハナ王はヘラートの谷を守る関門のうち、北のひとつを開き、そこから街道を急速南下してパルス軍の後背《こうはい》を突くであろう。

「危険なことになるな。ナルサスはどのように対抗するつもりだ」

「陛下には、どのようにお考えですか」

　ナルサスの反問に、アルスラーンは馬上ですこし考えた。

「峡谷《きょうこく》の烈風に抵抗する術《すべ》はないな。第一、チュルク領は通過するだけの土地だ。われわれもさっさとシンドゥラ領へ行くとしよう」

「陛下はご賢明《けんめい》にあそばします」

　笑ってナルサスは一礼し、これでパルス軍の方針はさだまった。ダリューンがいう。

「ただ、シンドゥラ領にはいると、すぐまたチュルク軍と戦うことになりそうだな」

「彼らも不運なことだ」

　ナルサスの笑いは、こんどは辛辣《しんらつ》である。チュルク軍は食糧をすてて逃げた。ようやく逃げこんだシンドゥラ領は、すでに仮面兵団によって掠奪しつくされている。チュルク軍三万五千は食糧を得る術もなく、飢えに苦しむこととなろう。軍師はお見とおしであった。

V

　敗報を受けたカルハナ王は、階段宮殿の屋上庭園から、遠い地上めがけて銀の酒杯《しゅはい》をたたきつけたという。またしても敗将《はいしょう》の幾人《いくにん》かが罪を問われることになりそうであった。

　チュルク軍の抵抗を一蹴《いっしゅう》したパルス軍は、すばらしい速度で南下をつづけていた。空中を舞う鷹《たか》が、地上の獲物めがけて一直線におそいかかるようであった。カルハナ王が敗報を受けたとき、すでにパルス軍の先陣はシンドゥラ領内に達しているものと思われた。

　カルハナ王は、いつまでも敗戦を口惜《くや》しがっているわけにいかなかった。彼は決断をせまられたのである。このまま難攻不落のヘラートの谷にたてこもり、パルス軍が完全にシンドゥラへ去るまで息をひそめているか。それとも、ふたたび軍を動かして、南下するパルス軍の背後から襲いかかるか。

ヘラートの谷には、無傷のチュルク軍十二万五千がいる。北方トゥラーンに対する防備はもはや不要であるから、すぐにでも十万以上の兵を動かすことができるのだった。

「このままにしてはおけんな」

書斎《しょさい》の隅《すみ》におかれた獅子の青銅像を片手でなでながら、カルハナ王はつぶやいた。彼は臣下や人民に愛されてはいないが、畏怖《いふ》されている。厳格だが有能な独裁者だと信じられているのだ。ザラフリクでの敗戦をそのままにしておけば、カルハナ王に対する畏怖がゆらぐ。そうなれば当然、王の地位にひびいてくるのだ。

「パルス軍に敗れた。しかもチュルクの国土を縦断されたあげくのことだ。軍隊もなさけないが、国王も無策すぎるではないか」

そのようなささやきが宮廷の内外に流れる。そのありさまをカルハナ王は想像することができた。国王を侮辱《ぶじょく》するような輩《やから》は、とらえて舌を切ってやればよいが、そうなる以前に策《て》を打っておく必要がある。

カルハナ王は考えこんだが、それも長い時間のことではなかった。彼は卓上の銅鈴《どうれい》を鳴らして侍従《じじゅう》を呼び、カドフィセス卿を呼ぶよう命じた。カドフィセスは、パルス軍に対する攻撃をさしひかえるよう、カルハナ王に進言した貴族である。いつもはヘラートを離れて領地の館で暮らしているが、年に一度だけ都に出てくる。国王に贈物《おくりもの》をしたり、他の貴族たちと交際したり、異国の商人から高価な品物を買ったり、法律や土地や税に関する問題を処理したりするのだ。これが典型的なチュルクの地方貴族としての生活であった。カドフィセスがやってきて床《ゆか》にひざまずくと、カルハナ王が先に声をかけた。

「おぬしにはいつもよい贈物をもらっているな。感謝するぞ」

「いたみいります、陛下」

カドフィセスはカルハナ王にとって最年少の叔父《おじ》の末息子《すえむすこ》である。従弟《いとこ》といっても、父子《おやこ》ほどに年齢が離れている。カドフィセスは三十歳をすぎたばかりで、国王と同じくらい背が高く、眉と、ととのえた口髭《くちひげ》はやや茶色っぽい。チュルク貴族社会で一番の伊達《だて》男《おとこ》といわれる。昨年、パルスからの使者には会う機会がなかった。会っていれば、ギーヴとおたがいに嫌いあうことになったであろう。

　チュルク国内にカルハナ王を恐れぬ者がいるとすれば、おそらくこのカドフィセスだけであるにちがいない。誰もがカルハナ王の命令にしたがうのに懸《けん》命《めい》だが、カドフィセスはちがう。礼儀はきちんと守るが、ときとしてぬけぬけと異議をとなえるのだ。だからこそ、パルス軍に対して攻撃をかけることにも反対したのである。

　カルハナ王は相手を立ちあがらせた。

「率直に尋《き》く。チュルクの王位がほしいか、カドフィセス」

　率直すぎる問いかけであった。うかつな答えかたをすれば首が飛ぶにちがいない。カドフィセスは慎重に答えた。

「できれば、ほしゅうございますな。ただ……」

「ただ？」

「そのために努力しようとは思いませぬ。何もせず、先方から声がかかるのを待つ。これが女をものにするこつでございます」

　カドフィセスは笑った。冗談にまぎらわせようとしたのだが、カルハナ王は冷たくそれを無視した。

「おぬしには情婦《じょうふ》がおるな。五人であったか、六人であったか」

「よくご存じで。五人でございます。それが何か？」

「身辺を整理しておけ。国王の長女を、情婦持ちの男に嫁《とつ》がせるわけにはいかぬ」

　カドフィセスは表情を晦《くら》ませた。王の長女を娶《めと》るということは、王位継承者に指名する、ということであろうか。すくなくとも、有力な候補となるのはまちがいない。もともと国王の一族で、しかも年齢もちょうどよいのだ。

　さらにカドフィセスはカルハナ王の長女の姿を思い浮かべた。彼女の容姿は父親によく似ていた。背が高く、色が青黒く、骨ばった顔だちで、つまり美女ではなかった。才能や性格についてはよく知らないが、王座が持参金だとすれば、顔にこだわることはない。だが単純には喜べなかった。この話には、どこか危ないところがあるぞ、と、カドフィセスは思った。彼は従兄《いとこ》の性格をかなりよく知っていた。カルハナ王はけっして暴君ではないが、冷酷で、権力に対する欲望と執着《しゅうじゃく》が強すぎるということを。

「ただし、おぬしの器量を見せてもらいたい。その結果、予の期待にこたえてくれたら、この上ない報《ほう》賞《しょう》を与えよう」

試験をするというのである。そら来たぞ、と、カドフィセスは内心でかるく身がまえた。彼の心理に気づかぬようすで――あるいは気づかぬふりで、カルハナ王は長い鬚《ひげ》をしごいた。

「憎むべきパルス人どもは、わが国土を人もなげに縦断し、どうやらシンドゥラ領内へはいったようじゃ。去るにまかせておいてもよいが、奴《やつ》らに懲罰《ちょうばつ》の鞭《むち》をくれてやらねば、チュルクの威信《いしん》にかかわる」

「陛下ご自身の威信でございましょう」

とは口にせず、カドフィセスはうやうやしい沈黙を守った。カルハナ王は言葉をつづけた。

「そこでおぬしに命じる。これよりシンドゥラにおもむき、兵をひきいてパルス人どもを討ち滅ぼせ。その勝利を、予は長女とともに心から祝福させてもらおう」

カドフィセスは唾《つば》をのみこんだ。

「これは公式のご命令ですか」

「そうじゃ、勅命《ちょくめい》じゃ」

「勅命とあらばつつしんでお受けいたしますが……」

用心はしながらも、カドフィセスはいわずにいられなかった。

「これからまたあらたに大軍を編成し、補給をととのえてシンドゥラまで遠征するのは、国庫《こっこ》にとって大いなる負担になりはしませぬか」

「予の言葉をよく聞かなかったらしいな、カドフィ

セスよ」

「は……？」

「兵をひきいてシンドゥラに行け、とは、予はいわなかったぞ。シンドゥラにおもむいた後に兵をひきいよ、というたのだ」

カドフィセスは国王の真意をつかみそこねた。彼はカルハナ王の表情をさぐったが、予想もせぬ言葉が彼に降りかかってきた。

「シング将軍は無策にもパルス人どものために敗れ、シンドゥラ領内へと追い落とされた。だが敗れたとはいえ、なお三、四万の兵力はあるはず。おぬしは総大将となって彼らをまとめ、パルス軍と戦うのだ」

カドフィセスは声もなく立ちつくした。さらにカルハナ王は命じた。

「あらたな一兵も必要ない。明日にでもシンドゥラへ発《た》ち、シングらと合流せよ」

カドフィセスが才能を発揮してチュルクの敗軍をまとめ、パルス軍を撃破すれば、むろんそれでよい。その逆に、カドフィセスが失敗すれば、シングらとともにパルス軍の手で殺されるだけのことであり、粛清《しゅくせい》する手間がはぶける。カドフィセスが勝利をえて凱旋《がいせん》し、英雄としてまつりあげられ、カルハナ王の地位をおびやかすようなことになれば、そのときあらためてカドフィセスを処断すればよいのだ。万が一、カドフィセスが使命の重さに耐えられず逃亡したとすれば、王位に近い有力者が減るだけのことである。どう転んでもカルハナ王の損にはならぬ。

よくもたくらんだものだ。だが、そうそう思うとおりに事は運ばぬぞ。そちらがそう計算するのなら、こちらはべつの計算をさせてもらう。後日になって悔いぬことだ。

心のつぶやきを外には出さず、あらためてカドフィセスは床《ゆか》にひざまずいた。

「正直、なかなかにきついご命令と存じます。ですが臣下として否《いな》やのあろうはずはございませぬ。ただちにシンドゥラへおもむき、微力をつくして陛下のお役に立ちたく存じます」

　こうなってはヘラートに長居は無用である。ぐずぐずしていれば、勅命にしたがわぬ罪で罰を受けるであろう。もはや貴族としての安泰な生活とは縁を切らねばならなかった。

　ひざまずくカドフィセスの姿を見て、カルハナ王は鋭い両眼を細めた。針のような眼光が、カドフィセスの姿に突き刺さった。やがてカルハナ王は口の両端をゆっくりとつりあげた。

「心から期待しておるぞ、わが忠実な従弟よ」

　……こうしてチュルク貴族カドフィセス卿は、パルス軍より五日おくれてシンドゥラの地を踏むことになったのである。

旌

旗

第二章

旌旗流転

流

転

I

この年三月、シンドゥラ国の西北地方では、招かれもせぬ異国の客人たちが何組もうろつきまわることになった。南国シンドゥラは、夏の暑熱《しょねつ》はたいそう厳しく、「生の卵をシンドゥラ人の汗にひたすと、たちまちゆで卵になる」と異国人たちはいう。そのかわり冬は涼《すず》しく、野は花と緑にみち、市場には果《くだ》物《もの》と野菜があふれる。木蔭で昼寝する子供と水牛の姿が、いたるところで目につく。トゥラーンやチュルクの厳しい冬にくらべれば、楽園かと思われるほどだ。

だからといって、異国からの客人たちは、避寒《ひかん》のためにシンドゥラを訪問したわけではなかった。まず仮面をかぶった奇怪《きかい》な騎馬《きば》集団が村々を荒らしまわる。それをシンドゥラ軍が追いかける。その後へ、三万五千のチュルク軍がやってきた。彼らも掠奪《りゃくだつ》したいのだが、仮面兵団が荒らしまわったあとには一粒の麦も残らない。腹だちまぎれに村々に火を放って去る。そして最後にパルス軍だ。これはいままでの軍隊とちがって、掠奪をはたらかなかった。

シング将軍らのチュルク軍が遺棄していった食糧は、パルス軍の手でシンドゥラの民衆に分配された。分配を受けた民衆はよろこび、パルス軍にむかって手を振ってくれる。だがそれにもかぎりがあるし、自分たちの分までわけてやるわけにもいかない。

「よくもこれだけ荒らしていったものだ。軍隊ではなく、盗賊集団だな」

焼きはらわれた畑や村をながめながら、アルスラーンは、仮面兵団に対する怒りがつのるのを感じた。それにしても、軍隊が進むところ民衆が苦しむというのなら、軍隊とは何のために存在するのだろう。

いっぽう、パルス軍と北風とのために故国から追い出されたチュルク軍三万五千は、まだ幸運の女神の裳裾《もすそ》につかまることができなかった。彼らは仮面兵団の後を追うようにシンドゥラの野を行軍していったが、行く先々の町も村も仮面兵団に根こそぎ掠奪されており、食糧も財宝もチュルク軍の手にはいらなかった。彼らは、自分たちを追ってきたパルス軍が民衆に食糧を分配していると知って腹をたてた。

「悪辣《あくらつ》なパルス人どもめ。わざとらしくシンドゥラの農民どもに食糧をばらまいて人気とりするとは。もともとおれたちの食糧ではないか」

幾重にも腹のたつことだが、チュルク軍はどうすることもできない。三万五千という人数は大兵力ではあるが、武器と食糧が不充分《ふじゅうぶん》なので、数字どおりの実力を発揮するのはむずかしかった。しかも数字そのものが減少している。空腹をかかえた兵士たちは、前途にもあまり希望がない。軍律を守る意志も弱くなる。五十人、百人と集団をつくって軍を脱走し、近くの町や村をおそうようになった。

シンドゥラの農民たちも、一方的にやられてばかりはいない。たがいに連絡をとって、チュルク兵に反撃するようになった。百人のチュルク兵も、手づくりの棍棒《こんぼう》や槍《やり》を持った千人の農民には勝てない。戦って追いつめられたところへ、シンドゥラの正規軍が駆けつけ、チュルク兵を討ちとるのだった。侵入され掠奪された怨《うら》みがあるから、チュルク兵は降伏しても助けてはもらえなかった。こういったことがくりかえされ、チュルク軍は三千人の兵士を失った。

「これはいかん。このままでは全軍が解体し、シンドゥラの土に溶《と》けてしまう。何とかせねば」

シングをはじめとするチュルク軍はあせった。考えついたのは、どこかの城を占拠して、そこにたてこもろう、ということである。城壁と食糧があれば、シンドゥラ軍の攻撃をささえることもできるし、チュルクの本国や仮面兵団と連絡をとることもできるだろう。もともとチュルク軍は、しっかりした本拠地にたてこもって、そこを拠点に行動するという傾向が強かった。国都ヘラートの地形が、彼らの心理に影響を与えているのかもしれない。

シングはまず全軍の秩序をたてなおした。現状に不満を持ち、集団脱走をたくらんでいた兵士たちを百人ほどとらえ、公開処刑した。さすがに声をのむ全軍に対し、シングは命令した。この近くにコートカプラという城市がある。三日のうちにこの城を攻略して本拠地とする。それができなければ、チュルク軍は全員が異国の土と化すしかないのだ、と。

残りすくない食糧が、全軍に分配された。分配された食糧を持って逃げだそうとした者もいたが、ことごとく斬《き》られた。こうなると、将軍も士官も兵士も、「生か死か」の覚悟を決めるしかない。

こうして、三万の死兵《しへい》がコートカプラ城に攻めかかった。城には一万五千の兵と五万の民衆がいた。城壁をたよりに、門を閉ざし、たてこもって国都ウライユールからの援軍を待つ、という戦法をとった。当然の戦法だったが、死兵となったチュルク軍の勢いはすさまじかった。

城壁上からは、地上のチュルク兵めがけて矢の豪《ごう》雨《う》が降りそそぐ。チュルク軍は、山羊《やぎ》の皮を張った盾《たて》をかざしてそれをふせぎ、城門の扉《とびら》を斧《おの》や鎚《つち》で破壊《はかい》した。扉の一部が裂けると、そこから槍を突きこんでシンドゥラ兵を刺す、という激烈さだった。倒れた味方の死体を盾にして、チュルク兵はなおも前進し、執念《しゅうねん》ぶかく扉をこわしつづけた。

三日めの夜明け前、コートカプラ城は陥落《かんらく》した。城壁をたよりに援軍を待っていたシンドゥラ軍は、「まさか、まさか」と思っているうちに、敗北してしまったのだ。破壊された扉から、チュルク軍は城内に乱入し、兵士も民衆も見さかいなしにシンドゥラ人を斬り殺した。城司《じょうし》のパルバーニ将軍は全身に四十余の刀傷を受けて戦死した。副城司のナワダはシングと剣をまじえ、二十余合の撃ちあいの末に斬り殺された。

チュルク軍は二千人ほどの男女を人質として監禁《かんきん》し、残りの者はすべて城外に追いだした。こうして三万のチュルク兵は城と食糧を手にいれ、力を回復したのである。

シングはただちに仮面兵団に使者を送り、自分たちと合流するよう命じた。

五日かかって、使者は、先行する仮面兵団に追いついた。一方的な命令を受けとって、ヒルメスは腹をたてた。

トゥラーン軍の強みは、あくまでも、騎馬《きば》の機動力を生かした野戦《やせん》にある。城を攻めるのは苦手で、城を守るのはさらに苦手である。したがってヒルメスとしては、「風のごとく襲来し、風のごとく去る」戦法をくりかえしてシンドゥラ軍を翻弄《ほんろう》するつもりであった。そして最終的な野外決戦で、シンドゥラ軍を潰滅《かいめつ》させればよい。

それなのに、チュルク軍は使者をよこして、「ともにコートカプラ城にたてこもれ」という。ヒルメスにとっては意外であり、迷惑な話でもあった。仮面兵団は予定どおりに行動し、成果をあげている。いまさら予定を変更する必要を、ヒルメスは認めなかった。まして、ヒルメスはチュルク国王の客将であり、シング将軍ごときから命令を受けるいわれはない。

シングの命令を、ヒルメスは無視することにした。だが、じつはそれすら簡単ではなかったのだ。

仮面兵団には五十人だけチュルク人がいる。カルハナ王より軍監《ターリキー》として派遣された将軍イパムと、その直属の部下たちである。軍監はカルハナ王の代理として、仮面兵団の功績《こうせき》を記録し報告するのだが、副将でもなければ参謀《さんぼう》でもない。作戦指揮や統率について口を差しはさむ権利はないのである。そうカルハナ王はヒルメスに明言《めいげん》し、ヒルメスは軍監たちを受けいれたのだ。

「だが小人《しょうじん》とはしかたのないものだ」

ヒルメスが舌打ちを禁じえなくなるほど、軍監たちの態度は傲慢《ごうまん》をきわめた。国王の威《い》を借りていばりちらし、掠奪品《りゃくだつひん》の半分を当然のごとく召しあげる。しかもどうやら、カルハナ王に上納《じょうのう》すべき掠奪品の一部を、自分たちの懐《ふところ》におさめているらしい。そう告《つ》げたのは、ブルハーンという若い部下であった。パルス国王アルスラーンにつかえるジムサ将軍の弟である。

「軍監《ターリキー》どものふるまい、われらトゥラーン人のなかで憎まぬ者はおりませぬ」

ブルハーンのいうとおりであった。

「あやつらの態度にはがまんならぬ。吾々《われわれ》はチュルク国王の家来《けらい》のそのまた家来というわけではないぞ」

「あやつらから銅貨一枚もらっているわけではない。おれたちのほうこそ、あやつらに掠奪品の半分をわけてやっているのだ」

「いまに見ておれ、思い知らせてくれるぞ」

そうささやきあうトゥラーン人たちであった。

掠奪した財貨の半分は、チュルク国王に献上《けんじょう》する。それが当初からの約束であって、トゥラーン人たちも納得していたのだが、「よいほうの半分」を当然のごとく取りあげられ、感謝の言葉すらない、とあっては、おもしろいはずがなかった。軍監《ターリキー》たちは、激しい戦闘のさなかには後方にいるくせに、掠奪となると前にしゃしゃり出てくるのである。チュルク人にも言分《いいぶん》はあるのだろうが、トゥラーン人から見れば、じつに面憎《つらにく》い。敵であるシンドゥラ人より憎いほどであった。

「敵といえば、さて、おれはあのアルスラーンめを憎んでいるのだろうか」

ヒルメスは自問《じもん》する。かつてはたしかに憎んでいた。ただ殺すだけではとうてい満足できず、爪《つめ》を抜《ぬ》き、指を斬り落とし、生皮を剥《は》ぎとり、瀕死《ひんし》の状態になったところを猛獣《もうじゅう》の生餌《いきえ》としてやろうとさえ考えていた。その後、アルスラーンがアンドラゴラス三世の実子ではないと判明し、ヒルメス自身の境遇の変化もあって、憎しみは行き場を失っていたのだ。

「だが奴《やつ》が王家の血を引いておらぬことにはちがいない。奴はいわば簒奪者《さんだつしゃ》であり、僭王《せんおう》なのだ。おれこそが正統の王者として、パルスに君臨すべきではないか」

ヒルメスに弱みがあるとすれば、三年余前に、アルスラーンの王位継承を認めてしまったことであった。口に出して公然と認めたわけではないが、アルスラーンを王都エクバターナに残して、ヒルメスは祖国を立ち去ってしまったのだから、結果としてそうなるのだ。

「アルスラーンめが失政《しっせい》、暴政をおこなったときには、おれが救国の王者となれるはずだ。あるいはそれ以前に機会が生まれることもあろう」

そうヒルメスが考えているとき、ブルハーンが彼のもとに来て、客人があることを告げた。口調がにがにがしげである。客人とはチュルクの軍監《ターリキー》イパムであった。

II

「これはイパム卿、わざわざのおこしとは、何ぞ重大な御用でもおありか」

「聞きずてならぬ話を耳にいたしましてな、ヒルメス殿下」

言葉の上では礼儀ただしいが、イパムの表情も口調も傲然《ごうぜん》としている。彼にとってヒルメスは「国王のいそうろう」にすぎないし、トゥラーン人たちは食うにもこまった流亡《るぼう》の民にすぎなかった。イパムの平板《へいばん》な顔、小さい狡猾《こうかつ》そうな目などを見ると、ヒルメスはうんざりする。なぜこのような人物を、カルハナ王は軍監《ターリキー》として選んだのか。あるていどヒルメスにはわかっている。カルハナ王は猜疑心《さいぎしん》が強いので、部下に有能さより一方的な服従を要求するのだ。

「シング将軍から使者が来たそうでござるな」

うなずいて、ヒルメスは事情を説明した。

「で、イパム卿のご意見は？」

「申しあげてよろしゅうござるかな」

「むろんでござる」

心のこもらないやりとりの後、イパムは意見をのべた。ヒルメスの予想どおりである。一日も早くコートカプラ城のチュルク軍と合流し、シング将軍の指揮下にはいれ、というのであった。ヒルメスは、チュルク宮廷《きゅうてい》内の人物関係図を思いうかべた。たしかシングの妹がイパムの妻になっていたはずである。

わざとらしくヒルメスは質問した。

「われらがコートカプラ城におもむいてチュルク軍

と合流すれば、どのような軍事上の意義があるとおおせかな」

「申すまでもないこと。両軍が合流すれば四万をこす大兵力となる。それがコートカプラ城に拠《よ》って勢威をふるえば、シンドゥラ国王は慄《ふる》えあがるでござろう」

ヒルメスがだまっていると、イパムは一歩すすみでた。銀仮面の表面に息を吐《は》きかけるほど近づいて、さらに合流を主張する。いわせるだけいわせておいて、冷然とヒルメスは拒否《きょひ》した。

「コートカプラ城へは行かぬ」

「な、何とおおせある、ヒルメス殿下」

「行かぬと申したのだ。城壁のなかに閉じこもるトゥラーン兵などを誰が恐れようか。四方の街道を封《ふう》鎖《さ》して、城内の食糧がつきるのを待てばよい。このヒルメスがシンドゥラ軍の総帥であれば、かならずそうする」

「………！」

「そして、飢《う》えに耐えかねて出撃してきたところを、押しつつんで鏖殺《おうさつ》する。このさきシンドゥラはしだいに暑くなり、籠城《ろうじょう》の条件は一日ごとに悪くなる。イパム卿が、戦友たちのことをご心配なら、使者を送って告げるがよろしかろう。さっさと城をすて、チュルクへ逃げのびよ、と」

イパムは大きく息をすいこんだ。

「ではヒルメス殿下はこれからどうなさるおつもりか」

「知れたこと。チュルクにもどる」

あっさりとヒルメスはいってのける。

「シンドゥラ西北部を劫掠《ごうりゃく》するという目的は、すでに果たした。騎馬の利を生かして、シンドゥラ軍を引きずりまわしもした。これ以上、この国にとどまる理由はない」

ヒルメスは立ちあがった。

「コートカプラ城にたてこもるのは、シング将軍らの勝手。カルハナ王より直接のご命令があれば別だが、われらがシング将軍の一方的な指示にしたがう義務はない。それとも、チュルクでは国王の命令より一将軍の勝手な指示が重んじられるのか」

ようやくイパムは声をしぼりだした。

「ゆ、友軍を見すてて……」

「友軍⁉」

仮面ごしの苛烈《かれつ》な眼光をあびて、イパムはたじろいだ。ヒルメスは怒声《どせい》の鞭《むち》でイパムをなぐりつけた。

「味方を不利にみちびくのが友軍のやることか！」

「敵の領土内を、使者が無事にここまでたどりついた。その意味を考えてみたらどうだ」

「意味とは……」

うわごとのようにイパムはうめいたが、もはやヒルメスは彼を相手にしなかった。踵《きびす》を返して自分の乗馬に歩みよりながら、大きく声をあげる。

「ブルハーン！　ドルグ！　クトルミシュ！」

名を呼ばれた三人の幹部《かんぶ》がヒルメスの御前《ごぜん》に駆けつけ、地に片ひざをついた。ドルグとクトルミシュはすでに初老の年齢だが、歴戦の勇者で、兵士たちの信望もあつい。三名とも仮面をかぶっており、彼らがヒルメスの前でかしこまる光景は、イパムの目には異様なものに映った。

「ただちに宿営を引きはらう。ご親切なチュルクの将軍たちが、わざわざシンドゥラ軍のために、われらの所在を探しあててくれたわ」

ヒルメスがいうと、三人はいっせいにイパムのほうを見た。イパムはぞっとしたが、同時に、ヒルメスが激怒した理由をさとった。コートカプラ城からの使者をひそかに追跡すれば、シンドゥラ軍は仮面部隊の居場所を知ることができるのだ。チュルク軍の行ないは、まことに不注意というしかなかった。


ラジェンドラ二世は軍をひきいて、すでに国都ウライユールから出発していた。兵は三万、騎兵と戦車兵が主力で、五十頭の戦象《せんぞう》も加わっている。出発前も出発後も、ラジェンドラは敵に関する情報を集めた。そして、名前こそ不明だが、ヒルメスの絶対的な存在を知ったのである。

その人物さえ討ちとれば、仮面兵団は統制を失い、単なる掠奪者《りゃくだつしゃ》の群と化す。シンドゥラ軍がヒルメスを討ちとろうと企図《きと》したのは当然であった。だが、百人ほどもいる銀仮面の男たちのなかで、いったいどれが「その人物」なのか。

「ひときわ豪奢《ごうしゃ》な刺繡《ししゅう》いりのマント」を身に着けている、と、アラヴァリ将軍は証言したが、マントなどぬいでしまえばそれまでのことである。ラジェンドラは、慎重《しんちょう》に仮面兵団のようすをさぐらせていた。コートカプラ城からの使者を発見しながら、ラジェンドラは、途中でつかまえて殺したりしなかった。それも、仮面兵団がコートカプラ城へおもむくところを完全包囲して全滅させるつもりだったからだ。誰が総大将かわからないのなら、とにかく仮面をつけた人物をすべて殺してしまえばよいのである。

だが仮面兵団の行動は迅速《じんそく》だった。間一髪《かんいっぱつ》で、ラジェンドラは敵をとり逃がしてしまった。天幕は空《から》で、土づくりの炉《ろ》には熱い灰が残されていた。

「とり逃がしたか、残念！」

ラジェンドラは天をあおいでくやしがった。白馬にまたがる彼に、馬を近づけた者がいる。パルスの宮廷につかえるジャスワントだった。

「ご心配にはおよびませぬぞ、ラジェンドラ陛下」

ジャスワントは声を張りあげた。彼はアルスラーンの命令を受け、ラジェンドラと連絡をとるために先発《せんぱつ》してきたのである。

「わが主君、アルスラーン陛下におかれましては、すでに大軍を統率あそばし、すぐ近くまでいらしております。チュルク軍ごときを恐れる必要はございませぬぞ」

ジャスワントは自分の任務をこころえていた。ただシンドゥラ軍と連絡をとるだけでなく、ラジェンドラ王の動向《どうこう》を監視《かんし》せねばならぬ。むろん、あからさまに監視すればきらわれるから、パルス軍との約束を守るほうが得《とく》だぞ、と、思わせねばならない。

「軍師ナルサス卿が申されますには、仮面兵団の前方に立ちふさがってはならぬ、とのことでございます」

そんなことをすれば、仮面兵団は必死になって戦う。味方の損害が大きくなるばかりだ。

「後方にまわりこみ、コートカプラ城方面へ追いこむこそ上策《じょうさく》であろう。それが軍師のご意見でございました」

「ふむ、わかった」

ラジェンドラはうなずいた。コートカプラ城に敵が集中すれば、シンドゥラ軍としても対処しやすくなる。城にたてこもる人数が増えれば、食糧が減るのが早まる。ラジェンドラはけっして無能ではないから、ナルサスの作戦を、すぐに理解した。

いずれにせよ、仮面兵団がどちらへ逃げたか、たしかめておく必要がある。ラジェンドラは進軍を停止し、斥候《せっこう》を放った。彼がアルスラーンと軍を合流させたのは半日後のことである。

アルスラーンの後方にひかえたアルフリードとエラムが会話をかわしている。

「援軍が遅れれば、ラジェンドラ王が掌《てのひら》を返す恐れがあったものね。いそがなきゃ、どんなことになったか」

「しかも彼《か》の御仁ときたら、掌を返すことにかけては名人芸。大陸公路に並ぶ者がないときているからなあ」

「口をつつしめ。シンドゥラ国王陛下のおでましだ」

ダリューンがたしなめたので、アルフリードとエラムは肩をすくめた。シンドゥラ国王の悪口をいうときには、気があうふたりである。

「おう、アルスラーンどの、わが心の兄弟よ。親友の危機によく駆けつけてくれた」

白馬をかるく走らせてアルスラーンに近づくと、ラジェンドラは両手で若いパルス国王《シャーオ》の両手をにぎった。顔じゅうに感謝と喜びがあふれている。これはけっして表面だけの演技ではない。パルス軍最精鋭《さいせいえい》の二万が来援《らいえん》してくれたのは、じつにありがたいことだった。口先だけのお礼ですむなら、なおありがたいというものである。

若いパルス国王の左右にひかえるダリューンとナ

ルサスの姿に、ラジェンドラは気づき、陽気にあいさつした。パルスきっての雄将《ゆうしょう》と智将《ちしょう》は、せいぜい礼を失せぬようあいさつを返した。

「まったく軍師どのの雄略は見あげたものだ」

大声で賞賛してから、ラジェンドラはすこし声を低めた。

「だがすこしばかりもったいないな」

「とおっしゃると？　ラジェンドラどの」

「いやさ、アルスラーンどの、こういうわけだ。今回、トゥラーン領を通過して北からチュルクを縦断し、シンドゥラ領内にはいるとは、まことに史上に例を見ぬ壮挙《そうきょ》。舌を巻くしかないが、ただ、惜しいことに、この策は二度は使えまい」

さかしげにラジェンドラがナルサスの表情をさぐる。アルスラーンもはっとしてナルサスを見やった。たしかにラジェンドラの指摘《してき》は正しい。まさか北方から進攻されるとはチュルク軍は想像もせず、やすやすと国境を突破《とっぱ》され、国土を縦断されてしまった。だが、この作戦は二度は通用しないであろう。これ以後、チュルク国王カルハナは北方の防備をかため、パルス軍の急速な進攻を許すことはあるまい。とすれば、パルス軍にとっては重大な作戦計画の手のうちをチュルク軍に知られてしまうことになってしまったのではないか。

アルスラーンと同じことを考えたのであろう、ダリューンもナルサスを見つめた。だがナルサスは落ちつきはらって返答した。

「ラジェンドラ陛下のご指摘はごもっとも、さすがに英明《えいめい》の国王《ラージャ》にあらせられる」

ほめあげられて、ラジェンドラはこころよげにうなずいた。

「されど、ご懸念《けねん》にはおよびませぬ。すべてわが主君《きみ》アルスラーン陛下の御意《ぎょい》により、シンドゥラ国の平和と安定を願って考えだしたことでござれば」

「ほう……」

何を恩着せがましいことを、と、ラジェンドラの表情が語っている。おかまいなしにナルサスは話しつづけた。

「わが軍がこの作戦をとった以上、チュルクは今後つねに北方を警戒せねばなりませぬ。全軍をこぞって南方へ向け、シンドゥラ国へ侵攻することは、もはや不可能。チュルク国王の野心には、目に見えぬ楔《くさび》が打ちこまれてござる」

ナルサスは笑顔をつくり、うやうやしく一礼した。

「ラジェンドラ陛下には、まことにおめでたき仕儀《しぎ》に存じあげます」

「う、うむ。すべてアルスラーンどのとパルス軍とのおかげだ」

ラジェンドラは鷹揚《おうよう》に答えたが、どことなく警戒するような光が両眼にちらついた。ナルサスはさらにつづける。

「仮にチュルク国王が、ぜがひでもシンドゥラ国へ全面侵攻するとなれば、わがパルスと修好《しゅうこう》して北方の危険をとりのぞくしかござらぬ」

「………」

「むろん、そんなことはあろうはずがござらぬ。わがパルスが、チュルク軍の南下を見すごすなど。ましてや、チュルク軍の南下に呼応《こおう》してパルス軍が西からシンドゥラへ進攻するなど、けっしてけっして、ありえぬことでござる」

ナルサスの笑顔は、おもいきり意地が悪い。

「ナルサス卿、あまり不吉《ふきつ》なことを申しあげるな」

苦笑まじりにアルスラーンがナルサスの舌鋒《ぜっぽう》を制した。ダイラムの旧領主は、シンドゥラ国王から作戦をけなされて、沈黙しているような人物ではなかったのだ。むろん、ナルサスはラジェンドラをやりこめてそれだけで喜んでいるわけではない。あらゆる状況に対してパルスには対応する術《すべ》がある――そのことをくどいほどラジェンドラに思い知らせておくのは必要なことだった。平和を保《たも》つにしても戦うにしてもである。

「いやいや、あいかわらずパルスの軍師どのは手きびしい」

おおげさにラジェンドラは額《ひたい》の汗をぬぐったのであった。

III

シンドゥラ、パルス両軍の今後の方針について、その場で会議がおこなわれた。結論はすぐに出た。コートカプラ城にたてこもるチュルク軍を、いそいで攻撃する必要はない。四方の街道を封鎖《ふうさ》して孤立《こりつ》させておけば、あとでゆっくりと料理できる。三万余の人質をとったも同然だから、チュルク国王に対して外交の道具として使うこともできるのだ。

「奴らが意地を張るなら、勝手に餓死《がし》させてやればよいというわけだな」

ここちよさそうにラジェンドラは笑った。国内深くチュルク軍に侵入され、一城を占拠されてしまったわけで、本来なら不名誉なことである。だが、ナルサスの説明を聞いて、ラジェンドラは余裕ができた。


「すると問題は仮面兵団のほうだな」

ラジェンドラの表情がしぶくなる。国王《ラージャ》みずから軍をひきいて仮面兵団を追いまわしてはいるのだが、まだ捕捉《ほそく》することができない。騎兵《きへい》の機動力を最大限に利用して、仮面兵団はシンドゥラ軍を引きずりまわしているのだった。

ナルサスがのんびりした声をだした。

「仮面兵団とやらは精強で軍律きびしく、なかなか強敵のように思われますが、やっていることは盗賊そのもの。両手で持てなくなるまで掠奪のかぎりをつくせば、あとはシンドゥラから退去するだけのことでござる」

「ふん、聞くと簡単なことのように思えるが、奴らの両手は大きくてな。放っておくと、シンドゥラの西北部一帯は、草木もはえぬ砂漠になってしまうわ」

ラジェンドラの口調がにがにがしい。ナルサスとダリューンは視線をあわせた。ラジェンドラが何を望んでいるか、彼らにはわかっている。仮面兵団を西へ西へと追いやり、ついにはカーヴェリー河をこえてパルス領へと追い出してしまいたいのだ。

カーヴェリー河をこえればペシャワールの要塞《ようさい》があり、片目の猛将《もうしょう》クバードが満《まん》を持《じ》してひかえている。前後から仮面兵団を挟撃《きょうげき》し、カーヴェリーの河面《かわも》を血に染めあげることもできるだろう。だが、本気で戦えば、パルス軍の損害も大きくなる。ましてそれをシンドゥラ軍が高みから見物しているとなると、パルス軍にとっては、ばかばかしいかぎりであった。

ではどうするか。ナルサスが口を開こうとしたとき、天幕の入口で話声がした。見張《みはり》のジャスワントが顔を出して、エラムとアルフリードの来訪《らいほう》を告《つ》げた。

エラムとアルフリードは、それぞれ百騎の軽騎兵をひきいて街道を見張っていたのだが、北から来る一騎の旅人を発見した。正確には、つれていった鷹《シャヒーン》の告死天使《アズライール》が見つけたのである。エラムらの姿を見て、旅人はあわてて馬首をめぐらそうとしたが、すかさずアルフリードが矢を放った。矢は馬の尻に命中し、おどろいた馬は躍りあがって騎手を放りだした。駆けよったエラムが旅人の咽喉《のど》もとに剣を突きつけ、旅人はとらえられたのである。

「それが、ちょっと奇妙なのでございます」

エラムが語るには、その人物はチュルクの王族と自称しているというのであった。チュルク国王カルハナの従弟《いとこ》でカドフィセスと名乗り、王族としての待遇《たいぐう》を要求しているというのである。

「チュルクの王族がなぜいまごろこんな場所をうろついているのだ」

ダリューンの声に、ラジェンドラが応じる。

「すくなくとも、おれは呼んだおぼえがないぞ」

「王位をめぐる争いに敗れ、女といっしょに逃げてきたが、その女にもすてられた、という筋はどうかな。いまひとつ、うるおいに欠けるが」

勝手に物語をこしらえたのはギーヴである。彼の創作した詩や物語では、たいてい女は幸福になり、男は破滅するのであった。

アルスラーンは天幕を出た。黒い影が空中から落ちてきて、アルスラーンのかかげた左手首にとまった。告死天使《アズライール》はもはや若鳥ではなく、鳥としては壮年《そうねん》になっているが、アルスラーンに甘えかかる姿は三、四年前とすこしも変わらない。アルスラーンは一羽の鳥とふたりの人間の功績《こうせき》をねぎらった。それにしてもカドフィセスとはどんな男だろう。

「その男、使えますな」

策士めいたことをダリューンが口にした。アルスラーンが興味をしめす。

「なに、どういう風に使える？」

「どういう風に使うかは、それがしでなくナルサスの考えること。さぞよい絵図を描《か》いてくれましょう」

その前に、カドフィセスと名乗る男の正体を知っておく必要がある。意外なことをエラムがいった。

「陛下《へいか》、あの男を拷問《ごうもん》しなくてはならないかもしれません」

「拷問？」

「はい、ナルサスさまがあたらしい拷問の方法をお考えになりました」

エラムの表情が、笑いをこらえている。ナルサスは白眼でダリューンを見やって、

「邪推《じゃすい》する者がおりますので申しあげておきますが、芸術を悪用したりはいたしませぬ。ご安心を」

「ナルサスは執念《しゅうねん》ぶかいな」

アルスラーンは笑った。アルスラーンがまだ王位につかず、南方の港町ギランにおもむいたとき、海賊《かいぞく》をとらえた。その海賊に自白させるため、ダリューンは、ナルサスに絵を描かれたら魔力《まりょく》で死んでしまう、とおどかしたのである。その件を、ナルサスはどうやら根に持っているらしかった。

カドフィセスは、シンドゥラにやってきた目的も理由も、いっこうに語ろうとしない。王族としての待遇《たいぐう》を要求するばかりである。長いこと時間をかけてもいられないので、ナルサス式の拷問にかけることになった。「王族の名をかたる不とどき者、さっさと白状しろ」というわけである。

上半身を裸《はだか》にされたカドフィセスは虚勢《きょせい》をはっていたが、顔が青ざめ、声がうわずるのを隠しおおせることはできなかった。カドフィセスは両手首を革紐《かわひも》でしばられ、大木の太い枝からつりさげられた。両足の爪先《つまさき》がかろうじて床《ゆか》に着いている。

　カドフィセスの前に立ったのはギーヴだった。つまらなそうにカドフィセスを見てつぶやく。

「軍師どのも人が悪い。おれはこの世に生まれてきて、これほど無意味なことをさせられるとは思わなかった」

　彼の右手には、孔雀《くじゃく》の羽を集めてつくられたホウキがあった。ギーヴはその羽ボウキを動かして、カドフィセスの身体《からだ》をくすぐりはじめたのである。

　狂ったような笑声が、パルス軍の陣営にひびきわたった。告死天使《アズライール》がアルスラーンの肩の上で、うんざりしたように頭を振った。アルフリードはそっぽを向いている。

「ひげをはやした男が身もだえなんぞするな。気色悪い」

　冷たいことをいいながら、ギーヴは羽を動かしつづけた。

「なるほど、これがナルサス式か」

　アルスラーンは苦笑するしかない。長時間、全身をくすぐられるほど苦しいことはめったにない。しかも一滴《いってき》の血も流れることはなく、責められる者は笑いつづけているのだから、見た目には滑稽《こっけい》なのである。カドフィセスは拷問に耐えつつ抗議しようとしたが、

「おのれ（わははは）卑劣《ひれつ》な（うひゃひゃ）パルス人どもめ（ぐははは）こんな（むひひひ）きたない策《て》を（ぶひひひ）使うとは（げひゃひゃひゃ）恥を知れ（ぬばばば）」

　というぐあいで、いくら悲壮に抗議しようとしても、かっこうよくはならない。ぶざまなだけである。かなり長い間、カドフィセスは「きたない拷問」に耐えつづけた。だが「卑劣なパルス人ども」は交替でカドフィセスをくすぐりつづけ、ついにチュルクの王族は屈伏《くっぷく》した。

「しゃ、しゃべるからもうやめてくれ……」

よだれと鼻水を流しながらカドフィセスはあえいだ。彼はチュルク貴族のなかでも指おりの色事師《いろごとし》であったから、このありさまを見たら、チュルクの女たちはさぞ落胆《らくたん》するであろう。

すべての事情を、カドフィセスは告白した。すこしでも返事がおくれると、たちまち孔雀の羽ボウキがおそってくるから、嘘いつわりを考えだす余裕もなかった。告白が終わると、カドフィセスは紐《ひも》を解かれ、衣服を返してもらい、うってかわって鄭重《ていちょう》にあつかわれた。むろん行動の自由はなく、左手首と左足首とを革紐《かわひも》でつながれ、ジャスワントが見張っている。

「なるほど、あの御仁はカルハナ王に体《てい》よく追放されたのか。だが、なぜカルハナ王はそのようなことをしたのだろう。どうころんでも損はしないといっても」

「カルハナ王自身、まだ完全に方針がさだまっておらぬのでございましょう。あるていど事態が動いてから、それに反応するつもりかと思われます」

「カドフィセス卿をどうする、ナルサス？」

「ご案じなく。カドフィセスのほうから何か提案してまいりましょう」

ナルサスの予測どおりだった。

拷問から解放されたカドフィセスは、落ちつきをとりもどすと、自分の未来について考えこんでしまったのだ。もはや他に道はない。このさいパルスとシンドゥラの後押《あとお》しをえて、カルハナ王の地位を奪いとるのだ。そうしなければ異国を流浪《るろう》してみじめな一生を送るだけである。

「私にはチュルクの王位。あなたがたには国境の安定と平和。おたがいにとって悪い話とは思えぬが」

そうカドフィセスは申し出た。きちんと衣服を着て落ちついていると、カドフィセスには王侯《おうこう》らしい気品がある。先ほどまで鼻水をたらして笑い死にかけていた男には見えなかった。

IV

カドフィセスの申し出を聞いて、首をかしげたのはラジェンドラ王であった。

「カルハナ王のように危険な人物を王座から追い出すことができれば、たしかにめでたい。だが、うますぎる話を調子よく並べたてるような奴《やつ》は油断できぬぞ、アルスラーンどの」

まったくそのとおりだ、と、ダリューンが大きくうなずいた。ナルサスもうなずいたが、彼は「信用」と「利用」とをきちんと区別している。ダリューンがいったとおり、彼は心に絵図を描《か》いていた。そのためにはカドフィセスを有効に利用しなくてはならない。

アルスラーンの許可をえて、ナルサスはカドフィセスと一対一で会った。ナルサスの名を、カドフィセスは知っていた。用心したようだが、用心ばかりしていてもカドフィセスの立場はよくならない。

「パルスの軍師どのよ、仮面兵団とチュルク国王とは、われらにとって共通の敵だ。力をあわせて両方とも滅ぼしてしまおうではないか」

「ではひとつ、おぬしの誠意を証明してもらおう」

ナルサスは話に乗ってみせた。

「仮面兵団を鏖殺《おうさつ》するのに役に立ってもらう。それが成功すれば、パルスとシンドゥラの両国王は、おぬしの同盟者となってくださろうよ」

ナルサスがカドフィセスに指示したのは、仮面兵団をおびきよせる役割であった。カドフィセスは仮面兵団を追って、その総帥《そうすい》に会う。そして「カルハナ王からのご命令」を彼に伝える。「ただちにコートカプラ城へおもむいて、シング将軍らと合流せよ」という命令である。仮面兵団がこの命令にしたがい、コートカプラ城へ急行すれば、その針路に兵を伏せて撃滅する、というのである。

カドフィセスは承知したので、ナルサスはアルスラーンにその件を報告した。

「陛下、カドフィセス卿がこの時機にシンドゥラへやってきた理由をお考えください。表面的に何があろうとも、カルハナ王との間に対立があったことはたしかでございます。それを利用しない策《て》はございません」

アルスラーンは小首をかしげた。

「しかしカルハナ王がカドフィセスに命じて、最初からわれわれを罠《わな》に誘いこもうとしている。その可能性はないか。ナルサスはもう充分、考えたことと思うが」

「陛下のご心配はごもっとも。そのときはまた別の思案がございます」

落ちつきはらっていうと、ナルサスは箱をひとつ取りだした。籐《とう》を編《あ》んでつくられた箱は、外気をよく通し、湿気をとりさるので、文書を保管するのに使われる。蓋《ふた》をあけて、ナルサスは紙の束をとりだした。かなりの量がある。

「いずれもカドフィセス卿に書かせた手紙でございます」

ナルサスは説明した。チュルク文字はアルスラーンには読めないので、ナルサスの説明が必要だった。

一通はカルハナ王にあてた手紙である。内容はこうだ。「自分はシンドゥラにやってきたが、チュルク軍はコートカプラ城で孤立しており、近づくことができない。仮面兵団の指揮権をえてチュルク軍を救出したいが、命令を聞きいれられぬかもしれぬので、国王の直接の許可をいただきたい」というものであった。

「あわせて八通ございます。このうち半数ほどは実際の役に立ちましょう。お見せしたのは一例でございます」

「カドフィセスがどんな手紙を書いたとしても、カルハナ王が信じるかな」

「なに、信じなければ信じないでかまいませぬ。敵が裏をかくつもりで何かしかけてくれれば、さらに裏をかくだけのこと。敵が疑い逡巡《しゅんじゅん》して何もせぬなら、こちらは妨害《ぼうがい》されずにすむというもの。どうころんでも損はしませぬ」

ナルサスはとりだした手紙をふたたび箱のなかに

もどし、エラムの手にあずけた。策士というより、いたずらこぞうの表情になっている。

「それに、実《じつ》を申しますと、カドフィセスの手紙の内容などどうでもよいのです。一通でなく八通も書かせたのは、カドフィセスに、このうちどれかがかならず使われる、と思いこませるためでござる」

「目的は他にあるというのか。ナルサスらしいな。どんな目的だ？」

「陛下はいかがお考えで？」

　ナルサスが問い返す。何かというとナルサスは教師癖をだして、アルスラーンに自分で考えさせようとするのだ。若い国王《シャーオ》はきまじめに考えこみ、やがてあることに気づいた。

「そうか。カドフィセスの書いたものを手にいれること自体が目的なのだな。とすると、筆跡《ひっせき》を知るのがナルサスのねらいか」

「ご明察《めいさつ》」

　ナルサスが手をたたいて、できのよい弟子をほめた。

「カドフィセスの筆跡を知っておれば、偽《にせ》の手紙をいくらでもつくれます。ヘラート盆地にこもって動かぬチュルクの穴熊《あなぐま》どのに、すこしいやがらせをしてやりましょう」

　チュルクの穴熊。カルハナ王がそう呼ばれるようになったのは、このときからである。意地悪な口調で、ナルサスはそういったが、すぐに口調をあらためた。

「もうひとつ陛下にうかがいますが、異国に身をおかれて、いまご心配な点は何でございますか」

「私が恐れているのは、カルハナ王がパルス本国を急襲《きゅうしゅう》することだ。チュルク軍が北上してトゥラーン領へはいり、わが軍の進んできた道を逆行して北からパルス領へなだれこんできたら、やっかいだろう。そのときはわれわれもすぐに軍を返し、パルスに帰らねばなるまい」

　ダリューンが感心したように若い国王《シャーオ》を見やり、ナルサスは深く一礼してみせた。

「陛下のご賢察《けんさつ》、感服いたしました」

「おだてないでくれ。とっくにナルサスは気づいていたのだろう」

「さようでございますが、私はいわば別格でございますので」

ぬけぬけとナルサスはいい、ダリューンとエラムがちらりと目を見かわした。ひとつせきばらいして、ナルサスが話しつづける。

「チュルク国王カルハナは梟雄《きょうゆう》でございます。まことに油断ならぬ人物ではございますが、恐れる必要はありませぬ。彼はヘラート盆地という難攻不落の本拠地を持っておりますが、それゆえにかえって行動を縛られております」

ナルサスがエラムをかえりみる。アルスラーンの兄弟弟子である若者は、こころえて、天幕のすみに足を運び、チュルクからシンドゥラ北方にかけての地図を大きな箱のなかからとりだした。一同の前に、それがひろげられた。

「カルハナ王に雄志があれば、たしかに、陛下がおっしゃったような行動をとることでございましょう。ですが、仮面兵団の件といい、カドフィセスの件といい、カルハナ王の行動には、あきらかな限界がございます。自分自身は安全なヘラート盆地にたてこもって外に出ず、他人を動かして目的を達しようとするのです」

ナルサスの指先が地図をたたく。

「ゆえに、彼を穴熊と呼んでよろしいでしょう。いかに野望をたくましくしても、失敗すれば巣穴にこもればよいと思っている以上、カルハナ王の陰謀は羽根のない矢も同じ。遠くへは飛びようもありませぬ」

腕を組んだダリューンが無言でうなずく。

「四月も後半になれば、シンドゥラは蒸し暑い夏にはいります。兵士たちにも遠征の疲れが出てまいります。されば、その前にひとまず結着《かた》をつけることにして、まずはコートカプラ城をチュルク軍から奪回いたしましょうか」

さらりとナルサスはいってのけた。コートカプラ城にたてこもる三万の大軍など、いないも同然の口ぶりである。コートカプラ城を奪回することは、軍事よりむしろ政事《まつりごと》の問題であった。ラジェンドラ王にしてみれば、領土の一部を外国の軍勢に占領されたままにしておくのは、いかにもまずい。彼は民衆の人気をだいじにしていたから、いいところを見せておく必要があるのだ。パルス軍にしてみれば、「何であいつの人気とりに、おれたちが生命《いのち》がけで協力してやらねばならんのだ」ということになるが、もともと出兵の目的がラジェンドラ王を応援することにあるのだから、これはしかたがないのであった。

ダリューンとナルサスはアルスラーン王の御前を退出した。並んで歩きながらナルサスが口を開いた。

「さて、仮面兵団の件だが、ヒルメス王子が賢明《けんめい》なら、コートカプラ城のチュルク軍など放っておいて、さっさとチュルクに帰るだろう。カルハナ王からチュルク軍を救うよう命令を受けているわけではないだろうし」

「チュルク軍を助けて貸しをつくっておこう、とは考えないかな」

「そうはなるまい。掠奪《りゃくだつ》した物資をかかえたままではこれ以上、戦えぬ」

「そうあってほしいものだな」

仮に戦ってヒルメスを捕虜にでもした日には、むしろパルス人たちのほうが困惑するのだ。ヒルメスは前王朝の血をひく貴人である。ダリューンもナルサスも、前王朝につかえていたのだし、そうでなくてもやはり礼儀を守る必要があった。

ヒルメスが現在のパルス宮廷に敵対してきたとき、どう対処するか。政事の次元でいうなら、解答はひとつしかない。再起の余地がないまでにたたきつぶし、できればあとくされがないよう死を与えることだ。だが。

「アルスラーン陛下は、それができる御方ではない」

ダリューンもナルサスも、そのことを充分に承知している。戦場で剣を手にして出会えば、ダリューンは堂々と戦ってヒルメスを斬るつもりだが、アルスラーンにしてみればさぞ後味《あとあじ》が悪いだろう。ヒルメスが宮廷の貴族におさまり、どこかの荘園《しょうえん》でのんびり生活してくれればもっともよいのだが……。

「血統にこだわるというのは、結局、生きる姿勢がうしろむきということなのだ。血統がしめすものは過去の栄光であって未来の可能性ではないからな」

ナルサスはひとつ頭を振り、空を見あげた。ゆっくりと告死天使《アズライール》の黒い影が風の回廊《かいろう》をめぐっている。

「カルハナ王はヘラート盆地という要害のなかに閉じこめられている。ヒルメス王子も、目に見えぬ城壁のなかに自分自身を閉じこめておいでだ。血の呪縛《じゅばく》がなかったら、あの方の人生はもっと前むきのものになったろう」

ダリューンが強い口調で応じた。

「ご不幸な方ではあるが、その城壁に閉じこもるのも、そこから飛び立つのも、ご自分の意思によるだろう。アルスラーン陛下のほうは、ご自分を不幸だと思って甘やかしてはおられぬ。ヒルメス殿下には文武の才能がたしかにおありだが、王者としての姿勢において、アルスラーン陛下の足もとにもおよばん」

「まさしくそのとおりだ、ダリューン」

うなずくナルサスの声に、肩をすくめる気配がある。

「ヒルメス殿下は鋭敏《えいびん》な方だが、たったひとつそれだけがおわかりにならんのだ」

V

ヒルメスひきいる仮面兵団は、シンドゥラ軍の急攻からたくみに逃れ、タリヤムという丘陵《きゅうりょう》地《ち》で一時休息した。ヒルメスは今後のことについてブルハーンの意見を求めた。

むろんヒルメスはブルハーンだけを重用したわけではない。部下に対して公平な態度をとらねば、異国の戦士たちを自在に統御《とうぎょ》できるものではなかった。だからこそ初老のドルグやクトルミシュも重んじているのだ。

「さて、シンドゥラ軍に肩すかしをくわせてはやったが、案の定チュルクの軍監《ターリキー》どもは不平満々だ。チュルクに帰った後、奴《やつ》らがカルハナ王にわれらを讒言《ざんげん》すること、目に見えるな」

若いブルハーンの返答は明快だった。

「そのときは奴らを斬りましょう」

「ほう、軍監《ターリキー》を斬って無事にすむかな」

ヒルメスが視線を動かす。それを受けて、老練なドルグが意見をのべた。

「むしろ斬らぬほうがよろしいかと存じます」

「理由は？」

「あの軍監どもはチュルク国王に献上《けんじょう》すべき財宝を着服しております。その証拠をにぎり、奴らがわれらに不利な報告をするというときに、それを種にしておどしてやればよいかと。以後われらの役に立ってくれましょう」

「よかろう」

ヒルメスはうなずいたのだったが、この決定はその日のうちにあっさりと変更を余儀《よぎ》なくされた。軍監《ターリキー》のイパムが、ブルハーンを呼びとめて、コートカプラ城のチュルク軍を救うよう、しつこく要求したのである。タリヤムの丘陵地からコートカプラ城までは三日の距離であった。義兄であるシングのことを考えると、イパムとしては放っておけなかったのだ。また、帰国してカルハナ王に責任を追及されることもおそろしかったにちがいない。

最初はおだやかな話しあいに見えたが、ふたりともしだいに言葉が激しくなっていった。ついにイパムが唇をゆがめてあざけった。

「それほどいやがるとは。さては仮面兵団はシンドゥラ軍には勝ててもパルス軍には勝てぬ、というわけでござるな」

その嘲弄《ちょうろう》には、強烈な効果があった。銀仮面をかぶったブルハーンの両眼がすっと細まった。彼は声をおしころしながら、半歩チュルク人につめよった。

「いま何といった？」

そのいいかたが、さらに事態を悪化させた。イパムはブルハーンより年長だったから、もっとていねいに口をきいたほうがよかったのだ。イパムは胸をそらした。

「おう、何度でもいってやる」

回転しはじめた破局《はきょく》の糸車を、もはや誰にもとどめることはできなかった。イパムの舌は、持主の生命を危険な方向へ押しやりはじめた。イパムとしては、青二才におどされてたまるか、と思ったのだ。彼はゆっくりと、だが毒々しく、パルス語でいいつのった。

「いかにも強者《つわもの》の集団のごとくよそおってはいるが、仮面兵団とやらの正体、あからさまになったわ。シンドゥラ軍の不意をついてかきまわすことはできても、パルス軍と正面から戦うなど、かなわぬ業《わざ》よ」

「………」

「しょせん草原をうろつく盗賊《とうぞく》の群。騎士《きし》としての心などあろうはずもないわ、ふん！」

「きさま！」

怒号《どごう》とともに長剣がひらめいた。イパムは用心していたが、それでもかわすことができなかった。ブルハーンの踏みこみ、抜剣《ばっけん》、斬撃《ざんげき》は同時だった。イパムの左腕は、頸部《けいぶ》をかばうためにはねあがり、つぎの瞬間、にぶい音をたてて地に落ちた。肘《ひじ》のところから、イパムは左腕を斬り落とされたのである。

トゥラーン人たちから毒蛇のようにきらわれていたが、イパムは戦士としてはすぐれた男だった。片腕を斬り落とされながら、苦痛と衝撃に耐えて、なお彼は戦おうとしていた。くるりと身を反転させ、ブルハーンにむきなおったとき、彼の右手に刀があった。

「トゥラーンの青二才め！　きさまなどにおくれをとるおれと思うか」

強烈な突きがブルハーンをおそった。刀を振りまわして斬ろうとしても、片腕を失った身では均衡《きんこう》がくずれる。イパムとしては突くしかなかった。突きの強烈さは、ブルハーンの予測をこえていた。イパムが戦闘力を失った、という思いこみもあったにちがいない。

刀の尖端《せんたん》がまっすぐ伸びて、ブルハーンの銀仮面を突いた。かたいものが割れる音がして、銀仮面が左右に飛んだ。ブルハーンは大きくのけぞって第二撃を避けた。イパムは力つき、刀と右腕を伸ばしたまま、血だまりのなかに倒れ伏した。彼自身がつくった血だまりのなかに。

あらい息をついて、姿勢をたてなおしたブルハーンは、すぐそばに歩みよってきた人影に気づいて息をのんだ。

「銀仮面卿……！」

ブルハーンが地に片ひざをつき、血ぬれた剣を地に突き刺した。最高の敬意をあらわすしぐさであった。ヒルメスは無言のままブルハーンを見おろし、地面でわずかにもがくイパムを見おろした。ヒルメスの軍律の厳格《げんかく》なことは、将兵の全員が知っている。誅戮《ちゆうりく》の刃《やいば》がブルハーンに振りおろされることを誰もが予測した。

ドルグとクトルミシュが、左右から若者をはさむように地にひざまずいた。

「ブルハーンをお赦《ゆる》し下され、銀仮面卿。未熟者のあさはかさ、おのれの感情におぼれて銀仮面卿のお立場に傷をつけてしまい申した。罪は大きゅうございますが、功績によって罪をつぐなわせていただきたく存じます」

ドルグの声に、ヒルメスの冷たい声がかさなった。

「ブルハーン」

「は、はいっ」

「そこでうごめいている男にとどめを刺してやれ。せめてもの慈悲というものだ」

「はっ……」

何ともいいようのない表情をブルハーンがつくると、ヒルメスはさらに命じた。

「軍監《ターリキー》どもを殺しつくせ。コートカプラ城から来た使者も殺せ。死体はすべて埋めて痕跡《こんせき》をのこすな」

はじかれたように、ドルグとクトルミシュは立ちあがった。しわがれた声を、ドルグが張りあげた。

「銀仮面卿のご命令だ。チュルク人どもをひとりも生かすな！」

おどろいたトゥラーン人たちだが、たちどころに行動にうつった。チュルク人たちの横暴に対する怒りと憎しみは、爆発するきっかけを待っていたのだ。剣を抜き、槍をかまえて、手近なところにいるチュルク人たちをおそった。仰天したチュルク人たちは、刀を抜いてよく戦ったが、人数に差がありすぎる。五百をかぞえる間に全員が斬り殺され、タリヤムの丘陵地《きゅうりょうち》はチュルク人の血にぬれた。

ドルグとクトルミシュは兵士たちに命じてチュルク人たちの屍体《したい》と武器を窪地《くぼち》に集めさせ、上から土と砂を厚くかぶせた。チュルク人たちがトゥラーン人から召しあげた財宝もとりあげられた。それらの光景を、黙然《もくぜん》とヒルメスは見守った。

この世の光をあびることがなかったわが子のことを、ぼんやりとヒルメスは考えた。無事に生まれていれば、その子は、パルスとマルヤムと、ふたつの王冠を頭上にいただく可能性があったのだ。父はパルスの王族、母はマルヤムの皇女。高貴な血を一身にあつめて生まれるはずの子であった。

ふと疑問がわいた。ヒルメスが軍をひきいて行くべきは、シンドゥラではなくマルヤムではなかったのか。マルヤムを不法に支配するルシタニア軍を撃ちはらい、ヒルメスの旌旗《せいき》をそこに高々とひるがえす。それをおこなってこそ、亡き妻イリーナの魂も安らぐのではないか。

かつてヒルメスは生涯をかけて戦うべき敵を見失ってしまったことがある。そのときの衝撃は大きく、ヒルメスは故国であるパルスにいたたまれなくなって、イリーナただひとりをともない、流浪《るろう》の旅路をたどることになったのだ。そのときは、地上の権勢をすてることに、ためらいはなかったのだ。

「おれの旌旗をどこに立てるべきか……」

青地に白く太陽をえがいた仮面兵団の三角旗が、ヒルメスの視線の先に立って、シンドゥラの春風にひるがえっている。

遠慮《えんりょ》がちにヒルメスを呼ぶ声がした。ふりむいたヒルメスの目に、ひざまずくトゥラーン人たちの姿が映った。

「チュルク人ども、ひとりのこらず殺しました。今後のご命令を」

　クトルミシュが頭をさげる。血の匂いがヒルメスの鼻をついた。もはやヒルメスにもトゥラーン人にも、帰るべき道はなかった。

VI

　コートカプラ城にたてこもったチュルク軍は、不安と焦《い》らだちの日々を送っていた。

　城を奪取するときには死力をつくして奮戦したのだが、占拠した後には気がぬけてしまう。安全な城壁と、百日分ほどの食糧を手にいれてひと安心し、あらためて周囲を見わたすと、いささか心ぼそい状態であることに気がつくのだ。城壁のなかには三万の味方がいるが、城壁の外は敵ばかりである。

　シング、プラヤーグ、デオ、ドグラーらの将軍たちは、声をひそめて相談しあった。

「敵国の奥ふかく攻めこんだはよいが、これでは立ち枯れを待つばかりだの」

「食糧を食いつくしたらおしまいだ。これから先どうするか、名案はないか」

「仮面兵団のほうからはまだ何も連絡はないのか」

「あんな奴ら、どうせあてにならぬ。掠奪に夢中で、帰る道も忘れておろうよ」

　なす術《すべ》もなく日がすぎて、三月二十日のことである。コートカプラ城の西方に、大きく砂塵があがるのが城壁の上から見えた。風に乗って、さまざまな音が聴《きこ》えてくる。馬蹄のとどろき、車輪のひびき、剣や槍を打ちかわす音、叫び声。城壁の上から目をこらすと、砂塵のなかにひるがえる旗が何本も見えた。ときおり光がきらめくのは、甲冑や剣に陽光が反射しているのだった。砂塵が近づくと、騎馬の隊列が見え、何十台もの牛車があとにつづき、さらに後方に騎馬隊の姿が見えた。

「仮面兵団だ。シンドゥラ軍に追われているぞ」

　城壁の上からチュルク軍は追撃戦を見おろした。すぐに助けにいこうとしないのは、「しょせん奴らは異国の流れ者」という意識が、どうしてもあるからだ。だが、そのような意識も、たちまち吹きとんだ。

仮面兵団の牛車から麻《あさ》の袋がころげおちた。追いすがったシンドゥラ兵の刀がその袋を斬り裂くと、そこからあふれ出て道にまきちらされたものがある。砂のように見えたが、そうではなかった。シンドゥラ特産の、赤みをおびた米だった。それを知ったとき、チュルク兵たちは歓声《かんせい》をあげた。仮面兵団は味方のために食糧を運んできたのだ。

「城門をあけろ！　助けに行け」

シングが命令した。だが、その命令より早く、チュルク兵たちは城壁から地上へと階段を駆けおりている。極端なところ、仮面兵団のトゥラーン人たちがどうなってもかまわぬが、食糧だけは手にいれねばならなかった。

「落ちつけ、整然と行動せよ。城門をあけたときシンドゥラ軍になだれこまれたらおしまいだぞ」

城門の前で兵士たちを制したのはプラヤーグ将軍である。すると、扉《とびら》の外から開門を求める叫び声がした。大陸公路諸国の共通語であるパルス語の叫びだ。だが、その声にあきらかなトゥラーンなまりがあることを、プラヤーグの耳はたしかめた。トゥラーンなまりのパルス語、つまり仮面兵団の言葉である。わっとばかりチュルク兵は扉にむらがって閂《かんぬき》をはずした。扉があけ放たれた。銀色の仮面をかぶった騎士が、すばらしい手綱さばきでプラヤーグのそばを駆けぬけようとした。

「あっ、きさまは……！」

いい終えぬうちに、プラヤーグの首は鮮血《せんけつ》の尾をひいて宙に舞いあがっている。にわかづくりの銀仮面をはずして不敵に笑った顔は、トゥラーン人ジムサ将軍のものだった。トゥラーンなまりのパルス語をしゃべるのは、あたりまえのことだ。

銀仮面は、牛の革でつくった面を銀色にぬっただけのものだった。混戦と砂塵のなか、城壁上のチュルク兵からは、充分にほんものらしく見えたのである。

「それに、人は自分が見たいものだけを見るものでございまして、陛下」

とは、パルスの宮廷《きゅうてい》画家が、敵を罠にかける技術について、弟子に語った台詞《せりふ》である。

ジムサは偽の銀仮面を宙に放りあげると、おとくいの吹矢を口にあてた。音もなく飛来する毒吹矢を受け、チュルク兵は、自分が死ぬ理由もわからぬまま地に倒れていく。

ジムサにつづいて、パルス軍が乱入する。まだ城壁の上にいたドグラー将軍は、抜刀《ばっとう》して階段を駆けおりようとしたが、エラムの矢を受けてまっさかさまに転落していった。デオ将軍はファランギースと剣をまじえ、咽喉《のど》を斬り裂かれた。味方がたちまち劣勢に追いこまれるのを見て、シング将軍はみずから敵兵の前に躍《おど》りだした。

「われはチュルク国のシング将軍だ。武勲《ぶくん》をたてたい者は、わが前に名乗り出よ！」

たちまちパルス兵の剣と槍が、シングにむかって何本も突き出されてきた。シングは刃の厚い大刀をふるって、突き出される剣や槍を斬りはらった。踏みこんで、ひとりの頸部《けいぶ》をたたき折り、かえす一撃でふたりめの顔面を突きくだいた。返り血をあびて上半身をまだらに赤く染めながら、シングは三人めのパルス人にむけて大刀を振りおろした。

強烈な一撃は、だが、銀色の閃光にはじき返された。よろめき、姿勢をたてなおしたシングは、自分が伝説の騎士と対面していることを知った。眼光するどい黒衣の騎士が、シングの前に立ちはだかっており、ひるがえるマントの裏地が人血で染められたように赤い。

シングはつばをのみこみ、決死の力をこめて大刀をたたきつけていった。ダリューンの長剣がふたたび雷光《らいこう》のきらめきを発した。シングの大刀は音たかく折れくだけ、シングはしびれた手を舞わせながらひざをついた。

シングはとらえられ、革紐《かわひも》で両手を縛《しば》られて、パルス国王とシンドゥラ国王の前に引きだされた。プラヤーグ、デオ、ドグラーの三将軍も、彼に並んだ。

ただし、この三人の場合は、首だけが並べられたのである。シングは死を覚悟したが、パルスの宮廷画家と称する人物は、彼に一通の手紙を差しだしていった。

「これは国王の従弟《いとこ》であるカドフィセス卿から王へあてた手紙だ。まちがいなくとどけていただこう。チュルクとの国境までは、シンドゥラ軍が護送つかまつる」

シングは助命されたわけだが、パルス軍に感謝する気にはなれなかった。帰国してカルハナ王に対面するほうが、パルス軍に処刑されるよりよほどおそろしかったのだ。

攻防戦で五千のチュルク兵が死に、武装解除された二万五千のチュルク兵は、一時的にコートカプラ城を占拠しただけで、むなしく故国へと追い帰されることになったのである。むろん、これですべてが終わったわけではなかった。死んだ者はともかく、生き残った者にとっては、あたらしい幕が開いただけのことだった。

旋旗流転

第三章

迷路を歩む者たち

9

I

パルスとシンドゥラの両軍がコートカプラ城を奪回し、あらたな作戦を展開しようとしていたころ。パルス暦では三二五年の三月半ばである。コートカプラ城から西へ二百五十ファルサング（約千二百五十キロ）をへたミスル国では、着々とパルス出兵の準備がすすめられていた。

ミスル国王ホサイン三世の準備は、きわめて念いりであった。前年、パルス軍に敗れているから当然のことである。騎兵、歩兵、戦車隊、駱駝《らくだ》隊をあわせて六万五千の陸上兵力をそろえ、海上では二百隻《せき》の軍船に二万四千の兵士をのせることにした。そして後方の補給部隊にも、十万人の民衆を動員し、三千台の牛車と五千頭の騾《ら》馬《ば》を用意した。

ホサイン三世が千里眼であり、パルス軍の最精鋭が遠くシンドゥラの地にあることを知っていたら、長々と準備に時間をかけたりはしなかっただろう。すぐさま騎兵と駱駝部隊を投入して、パルスとの国境を突破したにちがいない。だが、彼は千里眼ではなかったので、日数をかけて準備するだけに終わった。

むろんホサイン三世は、諜者《ちょうじゃ》を放ったり隊商から話を集めたりして、パルス国内のようすを調べた。その結果、万単位のパルス軍が北へ移動したことが知れたが、どうやら訓練のためで、すぐに王都エクバターナへもどるであろう、と思われた。まさかトゥラーン領からさらにチュルク領をへてシンドゥラ領へはいる大遠征であろうとは、想像もできないことであった。

諜者の活動も、はでになれば敵の注意をひく。「ミスルの諜者の動きが活発だ。何かたくらんでいるな」と思われては、万事休すだ。ほどほどのところで、ホサイン王は手をひいた。いつでも出兵できるよう、戦備《せんび》をととのえておくほうが重要であろう、と思った。

出兵の大義名分は、「パルスに正統の国王《シャーオ》を」である。パルス前王朝の血をひくヒルメス王子をパルスの玉座にすわらせる。そして王妃《おうひ》となるのはミスル国の王女のひとりである。両国は血の絆《きずな》によって結ばれ、永く平和を楽しむことができるだろう。それがミスルの表むきの口実である。

計画の重要な駒《こま》がザンデだった。

ザンデはパルスの万騎長《マルズバーン》カーラーンの遺児であり、父子二代、ヒルメスに忠誠をつくしてきた。その忠誠が広く世のためになることであったかどうかは、またべつの問題である。

パルス暦三二一年の秋、ヒルメスはイリーナひとりをつれて故国を去った。ザンデもひとりで流浪《るろう》の旅に出た。三年余の歳月《さいげつ》をへて、ザンデはミスル国へと流れてきたが、そこでヒルメスが王宮の客として滞在していると聞き、ふたたび彼につかえようとしたのである。ホサイン三世は、ザンデに告げた。ヒルメス王子を正統の王位につけるために協力せよ、と。ザンデは喜んで協力を誓《ちか》った。

ホサイン三世の心境は、やや複雑である。彼は正体不明のパルス人の顔を焼いて黄金仮面をかぶせ、ヒルメス王子にしたてた。彼をパルスの王位につけ、いずれパルス全体を乗っとるつもりである。またザンデを利用して、パルス国内の不満分子をそそのかし、叛乱《はんらん》をおこさせるという策《て》もあった。

悪辣《あくらつ》きわまる陰謀家の所業《しょぎょう》である。ところが同時にホサイン三世は、多少のうしろめたさを感じてもいた。ザンデの忠誠心がいつわりのないものであることを、ホサイン三世は承知していたのである。それだけに、事の真相を知ったとき、ザンデがどれほど怒るか、ホサイン三世にはよく想像がついた。

「気がつかぬほうが、あやつ自身のためだ」

真相を知ったとき、ザンデは殺されることになる。

「ところで、あの男はどうしておる?」

ホサイン三世が口にしたのは、むろん偽《にせ》のヒルメス王子のことである。問われた侍従《じじゅう》は答えた。亡命パルス人や美女を周囲にはべらせ、夜ごと美酒美食を楽しんでいる、と。

「すっかりパルスの国王《シャーオ》になったつもりのようで

ございます」

「まあよかろう。ザンデとやらいう男を信用させるためにも、それらしくふるまったほうがよい。あの男に疑われたら、すべて水泡《すいほう》に帰してしまうからな」

　ホサイン三世の声は、自分自身を説得しているようでもあった。

　昨年の秋、ザンデがミスルの王宮にあらわれると、将軍マシニッサはホサイン三世にすすめた。ザンデは真物《ほんもの》のヒルメスをよく知っている、計画のさまたげとなるかもしれない、殺すべきである、と。その意見を、ホサイン三世はしりぞけた。むしろ積極的にザンデを利用しようと思ったのだ。ザンデが「この御方《おかた》こそ、真のパルス国王たるヒルメスさまである」と断言すれば、誰でもそれを信じるであろう。

　こうしてホサイン三世はザンデをだまし、さまざまに貴重な情報をえようとした。だいたいはうまくいったが、危険な場面もあった。あるときザンデが質問したのだ。イリーナさまはいかがなされたのか、と。

「イリーナ？」

「マルヤム王国の内親王《ないしんのう》たるイリーナ姫でござる。ヒルメス殿下と結ばれておいでのはずでござるが、お元気でござろうか。病弱な女性《にょしょう》であられたゆえ、気になり申す」

　かろうじてホサイン三世は、表情を晦《くら》ませた。

「ヒルメスどのはあまり私生活を語ろうとなさらぬのでな。この国を来訪なさったときには、おひとりであった。おそらく亡くなったのではないか」

「さようでございましたか」

「ヒルメスどのを、あまり問いつめぬがよいぞ。心の傷《いた》みを刺激することになろうからな」

「おおせのとおり。こころいたします」

　そのような場面をへて、ついにザンデは「ヒルメス殿下」と再会することになった。年があらたまる直前、ザンデは「ヒルメス殿下」の病室にはいることを許可された。ヒルメスが黄金の仮面をかぶっていることも、このとき告げられた。

「しかし黄金の仮面とはな。いささかヒルメス殿下のご趣味も悪くなった」

内心そう思いながら、平服姿のザンデは王宮の奥深い病室へと案内された。剣をおびたマシニッサ将軍が、二十名の武装した兵士をしたがえて彼を案内したのだ。病室の窓は厚い帷《とばり》におおわれ、広い寝台で人影が上半身をおこしていた。

ザンデは臆病《おくびょう》な男ではない。だが、薄闇《うすやみ》に浮かびあがる黄金仮面を見たとき、一瞬《いっしゅん》ぎょっとして足をとめてしまった。あらかじめ知らされていなければ、思わず声をあげてしまったかもしれない。

立ちすくんだザンデの背後にマシニッサ将軍がいる。彼の手は剣の柄《つか》にかかっていた。ザンデが何かまずいことを口走ったときには、背後から躍りかかって心臓をつらぬく手はずであった。だがザンデのほうはマシニッサの存在など忘れていた。たしかに衝撃はあったが、最初からヒルメスと思いこんでいるのだ。なつかしさと同情がわきおこり、ようやく彼が名乗ると、寝台のそばにひざまずいた。

黄金仮面は低くかすれた声で応じた。

「ザンデか、よく訪ねて来てくれた。おぬしがいてくれれば何かと心強い」

「ありがたいお言葉でございます」

「ありがたいのはこちらだ。寸土《すんど》も持たぬ身に、父子二代よくつくしてくれる。おれが志《こころざし》を果たしたあかつきには、おぬしの子孫にいたるまで栄華《えいが》のかぎりをつくさせてやろう」

黄金仮面の声に熱がこもった。何か思いついたように、彼は病床で身動きした。

「そうだ、大将軍《エーラーン》の職を代々おぬしの家の世襲《せしゅう》としよう」

「殿下、それはあまりにも……」

「いや、それくらいのことはさせてもらわねば、おれの気がすまぬ」

黄金仮面は声を切り、二、三度せきこんだ。冷笑を浮かべるマシニッサの前で、黄金仮面はなおたくみに演技をつづけた。

「しかし、何もかも変わってしまった。おぬしは一段と強者《つわもの》らしくなったが、おれはこのざまだ」

「殿下……」

「なさけないことだ。おぬしの目には、まるで別人のように見えるだろう。声までも変わってしまった」

それはザンデの疑惑を呼ばぬための、念をいれた演技であった。悪くいえば単純、よくいえば朴直《ぼくちょく》なザンデは、胸をうたれて、大声を張りあげた。

「いえ、そのようなことはございませぬ。昔ながらの勇ましいお姿、あの世におります父カーラーンも殿下を応援しておりましょう」

「だとよいのだが……」

「ぜひ、ぜひパルスの王位を殿下の御手《みて》に」

「うむ、おぬしを頼りに思うぞ」

「生命《いのち》を惜しむところではございませぬ」

こうして、三年ぶりに再会した主従は、大いなる目的に向けて、ふたたび手をたずさえることになったのである。そうザンデは信じた。彼だけが心から信じたのだ。


それが昨年、パルス暦でいえば三二四年末のことである。それ以来、ザンデはホサイン王からミスルの将軍としての待遇《たいぐう》を受けるようになった。任務は「ヒルメス王子を補佐《ほさ》する」ことだが、それとおなじくらい重要な仕事がふたつあった。

ひとつは、ミスル国内にいるパルス人たちを組織化することである。その人数は三万人ほどと思われるが、大半はアルスラーンの治世に反感を持つ者たちであった。たとえば、追放された奴隷《どれい》商人、海賊《かいぞく》と結託《けったく》していた役人、特権をとりあげられた神官、落ちぶれた貴族などである。ザンデは彼らを集めた。一万人ほどを集めて、「ヒルメス王子」に忠誠を誓わせた。彼らはパルス国内に知人や親族がおり、たがいに連絡をとって、いざというときにはパルス国内で暴動をおこすことになっていた。

「どうもあまりろくな人材はいないようだな。だがとにかく味方がいないからしかたない」

ザンデはそう思っている。そして、彼らが工作費だの活動費だのをせびりに来ると、自分が管理する軍用金のなかからそれを与えた。

もうひとつの仕事は、ミスルの騎兵部隊を訓練することである。騎兵の戦法や訓練については、ミスルよりパルスのほうがはるかにすぐれていた。ザンデにいわせればあたりまえのことで、パルスの騎兵部隊は地上で最強の軍隊なのである。

ザンデは亡き父カーラーンから武術や騎兵戦法を教わっている。ホサイン王から依頼されると、はりきってミスル騎兵の訓練をはじめた。熱心すぎる教師は、だいたいきらわれるものである。ザンデが異国人ということもあって、ミスル騎兵は彼をきらったが、訓練をかさねるうちに動きもよくなり、模擬《もぎ》戦《せん》をくりかえししてしだいに実力をつけていった。

II

三月半ばのある日、ミスル騎兵の訓練を終えて、ザンデは宿舎に帰った。すでに夜、黄銅色の月が亜《あ》熱帯樹《ねったいじゅ》の梢《こずえ》にかかっている。北の海から涼《すず》しい風が吹きこんで、まことに心地よい南国の春の夜であった。

赤や黄の花々にかこまれた白い石づくりの平屋がザンデの宿舎である。彼は花などに興味がないので、それらの花の名も知らない。やたら色と香《か》の強い花だ、と思うだけである。

「お帰り、ザンデ」

若い女の声がした。パルス語であった。玄関にザンデを出迎えた女は、背が高く、はちきれそうに豊満な身体《からだ》を麻の服につつんでいた。黒い髪が小さな渦をいくつもつくって肩の下までとどき、肌は小麦色である。鼻と口とがやや大きいが、美しいといってよい顔だちで、それもたくましいほどの生命力を持つ美しさだった。たとえば、イリーナ姫のようなひ弱さとはまったく無縁だ。

「召使をやとえといったろうが。そのていどの俸《ほう》給《きゅう》は、ホサイン王からいただいておるのに」

「うかうかと、そんな気にはなれないね。つい四、五か月前までは食うにもこまっていた流れ者の分際なのにさ」

「四、五か月前まではな。だが、いまはちがうぞ。あと三年もしてみろ、おれは栄《はえ》あるパルス王国の大将軍《エーラーン》だ」

「けっこうだねえ。夢ってやつは、いくらかじっても減らないらしいね」

ザンデの自負《じふ》を、女はあっさりとかたづけた。ザンデはしぶい表情になったが、どなりつけたりはしなかった。家の奥にすすんで食卓に着く。ミスル葡《ぶ》萄酒《どうしゅ》、牛の内臓と大豆《だいず》の煮こみ、ネギをきざんでいれた小麦の薄《うす》パン、羊肉の鉄串《てつぐし》焼《や》き。それらを盛大に胃袋に放りこみながら、ザンデは女に話しかけた。話題はいつも決まっている。「ヒルメス殿下のご苦労」についての思い出話だ。女のほうは、いたって冷淡《れいたん》だった。

「だけどそのおえらいヒルメス殿下とやらが、あんたに何をしてくれたっていうのさ。さんざんただ働きさせたあげく、あんたのこと放り出したんだろ。薄情な話じゃないか」

「あ、あれはしかたなかったのだ」

ザンデはむきになって主君をかばった。

「何分にも、ヒルメス殿下は、ご自分がオスロエス五世陛下《へいか》のご実子《じっし》だと信じておられた。そうでないことがわかって、どれほど衝撃をお受けになったことか。人の世に嫌気がさして、何もかも投げだしたくなられても、しかたない。おれは殿下をお怨《うら》み申してはおらんぞ」

「ああ、そうかい。だけど忘れてほしくないもんだね。あんたがこの一年、何とかでかい図体《ずうたい》を維持《いじ》してこられたのはヒルメス殿下とやらのおかげじゃないだろ」

「わかっとる。お前には世話になった。感謝しとるんだ」

ザンデは女に頭があがらないようであった。

「それにしても、あんた、ヒルメス殿下とやらの顔も見ないのに、よくご主君だとわかったもんだね」

「わからいでか。以前にもお前には話しただろうが」

「顔の右半分に火傷《やけど》の痕《あと》があって仮面をかぶっているからヒルメス王子だってのかい」

「そ、そうだ」

「だったら、あんたでもヒルメス王子になれるじゃないか。顔を焼いて仮面をかぶりゃ、りっぱに王子さまってことになるさ！」

女はすばやく跳《と》びすさった。振りおろしたザンデの拳《こぶし》は唸《うな》りを生じて宙をなぐりつけた。たくましい肘《ひじ》が食卓をかすり、皿をはね飛ばした。牛の内臓と大豆が宙を舞い、タイルの床に赤黒い模様《もよう》を描《えが》く。

「これ以上ヒルメス殿下に非礼なことをいうと、お前でも赦《ゆる》さんぞ、パリザード！」

「わかったよ、わかったよ、忠臣ザンデさま」

女の声はザンデを揶揄《やゆ》しているようでもあり、ふてくされているようでもあった。だが多少は、ザンデの身を案じている真情もこめられていた。

呼吸を静めて、ザンデは椅子《いす》にすわりなおした。葡萄酒《ぶどうしゅ》の壺《つぼ》をつかんだが、すでに空になっている。舌うちして、ザンデは手を離した。


「ヒルメス殿下が正統の王位を回復なさる。それこそ、おれの人生の目標なのだ。いや、むろん、おれ自身も功名《こうみょう》をなしとげたい。事が成《な》って、ヒルメス王が誕生すれば、おれは大将軍《エーラーン》だ。そしてお前は大将軍の正夫人になるわけだ。もうすこし口をつつしんで、上品にふるまえんのか」

パリザードと呼ばれた女は、目をみはった。豊かな胸に手をあてる。

「あたしが大将軍の正夫人？　本気でいってるのかい、あんた」

「あたりまえだろうが」

ザンデはぶっきらぼうにいったが、どこか照《て》れたような口調でもあった。パリザードは彼が流浪している間に出会った女で、歌や踊りで生活しながら、諸国を渡り歩いていた。料理もうまいし、生活力もあった。大きな声ではいえないような商売も、いろいろとやっていたようである。とにかく、パルスを離れたところでザンデとパリザードは出会い、何となくくっついて旅をつづけてきた。ザンデはべつに芸のある男でもなかったから、パリザードのおかげで飢えずにすんだともいえるのだ。

「このさい、はっきりさせておいたほうがいいかもしれんな。お前はどうもヒルメス殿下に対して点が辛《から》いが、それはなぜだ。殿下に怨《うら》みがあるわけでもなかろうが」

「そりゃ、ま、怨みなんてないけどね」

パリザードは小首をかしげた。なぜヒルメス王子を気にいらないのか、あらためて自問してみたようである。

「あたしが気にいらないのは、ヒルメス殿下とやらが、こけおどしの仮面なんぞかぶって、素顔を見せようとしないことなんだよ」

「それはお顔の傷を隠すためだ。何度もそういってるだろうが」

「ちがうね」

パリザードがあまりにも強く断言したので、ザンデは怒りそこねた。興味をこめて、無言でパリザードの顔を見つめる。

「仮面をかぶるなんて、ろくでもないことをたくらんでいる証拠じゃないか」

「たくらむのではなく、志《こころざ》しておいでなのだ。正統の王位を回復するという偉業《いぎょう》をな」

「そういうことじゃないよ」

「ではどういうことだというのだ。お前のいいたいことはさっぱり要領をえんぞ」

投げだすようにいったが、ザンデの胸中に波がざわめきはじめている。何しろ最初から、どぎつい黄金の仮面がザンデは気にいらなかったのだ。

「大の男が顔の傷なんて気にするものじゃない、と、ほんとはそういいたいんだけどね。気にするのはむりもない、ということにしてもいいけど、でもねえ」

女のほうが男に尋《たず》ねた。

「ヒルメス殿下とやらは、一度みんなの前で素顔をさらしたんだろう？」

「ああ、一度だけだがな」

それはアンドラゴラス王にかわって即位すること

を決意したときのことだ。エクバターナの王宮の露台《バルコニー》で、ヒルメスは銀仮面をぬぎ、人々の前に素顔をさらしたのである。

「一度はそうやって素顔をさらした人間が、何だってまたぞろ仮面をかぶるんだい。いまさらそんなまねをする必要がどこにあるのさ」

「そんなこと、おれにわかるものか」

と、ザンデはいうわけにいかない。何とか主君を弁護したいのだが、胸中の雲はしだいに厚く、暗くなってくる。

「ミスルでヒルメス王子と会ったのは何度？」

「たしか三回かな」

「なつかしい再会だったんだろ。さぞ、つもる話があったんだろうねえ」

「いや、あまり長くはお会いできなかったしな」

ザンデの胸中で、さらに疑惑の雲がひろがり、彼の声は元気をなくしていく。

「イリーナ姫、だったかね。マルヤム国のお姫さまについて、何か話しあったかい」

「いや、何も」

話しあうどころか、話題にしないようホサイン王にいわれたのだった。

「あんた、避けられてるよ。まちがいなくきらわれてるね」

「ばかなことをいうな！」

ふたたびザンデはどなった。だが、その声は大きいだけで力がなかった。思いあたるふしが、いくつもあるのだ。「ヒルメス王子」と長い時間、話したことは一度もない。会うにもいちいちホサイン王の許可が必要だし、会えば会ったでかならずミスル人が同席し、さりげない表情で聞耳《ききみみ》をたてている。黄金仮面はいたって口数がすくなく、「うむ」とか「ああ」とか、最小限の返事をするだけである。ザンデにしてみれば、これまでのこと、これからのこと、一夜を語りあかすほどの話があるのだが、そのような機会はなかった。残念だが、こんなことで不満をいだいてはならぬと、ザンデは自分に言い聞かせてきたのだ。だが不満はおさえても疑惑はおさえられない。

「たしかめる方法があるじゃないか」

あっさりとパリザードがいってのけた。

「あんたのヒルメス殿下とやらが真物《ほんもの》であるかどうか、たしかめる方法があるよ」

「どんな方法だ?」

思わず問いかえしたのは、ザンデの後退を意味していた。ヒルメス王子に対するザンデの忠誠心は、花崗岩《かこうがん》の壁のようにかたい。だが、「黄金仮面」に対しては、どこかに弱い部分があった。そこを正確にパリザードに突かれたのだ。

パリザードはどうもザンデより才覚がありそうだった。彼女は片手をあげて豊かな髪をなでながら答えた。

「むずかしいことじゃないさ。あんたとヒルメス王子と、ふたりしか知らないできごとが何かあるだろ。かまをかけてごらんよ。まちがった答えが返ってくれば、王子は偽者《にせもの》さ」

「正しい答えが返ってきたら?」

「そのときは真物《ほんもの》だろ。今後ますます忠勤《ちゆうきん》をはげんで、大将軍《エーラーン》にでも宰 相《フラマータール》にでもしていただくがいいさ。いっとくけど、あたしだってヒルメス王子が真物で、あたしを大将軍夫人にして下さるほうがありがたいんだからね」

もっともな話である。ザンデはだまりこんだ。つまり真剣に、パリザードの提案について考えこんだのである。

III

黄金仮面に対して、ザンデはかまをかけることにした。愛人であるパリザードの言葉に動かされた、というより、彼自身の決心である。ヒルメスに対してなら、ザンデは無二《むに》の忠誠をつくす覚悟だが、それが偽者であったら話はべつであった。ザンデはただ偽者に忠誠をつくすおろか者というだけではない。ミスル国の陰謀に利用され、祖国を売りわたす裏切者ということになってしまう。そんな役割は、ザンデはごめんだった。

　ひそかにザンデは黄金仮面やミスル人たちのようすを観察した。二、三日のうちに、あやしいことがいくらでも目につきはじめた。黄金仮面は周囲に幾人もの美女をはべらせているが、ヒルメス王子はそのようなことをする人ではなかった。かつては復讐にたけりたって、女など眼中になかった。マルヤム王国のイリーナ姫と再会してからは、他の女に見むきもしなかったはずだ。復讐においても、女性についても、ただひとすじの人だった。それだけに視野がせまく、かたくなでもあったが。

　そして黄金仮面の近くには、いつもミスル国のマシニッサ将軍がいた。いちおう「ホサイン三世とヒルメス王子との連絡役」ということになっているが、じつは監視役であろう。

　マシニッサという人物を、ザンデはどうも好きになれなかった。よくしたもので、マシニッサのほうもザンデをきらっている。より正確にいうなら、マシニッサはザンデを警戒しているのだった。ミスルのパルス乗っとり計画にとって、ザンデこそが最大の障壁となるからである。

　ザンデにとって、機会は意外に早くおとずれた。二日後のことである。騎兵どうしの模擬戦がおこなわれ、ザンデの訓練した部隊が圧倒的な勝利をおさめた。部隊全体の動きも、馬上で長槍《ちょうそう》をあつかう技も、他の部隊とくらべものにならなかった。

　ミスル国王ホサイン三世は、おおいによろこんだ。「ほうびとして何がほしいか」と問われて、ザンデは答えた。じつはヒルメス殿下にお願いしたいことがひとつござる、と。

　ホサイン王は、あまりザンデを黄金仮面に会わせたくないようすだったが、拒否するわけにもいかない。何くわぬ表情をつくって、面会を許可した。むろん、もっともらしい態度で、マシニッサがザンデについてきた。

「ふん、ミスルの狡猾《こうかつ》な砂ネズミめが」

　心のなかでつぶやきながら、ザンデは王宮の一室で黄金仮面に対面した。

「昔話《むかしばなし》になってしまいますが、ヒルメス殿下、おぼえておいでてございましょうか。英雄王カイ・ホスロー陛下の陵墓《りょうぼ》に詣《もう》でたときのことでございます」

「うむ……たしかに昔のことだな」

黄金仮面の声に、わずかだが警戒の調子がこもった。ザンデの背後で、マシニッサが剣をもてあそんでいる。背中に危険な気配を感じたが、そ知らぬようすで、ザンデは話しつづけた。

「まったく、いまいましいことでございました。あの冬の日のこと、はっきりとおぼえております。いますこしで殿下は宝剣ルクナバードを御手《みて》につかまれるはずでございましたに」

「うむ、そうであった」

「それを、あのときダリューンめがじゃましたのでございました。何とも憎むべき奴《やつ》でございます。ダリューンめはわが父を殺し、さらに宝剣ルクナバードを殿下から奪いたてまつりました。殿下は奴めをお赦《ゆる》しになりますか」

「むろん赦せぬ。赦しておくものか」

黄金仮面が、小さな窓からの陽を受けてきらめく。かるく目を細めてザンデは頭をさげた。

「お願いしたき儀《ぎ》は、それでございます。パルスに正統の王権が確立されましたあかつきには、ぜひともダリューンめの首は、このザンデにたまわりますよう」

「好きにせよ」

「ありがたき幸せ」

うやうやしい一礼を残して、ザンデは黄金仮面の前から退出した。

「ちがう、ちがう」

心のなかでザンデはうめいた。

「この男はヒルメス殿下ではない。まっかな偽者《にせもの》だ。何とだいそれた奴。ミスルは国じゅうをあげてパルスを乗っとるつもりと見た」

ヒルメスが英雄王カイ・ホスローの陵墓におもむき、宝剣ルクナバードを手にいれようとしたのは、パルス暦三二一年六月のことである。季節は初夏であって、冬ではなかった。そしてそのとき、ヒルメスの前にあらわれて宝剣奪取をさまたげたのは、黒衣の騎士ダリューンではなく、流浪の楽士ギーヴであった。黄金仮面がヒルメスであったなら、忘れるはずがない。ヒルメスとギーヴが剣をまじえるうち、すさまじい地震がおこって、何十人もの兵士が地の底へとのみこまれていった。あの光景をヒルメスが忘れるはずがなかった。真物《ほんもの》のヒルメスなら！

王宮の廊下を歩きながら、ザンデは必死に自分をおさえつけていた。

「おのれ、不埒《ふらち》な奴らめ。よくもヒルメス殿下の名をかたって、おれをだましてくれたな。赦《ゆる》さぬ。けっして赦さぬぞ。おぼえておれ」

王宮を出て、待機していた従卒《じゅうそつ》から馬の手綱《たづな》を受けとる。馬を歩ませながら、なおザンデは考えた。

「だが、ヒルメス殿下でないとすると、あの黄金仮面はいったい何者だ。パルス人にはちがいないが、はて、あれほどだいそれたまねが、いったい誰にできるというのか」

さまざまな思いを胸に渦《うず》まかせて、ザンデはいったん宿舎に帰った。甲冑はぬいだが、大剣は帯びたまま、食卓について葡萄酒《ぶどうしゅ》をあおる。ザンデは酔うとかえって、考えが深まるのだ。

「さて、これからどうしたものか……」

だいじなのはその点だった。黄金仮面がヒルメス王子であれば、ザンデのやるべきことは決まっていた。ヒルメスをパルスのかがやかしい玉座にすえる。失敗すれば、ともに死ぬ。それだけのことだった。だが、黄金仮面はだいそれた詐欺師《さぎし》である。しかも背後にはミスル国王がひかえている。

どうすればよいか、ザンデにはわからなかった。

だまされたとわかって、ザンデの怒りと憎しみは大きい。黄金仮面をかぶった正体不明の男も、ザンデをだまして利用しようとしたミスル国王ホサイン三世も、その手先であるマシニッサ将軍も、どいつもこいつも大剣で脳天をたたきわってやりたかった。だが、ザンデがひそかに監視されていることは確実だった。むやみに行動すれば、たちまちミスル兵に殺されるだろう。正々堂々たる決闘ならともかく、毒矢や毒酒でも使われたらふせぎようがないのだ。

「それに……」

と、ザンデは葡萄酒にぬれた唇《くちびる》をなめた。

「おれがここでミスル人どもを殺したりしたら、得《とく》をするのはアルスラーンめではないか。何もせぬうちに、強大な敵が消えてしまうのだからな。ばかばかしい、何でおれがアルスラーンのためにつくしてやらねばならんのだ」

太くて重い両脚《りょうあし》を、ザンデはどさりと食卓に投げだした。食卓はきしんだが、こわれはしなかった。

「だからといって、このままにしておいたら、パルスはミスル人と詐欺師との好きなようにされてしまう。おれは詐欺師にだまされたまぬけということになる。将来さぞ笑いものになるだろう……」

いや、それどころではない。詐欺師どもが、まんまとパルスの玉座を詐取《きしゅ》することに成功したら、もはやザンデに用はないのだ。そのときこそ、まちがいなくザンデは殺されるにちがいない。ザンデは頭が痛くなってきた。どちらをむいても光明が見えないのだ。

「ええい！　どうしたらよいのだ」

思わず声に出してしまった。はっとして、大きな手を大きな口にあてる。足音がして、人影が彼の横あいにあらわれた。ザンデは息をのみ、大剣の柄に手をかけた。

「でかい図体《ずうたい》をして、何をびくついてるのさ。だらしないね」

「パリザードか。おどかすな」

ザンデは溜息をついた。

「誰がおどかしてるっていうのさ。図体のでかいわりに、智恵と胆《きも》っ玉《たま》のある場所がせまいんだから」

「やかましい。口のへらないやつだな。いったいどこへ行ってたんだ」

「市場《バザール》だよ」

「買物か。だから召使をやとえと……」

「買物は見せかけさ。噂を聞きにいったんだよ。ミスルの人たちがどんなことを知っているか、考えているか、知りたきゃ市場に行くことさ」

ミスル人の噂を聞くなど、ザンデは考えもしなかった。大陸公路の通じる国々では、どこへ行ってもパルス語がいちおう通用する。辺境の村にも、ひとりぐらいはパルス語を話せる医者とか教師とか商人とかがいるのだ。したがって、パルス人は、なかなか異国語を学ぼうとしない。諸国を流浪したザンデでさえ、ついついパルス語に頼って、異国語をおぼえようとしなかった。

パリザードが市場《バザール》でしいれてきた噂は、ミスル国の軍事行動に関するものだった。むろん庶民に軍事行動がくわしく知らされるはずもないが、兵士が集団で移動していくありさまが見られたり、市場で買いあつめられた大量の食糧が軍船につみこまれたり、いままで職にあぶれていた男たちが荷車《にぐるま》といっしょに集められたり、そういう話がいくつも伝えられる。すると「どうも戦争が近いぞ」ということになるわけだ。

ミスル軍の出動が近い。いよいよ「ヒルメス王子」がパルスへ乗りこむのか。

IV

あわただしく、ザンデは王宮でのできごとをパリザードに語った。

「そういうわけで、うかつには動けんのだ。しばらくは何くわぬ表情《かお》でようすを見たほうがいいかな」

「それはやめたほうがいいね」

「どうして？」

「あんたは演技《しばい》がへただからね。長い間そ知らぬふりなんかできっこないさ。今日の件だって、あたしにいわせれば、ちょっとわざとらしかったね」

「何をえらそうに」

「ほうびをやる、といわれたら、金貨とか宝石とか、俗っぽいものを願えばいいのさ。そしたら先方だって、こいつは単なる欲ばりだな、と思って油断するだろ。とにかく油断させておかなきゃ、何にもできないじゃないか」

ザンデは反論できなかった。たしかに性急《せいきゅう》すぎたかもしれない。だが、どうせ長い間演技《しばい》をつづけることができないのなら、今日そうなっても同じことである。

パリザードが、さかしげに男をながめた。

「ま、すぎたことをいってもしかたないけどね。それで、これからどうする気だい」

「どうしたらよいと思う?」

ザンデは問い返した。こうなると、パリザードの智恵が頼りである。ザンデには思案の種がなかった。

「外を見てごらんよ、何気なくだよ」

パリザードにいわれて、ザンデは窓のそばに歩みよった。あくびをしたり、左手で右肩をたたいたり、それなりに工夫しながらすばやく庭を観察する。亜熱帯樹の蔭《かげ》に光るものが見えた。それが槍や甲冑の反射光であることは、すぐにわかった。窓から離れたザンデに、パリザードが低い声をかけた。

「どうやら、さっさと逃げだしたほうがよさそうだね」

「うむ……」

あまりに状況の変化が激しいので、ザンデは呆然《ぼうぜん》としてしまった。だが幾度も生死の境を切りぬけてきた男だから、立ちなおるのは早かった。もはやミスル国に身をおく場所はない。港へ走って船に乗るか、ディジレ河をこえてパルスへ潜入するか、どちらかである。ザンデは大剣の位置をたしかめ、パリザードにささやいた。

「家に火をつけて、混乱のなかを突破する。お前は金目《かねめ》のものを持ち出せ。夜になる前に、奴らの鼻をあかしてやるんだ」

無言でうなずくと、パリザードは奥の部屋へと走った。寝台の下から、ミスル葦《あし》を織ってつくられた箱を引っぱりだす。箱をあけ、水牛の革をなめした袋をさかさにすると、金貨と銀貨と銅貨とが床で鳴りひびき、小さな山をつくった。手早く金貨だけを選んで、袋につめなおす。ホサイン王からあずかった軍用金の一部だが、ザンデとパリザードのふたりで二年ほどは生活していけるであろう。

つぎに、鏡のついた黒檀《こくたん》の抽斗《ひきだし》をあける。指環《ゆびわ》や首飾り、髪飾り《かみかざ》などを袋に放りこむ。そのなかに、一見地味《じみ》な銀の腕環《うでわ》があった。表面に模様が彫《ほ》ってある。羽根のついた帽子をかぶった若者が雄牛にまたがり、その雄牛の首に短剣を突き刺しているという模様だ。それはパルスで信仰されているミスラ神の画像であり、身分の高い者だけがその意匠《デザイン》を使用することを許されていた。

「これだけは身に着けておこう。他のものとは事情《わけ》がちがうからね」

つぶやいて、パリザードは腕環を左腕にはめこんだ。肉づきのよい腕だが、すこしもたるんでいない。

パリザードが部屋を出ると、ザンデが床に油をまいていた。ランプの燃料に使う油で、匂いがすくないから外の兵士たちにも気づかれないであろう。

「やるぞ、パリザード」

にやりとザンデは笑った。危地《きち》にあるのだが、生々《いきいき》としている。政略がどうの陰謀がどうのと悩んでいるより、剣のひびきと血の匂いを好むのだ。よかれあしかれ、ザンデはパルスの戦士であった。

ザンデの宿舎を包囲するミスルの兵士たちは五十名ほどであった。目的は攻撃ではなく監視だ。夜になったら人数を三百名にふやし、火を放って、逃げだす者を殺す、という手はずであった。

指揮をとるのは日没の直後にマシニッサ将軍だが、現場に到着するのは日没の直後ということになっていた。まさか陽《ひ》が高いうちにザンデたちが逃亡するとは思わなかったのだ。

亜熱帯樹の蔭にひそんでいたミスル兵のひとりが鼻をひくつかせた。何やら、きなくさい匂いがする。青い煙が薄くただよってきて、目をかすかな痛みがおそった。兵士は不安と疑問に駆られ、姿勢を動かして家のなかのようすをうかがった。見えたのは、窓のむこうにゆらめく赤い影である。

「火事だあ！」

叫んで兵士はとびあがった。他の兵士たちも仰天《ぎょうてん》し、隠れていた場所からとびだした。家から流れだす煙は、たちまち黒く色を変えて、庭全体をおおった。うろたえる兵士たちの耳に、女の叫び声が聴えた。

「助けて、助けて！」

煙のなかで扉をたたく音がする。兵士たちは念のため刀をぬきながら扉に走りよった。

彼らが扉に手をかけようとしたとき、すさまじい勢いで扉は内側から開かれた。煙と熱気がミスル兵たちにたたきつけられ、彼らはせきこみ、腕をあげて顔をおおった。そして大きな黒い影が彼らの前に躍り出た。右手に大剣をかざしたザンデであった。左手には燃えあがるたいまつを持っている。

大剣がうなりを生じた。ミスル兵のひとりが頸部《けいぶ》を半ば両断され、倒れながら血煙《ちけむり》を噴きあげる。べつのひとりは肘《ひじ》から右腕を斬りとばされ、悲鳴をあげて横転した。

三人めの兵士にむけて、ザンデがたいまつを突きだす。兵士は顔を炎につっこむ形になった。眉から髪へと火がうつる。ミスル人は香油をよく使うので、たちまち髪は炎のかたまりとなった。不幸な兵士は声も出せず、地にころげて苦悶する。

たじろいだミスル兵の間に、黒い大きな影が割りこんだ。馬が二頭。一頭にだけ人が乗っている。女の声がパルスの戦士を呼んだ。

「ザンデ、早く！」

「おう、こころえた！」

ザンデは巨腕《きょわん》を振り、ミスル兵たちにたいまつを投げつけた。あわててとびのく兵士たちに目もくれず、馬に走りよる。巨体で鈍重《どんじゅう》そうに見えても、ザンデは生まれながらの騎馬の民であった。馬の歩調にあわせてたくみに寄りそい、巨体をはねあげる。たちまちザンデの姿は馬上にあった。なおも逃亡をくいとめようとする勇敢なミスル兵を蹴りたおし、はねとばし、黒煙と混乱のなか、姿を消してしまった。

ザンデが逃亡した、との知らせは、すぐに王宮のマシニッサ将軍にとどけられた。

「みすみす奴らを逃がすとは何ごとか！　役たたずども！」

ののしったマシニッサは、剣をぬくと、報告にきた兵士たちの長をその場で斬殺してしまった。

血ぬれた剣をひと振りして鞘《さや》におさめると、マシニッサはホサイン王に謁見《えっけん》を求めた。事情を知って、むしろホサイン王は感歎《かんたん》した。

「ザンデめは逃げおったか。鼻のきく奴だ」

「これより奴を追いかけ、御前《ごぜん》に首を持参いたします」

「うむ、いや、待て」

片手をあげて、ホサイン王は、はやりたつマシニッサを制した。

「技倆《うで》もたち、鼻もきく奴。殺すには惜しい。できれば生かしたままつれてこい」

「は、ですが陛下……」

「事情を聞かせ、味方につけるよう算段《さんだん》してくれよう。どうしても承知せぬときには殺せばよい。かまえて、有無《うむ》をいわせず殺してしまうようなことをしてはならんぞ」

マシニッサは不満そうであったが、国王の命令に否とはいえない。かしこまりました、と答えて退出すると、ただちに部下を動員した。馬の数は兵士の数の二倍。疲れたら馬をかえて、逃亡者に早く追いつくというのが彼の計算だった。


ザンデとパリザードはひたすら南へと馬を駆《か》った。ディジレ河の西岸を、下流から中流へ。彼らの頭上で、太陽は西へかたむいていき、夜は東から近づいてきて、やがて黄色とも赤ともつかぬ色の月が天を飾った。汚れた巨大な金貨のようであった。

ミスルの国土はパルスと同じほど広いが、緑の沃《よく》野《や》はディジレ河など三本の河とその支流の一帯にかぎられる。その他は岩石と砂の荒野である。ザンデたちが夜半にたどりついたのは、ディジレ河の流れを見おろす荒涼《こうりょう》たる岩場であった。疲れきった馬を放してやり、ふたりは徒歩になった。

「ディジレ河の上流から、河をこえてパルスに潜入しよう」

　そうザンデは決めた。ヒルメス王子とともに前王朝の軍旗を高々とかかげて故国へ凱旋《がいせん》する。その夢が破れたとき、流浪《るろう》の疲れとも望郷ともつかぬ想《おも》いがザンデをつかんだのだ。むろんパルスに帰るからといっても、変節してアルスラーンにつかえる気はない。三か月ほど身心を休めた後、ヒルメス王子をさがして、ふたたび流浪の旅に出るつもりだった。今度は東へ、シンドゥラかチュルクへでも行ってみるとしようか。

「とにかく、ヒルメス殿下を玉座にすえたてまつらねば、亡き父にあわせる顔がない」

　ザンデがいうと、「まだそんなことをいってる」といいたげな表情をパリザードがしたが、口には出さなかった。彼らが岩場に上って、河を眼下に見おろしたときである。

「待て、パルス人、そこまでだ！」

　勝ち誇った声は、マシニッサ将軍のものであった。甲冑《かっちゅう》のひびきが連鎖《れんさ》して、武装した兵士たちの影が三方向からむらがりおこった。槍《やり》や剣が月光を受けて、ディジレ河の河波のようにきらめいた。

「おおげさな」

　ザンデは口もとをゆがめた。兵士の数は、三、四百人にも達しようかと思われた。ザンデひとりに対しては、たしかにおおげさだが、マシニッサとしては、二度とザンデの逃亡を許すわけにいかなかった。退路をふさいでおいて、一騎打《いっきう》ちするつもりだったのだ。

「一対一の勝負だ、パルス人よ」

　呼びかけながら、マシニッサは半月刀を抜きはなった。無言でザンデも大剣の鞘《さや》をはらった。ふたりの若い勇者は、広い平らな石の上でにらみあった。それも長くはない。鋭い気合とともにマシニッサが斬りかかり、ザンデが受けて、月下の一騎打ちが開始された。

　パルス最大の雄将ダリューンを、ザンデは宿敵とみなしている。何度も剣をまじえたが、ザンデは一度もダリューンに勝てなかった。技倆《ぎりょう》の差は大きかった。だが、いまこの場にダリューンがいたら、ザンデの技倆が三年前よりはるかに進歩したことを認めたにちがいない。

最初の五十合ほどは、激しく火花と刃音《はおと》を散《ち》らしながら、まったく互角《ごかく》だった。だが、ザンデの重い打撃《だげき》は、しだいにマシニッサを疲労させていった。ザンデが二回つづけて撃ちこみ、三度めにかろうじてマシニッサが攻勢に出る。そういう状態がしばらくつづいたが、ついにマシニッサは防戦いっぽうになった。ザンデの大剣がマシニッサの半月刀をとらえ、音たかく弾きとばす。武器を失ったマシニッサは、体勢をくずし、よろめき、岩場にくずれこんだ。勝敗は決したようであった。

「待て、パルス人！」

マシニッサは叫んだ。この夜、二度めの叫びだった。だが最初のときとちがって、今度はマシニッサは勝ち誇ってはいなかった。半ばあえぎながら、上目づかいに相手を見あげる。

「その剣を振りおろしたら後悔するぞ。おれの話を聞け」

「いまさら生命乞いか。聞く耳もたぬわ！」

周囲のミスル兵たちは小さくどよめいたが、うかつには動けない。槍をかまえなおして、事態を見守っている。それを横目に見ながら、マシニッサはザンデに語りかけた。

「ホサイン三世陛下《へいか》のおおせだ。おぬしの武将としての実力を嘉《よみ》され、正式にミスル国の将軍として厚遇《こうぐう》しよう、とおっしゃる。よい話とは思わぬか」

「おれはパルスの国王《シャーオ》以外にはつかえぬ」

「ヒルメス王子のことか」

「あたりまえだ。あのようなどぎつい黄金の仮面をかぶった偽者《にせもの》に、誰がつかえるか。よくも久しく、おれをあざむいてくれたな」

「待て、待て、おちつけ」

必死の表情でマシニッサは手を振った。

「おぬしの忠誠心は見あげたものだが、現実にヒルメス王子はどこにいるやら知れぬではないか。一時の方便、あの黄金仮面を推《お》したてて、パルスから僭《せん》王《おう》アルスラーンめを追い落とし、しかる後に真物《ほんもの》のヒルメス王子を玉座にお迎えすればよかろう」

岩場にすわりなおしたマシニッサを見おろし、ザンデは鼻先で笑いとばした。

「そんな策《て》に誰が乗るか。もし真物のヒルメス殿下が姿をあらわされたら、これ幸いと殺してしまうのが、きさまらのやりくちではないか」

「……」

「一度だまされればたくさんだ。あの世へ行ってミスルの神々でもたぶらかすことだな」

あらためてザンデは大剣を振りかざし、マシニッサの頭部をたたき割ろうとした。マシニッサの口が、裂けんばかりに開かれた。

「黄金仮面の正体を知りたくないか！」

ザンデの手がとまった。

彼は手をとめるべきではなかった。偽者《にせもの》とわかった以上、黄金仮面の正体など、ザンデの知ったことではないはずだった。だが、好奇心が一瞬だけ、彼の手をためらわせた。一瞬で充分だった。マシニッサの手が奇術師のようにひらめいた。水牛の革でつくられた軍靴《ぐんか》の内部に隠されていた短剣。それがザンデの腹に深々と突き刺さったのである。苦痛と怒りのうめき声。

「おのれ、きさま……」

「地獄へ行け、まぬけなパルス人。後悔が、きさまの道づれになってくれるだろうよ」

嘲弄《ちょうろう》しながら、マシニッサは、ザンデの腹に突きたった短剣を回転させた。腹腔《ふくこう》で激痛が炸裂して、ザンデは目がくらんだ。立っていることができず、重々しい音をたてて片ひざを地についてしまう。岩場の上からながめていたパリザードは、愛人が致命《ちめい》傷《しょう》を受けたことをさとった。彼女は岩にしがみついて、悲鳴をあげた。

「ザンデ……！」

「に、逃げろ、パリザード……」

うめきながら、ザンデは、血にまみれた両手を前に突きだした。ぎょっとしたマシニッサが気づいたとき、彼の頸《くび》にザンデの両手がかかっている。

ザンデの太い指が、マシニッサの咽喉《のど》をしめあげた。マシニッサは敵の腹に埋《う》まった短剣を、さらに突きこんだ。扼殺《やくさつ》するか刺殺《しさつ》するか、逃れようのない殺しあいである。声をのんで見つめていたミスル兵たちが、ようやく動いた。味方の将軍を見殺しにはできない。

三本の槍がザンデの厚い背中を突きさし、かがやく三つの穂先《ほさき》が胸から飛びだした。ザンデの鼻と口から血があふれだし、月の光を受けて青黒くきらめいた。全身の力をこめてマシニッサはザンデの両手を振りほどいた。咽喉にザンデの指の痕《あと》をのこしたまま、マシニッサは両手で這《は》って後退した。かたい音がして、前のめりに倒れこんだザンデの額《ひたい》が地をたたいた。

水音がした。崖《がけ》の上から、パリザードがディジレ河の河面《かわも》めがけて飛びこんだのだ。兵士たちは騒いだが、マシニッサは呼吸をととのえるだけで精いっぱいであった。どうせ女は河で溺死《できし》するにちがいない。そう思った。

V

パルスの万騎長《マルズバーン》であったカーラーンの息子は、志《こころざし》をえられずに死んだ。彼の首は王宮に送られた。翌日、朝食の後に、ミスル国王ホサイン三世は最初の仕事としてザンデの首に対面することになった。

快適な仕事とはいえなかった。盆にのせられたザンデの首は、かっと両眼を見開いてホサイン王をにらみつけている。憮然《ぶぜん》としたホサイン王に、マシニッサが一礼した。

「堂々たる一騎打ちの末に討ち果たしてございます」

「あたりまえだ。だまし討ちなどしたら、ミスルの武威《ぶい》に傷がつくわ」

にがい表情で、ホサイン王はマシニッサの饒舌《じょうぜつ》を封じた。

「あれほど、むやみに殺すなと申しつけたに。事後の処理がめんどうなことだ」

　ホサイン三世は頭が痛い。ザンデの死は、ミスルに亡命してきたパルス人たちを動揺させるであろう。ミスルの騎兵隊も、有能な教官を失った。どちらにも、いそいで後任を選ぶ必要がある。だが、ザンデほど熱心で真剣な人材があらわれるとは、とうてい思われなかった。

「考えてみれば、偽《にせ》のヒルメス王子などいくらでもかわりがいたのだ。真物《ほんもの》でなければ誰でも同じことだからな。だがザンデのかわりはいない。こいつはずいぶんと、やっかいなことになってしまったぞ」

　そう考えると、ホサイン三世は、マシニッサがうとましくなってきた。ザンデの横死《おうし》でパルス乗っとり計画そのものが危うくなっているというのに、マシニッサは手柄顔で王の前に立っている。こやつは、戦って敵の首さえとってくればよい、と考えているのだ。せいぜい戦場の一部分をまかせられるだけで、それ以外のことはとうてい委《ゆだ》ねられない。

　これまで実務はザンデにまかせ、黄金仮面は飾り物にしてきた。だがこれからは黄金仮面自身にいろいろとやらせる必要がある。そう思案《しあん》をめぐらせ、ザンデの首を葬《とむら》うよう命じてから、ホサイン王は、ふとあることに気づいた。

「ところで、ザンデには同居しておった女がいたはずだが、その者はどうした。討ちとったのであろうな」

　得意満面のマシニッサであったが、冷水をあびたように表情の一部を変えた。返答があったのは、わざとらしいせきばらいの後である。

「ディジレ河で溺死《できし》いたしました」

「たしかであろうな」

「まちがいございませぬ。高い崖から落ちたとき、すでに頸骨《けいこつ》を折っておりました。ただ死体を持ち帰ることができなかったことだけは残念でございます」

　こうなってはすべて嘘でかためるしかない。マシニッサは声も高らかに断言した。彼を退出させてホサイン王が考えこんでいると、宮廷《きゅうてい》書記官から報告があった。

「マルヤム国から使者がまいっております。謁見《えっけん》を求めておりますが」

「ふむ、何の用だ」

ホサイン三世は、香油《こうゆ》でみがいた頭をなでた。昨年の秋、マルヤム国の半分を支配する教皇ボダンから、同盟を求める使者が来た。ボダンは政敵であるルシタニア王弟ギスカールを打倒《だとう》するため、ミスルの武力を求めてきたのだ。ホサイン三世はそれを受けいれず、逆にその使者をとらえてギスカールのもとに送ったのである。

「あれから半年ほどもたつが、ようやく返礼の使者を送ってきたか。とすると、マルヤムの国内もいくらか安定して、ギスカールにも余裕ができたと見えるな」

そう考えながら、ホサイン三世は使者を謁見した。マルヤム国の支配者はルシタニア人であるから、使者もルシタニア人である。細い口髭《くちひげ》をはやした壮年の騎士であった。床に片ひざをついて、うやうやしく一礼すると、使者はおどろくべき事実を報告した。

「わが主君ギスカールにおきましては、本年一月一日をもって正式にマルヤム国王の位に即《つ》きましてございます」

「なに、ギスカール公が王となられたか」

ホサイン三世は目をみはった。半分は演技でおどろいてみせたのだが、半分は本気である。ギスカールとボダンとの抗争はまだまだつづき、マルヤムの国内は不安定だろう、と思っていたのだ。ギスカールがマルヤム国内を統一すれば、急速に再建をすすめ、強力な国家をつくりあげるだろう。正直なところ、うれしくないことだった。

かつてマルヤムとミスルとは何度も戦火をまじえた。両国の間には海があり、海上通商の権益をめぐって、船団どうしの戦いがおこなわれたのだ。四十年前には、マルヤムの大船団がミスルの海岸にまで押しよせ、船から火矢と油矢を放って海岸に面した家を千軒以上も焼きはらったことすらある。その後、マルヤムの国力は低下して、蓄積された富もへらし、西方からルシタニア軍が侵入してきたときには、充分な軍資金もなくなっていた。

あまりにマルヤムの国力が衰え、軍隊が無力化すると海賊《かいぞく》が横行するようになる。強くなればミスルの権益をおびやかす。ほどほどであってほしいものであった。

さまざまに思案をめぐらしながら、ホサイン三世は使者のようすを観察した。

ギスカールから派遣《はけん》されてきた使者は、オラベリアといった。かつてパルスの魔境デマヴァント山におもむき、ヒルメスとギーヴとの戦いを目撃した人物である。ギスカールより先にパルス領から追われてマルヤム領へはいり、凄惨《せいさん》な内戦のなかを生きぬいて、新国王の使者となるまでに地歩《ちほ》をかためたのであった。

「……そうか、それはめでたい。新国王によしなに伝えてくれ」

文字どおりの社交辞令を、ホサイン三世は使った。

「ありがたきお言葉。新国王もホサイン陛下には深く感謝しております。過日《かじつ》、教皇を僭称《せんしょう》する逆臣ボダンめが、ホサイン陛下に救援《きゅうえん》を求めてまいった件についても、ご賢明《けんめい》な処置をいただき、御礼の申しようもございませぬ」

「なに、礼にはおよばぬ。それで新国王は、すでに逆臣ボダンを討ち果たされたのかな。であれば、ますます重畳《ちょうじょう》と申すもの」

下目づかいに、ホサイン三世は使者の表情をたしかめた。オラベリアはうやうやしく頭をさげて、表情をつくろった。

「ご心配いただだいて恐縮でございます。ボダンめはしぶとく新国王に抵抗をつづけておりますが、いまや辺境の二、三の城を保つのみ。私が帰国いたしましたおりには、滅亡の報を聞くことができましょう。ところで……」

オラベリアは話題を変えた。

「かつてミスル国とマルヤム国との間には、不幸な対立関係がございました」

「ま、幸福とはいえなかったな。それで?」

「それで、われらが新国王が申しますには、両国の対立も前王朝時代のこと。ミスルの敵である前王朝は、すでに滅亡いたしました。今後は両国が手をたずさえ、海上の平和を保ち、公平に富を分かちあおうとのこと。それを申しあげるために、新国王は私めをホサイン陛下のおんもとに遣わしたわけでございます。たとえば……」

「ふむ、たとえば？」

「たとえば、ミスル国がパルス国の無法な侵略を受けるようなことがありましたら、わが新マルヤム王国はこぞってミスル国を応援させていただきまする」

内心で、ホサイン三世は眉をしかめた。なるほど、ギスカールとは喰えぬ奴だ、と思う。国内が安定にむかったら、さっそく謀略外交に乗りだしてきた。ただミスルのご機嫌をとるだけではない。あわよくばミスルをけしかけてパルスと戦わせようとしている。ミスル軍がパルス軍を撃破してくれればしめたものだし、両軍が共倒《ともだお》れになってくれれば、さらにありがたいというものだ。その策《て》に乗るものか、と、ホサイン三世は毒づいた。むろん声には出さない。

「ギスカール王のご好意は、ようわかった。どうやら貴国とわが国とは修好《しゅうこう》を結べそうで、まことに喜ばしい」

いったん言葉を切って、使者を見すえる。

「わが国は平和を好む。パルスとは国境線一本をへだてた隣人《りんじん》の仲。マルヤム同様、パルスとも修好したいものだ」

今度はオラベリアが内心で眉をしかめる順番であったにちがいない。さらに二、三のやりとりがあり、真珠《しんじゅ》細工の贈物《おくりもの》をホサイン王に献上《けんじょう》して、ひとまずオラベリアは退出した。翌日、もっと長時間の謁見《えっけん》がおこなわれることになるだろう。

王宮を出て、オラベリアは宿舎にもどった。彼がマルヤムから乗ってきた船は、ディジレ河口の港につながれている。三百人乗りの巨船《きょせん》で、船室は豪華だが、一か月以上も波に揺られた後では、たとえ多少粗末《そまつ》でも、陸地の宿のほうがありがたい。

宿舎は、小さな湾をへだてて港の反対側にある。石が積まれた埋立地で、白い壁の二階建が亜熱帯の花と樹木にかこまれている。専用の桟橋《さんばし》があり、二十人乗りていどの舟をつなぐことができる。湾に流れこんできたディジレ河の水は、円を描いて湾内を半周し、外海へと流れ出す。上流で大雨が降ったときなど、流されてきた水死体がいくつもつらなって湾内を半周することがある。ミスル名物というにはいささか殺伐《さつばつ》とした光景である。

「閣下、何か上流から流れてまいります」

士官のひとりが叫んだ。正確には、湾内を半周する流れに乗って来たわけだが、かたむいた陽《ひ》を受けてきらめく波の合間に、黒っぽいものが見える。

「人間です。どうやら流木《りゅうぼく》にしがみついたまま意識を失っているようで。助けますか」

「助けろ」

簡潔にオラベリアは命じた。内心、めんどうだとは思ったが、見殺しにもできない。ミスル国にいながらミスル人を見殺しにしたとあっては、外交的にまずいのである。

小舟に四、五人の兵士が乗りこみ、流木に近づいた。手鉤《てかぎ》や棒を使って流木を引きよせる。埋立地の端に立って見守るオラベリアの顔に、何度か塩からい飛沫《しぶき》がかかった。意外に時間がかかったが、やがて小舟は目的を果たしてもどってきた。人体が地上に引きあげられる。

「女です。生きております」

「まだ若いようだな。はて、漁民とも思えんが、事情があって身投げでもしたか」

何気なく、オラベリアは指先で女の濡れた黒い髪をかきわけた。目を閉じた顔があらわれ、それが意外に美しかったので、オラベリアはどきりとした。麻の服の袖《そで》がまくれあがり、肉づきのよい腕があらわになって、何やら複雑な意匠《いしょう》の腕環が見える。オラベリアは立ちあがり、医師を呼ぶよう部下に命じたのであった。

旋　旗

第四章

雷鳴の谷

9

流　転

I

コートカプラ城の上空に黒雲が近づいていた。大気は熱と湿気をはらみ、不快な風となって吹きつけてくる。

城の周囲はシンドゥラ軍の陣営に埋《う》めつくされていた。天幕が張られ、壕《ごう》が掘《ほ》られ、柵《さく》がつくられている。城を包囲して長期戦というかまえだ。

「いやな風だ。かえって蒸し暑くなる」

「雷雨になりそうだな」

「けっこうなことだ。雨の後は、すこしは涼しくなるだろうよ」

シンドゥラ兵たちは汗をぬぐいながら語りあった。南国で生まれ育った彼らだが、噴きでる汗がなかなか乾かない蒸し暑い夏を、好んでいるわけではない。涼しいほうがいいに決まっている。

「仮面兵団は来るかな」

「さあな。ただ仮面兵団がトゥラーン人だとすれば、雷雨が終わるまでは攻撃してくるまいよ」

「どうして？」

「知らんのか。トゥラーン人は雷が大の苦手なのさ」

空を見あげながら彼らはまた汗をぬぐった。黒雲は西からひろがって、空の大半をおおいはじめた。黒雲激しく渦まく雲の間に、白いひらめきが踊るのが兵士たちの目に映った。

シンドゥラ軍を指揮するのは、国王《ラージャ》ラジェンドラ二世自身。プラージヤ、アラヴァリの両将軍が国王を補佐している。彼らは天幕のなかで最終的に作戦を確認していた。ラジェンドラは暑さにうだった表情を隠そうともせず、薄い絹を張った楕円形のうちわで胸もとに風を送りこんでいる。

「よいか、われらシンドゥラ軍は、仮面兵団が突入してきたら適当に戦って奴らを通す。機を見て城内にひそむパルス軍が城門を開く。仮面兵団が城内にはいったら、あとはパルス軍にまかせておけばよい」

プラージヤもアラヴァリも、きちんとこころえている。もっとも重要な点は、「パルス軍にまかせる」ということだ。

「せっかくパルス軍が救援に来てくれて、作戦もたててくれたのだ。肝腎《かんじん》なところは彼らにまかせねば、礼儀にはずれるというものさ」

ラジェンドラはうそぶいた。国王《ラージャ》の性格に慣れているプラージヤとアラヴァリは、「ごもっともで」とうなずく。もっとも、彼らは武人であるから、無法な劫掠《ごうりゃく》をかさねる仮面兵団を、できれば自分たち自身の手で討ち滅ぼしてやりたい。何しろこれまで一方的にやられっぱなしであるから、シンドゥラ軍の面目がたたないのだ。それもラジェンドラにいわせれば、

「面目だけで勝てるなら苦労はせぬわ」

ということになる。よけいな苦労をせずにすむなら、面目の十や二十は相手にくれてやる、というのがラジェンドラの人生哲学であった。

このとき、雷雲の下、コートカプラ城へとせまる騎馬《きば》の隊列があった。士官は銀色の仮面をつけ、兵士も布で顔を隠している。先頭に馬を進める人物は、ラジェンドラと正反対の人生哲学の持主であった。パルス旧王朝の生き残りであるヒルメスは、面目と誇りのために生命をすててもかまわぬ、と思っている。自分だけでなく他人に対してもである。

「風のごとくチュルク領へ去る」

それが当初のヒルメスの計画であった。だがいくつかの齟齬《そご》が、事態をヒルメスの思惑どおりに運ばせなかった。

チュルク軍が国境からシンドゥラ領内へ乱入し、コートカプラ城にたてこもったこと。これが計算を狂わせた最大の原因であった。もっとも重要なことは、パルス軍二万がシンドゥラ領内にいるという事実をヒルメスが正確に把握していなかった、ということである。

最初、コートカプラ城の占拠に成功したチュルクのシング将軍は、仮面兵団に使者を送って、合流するよう指示した。このとき、使者はシングの指示だ

けをヒルメスに伝えた。シングらがパルス軍に惨敗し、追い落とされる形でシンドゥラに乱入した、という事実は告げなかったのである。チュルク軍にとっては、このような醜態《しゅうたい》を仮面兵団に知られたくなかった。いちおう味方ではあるが、仮面兵団は食いつめたトゥラーン人の集団にすぎない。チュルク軍にしてみれば、彼らを真の味方とは思えないのだ。

一方、ヒルメスや仮面兵団にとっては、正確な情報も知らされぬまま、コートカプラ城へ合流するよう強要されても、すなおにしたがえるものではなかった。もともとシング将軍に、ヒルメスに命令できるのは指揮権などないのである。ヒルメスに命令できるのはチュルク国王カルハナただひとり。それも命令というより要請《ようせい》であった。

ヒルメスは仮面兵団をひきいてさっさとチュルクに帰国するつもりだった。だがトゥラーン人とチュルク人との対立感情が激して、軍監《ターリキー》を全員殺害してしまった。このまま帰国はできぬ。コートカプラ城のチュルク軍を救って大きな貸しをつくっておくか、あるいはチュルク軍を追い出して城を乗っとるか。いずれにせよコートカプラ城にはいるしかない、と、ヒルメスは考えたのだ。

もとをただせば、シンドゥラ方面の軍事行動全般について、最高指揮官を決定しておかなかったチュルク国王カルハナの失敗である。何もかも自分ひとりで決定し、支配しようとしていたカルハナのやりかたに無理があったのだ。あとになって王族のカドフィセスを派遣したものの、これは有力な貴族を追いはらうためであった。

それでも最初はうまくいくはずだったのだ。仮面兵団はシンドゥラの西北部一帯を暴風雨のごとく荒らしまわる。パルス軍がカーヴェリー河をこえて救援に駆けつけたら、待機していたシング将軍の精鋭五万が、国境から洪水のごとく突入して、パルス軍の後背《こうはい》を絶《た》つ。必要とあらば、つぎつぎと国境から兵力を投入する。一挙に、大陸南方の覇権をにぎることもできたかもしれない。

カルハナ王の野望と計算は、みじんに砕《くだ》かれた。

ただひとりの、絵のへたな、口の悪い人物が、未然に歴史を変えてしまったのだ。

　その人物、パルスの副宰相《フラマート》にして宮廷画家であるナルサス卿は、コートカプラ城内の広間にいた。コートカプラはあくまでも戦争用の城であって、宮殿ではない。素朴な石づくりの建物で、装飾らしいものはないが、広間の円《まる》天井にだけはあざやかな色彩の磁器タイルが貼ってあり、すこしはきらびやかである。

「いいタイルだ。天井一面に絵を描《か》いたら、ずいぶんと優雅なおもむきになるだろう」

　のんびりとナルサスが円天井を見あげる。彼と肩を並べた黒衣の騎士は、窓を白くかがやかす雷光《らいこう》のほうに気をとられた。

「魔神《まじん》どもが、ことあれかしと望んでいるような天候だ。おぬしの思惑《おもわく》どおり、仮面の掠奪者《りゃくだつしゃ》どもはこの城に来るだろうか、ナルサス」

「さて、来るかもしれず、来ないかもしれず」

　ナルサスは悠然《ゆうぜん》として見えるが、その思考は火花が散るほどに熱い。彼はこのシンドゥラ辺境の城で、パルスの過去からあらわれる亡霊を処断するつもりだった。だが、亡霊があらわれず、チュルクに去ってしまったらどうするか。

「そのときはチュルクとの国境にある関門を閉ざしてしまえばよい。あとはチュルク国内で何がおころうと知ったことではないさ」

　というのも、チュルク国王カルハナに対しては、すでに策を打ってあるからだ。カドフィセス卿の筆《ひっ》跡《せき》をまねた偽《にせ》手紙が役に立つはずであった。

　ヒルメス個人については、ダリューンもナルサスも口に出さなかった。口に出しても詮《せん》ないことである。パルスの玉座を彼に渡すわけにはいかない。同情を寄せたとしても、ヒルメスを傷つけ、憤怒《ふんぬ》を招くだけであろう。彼が鋭鋒《えいほう》をむけてくれれば、受けて立ち、斬るしかない。それはダリューンの役目である。というより、ダリューン以外の者にヒルメスは斬れぬであろう。ヒルメスをどうするか、という点について、最後に彼らふたりが話しあったのは、コートカプラに入城する前のことだ。

「たしかにヒルメス殿下は伯父《おじ》の仇だが、いちおう主筋《しゅすじ》にはちがいない。いささか、おれとしてはこだわりがあるな」

「気にするな、ダリューン。おれにとっても主筋だ」

「おれが返り討ちになったらどうする。ヒルメス王子はお強いぞ」

「そのときは陛下がお嘆《なげ》きになるだけのことだな」

「だけのこと」という友人の突き放したいいかたが、ダリューンには痛かった。まったくダリューン以上につらいのはアルスラーンであるにちがいない。

「天空に太陽はふたつなく、地上に国王《シャーオ》はただひとり」――あまりにも有名な詩の一節を、ダリューンは思いおこさずにいられなかったのだ……。

タイルの円天井に、かろやかな弦の音が反射している。琵琶《ウード》の音だった。「流浪の楽士」ギーヴが戦いを前に演奏しているのだ。とはいっても、死にゆく戦士たちを悼《いた》むとか、平和を願うとか、そんな殊《しゅ》勝《しょう》な音楽ではない。彼の音楽も詩も剣も口車も、すべては美に奉仕《ほうし》するのが目的である。つまり、窓辺に立つ黒い髪と緑の瞳の女神官《カーヒーナ》に。

「うるわしのファランギースどの、ほどなく恋より流血を好む輩《やから》の手によって、この谷はシンドゥラ最大の墓場となろう。いたわしいことだ」

「それだけ広い墓場なら、ちゃんとおぬしの席もあるのだろうな」

「うーむ、いっしょに埋められるのが男だけというのが、何とも不愉快だが、おれはファランギースどのの笑顔のためなら、よろこんで死ねるぞ」

「べつの死甲斐《しにがい》を見つけたがよかろうと思うが」

そっけない美女の声も、吟遊《ぎんゆう》詩人の情熱に冷水をあびせることはできなかった。ギーヴは二音節ほど琵琶《ウード》をかき鳴らすと、つねにもましてぬけぬけと答えた。

「いや、何しろおれは無器用な男でな。ひとたび心に想い女《びと》をさだめると、他の女など眼中になくなるのだ。まこと、ファランギースどのは太陽。あまたの星々も光を消されてしまう」

「口巧者《くちごうしゃ》なことじゃ。チュルクの美女がどうしたの、シンドゥラの佳人《かじん》がこうしたの、華やかな噂のかずかずは、おぬしの弁明を裏ぎると思わぬか」

「いやあ、ファランギースどの、女神官《カーヒーナ》たるあなたのお耳を汚したのは恐縮なれど、事実と異《こと》なる噂を立てたのも、ひとえにあなたのご注意を惹《ひ》かんがため。恋する男の愚《おろ》かさを笑うてくれ」

「笑うのもばかばかしいが、愚かさを認めるにやぶさかではないぞ」

窓から熱気と湿気をおびた不快な風が吹きこんで、黒絹のようなファランギースの髪をなぶった。ギーヴが琵琶をかき鳴らす。

「やれ、気のきかぬ風だ。どうせなら薄衣《うすもの》をそよがせればよいに」

「いまさら問うのも不毛だが、おぬしにとって芸術とやらはどんな意義を持つのじゃ？」

「おれにいわせると、芸術も宗教も同じことさ。美女の憂愁《うれい》を解くこともできないようでは、存在する意義がない」

軽口のなかに、たいそう真摯《しんし》なひとかけらがまじっていた。そのことをファランギースは感じとったようだが、口に出してはこういった。

「ところがな、芸術家と宗教家は、しばしばかえって人を迷わせるものじゃ。だからといって、おぬしが真の芸術家というわけではないが」

沈黙したギーヴをその場に残して、ファランギースは廊下を歩んだ。

元気よくアルフリードが駆けてきた。もう二十歳になるが、成熟より、溌剌《はつらつ》さがまさる。

「おや、アルフリード、ナルサス卿といっしょではなかったのか」

「いまダリューン卿とすごく深刻な話をしてるんだ。じゃましちゃいけないんだよ」

「……おぬしはナルサス卿に対して、まったく辛抱《しんぼう》づよいのう」

それは、たぶんファランギースらしからぬ問いかけであったろう。アルフリードはほんの一瞬、不思議そうに美しい女神官を見返したが、すなおな口調で答えた。

「あたしにそれだけの価値があれば、ナルサスはいつか振りむいてくれると思うんだ。あせるつもりはないよ。白髪《しらが》の爺《じい》さん婆《ばあ》さんになっても恋はできるはずだものね」

「そうじゃな」

ファランギースは笑った。どこか、妹に対する姉のような表情にも見える。

「アルフリードなら、そうであろうな。おぬしは心が老いるということを、生涯、知らずにすむであろう」

「ほめてもらったと思っていいの？」

「おや、わたしは絶讃《ぜっさん》したつもりだが、そうは聴《き》こえなかったのかな」

かるくアルフリードの肩に手をおくと、ファランギースは涼風《りょうふう》が吹きわたるような足どりで歩み去った。シトロンに似た香料の微香がアルフリードの嗅覚に残された。


アルフリードが踵《きびす》を返して十歩もいかぬうち、廊下の角でエラムに出くわした。両手に盆を持ち、それに空《から》の食器がのっている。牢内《ろうない》のカドフィセスに食事を運んできたのだ。アルフリードの顔を見るなり、習慣的にエラムは皮肉をとばした。

「えらく機嫌がいいんだな、アルフリード。またナルサスさまにご迷惑をかける方法でも考えたのか」

「ふふーん」

「何だよ、気色悪い」

「あんたはまだ子供だからわからないだろうけどね。誰かを好きでいられるって、とっても幸福なことなんだよ」

鼻白んだエラムが反撃しようとしたとき。

エラムの半面が純白にかがやいた。ついで表現しがたい轟音《ごうおん》が耳を蹴りつけた。アルフリードは思わず両耳をおさえてしゃがみこんでしまったし、エラムも一瞬立ちすくんでしまった。窓の外に、雨が白い幕をかけはじめた。

II

「降りはじめたな」

　つぶやいたギーヴが、彼に似あわず、うそ寒さを感じたように肩をすぼめた。琵琶《ウード》を壁ぎわにおくと、腰の剣をたしかめる。その前を、鋭く引きしまった表情でファランギースが通りすぎる。

「おうい、ファランギースどの、お声もかけてくださらぬとは、つれない、つれない」

　ことさら陽気な声で、ギーヴが後を追う。

　そのときすでに城外では血と泥の乱舞《らんぶ》がはじまっていた。シンドゥラ軍の陣営の一角で見張りの兵士が叫び声をあげたのだ。

「仮面――」

　言葉は宙で断ちきれた。二本の槍が同時にシンドゥラ兵の胴をつらぬき、その身体を空中へ放りあげた。降りしきる雨に人血がまじり、赤い飛沫《しぶき》が宙を走りぬけた。

「来た！　奴らが来たぞ！」

　報告の声は悲鳴に急変した。青空に雷雲《らいうん》がむらがりおこる勢いで、仮面兵団はシンドゥラ軍の陣営に乱入してきたのだ。雨にたたかれて、地上はすでに泥濘《でいねい》と化しつつある。馬蹄《ばてい》の左右に泥をはねあげ、剣を水平にはらうと、シンドゥラ歩兵の首が血の尾をひいて宙に飛ぶ。泥水の小川となった壕《ごう》を飛びこえ、天幕をささえる綱を斬り、柵《さく》に革紐《かわひも》をひっかけて数頭がかりで引きずりたおす。おそるべき強さと速さで、仮面兵団はシンドゥラ軍の陣営を潰乱《かいらん》させた。血飛沫《ちしぶき》と悲鳴が雨を裂くと、倒れるのは決まってシンドゥラ兵なのである。

　たちまち仮面兵団は鋼《はがね》の奔流《ほんりゅう》となってコートカプラの城門に達した。声をそろえて「開門！」と呼びかける。声は雷鳴と雨音にかき消されたが、城門はすぐに開いた。開いた門から、仮面兵団の騎馬がつぎつぎと城内に躍りこむ。その数は千、二千とふくれあがり、完全に強行突破は成功したと思われた。

　まさにそのとき状況が一変した。雨音が、さながら滝のようなすさまじさに変わった。城壁から地上へむけて、数千の弓がいっせいに矢を放ったのだ。避けようがない。仮面兵団の人馬は、矢の雨とほんものの雨の下でつぎつぎと倒れていった。

「へぼ画家の小細工かッ」

その怒号が、銀仮面の正体を雄弁に物語った。地上でただひとり、ヒルメスだけがこのようないいかたをするのだ。

まんまとヒルメスはナルサスの罠にはまった。だが、誰のどのような罠にはまったか、一瞬でヒルメスはさとったのである。彼が知らぬ間にパルス軍はシンドゥラ領内に潜伏していたのだ。しかもコートカプラ城のチュルク軍を追い出し、そのあとに居すわって、仮面兵団がやって来るのを待ちかまえていたのである。

「引き返しますか、銀仮面卿!?」

ブルハーンが叫んだ。降りそそぐ矢を剣ではらいおとしながら。ヒルメスは頭《かぶり》を振った。

「突入する。おれにつづけ」

ここで引き返そうとしても、いっそうの混乱におちいり、一方的に殺されていくだけだ。突進して敵を斃《たお》す以外に、方途《みち》はなかった。彼はかるく片手をあげると、後も見ずに馬を疾駆《しっく》させた。

チュルクの雪道で「ついてこられない奴は死ね」と叱咤《しった》したように、ヒルメスは、苛烈《かれつ》きわまる統帥《とうすい》者《しゃ》だった。彼の指揮についてこられぬ者は死ぬしかない。今日もあえてトゥラーン人が恐れる雷雨のなかで作戦を決行したのだ。矢と水が激しく降りそそぎ、雷光《らいこう》がひらめくなか、ヒルメスは城内の道を疾駆した。彼につづいて仮面兵団も疾走する。矢をあびて倒れる者が続出するが、疾走はやまない。

「死兵《しへい》だな」

城壁の上で、アルスラーンはつぶやいた。死を決した軍隊のおそろしさを、若い国王《シャーオ》は承知している。まだ十八歳だが、歴戦といってよいアルスラーンであった。

「陛下には、ここをお動きになりませぬよう」

傍《そば》にひかえるファランギースがいう。アルスラーンが血気にまかせてむやみに動くようなことがあれば、ナルサスの軍略がくずれてしまうのだ。

「わかった」

アルスラーンがうなずくと、黄金の冑《かぶと》から雨水が落ちて小さな流れをつくった。彼は実戦を指揮するためではなく、戦いの結果に責任をとるために、ここにいた。ナルサスやダリューンがあえて口にしなかったことを、アルスラーンは承知していた。

疾走をつづける仮面兵団の列が急激に乱れた。絶《ぜっ》鳴《めい》がひびき、血柱が噴きあがり、騎手を失った馬が狂ったように列を離れて走りだす。横あいから騎馬の一隊が忽然《こつぜん》とあらわれ、白兵戦をいどんできたのだ。雷光と乱刃《らんじん》のただなかに、ヒルメスは見た。黒衣黒馬の騎士が彼の前に躍り立つのを。ヒルメスは苦々しく笑った。

「ヴァフリーズの甥《おい》だな。おめおめと僭王《せんおう》につかえ、祖先の名をはずかしめるか」

その言葉に、ダリューンの眉が動いた。彼は銀仮面を見つめ、ゆっくりとうなずいた。

「なるほど、ヒルメス殿下は過去に生きる御方《おかた》だ。誰それの息子、誰それの甥、誰それの子孫。そのようなことがそれほどだいじか」

「何をくだらぬことを」

冷笑して、ヒルメスは長剣をひと振りした。血と雨水が宝石のようにきらめいたのは、雷光を受けてのことである。一瞬の間をおいて、強烈な雷鳴が天と地をとどろかせた。

コートカプラ城が地上に建てられて以来、これほど傑出したふたりの剣士が一騎打ちを演じるのは、はじめてのことであったろう。ダリューンめがけて槍で突きかかろうとする部下を制し、ヒルメスは長剣を持ちなおした。両眼に宿った光は、雷光よりすさまじい。

「きさまがいて、へぼ画家めがいる。つまりアルスラーンめもどこかに隠れているということだな。まずきさまの首をはね、他のふたりも引きずりだして、胡狼《ジャッカル》の餌にしてくれよう」

ダリューンは答えない。無言のまま長大な剣をにぎりなおす。同時だった。馬腹を蹴って、ヒルメスは黒衣の騎士におそいかかった。

「………！」

「………！」

両者とも叫びをあげたが、言葉にならない。激突した刀身は百万の火花をまき散らして、たがいに弾きかえされた。すれちがう二頭の馬が、戦意をこめていななく。雨中、両雄は正反対に位置をかえてふたたびにらみあった。

またも近くで落雷した。

その残響がなお耳にとどろくなか、ふたたびダリューンとヒルメスは馬腹を蹴った。滝かとも思われる強い雨をついて、二頭の馬が突進する。

馬と馬とが衝突した。高々と前肢《まえあし》をあげていななく。その鞍上《あんじょう》で、両者はたがいの長剣をかざし、猛烈に撃《う》ちあった。

ダリューンの頭部めがけて、ヒルメスが斬撃《ざんげき》をたたきこむ。額の寸前でそれをはね返すと、ダリューンがヒルメスの頸部《けいぶ》をねらって白刃《はくじん》を撃ちこむ。火花が小さな雷火《らいか》となって飛散し、すさまじい刃音が雨音を切りさいた。

右にはらう。左になぐ。咽喉《のど》をねらって突きこみ、上半身をひねって受け流す。一合、また一合。一撃、また一撃。なみの兵士ならたちまち斬殺《ざんさつ》されているにちがいない、圧倒的な斬撃を、両雄はたがいにもちこたえた。

馬もまた激しい闘志をしめして、躍りあい、ぶつかりあう。高々とはねる泥は、ダリューンやヒルメスの冑まで汚《よご》し、それを雨が洗い落とす。

「ヴァフリーズのもとへ行け！」

ののしりながらヒルメスがたたきこんだ一撃は、青く赤く火花をまき散らして、ダリューンの剣の鍔《つば》に激突した。鍔がまっぷたつに割れ、雨中に飛んで見えなくなる。ひるむ色もなくダリューンは反撃し、ヒルメスは受けそこねて胸甲《きょうこう》を直撃された。胸甲に白くひびがはいり、ヒルメスは瞬間、息がつまった。すばやく馬を移動させてつぎの攻撃をかわす。双方、呼吸をととのえ、さらに激しく剣を撃ちかわした。

III

雷雨のなかで、死闘は無限につづくかと見えた。実際、パルス軍と仮面部隊との戦闘全体が終わるまで、両者は斬撃をかわしあったのだ。百合《ひゃくごう》をはるかにこえたにちがいない。火花と刃音。攻撃と防御。雨と泥。雷光と暗雲。めくるめく斬撃の応酬は、しだいにひとつの方向をしめしはじめた。

わずかの差。十対九ほどの差ではない。百対九十九の差さえないであろう。だが、たしかにダリューンがヒルメスを上まわっていた。それを感じとったのはヒルメスであった。ヒルメスが傑出した剣士であるからこそわかったのだ。そして、それはヒルメスにとって耐えがたい屈辱であった。

このおれがヴァフリーズの甥《おい》めに負けるというのか⁉

かつてアルスラーンと剣をまじえて、ヒルメスは勝てなかった。だがそれは、アルスラーンの剣が宝剣ルクナバードであったからだ。ダリューンとは完全に互角だった。それが、いま、わずかに差がついた。三年余の間に、ダリューンが伸びたほどにはヒルメスは伸びなかったのである。

長い激しい決闘に耐えられなくなった者があらわれた。老練なトゥラーンの武将クトルミシュである。彼は馬を駆って両雄の間に割りこんだ。

「銀仮面卿、ここはそれがしが引き受けますゆえ」

クトルミシュは、このとき銀色の仮面をぬぎすて、素顔をさらしている。この期《ご》におよんで、敵をあざむくために仮面をつける必要もなかった。

彼が激闘の場に割ってはいったのは、ヒルメスに、決闘から解放されて全軍の指揮をとってもらうためである。だが、激怒したのはダリューンではなくヒルメスのほうであった。クトルミシュの行動は、ヒルメスの誇りを傷つけてしまったのだ。

「じゃまするか！　どけっ」

怒号と同時に、ヒルメスの長剣がうなった。

白刃は斜め下からクトルミシュのあごを割りくだき、骨を断《た》って頸動脈《けいどうみゃく》を斬り裂いた。歴戦のトゥラーン騎士も、あまりにも意外な一撃を、受けることも避けることもできなかった。クトルミシュは鮮血の噴水を宙につくりながら、馬上から吹きとんだ。泥濘《でいねい》にたたきつけられたとき、「なぜ」と問う形に口が開いたが、たちまち両眼から光が喪《うしな》われていった。血は泥に吸われ、雨に打たれて、みるみる色を消していく。

この惨劇はダリューンを愕然《がくぜん》とさせたが、張本人であったヒルメスにも衝撃を与えた。

「しまった……！」

血と泥にまみれたクトルミシュの死顔が、ヒルメスの瞳《ひとみ》に灼《や》きついた。煮えたぎった激情が一瞬に冷めて、悪寒がヒルメスをとらえる。ヒルメスは絶叫した。悪寒を吹きとばすための絶叫だった。彼は大きく長剣を振りまわし、ダリューンに斬ってかかった。惨劇の目撃者であるダリューンをこの世から消してしまわないかぎり、ヒルメスは、自分自身を赦《ゆる》すことができなかった。

ダリューンはヒルメスの強烈な斬撃をまっこうから受けとめた。火花と刃音。ダリューンは強靭《きょうじん》な手首をひるがえし、ヒルメスの剣を引っぱずすと、かえす一撃でヒルメスの冑を撃った。さらに間髪いれぬ第二撃が、ヒルメスの剣に落下する。異様な音がして、ヒルメスの剣は半ばから折れた。白刃が車輪のごとく宙を回転し、泥に突き刺さった。

「死ねぬ。このままでは死ねぬ」

その思いが脳裏にひらめいたとき、ヒルメスは激しく行動していた。誰にも想像できぬ行動だった。折れた剣で形だけの反撃を見せて、ダリューンを後退させると、にわかにヒルメスは馬首をひるがえして逃げだしたのである。

ヒルメスが逃げる。どのように強烈な反撃よりも、これはダリューンをおどろかせた。反射的な一撃も空を斬って、ダリューンは黒馬の鞍上《あんじょう》でよろめいた。体勢をたてなおしたとき、ヒルメスは三十歩ほど先を走っている。馬のたてがみに仮面を伏せて、泥をはねあげ、背を雨に打たせながら、ヒルメスは逃げていった。

　ダリューンとヒルメスとの間には、たちまち混戦のもやがたちこめて、追跡をはばんでしまった。やや茫然《ぼうぜん》とダリューンは黒馬をたてている。

　このとき、城外でも死闘が終わりかけていた。仮面兵団は掠奪《りゃくだつ》した財貨《ざいか》や食糧《しょくりょう》を車につんでいたのだが、それを城内に運びこむことができなかった。いったん道を開いたシンドゥラ軍が、三方向から仮面兵団をつつみこみ、激しく揉みたててきたのだ。

「もともと、われらシンドゥラ人の財貨だ。掠奪者どもからとりかえせ！」

　馬上でラジェンドラが号令する。ご自慢の白馬も泥水をかぶって、ナバタイ国の縞馬《しまうま》のようだ。

　ラジェンドラは、味方をけしかけるだけではなかった。兵士三名がひと組となって一騎のトゥラーン兵を相手どり、まず馬の肢《あし》を斬るよう指示した。馬が傷つき倒れると、トゥラーン兵は徒歩になる。そこを三名で包囲して槍を突きこむ。トゥラーン兵をかならず殺して首をあげる必要はない。戦闘力を奪ってしまえばよいのだ。そして、トゥラーン兵ひとりを倒すと、その組は、左どなりで戦っている味方を助ける。こうして、ほとんど混乱なしに、シンドゥラ兵たちは、自分たちより強いトゥラーン兵をかたづけていった。

「パルスの軍師を敵にまわしたくございませぬなあ」

　アラヴァリ将軍が感嘆《かんたん》する。これはナルサスがシンドゥラ軍に教えた戦法だった。

　パルス軍に属するトゥラーン人ジムサは、さすがに城内の殺戮《さつりく》に参加する気になれず、城門の近くで黙然《もくぜん》と馬を立てていた。いきなりのことである。

「兄者！」

　叫びとともに剣光が走って、身をひるがえしたジムサの軍衣の袖《そで》が音高く裂けた。泥と水をはねあげながら、二頭の馬はたがいの位置を変えた。

「ブルハーンか」

　ジムサはうなった。このときブルハーンも仮面をとって素顔をさらしていたのである。

「大きくなった、といってやりたいところだが、これは何のまねだ。実の兄に剣をむけるか、罰あたりめ」

「故郷をすててパルスの宮廷などにつかえたのは兄者ではないか!」

「お前もつかえろ」

ジムサは弟より落ちついている。油断なく剣をかまえながら説得した。

「アルスラーン陛下におつかえして、おれも多少の功績をたてた。それをもって、お前が陛下に敵対した償《つぐな》いとさせていただこう。武器をすてついてこい。陛下にお目通りさせてやる」

「兄者は異国の王を陛下と呼ぶのか!」

ブルハーンが声を高めると、ジムサはやりかえした。

「お前が首領とあおぐ人物もトゥラーン人ではあるまいが。異国の王だろうと、器量をしたう点でちがいなかろう」

「ちがう、ちがう!」

ブルハーンは歯ぎしりした。若々しい顔がびしょ濡れになっているのは、雨か口惜《くや》し涙か、判断できない。

「銀仮面卿は、おれたちトゥラーン人のことを心から案じて下さるのだ。だからおれも、あの方に忠誠をつくす」

「奴のことを、おれはよく知らん。だが考えてみろ。お前たちは利用されているだけではないのか」

「銀仮面卿を悪くいえば、兄者とて赦《ゆる》さぬ」

「斬りかかってきたくせに、何がいまさら赦さぬだ」

「あれは兄者の注意をひくためだ。だから手かげんしてやったではないか」

「手かげんだと? 嘴《くちばし》の黄色い雛鳥《ひなどり》が、えらそうなことをぬかすな。お前なんぞが手かげんして勝てる相手は仔羊《こひつじ》ぐらいのものだ」

「あなどるのもほどほどにしろ。故郷をすてた根なし草のくせに」

「だまれ、半人前！」

　このあたりになると、単なる兄弟げんかである。雨と雷鳴のなか、トゥラーン語でどなりあいながら、ふたりとも第二撃をくりだそうとはしなかった。だが、周囲の状況は大きく変わりつつあった。雨の勢いが弱まり、雷鳴が遠ざかる。そして戦いも終わりに近づいていた。コートカプラの城内でも城外でも、トゥラーン兵たちは追いつめられ、斬りたてられて、しだいに数をへらしていった。

　弱まった雨を引き裂いて、銀色の線が宙をななめに走った。高い音がして、ブルハーンの冑に矢がはねかえる。それがきっかけとなって、ブルハーンは剣を引き、馬首をめぐらして、兄の前から走り去った。

　このときジムサが吹矢を使っていれば、ブルハーンは倒されていたにちがいない。だがジムサはひとつ頭を振っただけで弟を見逃した。

「あれでよろしいので、陛下？」

　城壁上で弓を手にギーヴが主君に問うている。無言でアルスラーンがうなずく。

　光が地上に投げかけられてきた。雷光ではなく、雲が切れて、太陽の光が地上にとどいたのだ。白く温かく美しい光であったが、照らしだした光景は凄惨《せいさん》をきわめた。コートカプラの谷は一面の泥沼と化し、そこに一万をこえる人馬の死体が横たわっている。

　だが、そのなかにヒルメスの姿はない。

Ⅳ

　アルスラーンはファランギースやエラムとともに城壁をおりた。馬を近づけたナルサスが、一礼して戦勝を報告する。

「ヒルメスどのは逃げたか」

「城外にはイスファーンの騎馬隊が伏せております。まず逃がすことはございますまい」

　ナルサスの声は冷たく乾いている。冷厳に徹しないかぎり、ヒルメス王子を討ち滅ぼせるものではなかった。

アルスラーンはうなずいた。絹《セリカ》の国の煎薬《せんじぐすり》を飲まされたような表情だったが、「何とか助けられないか」とはいわなかった。それは部下たちの努力を無にするばかりでなく、アルスラーンの統治そのものを否定することになるのだ。

コートカプラ城の西南、一ファルサング（約五キロ）の地で、ヒルメスは、敗走してきた味方を集めた。傷つき、疲れはてていたが、それでも千騎以上が死地《しち》からの脱出に成功していた。ドルグとクトルミシュの姿はなかったが、ブルハーンは健在であった。彼らをひきいて、ヒルメスはさらに道を西南にとった。


二匹の仔狼《こおおかみ》がイスファーンの足もとにじゃれつく。チュルク国内を縦断したとき、雪道でイスファーンがひろったのだ。親狼が死んで、迷い出たらしい。イスファーンは「狼に育てられた者《ファルハーディン》」という異名を持つ。赤ん坊のころ山中に棄《す》てられ、兄のシャプールに救われるまで狼の乳で生命を守られた。赤ん坊のころなので記憶があるわけではないが、話を聞いて、狼には何となく親しみをおぼえていた。

仔狼といっても母親の乳をのむ時期はすぎている。イスファーンは餌として羊肉と小麦の粥《かゆ》を与えた。粥をつくる暇《ひま》もない行軍のときには、自分で噛《か》んでやわらかくした肉を与える。鞍《くら》の横に麻《あさ》の袋《ふくろ》をさげ、そこに二匹をいれて、チュルクからシンドゥラへと、イスファーンは戦いつつ駆けぬけてきたのである。

「仔狼を助けたというが、夜になると見目《みめ》うるわしい乙女《おとめ》に化けるのとちがうか」

とからかう者もいたが、イスファーンは気にとめなかった。赤みをおびた毛色の仔を「火星《バハーラム》」、右目のまわりに輪のような濃い色の毛がある仔を「土星《カイヴァーン》」と名づけた。

二匹の仔狼が低いうなり声をだして身がまえた。イスファーンの足もとで、生命の恩人を守るつもりか、毛をさかだてて東北の方角をにらむ。

「火星《バハーラム》！　土星《カイヴァーン》！　今日のところはおとなしくしていろ」

　星の名をつけられた二匹の小さな勇者は、首根をつかまれて袋に放りこまれてしまった。イスファーンは馬上の人となると、ひきいる千五百騎の兵に手をあげて合図した。

　泥流と化した道を避け、比較的かわいた高地の道を選んで、ヒルメスたちは疾走してきた。掠奪《りゃくだつ》した物資をすて、戦死した仲間をすて、名誉をすてて逃げてきたのだ。その彼らめがけて、伏兵がおそいかかった。それこそ雷雲がふたたび湧きおこるように、イスファーンたちは稜線《りょうせん》を躍りこえ、敗軍の列を真横からついたのである。

　人数はほぼ互角だった。だが、疲労度と戦意がまるでちがう。地形的にもパルス軍が有利だった。馬上からの最初の斉射《せいしゃ》で、トゥラーン兵五十数人が鞍上から転落した。第二射で三十人が倒れた。第三射はなく、パルス兵たちは弓を剣にかえて突進した。白刃がきらめき、血が飛び散り、つぎつぎとトゥラーン人は斬り伏せられた。

　だが、ヒルメスの死力《しりょく》は、包囲陣の一角を彼に突破させていた。折れた剣をふるって敵の顔面を突き、手を傷つけ、近づく者を蹴り落とし、ついには敵の槍を奪いとって右に左に突き刺し、なぐり倒した。あまりのすさまじさに、さすが勇猛なパルス騎兵もたじろぎ、ヒルメスの突破を許してしまったのである。

　ヒルメスの執念《しゅうねん》が勝った。生に対する執念ではなく、名誉に対する執念である。ナルサスの詭計《きけい》にはまり、ダリューンの剣に押され、逆上してクトルミシュを手にかけた。コートカプラは屈辱の地となった。再起して名誉を回復せぬかぎり、ヒルメスは死ねなかった。

　このとき、ヒルメスとともに戦場を離脱できた将兵は、百騎ほどにすぎなかった。仮面兵団は潰滅《かいめつ》したのである。

長い雷雨がやみ、肌寒いほどの涼気《りょうき》がコートカプラの谷をつつんだ。

パルス国王《シャーオ》アルスラーンと、シンドゥラ国王《ラージャ》ラジェンドラの両者は、馬をならべて戦場を見まわり、生き残った将兵の労をねぎらった。仮面兵団だけで八千をこす死者が泥濘《でいねい》のなかに倒れ、矢や剣や槍が突き立って日光を弱々しく反射している。シンドゥラ軍の死者は二千五百、パルス軍の死者は五百。泥と血にまみれた勝利だった。

「これではなあ。トゥラーン人という民族そのものが滅亡してしまうかもしれんて」

ラジェンドラが、めずらしく同情した。この場合、同情しても損をしないですむ。勝利者としての余裕もある。だが、逆にいうと、損得に関係ないところではラジェンドラはいたって善良なのだった。

アルスラーンも気が重い。死者の半ばは、彼と同年代か、あるいはそれ以下の少年であった。このような若者たちが多く戦場に倒れたことを思うと、心が傷まずにいられない。だが。

「少年だから、あるいは飢えているからといって、他国から掠奪し、民衆を殺してもよいということにはなりませぬ。感傷はどうかほどほどに」

あえて冷然と、ナルサスは正論をとなえた。アルスラーンもラジェンドラも黙然《もくぜん》とうなずく。ほどなく気をとりなおしたように、ラジェンドラがべつの話題を持ちだした。孤独な囚人カドフィセスのあつかいをどうするかということである。

「どうだろう、カドフィセス卿の身柄はおれがあずかろうと思うのだが」

「ですが、ラジェンドラどの」

「いやいや、アルスラーンどのには、わざわざパルスから救援に来てもらった。この上、カドフィセス卿の世話まで押しつけては、あまりにずうずうしいというもの。カドフィセス卿の食費ぐらいは、おれが負担して進ぜる」

ラジェンドラらしい言いかただが、陽気な口調に、アルスラーンの表情がやわらいだ。即答はせず、アルスラーンはナルサスの表情を見やった。ナルサスが微笑とともに一礼する。こうして、カドフィセスの身はラジェンドラがあずかることになった。

馬を寄せて、エラムが恩師にささやいた。

「よろしいのですか、ナルサスさま」

「何が？」

「カドフィセス卿をラジェンドラ王に引き渡してしまうことがです。まずくはないでしょうか」

「なぜまずいとエラムは思うのだ」

ナルサスは興味をこめて愛弟子《まなでし》を見やった。エラムは考えを整理しつつ答える。

「カドフィセス卿はチュルク国の貴族で、王位を継承する資格があるのでしょう。ラジェンドラ王が彼を手にいれたら、外交や謀略《ぼうりやく》の道具として、いろいろ利用するに決まっています」

「うん、うん」

「いずれはカドフィセス卿をチュルクの王位につけて、シンドゥラの属国にでもするつもりではないでしょうか」

「ラジェンドラ王はそう考えているだろうな、たしかに」

「ナルサスさま、それなら……」

「だがな、エラム、物事にはつねにべつの側面があるぞ」

ナルサスはあごをなでた。

「カドフィセス卿は道具でもあるが火種でもある。彼がシンドゥラ国にいると知れれば、カルハナ王は心おだやかではあるまい。チュルクの敵意はシンドゥラに対して向けられる。パルスでなくて」

「はい、わかります。その危険をラジェンドラ王は考えなかったのでしょうか」

「いや、考えた上でのことだろう」

愉快そうにナルサスは空を見あげた。

「いざとなればカドフィセスの首をチュルクに送って、カルハナ王のご機嫌をとるという策《て》もある。それがラジェンドラ王の思惑だろうよ」

それではカドフィセス卿が気の毒なようだが、あの男にも野心と才覚がある。自分自身を救うよう努力してみるべきだ。そうナルサスはいうのだった。

　イスファーンが帰ってきて国王《シャーオ》に復命した。

「申しわけございませぬ、陛下、仮面兵団の総帥を討ちもらしました」

「いや、イスファーン、気にすることはない。仮面兵団は敗れ、無力化した。出兵の目的は果たせた。ご苦労だった」

　内心、アルスラーンはほっとしている。王者の義務をこころえてはいるが、ヒルメスの生首を見るのはあまりにも気分が悪かった。むろんアルスラーンの安堵は一時のものにすぎない。いやなことが将来《さき》に延びた、というだけのことであった。そう自分に言い聞かせながらも、イスファーンの足もとで小さな尾を振る二匹の仔狼を見て、アルスラーンは口もとをほころばせるのだった。

　エラムはまたナルサスに話しかけている。

「正直、意外でした、ナルサスさま。ヒルメス王子はコートカプラ城に目もくれず、チュルクへもどるものと思っておりました」

「そう、それがもっともよい方法だ。おそらく一度はそう考えただろう」

　だがナルサスの策略は、どこまでも辛辣《しんらつ》であった。彼はコートカプラ城からチュルク軍を追い出し、国境までシンドゥラ軍に護送させた。そのとき、ナルサスはラジェンドラ二世に申しこみ、国境にそのままシンドゥラ軍をとどめておいた。このシンドゥラ軍は壕《ごう》と柵《さく》を形ばかりととのえ、さらに流言をまきちらした。

「国境にシンドゥラの大軍が陣地をきずき、仮面兵団の帰還を阻止しようとしている。陣地の攻略に時間がかかれば、後背からシンドゥラ軍の主力がおそいかかって、仮面兵団をはさみうちするだろう」

　という内容である。この流言を耳にすれば、ヒルメスはためらうにちがいない。トゥラーン兵は陣地戦が苦手だし、後背をおそわれるのは好ましくない。

　仮にヒルメスがその流言を無視して、チュルク国境へ直進したら、流言が単なる流言に終わらず、事実となるだけのことである。さらにまた、ヒルメスが短期間に国境を突破してチュルクに逃げこんだら、そのときこそ、カドフィセスの筆蹟《ひっせき》をまねて書かれた偽手紙が役に立つ。その偽手紙には、つぎのように書いてあった。

「私カドフィセスは、今後いっさいカルハナ王の命令にしたがわぬ。王は数万の兵士を敵国中に孤立させて、援軍も出さぬような冷酷な人だ。私はパルス国の王族ヒルメス卿と協力し、チュルク国に仁慈《じんじ》ある政事《まつりごと》をもたらすよう努《つと》めるものである」

　この手紙を受けとったチュルク国王カルハナが、どのような態度をとるか。すくなくとも、ヒルメスに対していくらかの疑念をいだくにちがいない。あとはナルサスが風を送って、疑念の炎を大きくしてやるだけのことだ。

　二重三重四重の網を、ナルサスはヒルメスにむかって投げかけたのだ。ただひとつ、ナルサスが危惧していたのは、ヒルメスがどこかべつの城を攻撃し、占拠してそこに籠城《ろうじょう》してしまうことだった。だが、トゥラーン兵が攻城や守城を苦手とすることは、ヒルメスも充分に承知しているはずである。とすれば、さしあたってヒルメスが局面を打開するための時間をかせぐには、コートカプラ城のチュルク軍と合流するしかない。仮面兵団とチュルク正規軍とが合流し、たてこもって抗戦しているとすれば、カルハナ王も放置してはおけず、救援のために大軍を派遣してくれるかもしれぬ……。

　ヒルメスの心理を、ナルサスは手にとるように説明した。小さくあくびをひとつすると、結論を出した。

「ま、いずれにしてもヒルメス殿下には、他の選択がなかったのだ。もともとチュルク国王などを頼ったのがまちがい。生きておられるかぎり、ヒルメス殿下は再起をはかるだろう。そのたびにおれがたたきつぶす。それだけさ」

「……何とおそろしいことを涼《すず》やかに語る人だろう」

　エラムは舌を巻く。謀略《ぼうりゃく》を用い、軍を動かすにあたって、ナルサスは非情である。その非情さが、陰惨《いんさん》につながらないのは、ナルサスに私利私欲がないから。そして、ナルサスは、自分のやったことがどのような意味を持つか、よく知っていた。できるだけ正しい道を歩むようにしながらも、国を維持するために多くの人を死なせ、詐略《さりゃく》を用いなくてはならない。それが必要なことであり、それを必要とすることが人の世の愚《おろ》かさであることをナルサスは知っていたのである。

とにかく仮面兵団の脅威からシンドゥラ国を救ったパルス軍は、七日間の休養の後、祖国に帰還することになった。パルス暦三二五年四月下旬。宮廷画家ナルサス卿が予告したとおり、夏が来る前に事態はかたづいてしまったのだ。

アルスラーンの大遠征は、こうしてひとまず終わった。

V

「草は刈りとった。多少の根は残ったが、まあよかろう。また毒草《どくそう》がはびこりだしたら、庭師を呼びつけるさ」

パルス軍を送りだして、シンドゥラ国王《ラージャ》ラジェンドラ二世はそうつぶやいた。庭師とはむろんパルス軍のことである。今回、ラジェンドラはパルスの軍費をすべて負担し、さらに戦死者の遺族に対する慰《い》弔金《ちょうきん》や、負傷者の治療費、そして謝礼として、全部でシンドゥラ金貨十万枚をアルスラーンに支払った。

「お気前のよろしいことで」

アラヴァリ将軍などはおどろいた。これまでパルス軍に対するラジェンドラの態度といえば、「できるだけ安くこき使ってやろう」というものだったからである。アラヴァリ将軍に、ラジェンドラが答えていわく。

「なに、こうして一度支払っておけば、あと二、三度はこき使ってやれるさ。投資と思っていればよい」

「はあ、投資でございますか」

「お人よしのアルスラーンを見たろう。かえってすまなそうな表情をしていた。また呼べば飛んでくるだろうよ、わははは」

さて、チュルク国王の従弟《いとこ》であるカドフィセス卿は、シンドゥラ国の客人になった。この場合、客人とは、「上等な捕虜」という意味である。カドフィセスをラジェンドラに引きわたすとき、パルス国の宮廷画家《きゅうていがか》は皮肉っぽい目つきをした。その目つきが気にくわなかったが、ラジェンドラはあえて忘れることにした。監視役に選ばれたプラージヤ将軍に指示する。

「カドフィセス卿は、まかりまちがえばチュルクの王位につく御仁だ。度をこす必要はないが、多少の贅沢《ぜいたく》はさせてやれ」

ただし、それだけではすまない。

「かかった費用については、きちんと表をつくっておけよ。後日まとめて請求するからな」

そう念を押すラジェンドラであった。彼としてはチュルク国王カルハナに親書を送って、「カドフィセス卿の財産を没収したりなさらぬように。できれば当方《こちら》に全部送るか、あるいは毎月の生活費を送るように」

といってやりたいところだが、さすがにそれはできない。

「やはり、ちっとばかし恥ずかしいからな」

ラジェンドラは笑ったが、プラージヤ将軍には異論があった。「ちっとばかし」ではなく、「たいへん」恥ずかしいのではなかろうか。だが、ラジェンドラとのつきあいが長いプラージヤは、つつましく沈黙を守って、無用な波風が立つのを避けたのであった。

カドフィセスは観念したようで、護送される際も、じたばた騒いだりはしなかった。運命を呪うよりも、自分の才覚で未来を切りひらくほうを、彼は選んだのだ。たとえチュルク国に帰っても、いつカルハナ王の猜疑心《さいぎしん》にあって身が危険になるか、知れたものではなかった。ラジェンドラは「お前のものはおれのもの」を信条とする男だが、すくなくとも無用に残忍な人物ではない。得をさせてやれば共存できるはずだ、と、カドフィセスは思った。

ただひとつ、カドフィセスが要求したことがある。暑さが苦手なので、涼しいところに幽閉してくれ、というのであった。

「チュルク人としてはもっともなことだな。よろしい。青い山《ニールギリ》の山城にいてもらおう。あそこは夏でも涼しいぞ」

ラジェンドラがあげた地名は、シンドゥラでも屈指の高山である。こうして、カドフィセスはすくなくとも炎熱で死ぬ心配だけはなくなったのであった。


国都ウライユールから二日間の旅をすると、マラバールの港町に着く。シンドゥラ随一の海港であり、貿易と海運の中心である。シンドゥラ国の学者によれば、太古に火山が陥没《かんぼつ》し、その跡がほぼ円形の湾になったといわれる。パルス国のギランにせまる規模と繁栄《はんえい》を誇る港で、熱帯の花が原色のいろどりを乱舞《らんぶ》させ、その濃密な香りが人々をむせかえらせる。活気にあふれたよい町だが、長い夏の暑さと暴風雨の来襲とが、他国の船乗りたちには評判が悪い。

人間の形をした暴風雨が、ひそかにマラバールの町にしのびこんだのは、四月末の一夜であった。その人数は百人あまり。先頭に立つのは、右半面を薄い布で隠した長身の男である。パルスの旧王族ヒルメスと、彼にしたがう百四人のトゥラーン人は、甲冑をすて、馬をすてて、ここまでたどりついたのであった。港のはずれに浮かぶ一隻の武装商船を、彼らは強奪するつもりなのだ。

その船はバーンドラ号といった。乗組員と船客とをあわせて二百人を乗せることができる。二か月分の食糧と飲料水が積んであり、海賊からの攻撃にそなえて弩《おおゆみ》や火炎弾などの武器も搭載されていた。取引のための金貨や、貴重な商品である象牙《ぞうげ》・竜涎香《りゅうぜんこう》・胡椒《こしょう》・肉桂《にっけい》・白檀《びゃくだん》・茶・真珠なども昼の間につみこまれている。

それらのことを調べあげておいて、ヒルメスは夜の湾岸に立った。足もとで波がさわぎ、遠くどこかで夜光虫が光っている。彼の横に立ったブルハーンが感嘆の声をもらした。

「これが海でございますか」

かつてのアルスラーンとおなじく、ブルハーンにとっても海を見るのははじめての経験であった。といっても、夜が海面を支配する寸前に見ただけである。ほんとうに海の広大さを実感することは、まだできなかったであろう。

バニヤン樹《じゅ》や椰子《やし》の葉が夜風にそよぐ。その風さえ熱く湿っているようで、トゥラーン人たちの肌は汗を流しつづけた。

船を強奪しても、トゥラーン人には航海術はわからない。星の位置で方角を知ることができるだけだ。したがって、船の乗組員たちは、なるべく生かしておく必要があった。そのことを確認しておいて、ヒルメスは三十人の兵を選び、バーンドラ号の乗っとりを実行にうつした。

バーンドラ号は岸からやや離れて停泊している。海の上を歩けるとすれば、百歩ほどの距離であった。子供の腕ほどもある太い綱《つな》が、岸と船とをつないでいる。ヒルメスは三十人の部下に上半身裸になるよう命じ、彼自身もそうした。軍靴《ぐんか》もぬいで裸足《はだし》になり、短剣を鞘ごと口にくわえる。

ひとりずつ海にはいり、綱にしがみつく。思ったより波は強く、綱にしがみついたトゥラーン人はそのまま毬《まり》のように水の動きにもてあそばれた。七十四人の仲間が息をころして吉報を待ちかまえるなか、ヒルメスたちは綱を伝って海上の獲物へと近づいていく。

あらかじめヒルメスは厳命していた。

「綱から手を離すな。離したら死ぬぞ」

これは単なる脅しではない。トゥラーン人は勇猛《ゆうもう》果敢《かかん》だが、泳ぎができないのだ。まして夜の海を渡るなど、水泳に慣れた者でも平気ではいられない。だがトゥラーン人たちは必死の気がまえでそれをやってのけた。三人が綱を離し、暗黒の海面下に没してしまったが、彼らですら悲鳴をあげなかった。

ヒルメス以下二十八名が綱をたどって、ついにバーンドラ号にたどりついた。綱は途中で海面から持ちあげられ、船首に結びつけられている。トゥラーン人はチュルク人ほど登攀《とうはん》が得意ではないが、とにかく彼らはつぎつぎと綱をよじのぼって甲板《かんぱん》に上った。甲板に見張りの水夫がいた。半分眠っていたが、異状に気づいてはねおきる。

シンドゥラ人の水夫は警告の叫びをあげようとしたが、ただ一刀で賊《ぞく》に斬り倒された。

危険きわまる男たちは、ほとんど音もなく甲板上に並んだ。トゥラーン人は一般に視力がすぐれている。また裸足《はだし》なので足音もたてない。さらに戦闘に慣れているし、生まれてはじめての水泳に成功して気分も昂揚している。彼らにおそわれた者こそ災難であった。

半分酔っぱらった水夫がふたり、大声でしゃべりながら甲板を歩いてきた。シンドゥラ語なので話の内容はわからないが、口調から判断して女の話らしい。水夫の楽しみといえば、昔から、港ごとの酒と女に決まっているようなものだ。

陽気な水夫たちは、つぎの瞬間、永遠にしゃべれなくなってしまった。水夫ひとりに、ふたりのトゥラーン人が声もなくおそいかかったのだ。ひとりが後ろから組みついて抱きすくめ、前方にまわったもうひとりが口をおさえて短剣で咽喉《のど》をかき切る。

一方的な無音の戦闘がつづいた。不幸なシンドゥラ人たちは、自分が殺される理由もわからず、つぎつぎと咽喉から血を流して死んでいった。苦難をなめてきたトゥラーン人たちは、復讐に酔っていた。

「これ以上殺すな。船が動かせなくなる」

ヒルメスに叱りつけられて、トゥラーン人たちは殺戮《さつりく》を中止した。

殺された水夫たちは三十名。生き残った者に命じて、ヒルメスは、死体を甲板に並べさせた。港を出たら海に放りこめばよい。

小舟をおろして、岸で待っていた部下たちをつれてこさせる。小舟は三度、岸との間を往復した。溺《おぼ》れた三人をのぞいて、トゥラーン人が百一人、パルス人がひとり、そしてシンドゥラ人が六十人。バーンドラ号の収容能力にはまだ余裕があった。

船長は陽《ひ》と潮に灼《や》けた黒い顔と、白い口ひげの持主で、年齢は六十歳に近い。海賊にとらわれた経験もあった。彼は当面、無益な抵抗を断念して、ていねいにヒルメスに尋ねた。

「どちらへ行けばよろしいので？」

「外海へ出てから西へ向かえ」

さらにヒルメスは命じた。シンドゥラ人の水夫たちはパルス語だけを使え、シンドゥラ語を使ってはならぬ、したがわぬ者は殺す、と。ヒルメスもトゥラーン人もシンドゥラ語を解しないので、シンドゥラ人どうしで謀叛《むほん》の相談をされてもわからない。それを防ぐための用心であった。

バーンドラ号は綱《つな》をほどき、帆に夜風をはらませ、銅鑼《どら》も鳴らさずに動きはじめた。

港の監視所ではおどろいた。密貿易をふせぐためにも、海賊から商船を保護するためにも、夜間の出入港は禁止されている。港の出入口に灯火の台があり、それにほの白く照らされつつバーンドラ号が進んでいくと、夜空に赤い光の花が咲いた。港を守備する軍船が近づいてくる。ヒルメスが船長の顔を見た。

「あの光は何だ」

「停船しろという合図で」

「停船したいか？」

「いえ、あの、ご命令のままに」

ヒルメスは命令した。停船せず、可能なかぎりの速力で港から遠ざかれ、と。いちおう船長は海の専門家として抗弁《こうべん》した。

「このあたりの海は岩礁《がんしょう》が多うございます。まして夜、やたらと速度を出しては危険ですが」

船長の抗弁はそこで中断された。ヒルメスが無言であごをしゃくると、トゥラーン兵たちがひとりの水夫を列から引きずりだしたのである。制止する間もなかった。水夫の右手首を短剣の刃がすべり、血が噴きだした。水夫の絶叫で、船長は観念した。

「できるだけのことはいたします。助けてやってください」
「治療《ちりょう》してやれ」
ヒルメスは部下にそう命じ、ブルハーンを呼んで何ごとか指示した。

軍船の停船命令は無視された。夜の波を蹴《け》たてて、バーンドラ号は海上を疾走《しっそう》する。波音も潮風も、トゥラーン人たちが生まれてはじめて経験するものだ。だが甲板の揺れにはすぐ慣れた。騎馬《きば》の民であるトゥラーン人は、躍動する馬上で身体の平衡《へいこう》をとるのがお手のものだった。馬が船に変わっただけのことだ。

命令を無視されて、軍船のおどろきは怒りに変わった。銅鑼《どら》が激しく打ち鳴らされる。今度は攻撃の警告である。それでもバーンドラ号の疾走はやまない。

波が高く強くなり、塩からい飛沫《しぶき》がトゥラーン人たちの顔にかかった。外海に出たのだ。そこでなぜかバーンドラ号の船足がおそくなり、追跡する軍船がぐんぐん接近した。いきなり、それはおこった。バーンドラ号の船腹から落日の色をした光が走って軍船に突きささったのだ。

軍船は燃えあがった。黄金と深紅《しんく》の炎《ほのお》が、夜空にむけて数百本の腕を伸ばす。帆布《ほぬの》や板が焼ける音がひびき、こげくさい匂いがバーンドラ号までただよってきた。バーンドラ号はふたたび速度をはやめ、やがて炎上する軍船の光がとどく範囲を脱して、暗黒のただなかに姿を消した。油脂《ゆし》と硝石粉《しょうせきふん》と硫黄《いおう》との混合物によって軍船は焼きつくされ、海に沈んだ。

武装商船バーンドラ号が仮面兵団の残党によって強奪された。その兇報《きょうほう》は早馬によって翌日の昼、国都ウライユールにもたらされた。

国王《ラージャ》ラジェンドラ二世にとっては、まことに不快なめざめとなった。この日、彼はふたりの寵姫《ちょうき》とともに昼まで甘美《かんび》な眠りをむさぼっていたのだ。

「死にぞこないどもめ！　どこまで手数をかければ

気がすむのだ」

　ラジェンドラは三度つづけて舌を鳴らした。仮面兵団を潰滅《かいめつ》させて安心したからこそ、ぐうたら昼まで寝ていたのである。広い寝台からとびおり、白い絹服をまといながらプラージヤ将軍を呼びつけた。かしこまるプラージヤに、あわただしく命じる。

「パルスに連絡しろ。トゥラーン人ども、永遠に海上をうろついているわけにもいくまい。陸に近づいてくるところをパルスの海軍にやっつけさせるのだ。こちらも船を出して、トゥラーン人どもの行方をさがせ」

　というわけで、気前のよいラジェンドラ二世陛下《へいか》は、たちまちパルス軍への投資をとりかえす機会にめぐまれたのであった。

旋旗
流転

第五章

乱雲の季節

9

I

初夏五月。パルスの王都エクバターナは緑蔭濃《りょくいんこ》い季節をむかえている。

陽《ひ》ざしはかなり強いが、空気が乾燥して適度の風があるので、樹木や建物の影にはいると、ひやりとするほど涼《すず》しい。石畳《いしだたみ》にも水がまかれ、蒸発する水が熱気をとりさる。水をまいてまわるのは老人や子供が多く、彼らには役所から日当が出る。

露店は葦《あし》を編んだ屋根をかけて、陽ざしをふせぐ。地面に、絹の国《セリカ》渡りの竹づくりのござを敷き、ハルボゼ（メロン）をはじめとする色とりどりの果物《くだもの》を並べてある。ときどき冷たい水をかけると、果物の色どりはひときわあざやかになるようだ。

汗と塩を上半身に噴きださせて、炉の火をあおっているのは、硝子《ガラス》の器具をつくる職人たちだ。交替で公共の井戸に出かけて水をあびる。タオルを冷水にひたして頸《くび》すじに巻き、ふたたび炉の前にもどるのである。

小麦の薄いパンに蜂蜜《はちみつ》をぬって売る店がある。どうやら小銭の持ちあわせもないらしく、ひとりの子供が、ひたすらパンを見つめている。最初は無視していたパン屋が、根《こん》まけしたように、ひときれのパンを渡す。顔をかがやかせた子供が走り去る。その背中にむけてパン屋がどなる。

「恩を忘れるなよ。出世したら十倍にして返すんだぞ！」

エクバターナの黄昏《たそがれ》どき。つばのない白い帽子を頭にのせた若者が街路を歩んでいる。もうひとりの若者が肩を並べているが、こちらはわずかに背が低い。とはいえ、街ゆく男たちのなかでは高いほうだ。

白い帽子の若者はのんびりした表情だが、つれの若者は何気なさをよそおいつつ、鋭い視線を周囲に配っている。ふたりとも容姿のよい若者なので、道ゆく女性がときどき好奇《こうき》の視線をむけるのだった。

雑踏をぬって、ふたりの若者がはいった建物は、「糸杉の姫《ルーダーベ》」という酒場である。東西列国の商人たちが集まる有名な店で、食卓ごとに異なる国の言葉が使われるといわれていた。一歩なかにはいると、大広間も二階席も客で埋まっている。給仕が盆や皿をもって走りまわり、水槽では絹の国《セリカ》の金魚が泳ぎ、壁ぎわの止り木で鸚鵡《おうむ》が歌い、香辛料《スパイス》の匂いがたちこめ、酒の芳香《ほうこう》が渦をまく。

大広間を見おろす二階席の一画で、筋骨たくましい船乗り風の男が、ふたりを待っていた。丸い食卓には、まだ料理が並んでいない。

「待たせてすまなかった、グラーゼ」

白い帽子の若者、アルスラーンがいった。

「陛下にもおかわりなく。エラムどのも元気そうで」

海の男グラーゼは、あいさつの後、すぐ本題にはいった。

「われわれにはいってきた情報は、こうでございます。マラバールの港に停泊していた武装商船が、仮面兵団の残党に乗っとられ、海上に姿を消した。そのおり、シンドゥラ国の軍船が一隻、焼き沈められた——と」

「ラジェンドラどのからも同じことを使者が伝えてきた。嘘はないようだな」

「シンドゥラ国王は、得になる嘘しかつかない御仁でございますから」

恩師ゆずりの毒舌《どくぜつ》をエラムが発揮し、アルスラーンは苦笑した。グラーゼは豪快に笑いかけたが、その笑いを途中でとめた。給仕たちが酒と料理を並べはじめたのだ。酒は壺《つぼ》ごと井戸で冷やされた麦酒《フカー》。鳥肉と乾葡萄《ほしぶどう》をまぜたピラフ。香辛料《スパイス》をきかせて飴《あめ》色になるまで焙《あぶ》った鶏《とり》の腿肉《ももにく》。やはり香辛料をきかせた淡水魚のからあげ。牛の挽肉《ひきにく》と玉葱《たまねぎ》を小麦の薄皮につつんだもの。五種類の果物《くだもの》。量は四人分ある。グラーゼが二人分たいらげるのだ。

「トゥラーン人に船をあやつれるはずがございません。操船はシンドゥラの水夫たちが担当しておりましょう。おそらく脅迫されてのことと思われます」

「それにしても、船を奪った犯人がトゥラーン人たちだと、なぜわかったのだろう」

「溺死体《できしたい》があがりましたそうで」

グラーゼの説明によると、武装商船バーンドラ号が乗っとられた翌朝、マラバールの湾岸に溺死体があがった。上半身裸《はだか》の若い男で、身体にいくつか戦傷らしい刀痕があった。はいていたズボンがトゥラーン騎兵のものだったという。その他にもいくつかの証言がもたらされて、総合すると、コートカプラの谷から逃走したトゥラーン人たちが、地上にいる場所を失ったことは確かなようであった。エラムが意見をのべる。

「陸で進退きわまったから海に出よう、という発想はトゥラーン人にはございますまい。一度は海に出た経験がなくては。おそらくヒルメス王子が指揮をとっておられましょう」

「ヒルメスどのは海に出た経験が？」

「マルヤム国にいらしたのですから、海について、あるていどはご存じでしょう。ルシタニア国との縁も、海路で結ばれたはず」

明快に断言して、エラムはくすりと笑った。

「そうナルサスさまは推理しておいでです。私が自分で考えたのなら、たいしたものですが」

「ナルサス卿は地上のあらゆることをご存じのようですな。よくぞパルスに生まれてくだされた」

麦酒《フカー》の大杯《たいはい》を、グラーゼが高くかかげた。

ほんとうにグラーゼのいうとおりだ、と、アルスラーンは思う。ナルサスがもしルシタニアに生まれ、全軍の指揮をとっていたら、とうにパルスは滅亡し、アルスラーンの首はルシタニア軍の陣中にさらされていたのではなかろうか。

ナルサスだけではない。「戦士のなかの戦士《マルダーンフ・マルダーン》」ダリューンにしても、どこの国に生まれ育っても無双《むそう》の勇者として重んじられたであろう。「絹の国《セリカ》」の皇帝《ファグフール》も、ダリューンを引きとめるために諸侯の位や美女や名馬を贈ろうとしたという。ダリューンは知遇《ちぐう》に感謝しながらも、すべて受けとらず、パルスへ帰国した。そしてほどなくルシタニア軍の侵略があり、アトロパテネの野で決戦がおこなわれたのだ。

「それで、ヒルメス卿は何をたくらんでおられるのでしょう」

　エラムがもっとも重大な疑問を口にした。アルスラーンが即答せずにいると、口についた麦酒《フカー》の泡《あわ》をぬぐって、グラーゼが答えた。

「私はそれほどヒルメス卿のお人柄《ひとがら》を存じあげているわけではございませんが、海賊稼業《かいぞくかぎょう》で満足しているようなお人でもなさそうですな」

「そう、どうせねらうのはパルスの王位に決まっています。あの御仁は、王の子孫だけが王になれる、と、そう信じこんでおられるゆえ」

「といって、自力で王位をねらうには、あまりに力不足。どこぞの野心的な王侯に援助してもらうしかありますまい」

「いったん海に出てしまったからには、チュルクに帰るのは困難だし……」

　グラーゼとエラムの討論を聞きながら、アルスラーンは思案をめぐらせた。たしかにヒルメスはチュルク国には帰れまい。チュルクは海への出口を持たぬ内陸国である。また、仮面兵団が潰滅《かいめつ》し、侵攻も掠奪《りゃくだつ》もすべて無に帰した。ヒルメスとしては、どの面《つら》さげてチュルクへ帰れるか、という気分であろう。

　広大な南の海に孤帆《こはん》をかかげて、ヒルメスはどこへ行こうというのか。

「ミスルかナバタイというあたりでしょうか。ミスルに着けば、そこからさらにマルヤムへむかうこともできますが」

　食卓の上に指で地図を描きながらエラムがいうと、たくましい首をグラーゼがかしげた。

「仮にミスルに行くとすると、いささか妙なことになりますぞ」

「それはどういうことだ、グラーゼ?」

「は、陛下、じつはミスル方面で妙な動きがございまして」

　グラーゼが声をひそめた。もともと潮風できたえた声は朗々《ろうろう》としてよくひびく。あまり密談にはむかない男だが、アルスラーンの身分が周囲の客に知れてもこまるので、それなりに気は遣うのだ。もともとと「糸杉の姫《ルーダーベ》」は、大声で密談するための店といわれており、他の客たちも自分たちの会話に熱中しているので、心配する必要もないのだが。

グラーゼが語ったのは、ミスル国王の客人としてとどまっている人物のことであった。ヒルメス卿とよばれ、黄金の仮面をかぶり、周囲にパルス人を集めているという。

「すると、ミスル国でふたりのヒルメスどのが顔をあわせるかもしれないというのだな」

アルスラーンは笑うしかなかった。偽者《にせもの》に出会ったとき、異常なまでに誇り高いヒルメスがどれほど憤怒《ふんぬ》することか。ヒルメスには気の毒だが、こういう場合に泣くわけにもいかず、笑うしかないのである。

「偽者に出会ったら、ただではすみますまい。一刀のもとに斬りすてるでしょうな。われらが偽者たいじに出かける手間もいりませぬて」

グラーゼも愉快そうだが、アルスラーンはすぐに笑いをおさめた。そのような事態になったとき、ミスル国王はどうするか。あくまでも偽者を推《お》したてて、真物《ほんもの》のヒルメスを排除するだろうか。それとも掌《てのひら》をかえして偽者をしりぞけ、真物のヒルメスを推したてるだろうか。もしそうなれば、ヒルメスはチュルク国王にかわる後援者を得ることになる。パルス国にしてみれば、東方の脅威が西方の脅威に変わるだけのことで、あまり好ましくない。

「ナルサスは、このことについて、どう思っているのかな、エラム」

「楽しそうにしておいでです。さて、どんな策《て》できまわしてやろうか、と」

「ナルサスらしいな」

敵が策略を弄《ろう》すれば弄するほど、ナルサスにとっては事がやりやすくなるのである。チュルク国のつぎはミスル国。策士や野心家の種はつきない。それがナルサスにとっては、地上に壮麗な絵を描く材料となるわけで、退屈せずにすむというものだった。

今後さらにくわしく情報を集め、ギランの港では海軍の出動準備をととのえること。そう結論を出して、非公式の会議は終わった。

II

「黒い巨大な翼《シャブカーミル》」、つまり夜が天と地を支配するなか、アルスラーンとエラムは王宮に帰ってきた。このようなとき、アルスラーンとエラムが先に立って門番の兵士にあいさつし、何かと引きとめ、その間にアルスラーンが門内にすべりこむ、という例が多い。他愛《たあい》ないことだが、それが微行《おしのび》の楽しみというものであろう。

エラムと別れたアルスラーンは、回廊《かいろう》の入口で、大将軍《エーラーン》キシュワード卿に会った。彼はアルスラーンの微行《おしのび》を黙認してくれているので、若い国王《シャーオ》としては、王宮に帰ってきたあいさつぐらいしておかねばならない。「糸杉の姫《ルーダーベ》」でグラーゼと会ってきたことを告げると、キシュワードはかるく笑った。

「グラーゼも王宮が苦手と見えまするな」

「ほんとうは私も苦手だ。でも海へ逃げだすわけにもいかない。義侠心《アイヤール》ある勇者は元気か？」

「元気すぎて、わが家のなかは戦場も同様でございます」

アイヤールは二歳になるキシュワードのあととり息子《むすこ》で、アルスラーンが名付親になったのだった。キシュワードの妻ナスリーンが赤ん坊をだいて国王《シャーオ》の御前に参上したとき、この幼い勇者は国王《シャーオ》のひざの上でおもらしをして、解放王に衣服を替えさせるという武勲《ぶくん》をたてたのである。

「ご令室によろしくお伝えしてくれ。アイヤールの前になら、いつでも王宮の門は開く」

「おそれいります、陛下」

翌日午前中の会議で会うことを確認して、アルスラーンはキシュワードと別れ、奥の寝室へと歩んだ。奥の扉の前で、ジャスワントがうやうやしく一礼する。

「ご無事で何よりでございました、陛下」

「戦場へ行ったわけじゃないのだが……」

ふと心づいてアルスラーンはいってみた。

「つぎのときにはジャスワントもいっしょに来てく

れ」

「宰相《フラマータール》閣下に怒られますな。ですが陛下のお言葉とあれば」

うれしそうなジャスワントの声を受けながら寝室にはいる。ひとりでは広すぎる寝台に身を投げだした。心に浮かんだのはヒルメスのことだ。

パルス暦三二〇年の十月、アトロパテネの会戦で敗れて以来、アルスラーンが孤独であったことは、たぶん一度もない。いつも誰かがそばにいて、苦難を分け持ってくれた。それがどれほど幸福なことであったか、アルスラーンにはわかっていた。アンドラゴラス王によって軍から追放されたとき、彼のもとに駆けつけてくれた人々のことを、けっしてアルスラーンは忘れない。ヒルメスは、はたしてどうなのだろうか。

「ヒルメスどのもお気の毒だ」

そう思わずにいられないのだが、じつはこのような同情こそが、もっともヒルメスを傷つけ、怒らせるであろう。ナルサスはそういう。アルスラーンもそう思う。高みに立って他人に同情するのは、たぶん傲慢《ごうまん》なことだろう。

「仮《かり》に陛下がヒルメス卿に玉座をお譲《ゆず》りになっても、ヒルメス卿は満足なさらぬでしょう。かの御仁は、力をもって正統の王位を回復することのみを望んでおられますゆえ」

ナルサスの言葉を思いだして、アルスラーンが小さく息を吐きだしたとき、かろやかな羽ばたきの音が耳をたたいた。起きあがって伸ばした腕に、鷹《シャヒーン》がとまる。アルスラーンの戦友であるこの鷹にとっては、若い国王《シャーオ》の腕こそが彼の玉座である。

「どうすればいいと思う、告死天使《アズライール》?」

さて、どうしたものでしょうか。告死天使《アズライール》がそう答えたような気がしたが、むろんこれはアルスラーンの勝手な思いこみである。たしかなことは、ヒルメスとアルスラーンとは並び立てぬという苦い事実を認めざるをえない、ということであった。王位をえた者は、かならずそれに相応するだけの心の荷をせおわねばならないのだろうか。

「エステルは元気かな」

　突然、その名を思いだした。騎士見習エトワールと名乗っていたルシタニア人の少女だ。王都を奪還する戦いのさなか、聖《サン》マヌエル城で出会ったエステルは、アルスラーンに新鮮なおどろきを与えたのだ。

　それまでルシタニア人は、アルスラーンにとって顔のない存在だった。憎むべき侵略者であり、戦うべき敵。ただそれだけだった。だがエステルと出会って、ルシタニア人は、血肉《けつにく》を持つ存在となった。表情も感情もある人間たちであることがわかった。それがわかってはじめて、敵を赦《ゆる》す寛大《かんだい》さも、敵と交渉し和平するという考えも生まれる。エステルはそれを教えてくれたように思えるのだ……。

　ふいに告死天使《アズライール》が激しく羽を動かした。

「どうした、告死天使《アズライール》⁉」

　アルスラーンの問いかけに、告死天使《アズライール》は鋭い鳴声で答えた。羽音がした。告死天使《アズライール》が部屋をひととびに横ぎって、窓に飛びついたのだ。硝子《ガラス》をはめこんだ窓の外にむけて、ふたたび告死天使《アズライール》は鳴声をあげた。激しい敵意と警戒心にみちた鳴声だった。

　窓にむかって歩みかけたアルスラーンは、すぐに足をとめた。戦慄《せんりつ》の波が、若い国王《シャーオ》の全身を駆けぬけた。窓の外に何かいる。何かとほうもなく兇々《まがまが》しいものが。

　アルスラーンは、いったん外《はず》した剣をふたたび手にした。呼吸をととのえ、充分に用心しながら窓をあけようとする。その瞬間だった。

けたたましい音響とともに窓が割れた。とっさにアルスラーンは横へ跳んで、飛散する硝子《ガラス》の雨から逃れた。片腕をあげて顔面を守り、床で一転してははねおきる。告死天使《アズライール》が激しい威嚇《いかく》の叫びをあげた。何か黒い、人間ほどの大きさのものが宙で踊り狂い、天井や壁にぶつかりまわる。

「陛下！」

　扉があいて、躍りこんで来たのはジャスワントだ。若い黒豹《くろひょう》のようにしなやかで迅速な動き。すでに剣を抜き、侵入者と出会いざま一刀で斬りすてるかまえである。

だが、愕然《がくぜん》として彼は立ちすくんでしまった。侵入者は床の上にいなかったのだ。格闘は空中でおこなわれていた。とびまわる告死天使《アズライール》の羽毛が、季節はずれの雪となって乱舞する。異形の黒いものが、告死天使《アズライール》につかみかかろうとして、嘴《くちばし》で撃退される。アルスラーンは床に片ひざをついた姿勢で、剣を手に告死天使《アズライール》を援《たす》けようとするが、割ってはいる余地もない。

割れた窓から、告死天使《アズライール》は屋外へ飛び出した。せまい室内では不利と見てとったのだ。

寝る前に夜の庭を巡視していたエラムが、奇妙な音に気づいた。夜空にはばたく鳥の影を見あげる。

「告死天使《アズライール》？」

不審の表情が危機感のそれに一変して、エラムは文字どおりとびあがった。剣の柄《つか》をつかむ。

「陛下あっ！　ご無事で」

駆け出そうとして急停止したのは、頭上でけたたましい音がひびいたからである。硝子《ガラス》のかけらが月光のなかを乱舞し、告死天使《アズライール》よりはるかに大きな黒い影が宙に躍った。羽音がした。千匹の蝙蝠《こうもり》が同時にはばたいたかと思われた。月を背景に影が躍っている。人間に似てはいるが、怪異《かいい》な形の翼が、上下にはばたきながら月の影を切り裂いていた。そして、耳をふさぎたくなるような、いやな叫び声。

長い腕が告死天使《アズライール》につかみかかる。かわした告死天使《アズライール》の動きが鈍い。夜の戦いでは鷹《シャヒーン》に不利だ。空中の戦いを見あげて、エラムはとっさに判断に迷った。告死天使《アズライール》を助けるか、アルスラーンの安否《あんぴ》をたしかめるか。とりあえず大声をはりあげる。

「陛下！」

「エラムか、気をつけろ！」

アルスラーンの声がして、エラムは、若い国王《シャーオ》がどうやら無事らしいとさとった。ひと安心すると、知恵がはたらきはじめる。エラムは地上を見まわし、無理なくにぎれるていどの大きさの石をつかむと、手首をひるがえした。

怪物の背中に石が命中した。怒りとおどろきの叫びをあげて、怪物は空中で姿勢を変えた。エラムの姿を地上に認めて、両眼が赤くぎらついた。

黒々とした翼が夜気をたたき、怪物はエラムめがけておそいかかった。はばたきが不快な腐臭《ふしゅう》の暴風を、エラムにたたきつける。エラムはまっすぐ剣を突きだした。ふたつの赤い眼の間をねらったのだ。だが怪物は急上昇してエラムの突きをかわすと、今度は石が落下するように直下降した。鉤《かぎ》型の、おそろしい爪が、エラムの頸《くび》すじをねらう。エラムは横っとびにその攻撃をかわしたが、姿勢をくずしてしまった。転倒する。だが転倒しながらも剣を横にはらった。怪物の第二撃。爪と刃が音をたてて衝突し、怪物はふたたび夜空へ舞いあがる。

このときになると、ジャスワントからの報告で、王宮内にいたナルサスやファランギース、それにキシュワードやアルフリードまで、兵士をひきいて駆け集まりつつあった。

「ほほう、これだからアルスラーン陛下のおそばを離れられぬて。退屈せずにすむ」

楽しそうな声は、流浪の楽士と自称する男のものだった。

巡検使《アムル》ギーヴは、兵士の手から長柄《ながえ》の矛《アッダーラ》をひったくった。長い柄の先に両刃の剣がついている。それをかまえるかというと、そうではなく、足もとに放りだした。そして、陽気な声を空中の怪物に投げかけた。怪物の赤い目がギーヴの姿をとらえた。

III

怪物は、聴く者の耳をえぐるような奇声を発し、ためらいもなくギーヴにおそいかかった。

「あぶない、ギーヴ！」

アルフリードの叫びにも、ギーヴは動かない。両手をだらりとさげ、秀麗《しゅうれい》な顔に平然たる表情をたたえて立ちつくしている。

怪物の爪がギーヴにとどこうとした、まさにその瞬間であった。

怪物の身体が宙ではねた。最大の、そして最悪の叫びが夜の庭にとどろいた。怪物の身体に何か細長いものが突き刺さっているのを、幾人かが見た。奇怪な形の翼が狂ったように宙をかきまわしたが、もはや飛翔《ひしょう》する力は失われていた。まるで溺《おぼ》れるようにもがきながら、怪物は地に墜落し、重い地ひびきをたてた。

間髪をいれず、走りよったエラムが剣を振りおろした。怪物の頭部は撃ちくだかれ、四肢《しし》と尾とが激しく痙攣《けいれん》をつづけた。

「ギーヴ、けがはないか!?」

駆けつけたアルスラーンを、ギーヴは鄭重《ていちょう》な一礼で迎えた。

「お気づかいご無用、陛下、このギーヴを傷つけることができるのは、美女の冷たい言葉のみにございます」

「や、どうやら舌も無傷らしいな」

アルスラーンは笑い、笑いをおさめて感歎した。

「それにしても、あんな技を見たことはない。おぬしの神技は弓だけではないのだな」

アルスラーンは見ていたのだ。ギーヴの神技を。怪物の前に、ギーヴは素手で立っていた。だが彼の足もとには、矛《アッダーラ》が置かれていた。怪物が接近してきたとき、ギーヴは足で矛《アッダーラ》の柄《え》の端《はし》を踏《ふ》んだ。はねあがった矛《アッダーラ》は、垂直に立って真下から怪物をつらぬいたのである。

松明《たいまつ》を持って兵士たちが集まり、光の輪をつくった。ナルサスとファランギースが怪物の死体を見て、同時に声をあげる。

「有翼猿鬼《アフラ・ヴィラーダ》……!?」

それは伝説の怪物であった。人とも猿ともつかぬ身体に、巨大な蝙蝠《こうもり》の翼がはえている。牙《きば》と爪《つめ》には、生物を腐《くさ》らせる毒がある。人肉をくらい、ことに幼児や赤ん坊のやわらかい肉を好むという。かつて聖賢王ジャムシードによって、地底の熔岩《ようがん》の城から追放され、蛇王ザッハークの従者となった。その後、ザッハークの敗北とともに、いずこへか姿を消し去ったといわれている。そのいまわしい怪物が復活したのだろうか。しかも王宮に。そして誰がこの怪物を復活させたのか。

「蛇王ザッハーク……か？」

名前そのものに、凍《い》てついた瘴《しょう》気《き》が感じられる。勇者たちは顔を見あわせた。エラム、ジャスワント、ギーヴ、ナルサス、キシュワード、アルフリード、そしてファランギース。アルスラーンの肩にとまった告死天使《アズライール》も、夜風に翼を慄《ふる》わせたようであった。

「有翼猿鬼《アフラ・ヴィラーダ》は、たとえ地底や辺境に生き残っていたとしても、エクバターナのような大都《たいと》にひとりであらわれることはできませぬ。これをあやつる者が近くにおりましょう。ご油断なきように」

　ナルサスが注意をうながした。うなずいてキシュワードが大股に歩き出す。王宮の衛兵たちを動員して、徹底的に捜索するつもりだ。

　王宮のすべての窓に灯火がともり、広大な庭園の各処にも炬火《かがりび》が燃やされた。急に明るくなった王宮を見て、夜ふかしのエクバターナ市民はおどろいているにちがいない。

「おおげさなことになったな」

　アルスラーンが苦笑すると、ナルサスが答えた。

「国の大事、もっとおおげさでもよいくらいです。ここで中途半端に事をすませては、犯人どもを増長させるのみ。いま徹底的に……」

　ナルサスの言葉が、まだ終わらないうちである。

「僭王《せんおう》めに安らかな眠りは与えぬぞ！」

　毒にみちた宣告が、人々の耳を打った。ギーヴもエラムもジャスワントも、その声がどこから湧きおこったか、判断がつかなかった。広大な夜の庭全体が、悪意をこめてざわめいているようだ。

「夜ごとアルスラーンめの夢に忍《しの》びこんで、悪夢の餌《えさ》にしてくれよう。思い知るがよいぞ」

「どこにいる、出て来い、魔性《ましょう》の者！」

　ジャスワントがどなった。出て来るはずはないとわかっているが、どならずにはいられない。と、女神官《カーヒーナ》ファランギースが無言で水晶の笛を口にあてた。白く繊《ほそ》い指が、無音の旋律《せんりつ》を奏《かな》ではじめる。ほれぼれとその姿をながめたギーヴが、ふいに眼光を刃のような鋭さに変え、手にした剣を一閃《いっせん》させた。闇の一角からファランギースをねらって放たれた短剣《アキナケス》が、ギーヴの剣にとらえられ、音たかく地にたたき落とされた。

「そこだ！」

　短剣が投じられた方角にむかって、エラムとジャスワントが殺到する。灌木《かんぼく》の間にひそんでいた人影が、罵声《ばせい》をあげながら跳躍した。常人には聴《きこ》えぬ水晶の笛の音が、彼を苦しめ、隠れ場所からいぶり出したのだ。エラムとジャスワントの斬撃をかわし、十ガズ（約十メートル）ほど離れた場所に舞いおりる。それが彼の最期だった。

　黒衣の騎士の剛剣《ごうけん》が、魔道士の左肩から腰まで、ただ一撃に斬りさげていた。

　激痛が火花となって散るのを感じただけで、魔道士は即死した。いかに幻妙《げんみょう》の技を誇ろうとも、剛《ごう》速《そく》無比の斬撃をかわすことはできなかった。技をふるう暇《いとま》もなかったのだ。血柱を奔騰《ほんとう》させて魔道士は地に倒れた。呪いも、すて台詞《ぜりふ》も残さずに。

　血刀をひとふりした騎士は、アルスラーンの前まで歩んで、片ひざをついた。

「陛下の危機に参上が遅れまして、申しわけございません」

「ダリューン、よく来てくれた」

「おそれいります。本来なら生かしておいて証言をさせるべきところ、つい血気にまかせて斬りすててしまいました」

「いや、何もしゃべりますまい。魔道の徒は、秘密をしゃべると同時に、生命を失うようになっておりますゆえ」

　そういったのは、水晶の笛をすでにしまいこんだファランギースである。彼女が魔道士の死顔をのぞきこんだとき、ギーヴが興味をこめて女神官《カーヒーナ》の表情を観察したが、白い端麗な横顔からは何も読みとれなかった。

「安らかな眠りを与えぬなどと申していたが、まこと夢のなかにはいりこむつもりだろうか」

「そのときは、このファランギースが陛下の夢の園に参上し、夢魔《むま》を撃《う》ちはらってさしあげまする」

　月の光がファランギースに流れ落ちて、女神官《カーヒーナ》は

青玉《サファイア》の像のように見えた。

「女神官《カーヒーナ》ともなれば、そのようなことまでできるのか」

アルスラーンが感心すると、ファランギースは微笑した。この夜はじめての微笑だった。

「めったにやりませぬが、必要とあらば」

するとギーヴがじゃしゃりでて口をはさんだ。

「いやいや、ファランギースどの、夜ごとおれの夢にあらわれて愛の詩をささやく美女は、さてはあなたであったのか。厚いヴェールをかぶっているゆえ正体が知れなんだが」

「厚いヴェールをかぶっているのに、どうして美女とわかるのじゃ」

「むろん純粋な愛ゆえに」

「それなら最初から正体がわかるはずじゃ」

「いや、心にもない舌鋒《ぜっぽう》の鋭《するど》さ、さてはファランギースどの、照《て》れておいでだな」

「誰が照れるか！」

周囲で笑声がはじける。事の処理をダリューンやナルサスにゆだねると、アルスラーンは、とくにファランギースひとりを二階の露台《バルコニー》に招いた。

「ファランギース」

「はい、陛下？」

「去年から、何か心配ごとがあるのではないか」

美しい女神官は即答しない。アルスラーンは誠意をこめて、さらに話しかけた。

「立ちいるべきではないのかもしれない。だけど気になる。聞いたところで私には何もできないかもしれないが、案外よい知恵が浮かぶかもしれない。もしいやでなかったら、私に事情を話してくれないか」

「陛下……」

「私だけではない。ギーヴなども心配している」

若い国王《シャーオ》の言葉に、ファランギースはわずかに淡紅《たんこう》色の唇《くちびる》をほころばせた。

「あの者の心配は、陛下のご心配とはいささか種類が異なるように思えまするな。ですが、いずれにしても陛下にご心配をおかけして申しわけございません」

「ファランギース、私たちは仲間だな」

「主従でございます、陛下。仲間とは、おそれ多うございます」

「いや、形は主従でも、じつは仲間だ。おぬしやギーヴや、他の仲間たちがパルスを救い、私を王位につけてくれた。私の荷を軽くしてくれた。たまには私にも、私の仲間の荷を持たせてくれないか」

月の光が沈黙を乗せて露台《バルコニー》を照らしている。やがて音楽的な声が沈黙を破った。

「よい機会かもしれませぬ。いつかはお話しすべきだと思っておりました」

そしてファランギースは語りはじめた。

IV

「それは、わたしがアルフリードより若く、光といえば陽《ひ》の光、風といえば春のそよ風、それしか知らなかったころのことでございます……」


アンドラゴラス三世の御代《みよ》であった。国王《シャーオ》は豪《ごう》勇《ゆう》の誉《ほまれ》高く、王都エクバターナは大陸公路の要《よう》衝《しょう》として栄華《えいが》をきわめていた。国境の内外で、しばしば戦いはあったが、パルスの国力と国威はゆるぎなく、盛んな御代は永くつづくものと誰もが信じこんでいた。

国王に世継ぎの王子が生まれ、それに先だってミスラ神をまつる神殿が建てられた。

ファランギースはごく幼いころ、両親に死別した。父は騎　士《アーザーターン》階級の人であったが、多少の財産があって、死ぬときに財産の半分を娘に遺《のこ》し、半分をその神殿に寄進して、娘の養育を依頼した。こうして、ファランギースは神殿で成長することになった。

神殿は、フゼスターンと呼ばれる地方にあった。王都エクバターナの東、ペシャワール城の西、ニームルーズ山脈のすぐ北に位置する地域である。起伏《きふく》に富んだ丘　陵《きゅうりょう》が肥沃《ひよく》な盆地をかこみ、森も耕地も豊かで、山地の伏流水《ふくりゅうすい》のために泉が各処に湧き出る。冬、北から吹きこむ湿った季節風が山脈にあたって雪雲となる。そのため、冬の間に二、三度は大雪に見まわれ、他地方との交通が遮断《しゃだん》されてしまうが、それをのぞけば、まことに住みやすい。そして神殿には学院や薬草園、牧場、武芸場、医院、男女別の神官宿舎など、さまざまな施設が付属していた。

ファランギースは成長した。神学を修め、女神官《カーヒーナ》としての修業をつんだ。神殿を守るため武芸をまなび、弓でも剣でも乗馬でもすぐれた成績をあげた。神官は知識人であり、辺境の村などでは教師や医師や農業技術指導者を兼ねることが多い。地方の役人の顧問《こもん》をつとめることもある。ファランギースは、医術を教えられ、薬草について学んだ。歴史、地理、算術、詩文から、針仕事、牛や羊の世話、陶器《とうき》づくり。あらゆることを学んだのだ。

女神官は結婚や出産を禁じられている。神殿では当然のことで、女神官の資格を放棄して還俗《げんぞく》すれば、恋も結婚も自由である。むろん俗《ぞく》社会に出れば、貴族《ワズルガーン》とか自由民《アーザート》とかいった身分制度がある。だがそれも鉄の壁というようなものではない。自由民の娘が国王に見そめられ、世継ぎの王子を産んで王妃となった例がある。王妃の兄弟たちは、こういう場合、当然、貴族に列せられるのだ。

男の場合だと、自由民の兵士が戦場で武勲《ぶくん》をたてて騎士階級に、という例がもっとも多い。神官となって学問で身をたてるという方法もある。したがって、神殿につかえる若い神官たちは、聖職者といってもさとりすました者ばかりではなく、野心的な者も多かった。

ファランギースがイグリーラスに出会ったのは十七歳のときだ。イグリーラスは二十歳だった。背が高く、黒い髪に褐色《かっしょく》の瞳、りっぱな容姿の若者だった。自由民出身で、神官として出世することを望んでいた。ずばぬけて学業にすぐれ、弁舌《べんぜつ》さわやかだった。ファランギースと神殿の前で出会い、ふたりは恋に落ちた。

彼にはグルガーンという弟がいた。ファランギースとほぼ同年で、神官の見習《みならい》をしていた。グルガーンにとって、兄イグリーラスはまばゆい偶像《ぐうぞう》だった。兄の容姿も才能も、グルガーンの自慢の種だった。そして兄の恋人であるファランギースも。

グルガーンはときどき兄に議論を吹きかけた。もっとも、ファランギースの見るところでは、グルガーンは、兄に論破《ろんぱ》されることがうれしかったようだ。

「聖賢王ジャムシードがどんなにえらいといっても、蛇王ザッハークに滅ぼされてしまったじゃないか。力があれば、悪といえども善に勝ってしまう。信仰なんかするより、軍隊を強くすべきだと兄者は思わぬか」

「お前にはわからないのか。悪の力は永くつづくものではないぞ。その証拠に、蛇王は英雄王カイ・ホスローに敗れさったではないか。だいたい蛇王などという名を、かるがるしく口に出すな。神々の罰《ばつ》が下されるぞ」

そのような具合であった。

一年後、神殿を管理する神官長が、ひとつの決定を下した。若い神官のなかから三名を選んで、王都エクバターナに派遣する。三年間、大神殿で学んだ後、一名は大神殿の上級神官となり、一名は神官の身分のまま王宮にはいって宮廷《きゅうてい》書記官となり、一名はこの神殿にもどって副神官長となる、と。イグリーラスは、自分が三名のうちにかならず選ばれると信じ、人々もそう思った。だが、やがて選ばれた三名は、全員が貴族《ワズルガーン》の出身だった。

「神殿のなかにまで身分の差別があるのか。これまでの努力は何だったのだ。むなしいばかりだ」

イグリーラスは失望した。三名の神官を王都へと送りだす式典がおこなわれたが、それにも無断で欠席し、神官長から叱責《しっせき》された。ファランギースに励《はげ》まされ、気をとりなおしかけたところへ、王都から急報がとどいた。王都に着いた神官たちが馬車の事故にあい、ふたりは軽傷ですんだが、ひとりが死亡したのである。葬《とむら》いと別に、代《か》わりの神官を送りだすことになった。今度こそ、と、イグリーラスは張りきったが、選ばれたのはまたも貴族出身者だった。式典に欠席するような態度が、評価をさげたようである。

イグリーラスの失望は絶望に変わった。彼は酒に酔って荒れくるい、他人と争っては、負傷したりさせたりした。神学の授業中に酒を飲み、酔ったあげくの口論を吹きかけた。命じられた仕事もせず、与えられた研究課題も放り出し、まったく人格が一変してしまった。

イグリーラスに同情する人々は、まだたくさんいた。彼らはイグリーラスをなぐさめたり激励したりしたが、当人は酒くさい息を吐いて、好意を拒絶するばかりだった。

「心にもないことをいうな。私の才能をねたんでいるくせに。善人面の下から、薄よごれた本心が透けて見えるぞ。いい気味だ、という本心がな」

人々は鼻白み、あきれ、イグリーラスから遠ざかりはじめた。「ひねくれ者め、勝手にしろ」というわけである。一か月もすると、イグリーラスを見すてていないのは、ファランギースとグルガーンのほか二、三人の人だけになってしまった。イグリーラスは反省するようすを見せず、人々の人情の薄さをののしり、さらに酒に逃避した。

やがて神殿に妓館《ぎかん》から多額の請求書がとどき、神官たちを仰天させた。調べてみると、イグリーラスが神官長らの名を騙《かた》り、つけで豪遊《ごうゆう》していたことがわかった。追放に値する罪だったが、ファランギースの懇願《こんがん》や、「立ちなおる機会を与えたい」という穏健派《おんけんは》の声もあって、彼は赦《ゆる》された。

こうして一度は赦されたが、イグリーラスはなかなか立ちなおろうとしなかった。

「身分制度が悪いのだ。私のように才能ある者が、正当な評価も受けられず、世の隅《すみ》に埋もれてしまう。すべては身分制度のせいなのだ」

この時期になると、イグリーラスは、自分の境遇をすべて身分制度のせいにするようになっていた。だが、身分制度をなくすよう運動するわけでもなく、身分制度のもとで苦しむ他の人々を援助するわけでもなかった。自分が努力しないようになった責任を、身分制度に押しつけただけのことだった。

自分には身分制度の壁を突き破るだけの才能がなかったのだ――そう認めてしまえばいっそ楽だったのだろうが、過剰な自尊心が彼を苦しめた。グルガーンはというと、兄をなぐさめるつもりで神官長たちの悪口をいいたて、結果としてますます兄を精神的に追いこんだ。見かねて、ファランギースは意見した。

「身分制度はよくないことだとわたしも思うが、むりに出世することもないではないか。神官としての修業をつんで、どこか平和な村で子供たちに文字を教えたり、病人を治療したりして人生を送るのも意味のあることだ。その気なら、わたしもいっしょに行く」

「ファランギース、お前は私に負け犬になれというのか」

イグリーラスはどなった。勝つための努力をするわけでもないのに、負けるのはいやなのだ。ファランギースは口をつぐむしかなかった。

さらにまずいことが明らかになりはじめた。神官としてファランギースのほうがイグリーラスより優秀であると認められるようになってきたのである。精霊《ジン》の声を聴《き》く能力、教典の知識、悪鬼《あっき》を祓《はら》う能力、いずれもファランギースはイグリーラスをしのいだ。医術、薬草学、武芸にいたるまで、ファランギースの進歩はめざましく、女神官長はもとより、神官長からもほめたたえられるようになった。イグリーラスは、恋人が賞賛されるのを喜ばなかった。

「ああ、お前はいいさ。美しいからな。おえらい神官長やら大神官やらを、いくらでもたぶらかせるだろう。お前が微笑のかけらをひとつ放れば、奴らは争ってそれを拾おうとするだろうよ。うらやましいことだ」

ファランギースは傷ついた。このときイグリーラスは彼女よりむしろ彼自身を侮辱《ぶじょく》したのである。酒毒に濁《にご》ったイグリーラスの目を見ながら、ファランギースは、なさけない気持でいっぱいだった。彼女の前にいるのは、挫折《ざせつ》から立ちなおる強さを持たぬ男、不幸を他人のせいにする男、他人を嫉《ねた》むことで自分をなぐさめることしかできぬ男だった。

「もう来るな」

イグリーラスは言いすて、ファランギースはそれにしたがった。見すてたわけではないが、冷却期《れいきゃく》間をおくべきだということははっきりしていたし、女神官《カーヒーナ》としての修業も仕事もいそがしくなる一方だった。

やがてイグリーラスに災難がふりかかった。何かと彼を叱ったり批判したりしていた先輩の神官が夕食後、急死したのである。彼の麦酒《フカー》から毒が発見され、口論のたえなかったイグリーラスに疑いがかかった。

「私は無実だ。殺すならもっとうまくやる」

イグリーラスはそう主張した。この主張は事実だったのだが、これまでの行動が彼に災いした。つまり、イグリーラスは、すっかり人々の信用を失っていたのである。調査にあたった神官たちは、イグリーラスに対して偏見を持っていた。またイグリーラスも、ふてくされた態度で、調査に協力しない。とうとう逮捕され、神殿内の牢にいれられた。

イグリーラスは神官の地位を失ってはいなかったから、地方の役人に彼を裁く権限はない。大神官が裁判をおこなうことになって、イグリーラスは王都エクバターナまで護送されることになった。騾馬《らば》のひく檻車《かんしゃ》に乗せられて、五日間の旅である。

ファランギースは、父が遺してくれた財産のなかから金貨五百枚をとりだし、檻車のなかのイグリーラスに渡した。裁判の際にも、刑を受けて入獄してからも、何かと費用がかかるのだ。

「裁判が始まるまでには、わたしも王都に着くようにするから、希望をすてずに待っていて」

ファランギースがいうと、イグリーラスは金貨の袋を手にしてうなずいたが、両眼は暗く曇っていた。王都へと護送される檻車を、ファランギースは神殿の裏門から見送った。

それが永い別離《べつり》となった。

イグリーラスは王都に着く前に、五百枚の金貨をすべて費《つか》いはたした。護送の役人たちを買収し、逃亡しようとしたのだ。だが、役人のすべてが買収されたわけではなかった。逃亡はすぐに発見され、追いまわされたイグリーラスは断崖から深い谷底へ転落した。頭蓋骨《ずがいこつ》と頸骨《けいこつ》を折って即死だったという。

報を受けてファランギースは茫然《ぼうぜん》とし、グルガーンは逆上した。まことに間の悪いことだが、その直後に真犯人がつかまり、イグリーラスの無実が判明したのである。

「ミスラの神は無実の兄を救いたまわなかったではないか。神は無力なのか。それとも怠《なま》けていたのか。もうおれは神も正義も信じぬ。神官にもならぬ。兄を見すてたすべての奴らに思い知らせてやるぞ」

どれほどファランギースがなだめても、神官長が説得しても、グルガーンは耳を貸さなかった。一夜、グルガーンは神殿からぬけだした。ただぬけだしただけではない。彼が姿を消した後、ミスラの神像に犬の血がひっかけられていることが判明した。また神殿の会計をあずかっている神官が、頭を棍棒《こんぼう》でなぐられて重傷を負い、百枚以上の金貨が盗まれていた。そして、神官長の机の上には、咽喉《のど》を斬り裂かれた犬の死体が横たえられていたのだ。

グルガーンは破門を宣告され、きびしく行方《ゆくえ》を追及された。ファランギースも取り調べを受けたが、女神官長がかばってくれたので、ほどなく釈放された。実際ファランギースはグルガーンの行方について何も知らなかったのだが、神官たちはあまりの冒瀆《ぼうとく》行為に怒り狂っていたから、ファランギースは拷問《ごうもん》を受ける危険すらあったのだ。

やがて、グルガーンらしい旅人の姿を見かけた、との通報があった。神殿では、武装した神官十名と、五十名の兵士とを派遣して、グルガーンをとらえようとした。グルガーンらしい旅人は、魔の山デマヴァントへむかっているという。信仰からいっても、放ってはおけなかったのだ。

ファランギースはそれに加わってグルガーンをつれもどしたいと願ったが、許されなかった。追捕《ついぶ》隊が神殿を出発した後、ファランギースは女神官長に面会を求めた。イグリーラスを救うこともできず、グルガーンを制止することもできず、あまりにも迷惑をかけたので神殿から身を引きたい、と申し出たのである。

「失敗したり悩んだりしたことのない者は、神官にはむきません。神々にすがろうとする人の心弱さを理解することができないからです。また、人の誤ちを赦《ゆる》すことも、誤ちを犯したことのない者にはできないでしょう。そなたはようやく神官となる資格をえたのです。人は自分で自分を救うしかありません。イグリーラスは自力で立ちなおるべきでした。そなたのせいではありませんよ」

それが女神官長の返答だった。それほど独創的な言葉ではなかったが、口調の温かさとやさしさとが、ファランギースの目から涙をあふれさせた。一生、女神官としてミスラ神につかえようと決心したのはこのときである。

それにしても、グルガーンはいったいどうしたのか。それだけがファランギースには気がかりだった。

ひと月後、追捕隊は帰ってきた。人数は二十名にへり、恐怖と苦難に老けこみ、質問に対して沈黙で答えた。以後、グルガーンに会うこともなく、ファランギースの上に月日は過ぎ、短くしていた髪は長く伸びていったのである。

V

「お耳よごしでございました、陛下」

語り終えて、ファランギースが一礼すると、アルスラーンは大きく息をついた。人の世に超然として、悩みや苦しみと無縁に見えるファランギースにも、そのような過去があったのだ。いや、そのような過去があったからこそ、ファランギースは女神官《カーヒーナ》としての修練をかさね、武芸をみがき、学問を修め、超然たる態度を養ったのではないか。ファランギースは立ちなおった。挫折から絶望と自棄に走ることなく、しなやかに立ちなおったのだ。

「話してくれてありがとう、ファランギース。悩みがあるなら何とかしてやりたいなどと考えていたが、思いあがりだった。あなたの生きかたを私も学びたい」

人の生きかたは人それぞれだ。本来、他人がとやかくいうべき筋のものではない。だが王者の生きかたは、国と国民《くにたみ》に大きく影響する。王者が心弱く、他人を嫉《ねた》み、失敗を他人のせいにするようなことがあれば、国は成りたたなくなるだろう。イグリーラスのように、自分で自分を陥し穴にさそいこむようなことがあってはならない。

ナルサスの言葉を、若い国王《シャーオ》は思いだす。

「生まれながらの王者など存在しませぬ。人は自覚することによって王となるのです。そして、自覚ある王を、臣下はけっして見すてませぬ」

臣下に見すてられた王は哀れなものだ。友人に見放された自由民のように。あるいはそれ以上に。イグリーラスを最初につまずかせたのは、身分制度の壁であろう。だが二度めからは、彼自身のせいでころんだ。結局、彼は身分制度に負けたのだ。

「身にすぎたお言葉、ありがたく存じます」

ファランギースの形式的な謝辞に、深い深い思いがこめられているようだった。

「ところで、陛下、湖上祭のことをおぼえておいででしょうか」

「ああ、昨年の湖上祭で、何やら騒ぎがあったな。船がひっくりかえったり……」

「あのとき、わたしはグルガーンと再会いたしました」

「……そうか！」

それだけしかアルスラーンはいえず、同情をこめて女神官を見やった。

「魔道《まどう》に身をささげたようでございます。想像はしておりましたが、行きつくところに行きつきましたようで」

「ファランギースのせいではない。グルガーンとやらが自分で選んだ道だろう。おたがいに、できなかったことで自分を責めるのはよそう。できることをやらなかったわけではないのだから」

心をこめて、若い国王《シャーオ》はいった。

ほどなくファランギースは退出した。露台《バルコニー》をおりて庭園に出ると、さっそく軽い足どりで歩みよってきた男がいる。

「うるわしのファランギースどの、お寝《やす》みとあらばお部屋までお送りして進ぜよう。どこぞからまた魔性の者があらわれぬともかぎらぬ」

「すでにわたしの目の前にあらわれているようじゃ」

「ははは、ご冗談を。おれはアシ女神の忠実なる僕《しもべ》。あちらこちらで美女を悪の手から守っておる」

「あちらこちらでふられている、とも聞くが」

「いやいや、ファランギースどの。ふられるのがこわくて恋はできぬ。死ぬことを恐れては生きていられぬのと同じ」

「ふむ、真理かもしれぬな」

ファランギースの反応に、ギーヴは、いささか意外そうな視線をむけた。

「どうかいたしたか、ギーヴ」

「あ、いや、ファランギースどのとは長いおつきあいなれど、発言をほめていただいたのは、はじめてではないかな」

「なるほど、最初であったか。ではついでに最後ということにしておこう。効率のよいことじゃ」

「ファランギースどの、恋に効率だの計算だのを持ちこむのは、不純というものではあるまいか」

「不純が服を着こんだような男に、お説教されたくないものじゃな」

ファランギースがさっさと歩き出すと、あわててギーヴが後を追った。鼻先で扉を閉ざされるまでは、ついていくつもりらしかった。

兵士たちが夜の庭園で、魔道士と有翼猿鬼《アフラ・ヴィラーダ》の死体をかたづけ、飛散した硝子《ガラス》などを掃除している。それをダリューンとナルサスが監督していた。

「ナルサス、これはやはり例の王墓荒らしに関わりがあるのだろうか」

「おそらくな」

「秋の湖上祭のときにも奇妙な事件があったが、あれもこれも、すべては一本の糸につらぬかれた兇事《まがごと》の首飾りか」

「じわじわと、われらの首を絞めあげてくるというわけだ」

　運び去られる死体から、ふたりは視線をはずした。夜空を見あげたが、王宮全体をおおう灯火の強さにかき消されて、星の数はまばらである。ダリューンが、事態から明るさを見出そうとするかのように口を開いた。

「アルスラーン陛下の登極《とうきょく》以来、パルス国は外国との戦いに敗れたことはない。国内の改革も、さしたる障害もなく進んでいる。こんなはずではない、と、魔道士どもはあせる気にもなるだろうよ」

「追いつめられた者のあがきか」

「そういうことだ。ただ、放っておくわけにもいかぬのが、面倒なところだな。首が絞まる前に毒にあてられるかもしれぬし、チュルクやミスルで妄動《もうどう》する輩も出てくるだろう」

　ダリューンの言葉にうなずきながら、ナルサスはわずかに眉をひそめた。


　ダイラムの旧領主は、あまりの機略ゆえに、「頭のなかに十万人の兵士を住まわせている」と称されていた。その、頭のなかに住んでいる兵士たちが、しきりに警告を発するのである。やがてナルサスは、考えをまとめるように口を開いた。

「有翼猿鬼《アフラ・ヴィラーダ》は魔性の生物でな。魔道の呪法でよみがえらせることができる。そのような呪法は蛇王ザッハークの破滅とともに消えさったものと思われていたが」

「消えさっていなかった、ということだな。地下にひそんでいたわけだ。他の魔道の技《わざ》と同じことだろうが、おぬしにはとくに気になるのか」

「おれは思うのだ、ダリューン。何者かが有翼《アフラ・》猿鬼《ヴィラーダ》をよみがえらせた。これはそやつの最終目的ではなくて、過程なのではないか。つまり、もっと兇悪な何かをよみがえらせる前に、有翼猿鬼《アフラ・ヴィラーダ》でまず復活の呪法を試してみたのではないか、と」

「有翼猿鬼《アフラ・ヴィラーダ》より兇悪なものとは何だ？」

　このときダリューンもナルサスも、すっかり声が低くなってしまっている。彼らふたりは大陸公路諸国における知略と武勇の宝庫だ。それでも、夜の闇のなかでは、うかつに「その名」を呼ぶ気になれなかった。

かろやかな足音がして、エラムが報告にあらわれた。

「ナルサスさま、陛下はお寝《やす》みになりました。今夜はジャスワント卿と私とで、扉の内側をお守りいたします」

「そうか、ご苦労だがよろしく頼むぞ」

ダリューンと視線をあわせて、ナルサスはうなずいた。すべては夜が明けてからのことだ。太陽の下でこそ、闇に対抗するよい考えも生まれようというものであった。

VI

暗黒の地下に、けたたましい叫び声がひびきわたった。ひとつの叫びが消えぬうちに、べつの叫びがおこり、それらが閉ざされた空間に谺《こだま》して、狂ったような音の洪水をまきおこした。

「騒ぎおるわ、有翼猿鬼《アフラ・ヴィラーダ》どもが」

檻《おり》の方角を見すかして、にがにがしく吐きすてたのは、暗灰色《あんかいしょく》の衣をまとった魔道士であった。彼らの数は三人である。かつては尊師のほかに七人の弟子がいた。それがいまでは半数を割りこんでしまった。王都エクバターナの地下にある魔性の殿堂には、追いつめられた雰囲気があるようだった。八つの椅子のうち五つまでが主人を失っているのだ。

「グルガーンよ、早く尊師におめざめいただきたいものだな。われらではこれ以上のことはできぬ。王宮の襲撃も失敗してしもうたしな」

「有翼猿鬼《アフラ・ヴィラーダ》を王宮に侵入させ、僭王《せんおう》一派の胆《きも》を冷やしてやったではないか」

「だが同志をまたひとり失った。犠牲が大きすぎる」

「犠牲を惜しむのか、グンディー？」

「そうではない」

「では口をつつしんだほうがよかろう」

「わが忠誠と信仰を疑われるのは、まことに心外だ。おれがいいたいのは、尊師が復活なさるまで、むやみに動くべきではなかったということだ」

またしても有翼猿鬼《アフラ・ヴィラーダ》が叫び声をあげ、それが床や天井に反射した。たえがたい騒音だ。

「うるさい、猿ども！　水をぶっかけてくれようか」

どなりつけたグンディーが、底光りする両眼を仲間にむけた。

「グルガーンよ、この際だから、おれのほうからもいっておこう。このところ、やたらとおぬしは動きまわりたがるが、アルスラーン一派の用心をさそうだけではないか。これは計算ちがいか、それとも計算どおりか」

すっとグルガーンが目を細めた。

「何をいいたいのだ」

「はっきりと聞きたいなら、いってやる。尊師が復活なさったとき、そばにいるのがおぬしひとりだけ、ということにならねばよいがと、おれは思っているのだ」

「無礼だろう、グンディー！」

「無礼がどうした。息まくのは痛いところを突かれたからか」

音をたてて椅子が倒れた。ふたりの魔道士は両眼に怒りの鬼火《おにび》を点《とも》してにらみあった。

「やめぬか、グルガーン、グンディー！」

三人めの魔道士が、叱咤しつつ両者の間に割ってはいった。

「われらは最初、七人いた。それがアルザング、サンジェ、プーラードを死なせ、今度はビードを失った。残るはわれら三人のみだ。いずれも未熟《みじゅく》非才《ひさい》の身ながら、力をあわせて地上の人間どもを苦しめ、蛇王ザッハークさまの再臨を一日でも早めねばならぬ。それなのに、感情にまかせて争うようでどうするか。尊師に顔むけできると思うのか！」

燃えあがった怒りの火は、急速に熱を失った。沈黙につづいたのはグルガーンの声だ。

「悪かった、ガズダハム、おぬしのいうとおりだ。残りすくない同志が争っていては、大いなる目的も達せられぬなあ」

「わかってくれればよいのだ。これからますます力をあわせようぞ」

何やら美しい光景であった。地上に巨大な災厄をもたらし、流血と破壊のただなかにパルス国を投げこみ、数百万の民衆を殺戮《さつりく》しようという彼らの目的を、正当化できるものなら。

「もうすこしの辛抱《しんぼう》だ。尊師が復活なさったら、すべてをおまかせして、おれたちはご指示にしたがえばよいのだからな。アルスラーンの一党めが、さぞ泣面をかくであろうよ。そのときには……」

「待て、何か聴えぬか」

ガズダハムが手をあげていい、三人の魔道士は口を閉ざして耳をすました。けたたましく不快な有翼猿鬼《アフラ・ヴィラーダ》のわめき声が、断ちきられるように消えた。毒にみちた沈黙が地下室をのみこんだ。

「あれからすでに四か月をこした。半年はかかると思っていたが、意外に早く時が満ちたか」

グルガーンがささやくと、他の二名は声をのんでうなずいた。そして生き残った魔道士たちは、暗灰《あんかい》色《しょく》の衣の襟《えり》をただし、立ちあがって隣室へと歩みはじめたのである。


ミスル国では、北の海に面したディジレ河口の港バニパールから、一隻の大型帆船《はんせん》が出港しようとしていた。行先はマルヤム王国。乗りこむのは、国使としてミスル国王ホサイン三世を訪問していた騎士オラベリアである。

ホサイン三世から好意的な返事をもらったわけではなかった。だが、ミスル国のようすをかなり観察することができた。とくに注意したのは、海軍のようすである。ミスル国とマルヤム国とは海をへだてているから、戦うにせよ同盟するにせよ、ミスル海軍の実力や活動状況を正しく知っておく必要があった。むろんミスルがわはなるべく隠そうとする。それをかいくぐって、観察したり調査したりするのが、外交官の技倆《うでまえ》というものだ。

　もうひとつオラベリアが得たのは、港で海から救いあげたパリザードという女だった。

　最初、オラベリアはパリザードをミスル国の官憲に引きわたすつもりだった。とくにそうたくらんだというより、それが当然の処置であろう。だが、医師の治療によって意識を回復したパリザードは、自分がパルス人であると名乗り、ミスル国の官憲に引きわたさず、マルヤムにつれていくよう求めたのである。

「私はマルヤム新国王の代理として、ミスルに来ておる身だ。ミスル国王に対して、うしろめたいまねはできぬ。どんな事情があるか知らんが……」

「ミスル国王を信じたりしたら、あんたがたの新国王とやらは、ひどい目にあうよ。ミスル国王はあつかましい詐欺師《さぎし》なんだからね」

「とんでもない女だ。一国の君主をつかまえて詐欺師よばわりか」

「詐欺師の上に人殺しなんだよ、あいつは！」

「それほどいうからには証拠があるのだろうな」

「証拠はあたし自身さ」

　そしてパリザードは、自分自身が体験したこと、ザンデから聞いたことのほとんどを、オラベリアに語ったのである。彼女の話はきちんと筋道《すじみち》が立っており、説得力があった。いくつかの質問に対しても明確な返答がなされた。

　オラベリアは思案をめぐらした。この女の証言が真実であるとすれば、たしかにミスル国王ホサイン三世は詐欺師よばわりされてもしかたない。偽の王子をかつぐミスル国と、不倶戴天《ふぐたいてん》の敵であるパルス国とが抗争し、ともに被害を受けてくれれば、マルヤム国王のルシタニア人政権にとっては願ってもないことである。ただ、ひとつまちがえば、とんでもないことになるかもしれない。

「とにかく、こいつはおれの手にあまる事態だ。いそぎ帰国して、ギスカール陛下にご報告申しあげたほうがよかろう。うまくいけば国のためになるだけではなく、おれ自身の出世にもつながるというものだ」

決断すると、あらためてオラベリアはパリザードをながめやった。なかなかの美女、しかも豊満で生命力にあふれている。パルスを侵略したとき、ギスカールがこの型のパルス美女を幾人も寵愛《ちょうあい》していたことを、オラベリアは思いおこした。惜しい女だが、オラベリアは手をつけぬほうがよさそうだった。女の左腕に光る銀の腕環《うでわ》も気にかかる。

「マルヤムはお前にとって、はじめて行く異郷だ。心細くはないか」

「生まれたときには、パルスだってはじめての国だったさ。どこの国だろうと男がいて女がいる。別に変わりはないよ」

「ふん、まあいい。本来なら許されぬところだが、特別につれていってやろう」

「ありがとうよ」

もったいぶるルシタニア騎士に、ごく簡単な礼の言葉を放りつけておいて、パリザードは心につぶやいた。

「ザンデ、待っておいで。ミスル国王とその手下を痛い目にあわせて、あんたの無念を晴らしてやるよ。でないと夢見《ゆめみ》が悪くて、あたしひとり幸せになるわけにもいかないもんね」

残る一生、ザンデのことを想いつづけて世の片隅でくらす、という発想はパリザードにはない。いずれ容姿も稼ぎもいい男を見つけて結婚するつもりである。だが、とにかくザンデとは流亡《りゅうぼう》の旅をともにした仲だし、「大将軍《エーラーン》の正夫人にしてやる」ともいってもらった。あんな具合に殺される理由はなかった、と、パリザードは思う。悪い男じゃなかったからね、仇《かたき》を討ってやらなきゃ。そう思うのだ。

そして出港の日が来た。帆船の甲板に立って、パリザードは北の水平線をながめやった。濃藍《のうらんしょく》色の海面に白いものがちらつくのは、波か海鳥かわからない。かるく両手をひろげて大きく息をすいこむと、胸に潮の香《か》が満ちた。ミスラ神の姿を彫りこんだ腕環が陽光にきらめく。

マルヤム国の船に乗って、パルス国の女がミスル国を離れようとしている。そして、東の海では、シンドゥラ国の船に乗ったパルス国の男が、ミスル国へと近づきつつあるのだった。

妖雲群行

アルスラーン戦記 10

妖《よう》雲《うん》群《ぐん》行《こう》

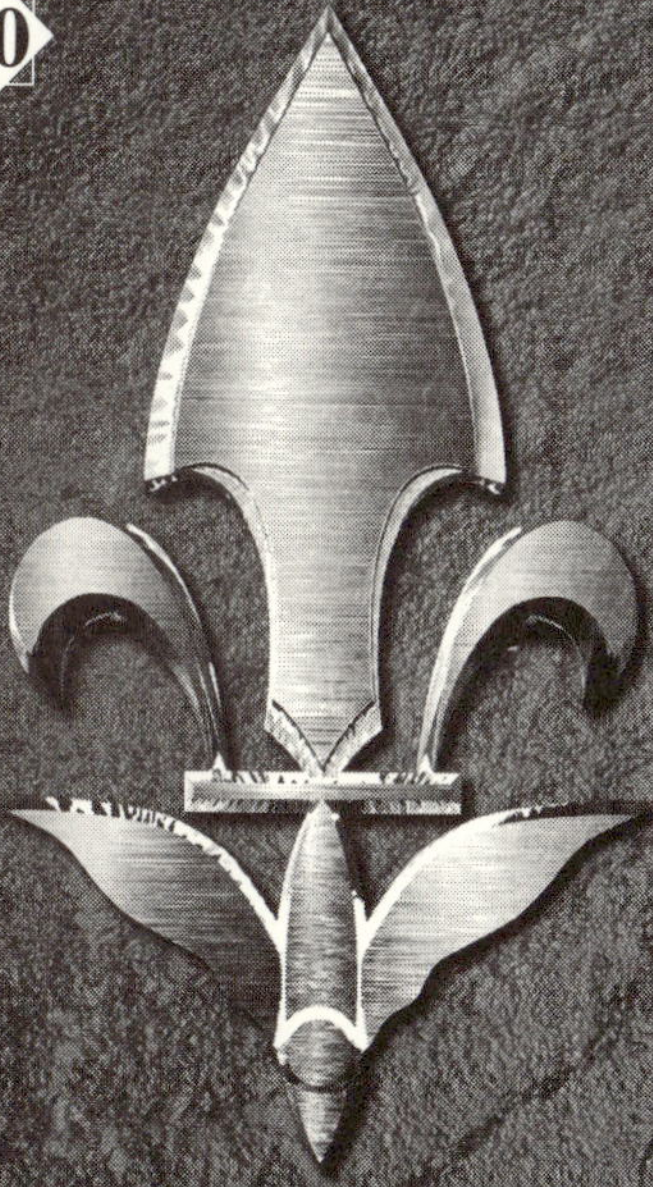

妖雲群行

第一章

怪物たちの夏

I

頭上で黒い濁流《だくりゅう》が渦《うず》まいている。

それは空をおおいつくす黒雲の群であった。かなりの速さで流れているのだが、あとからあとから湧きおこって絶えることがない。時刻は正午ごろのはずだが、日没直後のように暗かった。ときおり黒雲が薄くなると、空に太陽が姿を見せる。だが燦々《さんさん》とかがやくことはなく、古い銀貨のように白っぽい光を弱々しくちらつかせるだけで、地上は薄暮《はくぼ》ていどの明るさでしかない。

パルス暦三二五年六月。本来なら暑熱《しょねつ》の季節で、目のくらむほどの陽光が人と大地を灼《や》きこがしているはずである。だが、東方国境の近く、ペシャワール城塞《じょうさい》まで二ファルサング（一ファルサングは約五キロ）の土地で、大気は早春《そうしゅん》の冷たさであった。

暗色の大地を蹴る馬蹄《ばてい》のとどろきが、荒野の冷気を引き裂いた。一群の騎馬が、東へ、ペシャワール城塞の方角へと疾駆《しっく》している。そのなかに一本の黒い旗がひるがえっていた。

「ゾットの黒旗」

かつて荒野の剽盗《ひょうとう》として恐れられていたゾット族は、解放王アルスラーンの盟友として遇され、さまざまな形で国事に参加するようになっている。人に知られぬよう秘密に活動するときもあれば、誇り高く黒旗をかかげてはたらく場合もある。

この日は黒旗をかかげての行動であった。

人数はそれほど多くない。三十騎ほどである。先頭に馬を駆るのは二十代前半の若者で、頭に巻いた布に大きな土耳古石《ピールーゼ》を飾っている。左手だけで手綱《たづな》をあやつり、右手に弓を持って、いつでも矢を放とうというかまえだ。

「来ますぞ、メルレイン卿！」

緊張をはらんだ部下の声を背に受けて、若者は頭上に視線を投げあげた。

雲の一部が奇怪な形にちぎれ、ゾット族の隊列めがけて舞いおりてくる。と見えたのは、翼を持つ生物の姿であった。全体として人とおなじほどの大きさだが、顔と四肢《しし》は猿《さる》に似ており、大きな翼には羽毛がない。毒々しいほど赤い口を全開させて、脅《おど》すような叫びを発した。ゾット族のひとりがうめいた。

「死んだ祖父《じい》さまから話を聞いたことがある。あれは有翼猿鬼《アフラ・ヴィラーダ》だ。地底の熔岩《ようがん》の城に棲《す》み、蛇王《へびおう》ザッハークにつかえて、人の世が乱れるのを待ち受けているというぞ」

蛇王ザッハーク。その名は兇々《まがまが》しいひびきをともない、目に見えぬ毒矢となって、ゾット族の戦士たちの耳をつらぬいた。メルレイン卿と呼ばれた若者は、不快そうに空中の怪物を見つめた。

「ふん、蛇王の眷族《けんぞく》か。であれば遠慮は無用だな」

左手の手綱を放し、矢筒《やづつ》から一本を引きぬいて弓につがえる。その間、馬の速度はまったく落ちず、馬上の姿もぐらつくことがない。ゾット族の戦士ならあたりまえのことで、いちいち賞賛するまでもない。

空中で旋回していた有翼猿鬼《アフラ・ヴィラーダ》が、動きを急変させた。メルレインをめがけ、一直線に突っこんで来る。鉤爪《かぎづめ》のついた手を振りあげた瞬間、メルレインの射放した矢がうなりを生《しょう》じて有翼猿鬼《アフラ・ヴィラーダ》の腹に突き立った。

怪物はひときわ大きく奇怪な絶叫を放った。空中で体勢をくずし、失速する。膜のような翼が激しく空《くう》をたたくと、よろめきつつその身体は浮揚《ふよう》し、なお殺戮《さつりく》の意志に動かされてメルレインに接近してきた。

ゾット族の男がふたり、馬を躍らせ、左右から同時に怪物めがけて剣をふるった。鉤爪のついた右腕が半ば切断され、顔から赤黒い血が噴流となって地表へ奔《はし》る。

たてつづけに三か所、重傷を負うと、さすがに怪物もこらえきれなかった。万物を呪詛《じゅそ》するかのような悲鳴を残し、急角度で地面に突っこむ。鈍い音がして、頭から大地にたたきつけられると、四肢はまったく動かなくなった。それでもなお、羽毛のない暗褐色の翼だけが、ひきつるようにうごめきつづけている。

　メルレインは馬を近づけて怪物の死を確認しようとしたが、ふと動きをとめた。遠方で湧きおこった馬蹄の音を聞きつけたのだ。

　ゾット族の戦士のひとりが馬首をめぐらせ、五十歩ほど走って鞍上《あんじょう》に伸びあがった。暗い大地に、白っぽい土煙があがって急速に接近してくる。戦士は目をこらし、安心したような口調で仲間に報告した。

「ペシャワール城塞からの部隊が来てくれたようでござる。先頭にクバード卿のお姿が」

　その声が終わっていくばくもたたぬうちに、葦毛《あしげ》の馬がメルレインの眼前に躍り立った。馬上には甲《かっ》冑《ちゅう》をまとった偉丈夫がいる。右の肩にかつぐように、大剣を抜き持った隻眼《せきがん》の男だ。歴戦《れきせん》の威風《いふう》もゆたかに、ゾット族もおそれいるほど自然に馬をあやつっている。ひきいる兵は五十騎ほどであった。メルレインを見ると、隻眼の男すなわちクバードはおおらかな親しみをこめて呼びかけた。

「おう、ゾット族の族長どのか。ひさしぶりだが、変わりはないか」

「族長ではない、族長代理だ」

　そっけない口調、不満げな表情。メルレインを知らぬ者が見聞《けんぶん》すれば、「こいつ、よほど自分の立場に不満で、族長の地位をねらって陰謀をめぐらしているな」と思いこむにちがいない。

　ところが、そうではない。当人は単純明快に、相手の誤解を訂《ただ》しているだけなのだ。

「なるほど、変わりないようだ」

　気を悪くしたようすもなく、クバードは愉《たの》しそうに笑った。クバードの勇名に敬意をはらうゾット族の男たちが、恐縮したように頭をさげる。ゾット族はとくに愛敬《あいきょう》を美徳とする人々ではないが、メルレインの愛敬のなさには、部下たちのほうがはらはらするのだ。

「では、族長代理どの、王都より軍隊が来るとのことで出迎えたのだが、これで全員そろっているのか」

「このあと、万騎長《マルズバーン》トゥース卿も来る予定になっている」

「ほう、トゥースも来るか。王都では何やら考えているらしいな」

以前とことなり、「万騎長」というのは名誉ある武人の称号であって、実際に一万騎を指揮統率するわけではない。アルスラーン王の治世《ちせい》になってから、パルス軍の古来の伝統もすこしずつ変わってきた。

「だが、トゥースより早く、ろくでもない客がやって来たようだぞ」

クバードの隻眼が空に向けられる。おりから黒雲が薄れて、太陽が白濁《はくだく》した円形の姿をあらわした。その太陽を背に、黒い飛行物体の群が地上へと舞いおりて来る。

十四以上いるであろう。はばたきの音に叫喚《きょうかん》の声がまじり、髪の毛がさかだつほどの不気味さであった。

「つい先月、王都エクバターナにも有翼猿鬼《アフラ・ヴィラーダ》が出現し、王宮をさわがせたと聞きおよぶ」

「ふむ、王都で流行したものは、いずれ辺境でもはやるものと見える」

落ち着きはらって軽口をたたくクバードであったが、語調に微妙な変化が生じた。

「全員、かたまって円陣をつくれ。やつらが上と前方からしか攻撃できんようにな」

「聞いたか？」

メルレインの言葉は質問であり、命令であった。ゾット族の男たちはうなずいて、それぞれ二度、乗馬の向きを変えた。たちまち半円の陣形ができあがる。わずかに遅れて、クバードの部下たちも半円陣をつくりあげ、両者が一体となって直径四十ガズ（一ガズは約一メートル）ほどの円陣が完成した。円陣の中心部にクバードとメルレインがいる。周囲にいる兵士たちの背後は、このふたりが大剣と弓矢で守ることになる。

「メルレイン卿、王都に出現したやつらも、このような群だったのか」

「くわしくは知らぬが、せいぜい一、二匹だったようだ」

「まだまだ他にもいるとすると、どこから湧いて出てくるのやら」

「じつはそのことで……」

メルレインがいいさしたとき、いくつかのことが同時におこった。

鼓膜《こまく》をつんざく叫喚とともに、有翼猿鬼《アフラ・ヴィラーダ》の群が急降下し、おそいかかってくる。地上では数十の弓が弦《つる》を鳴りひびかせ、矢風が巻きおこった。有翼猿鬼《アフラ・ヴィラーダ》の鉤爪と人間の槍《やり》とがひらめいて激突する。悲鳴をあげて馬がさお立ち、鞍上から人間が転落していく。

しばらくの間、人間と怪物と、どちらが優勢かわからなかったが、メルレインが気づいたとき、圧倒的に多い馬蹄のひびきが、すぐ近くに迫っていた。

まさにクバードの横あいから鉤爪をたたきこもうとした有翼猿鬼《アフラ・ヴィラーダ》の一匹が、空中で急停止した。その頸《くび》に、長い鉄鎖《てつさ》が巻きついている。ナバタイ国から渡来した鉄鎖術の妙技を、怪物に思い知らせたのは、「来る予定になっていた」トゥースであった。

ちらりとクバードに目礼《もくれい》すると、そのまま有翼猿鬼《アフラ・ヴィラーダ》を地に引きずりおろそうとする。トゥースの左右に、頭に布を巻いて武装した女戦士が三人ひかえているのを、クバードは発見した。ひきいる兵は全部で千騎というところか。

鉄鎖に引きずられた有翼猿鬼《アフラ・ヴィラーダ》は、悲鳴をあげることもできず、手足をくねらせて苦悶《くもん》する。トゥースは容赦《ようしゃ》しなかった。鉄鎖は自分の腕にからませ、するどく上半身をひねると、怪物はこらえきれず、宙で二転三転して地上に墜落した。異様な音をたてて左の翼が折れる。だがその翼が衝撃を吸収したようで、頭や胴や四肢は無傷だった。

怪物は両眼に血光《けつこう》をたたえ、大きく口を開いた。太い針のような歯列《しれつ》をむき出しにすると、墜落の反動を利してはねあがり、トゥースの頸すじを嚙み裂こうとする。

寸前。三方から伸びた三本の槍が、怪物の胴をつらぬいていた。トゥースの左右にひかえていた三騎の女戦士が、油断なく怪物の動きにそなえていたのだ。

　怪物は絶叫し、傷口から血をまき散らしつつ、ふたたび地に墜《お》ちた。一度だけ右の翼が上下し、それきり動かなくなる。

「やあ、これはこれは、トゥース卿はいつも必要なとき必要な場にいてくれる」

　いいながら、クバードは、トゥースの左右に馬を立てる三人のうら若い女戦士に、好奇の視線を向けた。

　三人とも美しい。ただ、目鼻立ちだけでいうなら、このていどの美女はいくらでもいるだろう。三人の美しさは、みずみずしい生気が体内からあふれ出し、外面をかがやかせているからであるようだった。

　クバードは彼女たちに対しておおいに興味を持った。「ギーヴ卿は美女好き、クバード卿は女好き」といわれる彼にとっては当然のことだ。

「トゥース卿、これらの美しい勇者たちは、おぬしの護衛役というところかな」

「私の妻たちでござる」

「ほう、トゥース卿はご結婚なさったのか」

　うなずいたクバードだったが、一瞬の間をおいて、まじまじとトゥースを見やりながら確認せずにいられなかった。

「妻たち……!?」

　クバードの表情を見返して、トゥースは冷静に、淡々と答えた。

「はあ、さようで。三人とも私の妻ということになります。じつは……」

　トゥースの声を、怪物たちの叫びが打ち消した。有翼猿鬼《アフラ・ヴィラーダ》どもは、千騎をこす人間の軍隊と正面から戦うことを断念したようである。空中で旋回しながら、呪詛《じゅそ》と怨念《おんねん》と憎悪《ぞうお》の叫びを地上に振りまいていたが、十本ほどの矢が飛んで来ると、あわててそれを回避し、黒雲の下を逃げ出した。

　人間たちはそれを追わなかった。だが怪物たちが何処《いずこ》の方角へ逃げ去ったかを、名だたる騎士たちはきちんと見とどけていた。

II

　ペシャワール城塞の役目は、パルス王国の東方国境を守ることにあるのだが、おなじくらい重要な責任は、大陸公路の安全を確保することにある。西から東へ、東から西へと移動して交易をおこなう諸国の商人たちを保護するのだ。

　交易商人たちは、十二、三歳のころから父親や雇《やと》い主《ぬし》につれられ、家族と別れて異国への旅に出る。砂漠をわたり、万年雪の山をこえ、狼《おおかみ》の群をかわし、ときには盗賊と戦いながら、荷物を守って、一年も二年も旅をつづけるのだ。なまなかな勇気や性根《しょうね》では、一人前の交易商人にはなれない。

　だが、どれほど勇敢な交易商人たちでも、好きこのんで危険を冒《おか》すわけではない。盗賊におそわれたとき、商品や金銭どころか生命まで奪われてはたまらない。また、悪徳官吏《かんり》に賄賂《わいろ》を要求されたり、悪路《あくろ》で事故をおこしたりと、商売のじゃまをされたり、危難の種はつきない。そこで、各国の政府に税をおさめたり献金したりして、盗賊のとりしまりや道路の整備を要請するわけである。

　旅の安全が確保されれば交易は盛《さか》んになり、商人たちの利益が増える。そうなれば、国庫におさめられる租税も増える。国家の信用を高め、税収も増えるのだから、パルスとしても他の国々としても、熱心に公路の安全をはかることになるのだ。

　クバード、トゥース、メルレインの三将が兵をひきいて、赤い砂岩づくりの城にはいると、ペシャワールの城内にいた旅商人たちが盛大な歓声で迎えた。街道に奇怪な生物——つまり有翼猿鬼《アフラ・ヴィラーダ》が出没して旅人をおそっているという噂《うわさ》があったため、城にはいって、安全宣言が出るのを待っていたのである。人間だけでなく、馬も驢馬《ろば》も駱駝《らくだ》も広場に集まり、なかには三日以上も泊まりこんでいる者もいた。気の早い旅人は、さっそく天幕《テント》をたたんで出発の準備にかかる。

　万騎長にしてペシャワール城守、大将軍格であるクバードが、馬上で手を振ると、おもだった交易隊の長《おさ》たちが進み出てきた。クバードに感謝の言葉をのべ、礼金をおさめてくれるよう申し出る。陽気にクバードは答えた。

「いやいや、民を守るのは軍隊の義務。礼など不要だが、どうしてもというなら兵士たちの酒代だけはいただくとしよう」

ふたたび歓声があがる。陰気な人物が密室でそうささやいたとしたら、「賄賂を要求した」といわれるにちがいない。だが、多数の商人たちに対してクバードが大声でそう告げると、非難する者は誰もいなかった。この隻眼《せきがん》の猛将は、たぐいまれな武勲《ぶくん》と、陽気で豪快な為人《ひととなり》によって、民衆に絶大な人気があった。けっこうやりたいほうだいの男なのだが、貧しい者や傷病者《しょうびょうしゃ》に対して心くばりが厚く、強い者の横暴を許さなかった。

部下の書記官に、負傷者の治療その他こまかい処理をまかせると、クバードは王都エクバターナから来訪した諸将を奥の部屋に招いた。パルスが解放されるまでは万騎長キシュワード卿が居室としていた部屋だ。かつて王太子時代にアルスラーン王が宿泊していた部屋は、いまでもそのままにしてある。いつかまたアルスラーン王によって使われることもあるかもしれない。

酒と料理を運ぶよう命じておいて、クバードは、床に敷かれた絨毯《じゅうたん》の上に一同をすわらせた。「さて、聞こうか」といったのは、むろんトゥースの結婚の事情である。

トゥースはあいかわらず淡々と語りはじめた。

トゥースには十歳ほど年長の戦友がいた。名をバニパールといい、トゥースほどの武勲はなかったが、千騎長くらいはつとまる勇敢な騎士であった。トゥースのもとで侵略者であるルシタニア軍と戦いぬき、重傷を負った。パルスが解放されると、恩賞《おんしょう》をもらって故郷に帰り、わが家で静養していたが、結局、傷は完治せず、長く床についたまま先月、死去した。恩賞の金銀も、医療費などで使いはたしてしまった。

遺品のなかに、トゥースがバニパールに送った書状があった。バニパールの帰郷《ききょう》に際し、彼の功績をたたえ、「こまったことがあったらいつでも連絡するように」と伝えたものである。

　バニパールの未亡人はトゥースと面識《めんしき》がなかったが、自分も病弱で、三人の娘の将来が気にかかったので、トゥースに書状を送って援助を求めた。トゥースはすぐアルスラーン王の許可をもらい、金貨《デーナール》をたずさえてバニパールの故郷へと駆けつけた。

　ここで、パルスの説話に有名な、「トゥース卿の花嫁選び」のお話になる。

　トゥースが信頼できる人物で、まだ独身であることを知ると、バニパールの未亡人は、三人の娘の将来をこの高名な騎士に託《たく》そうと思った。そこで三人の娘に美しい衣裳を着せ、料理をつくらせ、三絃琴《ラバーブ》を演奏させてトゥースをもてなした。三人の娘がトゥースに好意をいだいたこと、トゥースのほうでも彼女たちを好ましく思っていることを確認すると、未亡人はトゥースに、三人のうちひとりを選んで妻にするよう頼みこんだ。

　トゥースは困惑した。もっとも、困惑したとしてもそう見えないのが、トゥースという人物である。三人の娘が容姿《ようし》でも才芸《さいげい》でも優劣《ゆうれつ》をつけにくいことを指摘し、とてもひとりを選ぶことはできない、と答えた。

　するとバニパールの未亡人は、奇妙なことを考えついた。誰かに入れ知恵されたのかもしれない。彼女は、長女に赤い硝子玉《ガラスだま》、次女に青い硝子玉、三女に黄色い硝子玉を持ってくるよう命じ、それを壺にいれさせた。そしてトゥースに、壺に手を突っこんで、どれかひとつの硝子玉をつかむよう、うながした。トゥースがつかんだ玉の色で、花嫁を決めようというのだ。

　トゥースは拒《こば》むことができず、壺に手を突っこんだ。手を壺から出し、掌《てのひら》を開いてみると、何と玉の色は黒かった。二度、三度とくりかえしてみたが、おなじ結果に終わった。

　未亡人が狼狽《ろうばい》していると、トゥースは何やら考えこんでいたが、やがて宣言した。

「私には絵心《えごころ》はないが、アルスラーン陛下の宮廷画家どのよりうかがったことがある。赤、青、黄の三色をまぜあわせると、黒になる、と。三人のうちひとりだけは選べぬ。よろしければ三人とも妻として、生涯、たいせつにしたい」

三人の娘がいっせいに拍手し、歓声をあげたので、亡人は、娘たちが何を仕組《しく》んだか知った。こうしててトゥースはいちどに三人の妻を得たのだ。これ以来後、パルスでは、求婚する男に女が白や透明の硝子玉を与えると、それは拒絶の意思をしめすことになるようになった――と説話は伝える。

アルスラーンとともに苦闘難戦《くとうなんせん》してパルスをルシタニア軍から解放した武将たちのうち、トゥースは年長のほうであった。毒舌家《どくぜつか》ぞろいの一党のなかで、めずらしく口数がすくなく、いつも沈着《ちんちゃく》で慎重で、アルスラーンや軍師ナルサスの指示にそむくことはけっしてなく、着実に任務をはたしてきた。武将としても人間としても、アルスラーンに深く信頼され、人々に尊敬されてきたのである。

そのトゥースが。女好きで知られるクバードにもギーヴにもできない「偉業」をはたしてのけたのだ。

トゥースの妻となった三人の姉妹は、長女がパトナといって十八歳、次女がクーラといって十七歳、三女がユーリンといって十五歳になる。身長は長女と次女がほぼひとしく、三女がやや低い。姉妹だけに顔だちもやや似ているが、髪の色は年下になるほど明るくなる。パトナはいかにも長女らしく落ち着いて優《やさ》しげななかに芯《しん》は強そうだ。クーラはきびきびとして、鋭いほどの聡《さと》さが外にあらわれ、万事に積極的で行動力に富むようす。末っ子のユーリンは何かというと姉たちにたしなめられるのが悔《く》やしそうではあるが、のびやかそうな少女で、トゥースのそばから一歩も離れようとしない姿が、忠実な子犬を連想させる。

クバードは何とも形容しがたい表情でトゥースの話を聞き終えたが、しばしの沈黙の後、広く厚い肩をすくめて論評した。

「要するに、おぬし、むっつりすけべ《ハーチム・マイマイ》だったのだな」

　クバードの論評は失礼である。面と向かって相手を「ハーチム・マイマイ《むっつりすけべ》」などと呼べば、決闘さわぎになってもしかたない。だが、トゥースは怒るでもなく、まじめくさって答えた。

「自分では気づかなかったが、他人にそう思われてもしかたないかもしれんなあ」

　クバードは、もはや何もいわなかった。

　トゥースがいちどに三人の妻を得て、それをアルスラーン王に報告したとき。若いながらも百戦練磨で物に動じぬといわれた国王《シャーオ》も、「それはめでたい」といったきりあとの言葉がつづかなかった。やがて、傍で沈黙している宮廷楽士ギーヴ卿《きょう》をかえりみて、アルスラーンは笑った。

「無欲の勝利というやつかな、ギーヴ」

　……さて、ペシャワール城塞の奥の部屋で、「無欲の勝利者」は妻たちにいった。

「これから諸卿《しょきょう》と重大な話がある。そなたたちはそちらの部屋でくつろいで、薔薇水《ばらすい》でも飲ませてもらいなさい」

　ハーチム・マイマイというより、やさしい父親という印象である。三女のユーリンが茶色っぽい大きな瞳をみはるような表情でトゥースに願い出た。

「おじゃまはいたしませんから、おそばにいてはいけませんか、トゥースさま」

「わがままを申しあげてはなりません、ユーリン、トゥースさまが騎士としての面目を失うようなことになったら、妻として恥辱《ちじょく》になりますよ」

　いかにも長女らしい調子でパトナが妹をたしなめると、次女のクーラが闊達《かったつ》に笑った。

「そうそう、ユーリン、トゥースさまのおひざの上にすわりたかったら、いい子にして夜をお待ち」

　子供あつかいされて憤然となったユーリンが、笑いながら逃げ出したクーラを追いかけて走り去る。

「おさわがせいたしました」と一礼して、パトナが妹たちの後を追う。あとに残された男どもは、それぞれの性格にあわせて苦笑した。

「にぎやかでけっこうなことだ」

クバードの声にトゥースが応じる。

「ま、毎日だいたいあんなものだ。退屈しないのでありがたい」

「そうか、おぬしが帰るときには、黒砂糖を驢馬《ろば》の背いっぱいに積んでやろう」

パルスでは新婚家庭に砂糖を贈る風習がある。砂糖は高価なものだが、同時に、「せいぜい甘い生活を送るように」という、新郎新婦に対するひやかしの意味もふくまれている。

「かたじけないが、それは兵士たちにわけてやってくれ」

「いまさら必要ないか。ではそうするとして、さて、そろそろ本題にはいろうか」

ひと息に麦酒《フカー》の大杯をほして、それを手にしたままクバードがトゥースを見すえる。

「両卿、王都よりお出ましのご用件は？」

「お伝えする。クバード卿の兵をもって、デマヴァント山を封鎖していただきたい」

「封鎖……？」

デマヴァントの山域は広い。魔の山とて、あえて近づく者はこれまでほとんどおらず、良民は街道からあおぎ見て英雄王カイ・ホスローの威名をとなえるだけである。わざわざ軍隊で封鎖する必要もなかったのだが、今回はどのような理由があってのことだろう。

「山道を登り口で封鎖するだけなら二、三千人で充分。だが山域全体を包囲する形をとれば、五万人は必要だ。そんな人数を割くような余裕が、わが軍にあるのか」

パルスは強兵の国だ。一時はルシタニア軍に侵略されたが、再建されて後は、ルシタニアを追い、シンドゥラをおさえ、トゥラーンを潰滅させ、ミスルをしりぞけ、チュルクを翻弄《ほんろう》し、大陸公路に不敗の軍旗をひるがえしている。とはいえ、ルシタニアに侵略された際の人的な損失は巨大なもので、今日《こんにち》にいたっても、兵力がありあまっているわけではない。

「おれとしては、川向こうの陽気な悪党どのを、変にそそのかすようなことには反対だな」

クバードが「川向こうの陽気な悪党どの」と呼ぶのは、シンドゥラ国王ラジェンドラ二世のことである。ペシャワールの城塞は、カーヴェリー河をへだてて、まさにシンドゥラ王国と境を接していた。

　ペシャワール城の兵力がデマヴァント山に向けられ、国境の守備が手薄になれば、ラジェンドラ二世がどう動くか。予断をゆるさないものがある。

「あの御仁《ごじん》は悪党ではない。ただ、ずうずうしくて自分かってで打算的で、目先の欲に弱いだけだ」

「それはトゥース卿の見解か」

「……と、副宰相《フラマート》どのがいっておられますな」

「軍師どのは、あいかわらず辛辣《しんらつ》だな」

　現在のパルスにおいて、副宰相と軍師と宮廷画家とは同一人物である。「好きなものほど上達する」という教育論をひとりで粉砕してしまった人物として知られるが、政略と兵略に関するかぎり、大陸公路諸国においてもっとも悪名高い人物でもある。

「有翼猿鬼《アフラ・ヴィラーダ》は蛇王ザッハークにつかえるもの。デマヴァント山に巣があるというのは充分にありえることだが、さて、軍師どのは怪物退治だけが目的かな」

　クバードはたくましい腕を組んだ。

「昨日の一匹が、今日は十四。明日には百匹になるかもしれぬ。ナルサス卿はそのあたりを心配しておいでなのか」

「それもひとつの要因でござろうな」

　トゥースも自分で考えてはみたが、確実な解答をえられない、というようすである。

　クバードは二杯めの麦酒《フカー》をあおり、口角《こうかく》についた泡を親指の先ではじきとばすと、考えつつ口を動かした。

「兵略からいえば、やつらのやりようは下策《げさく》だ。じわじわと数が増える間に、こちらは防御をかためることができる。敵としては、何よりもこちらに不安をあたえるのが先決《せんけつ》ということか」

「恐怖と不安、それに昏迷《こんめい》。それが蛇王ザッハークの一党にとっては強力な武器であることはまちがいござらん。ただ、それに加えてナルサス卿が私に告げられたことがひとつござる」

トゥースは副宰相の実名を出した。

「ひとたび蛇王ザッハークの再臨《さいりん》が成れば、人間のこころみる防御策など、たかの知れたもの。ゆえに再臨をはばむために、まず全力をつくすべし、と」

「ふん、道理ではあるが」

クバードはつぶやき、じろりとトゥースを見やってから、視線をメルレインにうつした。

「おぬしのほうから何かひとことないのか。さきほどから、会話をわれらにゆだねて、ひとりで飲み食いしているが」

「出されたものは全部たいらげる。出してくれなければ、出してくれるよう努力する。それがゾットの流儀《りゅうぎ》でな」

メルレインは口が達者なほうではない。すぐ応じることができたのは、準備していたからであろう。

「話すことはある。でも、せっかくだからキャテをいただいてからにしよう」

キャテが出された。わざわざ焦《こ》がして炊《た》いた米の飯で、熱いスープをかけて食べる。夏というのに肌寒い、このような日には、よろこばれる料理だ。大きなさじを使ってキャテをたいらげると、メルレインは満足の溜息をつき、緑茶をすすりながら、王都エクバターナでのある事件を語りはじめた。

III

この時期、パルスの王都エクバターナでは市民が豊かな平和を楽しんでいる。

王宮においては、シンドゥラを劫掠《ごうりゃく》したあげく海上に逃《のが》れたヒルメス王子とトゥラーン人の一党との行方が問題とされていた。だが、とりたてて続報もなく、また、その一件だけにかまってもいられなかった。

「人というものは争いが好きなのだ、と、つい思いたくなるなあ」

アルスラーンが歎声《たんせい》をあげるほど、毎日、裁判ざたが持ちこまれてくる。それらをかたづけながら、休息のときに、アルスラーンの身辺《しんぺん》ではトゥースの結婚が話題にされた。

アルスラーン王は若いくせに苦労人で苦労性だから、トゥースの結婚についても国王《シャーオ》として気をまわした。つまり、

「戦死者の遺族の生活を保障するために、制度づくりをすすめているが、なかなか行きとどかない。バニパール卿の未亡人にしても、トゥース個人の善意にたよる以外、娘たちともども安定した生活を送ることはできないからなあ。トゥースは、私のかわりに人助けをしてくれたのだ」

それに対するギーヴ卿の返答。

「陛下、そんなものはただの理屈でございます。人助けで結婚する者など地上におりません」

「さようで、陛下、トゥース卿も模範的な人格者に見えながら、じつは凡人であったというだけのことでございます」

これはイスファーン卿で、いつもはギーヴ卿とあまり仲がよくないのだが、トゥース卿の結婚に関するかぎり、妙にギーヴ卿と意見があう。ちなみにイスファーンと同居しているのは、若い美女どころか人間ですらなく、二匹の仔狼《こおおかみ》である。

「ま、誰が何をいっても負け犬の遠吠《とおぼ》え。トゥースに一笑《いっしょう》されて勝負あり、というところだろうな」

アルスラーンがいうと、ギーヴもイスファーンも沈黙する。アルスラーンはときどき、まじめくさった表情で冗談をいうのだが、冗談としか聞こえないことを本気でいうこともある。

アルスラーンは為政者《いせいしゃ》として多忙だったが、ここ数日いそがしいなかにもうれしそうなのは、王立図書館の再建計画にめどがたったからだった。

ルシタニア軍が王都エクバターナを占領したとき、総大主教ボダンが何万冊もの貴重な書物を焼いてしまった。その蛮行《ばんこう》から立ちなおるのは容易ではなかったが、ギランなど国内各地から書物を集め、民間からも買い求めて、ようやく再建の運びとなったのだ。

アルスラーンの抱負《ほうふ》はさらにひろがる。

「よい学塾《マクタブ》には王室から援助してやりたいし、すぐれた先生《モッラー》には充分な報酬を出してやれるようにしたい。学塾に行きたい子にも援助してやろう」

「けっこうな御意《ぎょい》ですが、世の中には勉強ぎらいな子供が多うございますぞ、陛下」

「さようで、勉強をきらうあまり家出をする子もおりましょう。強制されて勉強するのはつらいものでございます」

「ギーヴ卿とイスファーン卿は、いやに真剣だな。いや、学塾へ行くことを強制するつもりはない。行きたくても行けないような子供を援助してやるだけだ。私は貧乏性だから、将来の宰相や大将軍になるべき人材を、無学なままくさらせてしまうのが惜しいのさ」

　アルスラーンは笑って、手元にある書物の表紙をなでた。それはパルスの国王《シャーオ》たちの生涯を詩にあらわしたものだ。

「私たちが往古《むかし》のジャムシード王の治世について知ることができるのも、何千ファルサングをへだてた異国の風景を想像できるのも、書物のおかげだ。だいじにしよう」

　このあたりは名君の発言で、廷臣《ていしん》たちとしては、「いや、おみごと、まことにもってご正論」というしかないのだが、いささか心配にもなる。国王《シャーオ》は十八歳の若さだ。たまにはめをはずしてもよいし、正式な結婚は五年ほど将来《さき》のこととしても、寵姫《ちょうき》の三、四人いてもよいのではないか。そう考える廷臣たちのなかには、小声でささやきあう者もいた。

「まさか、アルスラーン陛下は『額縁《がくぶち》の恋』をなさっているのではなかろうな」

　それにはこういう過去の逸話があった。


　パルス第五代の国王《シャーオ》キンナムスには、エルーブルーという王妃がいた。絶世の美女として詩にうたわれ、記録に残されている。その美しさは、

「肌《はだ》は早春の朝日に染まる高峰の雪のごとく、髪は露にぬれた大麦の穂のごとく、瞳は満天の星のなか

にひときわかがやくスハイル星のごとく、唇は花蜜《かみつ》したたる紅《あか》いラーレ（チューリップ）のごとく……」

という次第《しだい》で、形容がやや過剰《かじょう》な分、かえって具体性にとぼしい。とにかくこの世のものとも思えぬ美しさということで知られていた。しかも二十五歳の若さで死んでしまったので、ひときわ惜しまれ、詩にもうたわれ、後世に伝えられて絵にも描かれ、夢幻的な美女の代表とされるようになった。

第十代の国王《シャーオ》カトリコスにはアルガシュという子がいた。十八歳で王太子に立てられたが、とりたてて欠点はなく、無難に父王を補佐していた。文学や芸術に関心が深かったが、国王《シャーオ》にはパルスの文学や芸術を保護するという責任もあるから、むしろ好ましいと思われていた。だが、あるときから度がすぎるようになった。

アルガシュは、貝殻《かいがら》づくりの額縁に描かれたエルーブルーの肖像を見て、それに恋してしまったのである。

「私はエルーブルーどのに恋した。あの美しい女《ひと》以外に、妻となすべき女性はおらぬ」

廷臣たちは狼狽《ろうばい》し、国王カトリコスは激怒した。

「十八にもなって、現実と夢幻の区別がつかぬか。腑甲斐《ふがい》ないやつ、王者として自覚が出るまで宮廷にもどるな」

そういってアルガシュを離宮《りきゅう》に幽閉《ゆうへい》した。半年後、かなうはずのない恋にやつれはてたアルガシュは、むなしく死んでしまった。

嫡子《ちゃくし》を失ったカトリコスは、衝撃と失望に耐えて八十歳まで生き、王位を、兄の孫であるオスロエスに伝えた。オスロエス四世である。

オスロエスにはふたりの兄弟がおり、才幹《さいかん》からいえば三人のうち誰が王位を継《つ》いでもおかしくはなかった。結局、老国王《シャーオ》カトリコスの孫娘――アルガシュの妹の娘を妻としたオスロエスが、最後の勝利をえたのだ、といわれる。こうして即位したオスロエス四世は、どういうものか自分の実子より甥《おい》のバルジュクのほうに目をかけ、一時は彼を養子にして王位を継がせようとした。このため、バルジュクの出生についてさまざまな噂が流れ、宮廷が二派に分裂し、五年にわたる陰謀と暗殺の嵐が吹きあれることになったのである。

そのようなわけで、パルスでは「額縁のなかの美女に恋する」という表現は、あまり好意的に使われない。

アルスラーンは国土を侵略者から奪回したという大功があり、社会の不公正をただす姿勢に民衆の支持があつい。人気はたいへんなものだが、それだけに、アルスラーンがいつ何者と結婚するか、民衆はやたらと興味をいだき、ことあるごとに騒ぎたてるのだった。

「一日も早く国王《シャーオ》によきお妃を」

「そして一日も早くりっぱなお世子《よつぎ》を」

善意の圧力というものは、当人にとってはけっこうな負担になる。アルスラーンは為人《ひととなり》にゆとりがあるので、だいたいは笑ってかわしているが、あまりかさなると、さすがにご機嫌ななめになってくる。身辺にいて、それを見てとると、側近のエラムやジャスワントは、若い国王の気晴らしに頭をひねった。

その日、というのは、アルスラーン、エラム、海商にして騎士たるグラーゼの三者が「糸杉の姫《ルーダーベ》」で密談し、夜になって王宮に有翼猿鬼《アフラ・ヴィラーダ》が出現した日から三日後のことであった。

アルスラーンはエラムといっしょに王宮をぬけ出して、市場で散歩を楽しんでいた。とりたてて何を買うでもないが、あふれかえる品物を見るだけでも楽しい。露店《ろてん》をひやかしていると、ふいに騒ぎがおこった。怒号《どごう》がとびかい、人波がくずれ、誰かがころび、幼児が悲鳴をあげる。血相を変えた役人《ダルーゲ》の姿。

「どうか聖庇《アジール》を！」

叫びとともに、アルスラーンは上衣の裾《すそ》をつかまれた。地にころげた男の手が、アルスラーンの上衣の裾を必死でつかんで離さない。

「聖庇《アジール》が成立した。役人《ダールーゲ》よ、その者に手を出すな」

エラムが叫んだ。

聖庇《アジール》は、パルスだけでなく、大陸公路諸国に共通する古い習俗《しゅうぞく》である。逃亡した奴隷や、役人に追われる犯罪者や、横暴な夫との離婚を望む妻など、とにかく追われる立場の者が、王族や上級神官などきわめて身分の高い人に庇護《ひご》されることだ。服の袖や裾をつかんでもよいし、乗馬の尾にさわっても、剣の鞘《さや》や鞭《むち》に触れてもよい。

いったん聖庇《アジール》が成立すると、明々白々《めいめいはくはく》な犯罪者であっても、役人《ダールーゲ》がとらえるわけにはいかない。王宮や神殿の一室にかくまわれ、くわしく事情を調査される。社会に不公正があったとしても、大陸公路諸国では、このような形で修正がはかられているのだった。

「聖庇《アジール》だ」

「聖庇《アジール》だぞ、役人《ダールーゲ》ども、さがれさがれ」

「それにしても、どなたさまの聖庇《アジール》だ」

人々の声がとびかい、そのなかに、

「国王《シャーオ》におわすぞ！」

という叫びがまじると、それを確認しようとする者や、あわててひざまずく者などで、混乱がひろがった。

「後刻、王宮より沙汰がある。それを待て。無用に騒ぐでないぞ」

もういちど叫ぶと、エラムは声をひそめた。

「陛下、いったん王宮へもどりましょう。すべてはそれからということにいたしませんと」

「わかった、さあ、ついておいで」

後半は男に向かっていったのだが、男は茫然《ぼうぜん》として口をあけっぱなしだ。身分ある人と直感したからこそ聖庇《アジール》を求めたのだが、まさか「地上にただひとり」の国王《シャーオ》とは思わなかったのである。

男は生まれてはじめて王宮の門をくぐり、藤棚《ふじだな》の下の涼しげなテラスに席を与えられた。そして国王《シャーオ》じきじきに事情を聞かれることになった。男の名はハリム。職業は浴場世話係《ダッラーク》だということであった。

IV

公衆浴場《ハンマーム》の浴場世話係《ダッラーク》はいそがしい。客の背中をへちま袋《キーセ》でこすり、髭《ひげ》やむだ毛を剃《そ》り、爪《つめ》を切り、肩や腰をもみほぐす。客によっては、おでき、やにき、びや、いぼをつぶして薬を塗《ぬ》る。花の染料で爪を染める。香油を塗りこむ。客に飲物を出す。男の客なら、ひやした麦酒《フカー》。女の客なら薔薇水か蜂蜜《はちみつ》水。

公衆浴場《ハンマーム》は男女別の設備になっているから、女の客には女の浴場世話係《ダッラーク》、男の客には男の浴場世話係《ダッラーク》がつくことになる。

いそがしいが、収入《みいり》も悪くない。腕のいい浴場世《ダッラ》話係《ーク》なら、客からもらう小銭の合計額が、一日で銀貨《ドラフム》一枚分くらいになる。だから、ひと月のうち十日くらいしか働かない者もいるほどだ。

浴場世話係《ダッラーク》になりたがる者も多いが、さまざまな技術を会得《えとく》して一人前になるのはたいへんなことで、浴槽《ハズィーネ》の掃除からはじめなくてはならない。

最悪だったのは、ルシタニア軍の占領時代だった。だいたいルシタニア人は、あまり入浴というものをせず、何日もおなじ下着を平気で着ている。彼らはパルスの香水を喜んだが、それはパルス人のように清潔な肌に香りをつけるためではない。身体や着衣の悪臭をごまかすためである。おまけに、酔っぱらうと、よごれた服を着たまま浴槽に飛びこんだり、麦酒《フカー》の樽《たる》をたたきこわして床を水びたしにしたりした。

浴槽に放尿《ほうにょう》したルシタニアの貴族が、エクバターナ奪還のさい市街戦で殺された。そのことを知ったとき、ハリムは手をたたいて神々をたたえた。身分が高いくせに、最低限の礼儀も守れないようなやつは、神々の罰を受けるのが当然である。

ハリムは十三歳のとき以来、二十年間にわたって浴場世話係《ダッラーク》の仕事をしてきた。公衆浴場《ハンマーム》は彼の職場であり、聖地でもある。それを冒瀆《ぼうとく》するようなやつは地獄に堕《お》ちてしまえばいい。

ハリムも一日に銀貨一枚分はかるくかせぐ。それで月に二十日以上働くから、生活にはゆとりがあった。「なまじ結婚なんぞすると、女房どのの悋気《りんき》がわずらわしい」という考えの持ち主なので、家庭は持たず、適当に女遊びをしている。気に入った女に、たまには銀細工のひとつも買ってやれるていどの収入はあるのだ。

ハリムは自分の職業に自信と誇りを持っていたが、じつはひとつ秘《ひそ》やかな楽しみがあった。客どうしの会話をこっそり聴くことだ。ただ聴くだけで、それ以上べつに何もしない。ただ他人のささいな秘密を知るのが楽しいのだった。

以前浴場世話係《ダッラーク》のなかには、王宮の密偵《みってい》をつとめる者もいた。

公衆浴場《ハンマーム》に通う客たちのなかには、わざわざその場所を選んで密談する者もいる。「公衆浴場《ハンマーム》へ行ってくる」といえば、あやしまれずにすむからだ。そういう客でなくとも、身体があたたまって筋肉がほぐれ、気分が開放的になると、おのずと口が軽くなる。いろいろな噂話や「ここだけの話」が乱れ飛ぶ。その気になれば、公衆浴場《ハンマーム》ほど情報収集につごうのいい場所はめったにない。他には酒場と娼家ぐらいのものだ。

その日、ハリムは午前中の仕事を手ぎわよくかたづけていた。さすがに午前中から来る客はすくないので、掃除や整理などの雑用が主である。そこへ、麦酒《フカー》の醸造所から男がやってきて、ハリムに面会を求めた。ひそやかな商談がおこなわれた。

「この世で最悪の拷問《ごうもん》。それは風呂あがりの男に、ひえた麦酒《フカー》を与えぬこと」

といわれるくらいで、公衆浴場《ハンマーム》では冬でも麦酒《フカー》が飛ぶように売れる。だから、麦酒《フカー》を醸造する業者は、冬など酒場より公衆浴場《ハンマーム》のほうをだいじにする。

「なあ、おたくの浴場に、うちの醸造所の麦酒《フカー》を置かせてくれんかね」

「うーん、うちはカーセムの醸造所ともう二十年のつきあいだからな。おたくのところに乗りかえて、何かいいことがあるのかね。不義理だと後ろ指さされるだけじゃつまらんしな」

「カーセムのところじゃ、代替わりした息子がケチだもんで、職人たちがやる気をなくして、麦酒《フカー》の味が落ちはじめてる」

「そうかな、気づかなかったが」

「ためしにいちど置かせてくれてもいいだろう？」

「ふん、そいつは試供品ということで、もちろん無料《ただ》だろうな」

「それどころか、置かせてくれたら場所代を支払うよ」

「そいつは悪くない話だ。だけど客がカーセムのところの味に慣れてるからな。ま、とりあえずひと樽《たる》置いてみて反応を見てみるってことでどうだ？　それ以上の約束はできんぞ」

「ありがたい、そうしてくれるかね。じつはここにもう樽の場所代を用意してあるんだが……」

「ほう、気がきくな。このさき、きっといいことがあるよ」

　国家の興亡にも正邪《せいじゃ》の対決にも関係なく、パルスの庶民はたくましく生きている。どのような悪政も、侵略も、虐殺も、彼らを根絶することはできない。まことに、副宰相ナルサス卿が言明《げんめい》するとおり、「王朝は民衆の頭上を流れ去る川にすぎぬ。だが、どうせなら濁流よりは清流がよい」

　というわけである。

　ハリムは上機嫌で仕事を再開した。使われていない浴槽《ハズィーネ》を洗って、あたらしい熱い湯を満たし、手桶《ておけ》や石鹸《せっけん》やへちま袋《キーセ》をそろえる。

「おーい、十番の浴槽にお客をいれていいぞ。おれはこれから昼食をとるから、あとは頼む」

　串焼き《カバブ》で麦酒《フカー》を一杯、そのあとすこし昼寝といくか。ささやかな幸福に舌なめずりしながら、ハリムはいそいそと休憩室《きゅうけいしつ》に向かった。

　その足がとまった。

　すぐ近くで話声がしたのだ。周囲を見まわして、ハリムはひとりうなずいた。

　蒸気風呂のなかで客どうしが会話をしているのだ。密閉された蒸気風呂で事故でもおこったらこまるので、銅製の伝声管《でんせいかん》が各室にもうけられている。そこから声が洩《も》れているのだった。

ハリムは頬をゆるめた。何かおもしろい話が聴けるかもしれない、と思ったのだ。

他人の会話を聴くことに、ハリムは罪悪感を持っていなかった。べつに脅迫したり密告したりするつもりはない。公衆浴場《ハンマーム》というかぎられた空間にいて、さまざまな世間の話を知っている、というのが単純にうれしいだけである。

たとえば、

「薬屋のオクズは、このまえ、二十も年下の美人のおかみさんをもらったが、これが顔とは大ちがい、酒を飲んでは亭主をなぐるんで、離婚したいとなげいてるそうだ。いい気味といっちゃあいいすぎだがね」

などという話を聴いて、「ふむふむ、世の中にはそういうことがあるのか」と思っても、それだけのこと。街で当の「オクズのおかみさん」に出会ったとしても、顔も知らないのだから、ただ通りすぎるだけである。


ハリムが伝声管に手をのばしたとき、大きな盆をかかえた女が通りかかった。三十歳くらいの、陽気な表情、小麦色の肌、すこし肥《ふと》めの身体つきをした女性は、女湯の浴場世話係《ダッラーク》であるヤサマンだった。

「あーら、ハリム、また立ち聞きかい？」

「ば、ばか、人聞きの悪いことというな。お客の体調が気になるだけだ」

「はいはい、でも、ほどほどにしておくんだね。そのうち痛い目を見ないともかぎらないよ」

「うるさい、さっさと行ってしまえ」

ハリムに手を振られて、ヤサマンは皮肉っぽい笑いとともに立ち去った。彼女がかかえた盆の上には、蜂蜜水や緑茶の壺、さまざまな果物や菓子があふれんばかりにのっている。乾《ほ》した葡萄《ぶどう》や杏子《あんず》や李《すもも》や林檎《スィーブ》、サヌマー（麦芽《ばくが》と砂糖をいれた小麦粉を焼いたもの）、チャンガーリー（星の形をした小さなパン）、カーヴート（炒《い》った豆の粉を砂糖とまぜてかためたもの）、カーチ（バターと砂糖で味つけした小麦粉の粥《かゆ》）、無花果《いちじく》のシャーベット……。女性客のために用意されたものだ。

　庶民の女性にとって女風呂での会話は最大の娯楽のひとつである。とくに若い主婦たちにとって、姑《しゅうとめ》への気がねなしに思いきりおしゃべりができる場所は他にない。男どものように、夜の酒場へ出かけるわけにいかないのだから。

　王都エクバターナの公衆浴場《ハンマーム》の数は五百をかぞえる。南方の港市ギランには、ざっと三百。パルスでは、都市の規模を公衆浴場の数で比較するほどなのだ。

　ヤサマンが立ち去ったあと、廊下にひとり残されたハリムは、わざとらしく咳《せき》ばらいした。

「誰の迷惑になるわけじゃなし、とがめられる筋合《すじあい》はねえや。ヤサマンのやつ、いい子ぶりやがって」

　じつはハリムはヤサマンを憎からず思っている。そのヤサマンから皮肉をいわれたのでハリムはかえって意地になってしまった。何のかのと自己正当化の台詞《せりふ》をつぶやきながら、円錐型《えんすいけい》をした伝声管の先端部に耳をあてる。すぐに、くぐもった感じで客たちの会話が聴こえてきた。四、五人の男たちが、蒸気のなかで会話している。

「……何だか妙な声だな」

　ハリムは首をかしげた。外国人かとも思ったが、いくつかパルス語の単語がとびかい、いきなりおそろしい台詞が耳もとで炸裂《さくれつ》した。

「蛇王ザッハークさまの御名《みな》を讃えようぞ」

　ハリムの全身がすくんだ。

「へ、蛇王ザッハーク……⁉」

　それはパルス人にとって恐怖と害悪《がいあく》の象徴である。

「いい子にしないと、蛇王の手下がお前をさらっていって、地の底にとじこめてしまうよ！」

　おさないころ、親からそうおどされたことのないパルス人は、たぶんひとりもいない。弱い者いじめをする不良少年も、髯面《ひげづら》の盗賊も、いばりくさった役人も、蛇王ザッハークの名を耳にすると、顔色を変えて思わず周囲を見まわさずにいられない。理屈ではないのだ。自分の身に暗黒の触手《しょくしゅ》が巻きつき、二度と太陽を見られぬ地獄の深淵《しんえん》へと引きずりこまれ、神々も顔をそむけて助けてくれない。そういう恐怖が全身を駆けぬけるのである。

自分が毒蛇の尾を踏んでしまったことをハリムはさとった。ヤサマンがいったことは、まったく正しかった！

「あぶない、あぶない……」

ハリムはうなった。額《ひたい》ににじんだ汗は冷たかった。公衆浴場《ハンマーム》の廊下は冬でも暖かいのに、額にじんだ汗は冷たかった。

平和でのんびりした日常が急に遠のき、暗黒の神話がハリムの前に立ちはだかった。ハリムは逃げ出したかったが、足が動かない。これ以上、話を聴きたくもないのに、耳からは蒸気風呂からの会話がさらに流れこんでくる。耳と足が協力しあって、ハリムに立ち聞きを強いているようであった。

「……ひとたび蛇王ザッハークさまが再臨なされば」

「太陽は光をうしない、昼と夏は姿を消す。夜と冬が千年にわたってつづくのじゃ……」

「地上の支配者と思いあがった人間どもを、わが同族《うから》が狩りたて、餌とするのだ」

「その日のためにも、盛夏四旬節《フローラム・チェツレ》のはじまりまでにデマヴァント山に集合する件、忘れるでないぞ」

「盛夏四旬節《フローラム・チェツレ》」とは六月後半の夏至《げし》にはじまる四十日間で、パルスでもっとも暑い季節である。

「わかっておる、わかっておる。今年の夏は人間どもにとって最後の夏じゃ」

「役所のほうにも、そろそろ休暇願いを出しておくがよいぞ。あやしまれぬようにな」

ハリムは息をのんだ。

「……ええっ、こいつら役人なのか!?」

V

アルスラーン王につかえている役人が、若い国王《シャーオ》を裏切って、蛇王ザッハークの手下になったのか。それとも最初から蛇王ザッハークの手下が身元をいつわって宮廷に潜入していたのか。いずれにしても、アルスラーン王があぶない。ひいては新生パルス王国の命運もあやうくなる。

その巨大な武勲と、質素な生活ぶりで、アルスラーンは庶民に人気があった。それが素朴な使命感とあいまって、ハリムを興奮させた。蛇王ザッハークに対する恐怖もいくらか遠のき、ハリムはけんめいに呼吸をととのえながら立ち聞きをつづけた。

「ザッハークさまは、われらに、生まれたての赤ん坊をくださろうか」

「ふん、おぬしは真の美味を知らんと見えるのう……赤ん坊はな、生まれて外気に触れたら味が落ちるのじゃよ。生まれる半月ほど前の胎児《たいじ》を、妊婦《にんぷ》の腹を割《さ》いてそのまま喰《く》らうのが絶妙の美食というものでな。ぬるぬると体液にまみれたものを……」

おぞましい会話が耳をつらぬいて、ハリムはあわや嘔吐《おうと》しそうになった。げっ、という音が伝声管にひびいて、その小さな音が、蒸気風呂での会話を中断させた。

「……誰か、われらの話を盗み聞きしておるぞ」

陰々《いんいん》たる声につづいて、立ちあがるような音がした。ハリムはうろたえた。伝声管の蓋《ふた》をとじ、いそいで立ち去ろうとする。だが、手も足も、持主のいうことをなかなかきかない。静かにとじるはずの蓋は大きな音をたて、立ち去ろうとする足は左右がからまってハリムをよろめかせる。

蒸気風呂の扉が開いた。高温の蒸気がハリムに向かって吹きつける。腰にタオル地の布を巻いた男が、赤々と光る両眼をハリムの顔に向けた。

「……聞いたな」

ハリムは卒倒《そっとう》しそうになった。役人の顔の下半分を見てしまったからだ。そこには人間の口も顎《あご》もなかった。前方に突き出し、上下にやや膨《ふく》らんだ形の黄色いものは、どう見ても鳥の嘴《くちばし》だった。

ハリムの脳裏《のうり》で、おさないころに聞かされた祖母の昔話がよみがえった。音をたてて書物の頁《ページ》が開いたかのようだった。

「……鳥面人妖《ガプル・ネリーシャ》！」

叫んだ声が、自分のもののようではない。恐怖の大きな泡が弾《はじ》けて、今度はかってに足が動いた。音をたてて五、六歩後退すると、身をひるがえして走り出す。とたんに、べつの浴場世話係《ダツラーク》が手桶《ておけ》をいくつかかかえてくるのに衝突してしまった。手桶が散乱し、浴場世話係《ダツラーク》がひっくりかえる。転倒をまぬがれたハリムは、両手両足を振りまわし、大声で叫びながら走った。

公衆浴場《ハンマーム》の主人が駆けつけてくる。顔の下半分をタオルで隠しながら、怪物がどなった。

「あの者をとらえよ！」

「お客さま、ハ、ハリムがいったい何をいたしましたので……？」

「われらは高等法院に属する法官《ほうかん》でな、国法についての相談をしておった」

最初に権威を持ち出して、怪物どもは主人をおそれいらせた。

「へへっ、法官さまで……」

「やつめ、ハリムと申すのか。われらの話を立ち聞きするのもけしからぬが、逃げ出したとあれば、さらに後ろ暗いところがあるのだろう。ただちに追捕《ついぶ》するが、汝《なんじ》ら、ハリムがのこのこもどってきたとき、庇《かば》ったり匿《かく》まったりしたら罪人と心得ておくがよいぞ！」

じつにたくみに、ハリムを罪人にしたててしまうと、役人たちは顔の下半分を隠したまま、あわただしく着替えをすませ、公衆浴場《ハンマーム》を出ていった。公衆浴場《ハンマーム》にとって、せめてもの救いは、基本入浴料が前払い制だったことである。

こうして、善良な浴場世話係《ダツラーク》のハリムは、家にも帰れず、職場にももどれず、半日にわたって役人に追いまわされ、夕方近くになってようやく市場で貴人《きじん》らしい若者を見つけ、当代の国王《シャーオ》とも知らず、夢中で聖庇《アジール》を願い出たのであった……。

ハリムが語り終えると同時に、夕風が強めにアルスラーンの顔に吹きつけ、若い国王《シャーオ》は我に返った。

「よく知らせてくれた。感謝するぞ。そなたの身も、もう何も心配はいらぬからな」

ハリムにいうと、背後に立つ武将に命じる。

「ザラーヴァント卿、ただちに五百の兵をひきいて高等法院へいってくれ。不在の者を確認し、その家を監視するのだ」

「御意《ぎょい》！」

たのもしく返事して、若い偉丈夫がテラスから駆け去っていく。その後姿を見送って、アルスラーンは視線をうつした。

「おそらくもう逃げ出しているだろうな、エラム」

「御意。聖庇《アジール》が成立した際に、まずいと判断してその場から遁走《とんそう》しておりましょう。鳥面人妖《ガブル・ネリーシャ》は有翼猿鬼《アフラ・ヴィラーダ》とはちがいます。人間に化け、何とかそれを隠しとおすていどの知力は持っておりましょう」

答えて、エラムは頭に手をやった。

「私ごときの知恵にはあまります。ここはやはりナルサスさまでなくては」

「そうだな。私の知恵にもあまる。エラムと私の先生をわずらわせるとしよう。だが、いまナルサス卿は在宅かな」

アルスラーンとエラムの軍略の師は在宅だった。国王のお召しに応じて参上したとき、青地に金糸で刺繍《ししゅう》をほどこした上衣を着ていたが、せっかくの上衣に絵具が何か所かついていた。

「今日はよい休日で、花の絵を三枚ほど描きました。後日、陛下に献上いたします」

「そ、そうか。それはありがたい。ところで、エラムからいちおう話は聴いてくれたと思うが……」

あらためてハリムから話を聴くと、ナルサスは冷たい緑茶をひとくち飲んだ。

「陛下のご処置につきましては、それ以上のことはやりようがございません。それでけっこうでございます。ま、ひねくれて考えますと、怪物ども、どこまで本気で密談をしたのか、という疑問が出てまいりますが」

アルスラーンが手の指を組む。

「すると、わざとハリムに話を聴かせた、ということか」

「ひとつの可能性としてです。まちがった情報を故意に流して敵を攪乱《かくらん》するのは、謀略戦の初歩でございますから」

ナルサスは笑った。悠然《ゆうぜん》たる軍師の笑顔を見ると、アルスラーンは心が落ちつく。ナルサスは臣下というより、この場にいない万騎長《マルズバーン》ダリューン卿とともに、アルスラーンが王都奪還の戦いをはじめたときからの、たのもしい同志なのであった。

「相手が人間でなく怪物、それも蛇王ザッハークの眷族《けんぞく》ともなれば、なかなかに、人知《じんち》をもって測《はか》ることはむずかしゅうございますな」

ナルサスがいったとき、甲冑《かっちゅう》姿のザラーヴァントがもどってきた。顔が紅潮し、全身から湯気がたちのぼっている。汗まみれで駆けまわったらしい。

五人の法官が行方不明になった旨《むね》をアルスラーンに報告すると、エラムが差し出した壺いりの冷水を、一気に飲みほした。

「蛇王ザッハークは聖賢王《せいけんおう》ジャムシードを殺害し、その暗黒の統治は千年にわたってつづきました。その間、地上にいた人間の三分の一が殺戮《さつりく》されたと申します。両肩よりはえた蛇は人間の脳を喰《く》らい、その犠牲となった者だけで、千年の間に約七十三万人」

ナルサスがそう話しはじめる。アルスラーンもエラムもザラーヴァントもハリムも、承知のことだが、あらためて慄然《りつぜん》とした。

「そうなる前に、何とか策《て》は打っておきたい。諸外国との戦いとは勝手がちがうが、ナルサスの意見は？」

「冬がいやだからといって、火も焚《た》かずに冬服も着ないでいれば、凍死してしまいます。めんどうではございますが、いちおう備えはしておきましょう」

「デマヴァント山に兵を派遣してみるがよいか」

「まず、そのようなもので」

ナルサスがふたくちめの茶をすする。なぜかちらりとザラーヴァントを見やった。

「敵、といっても正体がまだよくわからないわけだが……敵の挑発を無視するというのも、ひとつの方法だろう。その方法を採《と》らないのはなぜだ」

慎重な口調でアルスラーンがたずねる。ナルサスは玉杯をおろしていった。

「エラム！　陛下のご下問《かもん》である。奉答《ほうとう》せよ」

　あたらしく冷水の壺を用意しようとしていたエラムは、おどろいて立ちすくんだ。掌《てのひら》が冷たくなったので、あわてて卓上におろす。彼の先生は、時と場所を選ばず弟子を試問《しもん》するから、油断できない。

「も、もしこれが敵の挑発であるといたしましたら……」

「うん、そうしたら？」

「今回、その挑発を無視したところで、つぎからつぎへと挑発をつづけてくるでしょう。いちいち相手をしてはいられませんし、対処を遅らせていれば、敵の暗躍する余地が増えるだけです。どうせなら早く策を打《て》つべきではないでしょうか」

「と、十年後の軍師は申しております、陛下」

　ナルサスがいうと、ザラーヴァントが大きく口をあけて笑った。

「いや、たのもしいことで。不肖《ふしょう》、このザラーヴァントも同感でございます。で、現在ただいまの軍師どのは、このザラーヴァントに、デマヴァント山への出兵をお申しつけくださいましょうか」

　するとナルサスは、しかつめらしい表情をつくって首を横に振った。

「それはまたべつの人選。さしあたって、おぬしの任務は、このハリムを自宅に保護すること。せっかく名人の浴場世話係《ダッラーク》がおるのだから、今宵《こよい》はゆっくり汗を流すことだ」

　宮廷画家は、ザラーヴァントの風下にいたので、巨漢《きょかん》の汗の匂いにいささかなやまされたのであった。

妖雲群行

第二章

峠にて

10

I

王都エクバターナより東へ四十ファルサング（約二百キロ）。大陸公路が山間部へはいるあたりのモルタザ峠は夜の闇につつまれている。だが、その一角に五十をこす焚火《たきび》の群がきらめいて、地上にひとかたまりの星が落ちてきたかのようであった。千人ほどの旅人があつまって夜営《やえい》しているのだ。

本来、パルスのように交易が盛んな文明国では、夜営をする旅人はすくない。都市が発達し、街道や宿駅が整備されており、わざわざ夜営する必要がないからだ。あるていどの料金を払えば、鍵のかかる部屋、清潔な寝台、熱い風呂、できたての食事などが提供される。よほどのけちでないかぎり、わずかの料金を惜しんで、荷物と生命を危険にさらすことはない。

だが、宿駅が満員だとか、町で火災がおこったとか、主街道が事故で通行どめになったとか、さまざまな理由で、夜営せねばならない場合もある。そのときは、旅の専門家である隊商案内人《チャーヴォシュ》の出番だ。隊商《キャラバン》はだいたい駱駝《らくだ》や驢馬《ろば》を使ってゆっくり旅をするのだが、隊商案内人《チャーヴォシュ》は馬を走らせて半日か一日、先行する。隊商宿《キャラバンサライ》や食糧を手配し、土地の役人と交渉し、出発の時刻をさだめ、前途について天候や治安の情報を集める。

「モルタザ峠には、今月にはいってから盗賊だの怪物だのが出没しているらしいぞ」

「役人どもは何をしてるんだ、といいたいが、そんなことといってる暇はないな。三日以内にモルタザ峠をこえないと、契約の期日にまにあわん」

「うちもなるべく早くモルタザ峠をこえたい。おたくの隊と同行すれば、人数が五百人にはなる」

「そう願えればありがたい。だが、念のためだ。あと二隊ほど話をつけて、ついでに共同で護衛役をやとえれば万全だがな」

隊商がいくつか集まって千人以上の隊列になり、それに武装した護衛役がつけば、盗賊どももうかつに襲撃してはこない。アルスラーン王の治世になって、ゾット族は掠奪をしなくなった。それ以外の大規模な盗賊団も、ルシタニア軍との攻防戦のなかで討滅《とうめつ》されたり、逆にパルス軍に編入されたりして、ほとんど姿を消した。いまパルスに百人以上の盗賊集団はいない。せいぜい五十人から三十人というところで、この種の小さな犯罪集団を根絶するのは、いつどこの政府でも不可能である。

「これから東へ向かう旅のお人、モルタザ峠をこえるなら同行なさらんか。道づれの人数が多いほど、旅は心強いぞ」

街道すじで三人ほどの隊商案内人が立札をたて、大声でいざなう。すると、これからの旅に不安を持つ人がつぎつぎと集まってくる。小さな隊商の代表者、ひとり旅の商人、それに旅の芸人《ルーティー》などだ。

芸人《ルーティー》といっても、ずいぶん多くの種類がある。歌手に舞踊家、奇術師、蛇つかい、笛吹き、猿まわし、重量あげや大食い早食い競争の選手、人形つかい、占い師、さらには理髪師や獣医や薬屋までふくまれる。

彼らは十人から三十人くらいの集団をつくって旅をする。村に着くと、それぞれが自慢の特技を披露して収入を得、つぎの村や町へと移動する。この集団の長を芸人頭《ルーティーバシ》という。パルスは文明国だから、芸術や芸能は社会的にたいせつにされる。芸人頭ともなれば、地方の村どうしの争いで仲裁役を頼まれるほどだ。

だいたいパルスでは女性はあまり長い旅をしないものだが、むろん例外はある。女芸人《ルーティーナ》がそうだし、修行中や巡礼中の女神官《カーヒーナ》がそうだ。また、つぎのような場合もある。

「わたくしたち三十名は、いずれも、マシュバール地方から王都エクバターナに嫁《とつ》いでまいりました。長い者では二十年も実家に帰っておりませんので、このたび旅費を出しあって帰郷の旅をすることにいたしました。同行の方々が多ければ心強うございます」

「ああ、けっこうですとも。隊列を組むときは、あなたがたを中心にしますよ」

女は足手まとい、ということにはならないのだ。というのも、パルスの国法では、「旅行中の女を襲撃して殺傷した者は、例外なく死刑」ということになっているからである。

隊商が盗賊におそわれても、

「女がいるぞ、女を殺傷するのか」

と叫べば、盗賊たちが舌打ちしながらもわずかな掠奪だけで退散することがある。だから女性が隊商に同行を求めて、拒絶されることはめったにない。

むろん最初から、「男も女も皆殺しだ」と決めて襲撃してくる凶悪な盗賊もいて、そのときはどうしようもないわけだが、アルスラーン王の治政になってからは、めったにそんなことはなくなった。善政の二本柱は、「不公正をへらすこと」と「治安をよくすること」なのである。

女性の同行者をさがして、いなかった場合など、隊商の少年隊員が女装して盗賊どもの目をごまかす例すらある。


……そのようなわけで、六月のその夜、モルタザ峠で盛大に野営した人数は千人をこえた。なかで女性は六十人ほどだ。

それぞれの隊商や集団に分かれはしても、たがいに離れることはしない。酒や料理の交換もある。さかんに火を焚《た》き、大声でしゃべるのは、賊に対する示威《じい》として当然のことだ。深夜になったら、二十人ほどの不寝番をのこして、皆は毛布や外套《がいとう》にくるまる。

このようなとき、旅慣れた者は、体力を温存《おんぞん》するために、さっさと寝てしまう。内陸部の、それも峠のことだから、六月といっても夜になれば冷えこんで息も白くなる。焚火の光と熱がどうにかとどく範囲で、熟睡しておかないと、翌日の旅にさしつかえるのだ。

はじめての夜営で興奮して眠れない、などというのは、だいたいが少年である。不寝番を命じられ、はりきって焚火の前にすわりこみ、周囲を見まわす。自分では眼光するどく見張っているつもりで、腰帯にさした短剣《アキナケス》をさぐる手つきもいさましい、つもり。

　そこへ、とうに寝こんだはずの隊長が、きびしい声で問いかける。

「おい、焚火に芸香《ヘンルーダ》をいれたか？」

「あ、いえ、忘れてました」

「ばか、さっさといれろ。こんな夜には精霊《ジン》ならまだしも、蛇王ザッハークの手下だってうろついてるかもしれん。はやいところ魔よけをやっとくんだ！」

　叱られた少年は、あわてて驢馬のところへ飛んでいった。驢馬はとうに荷物をおろしているが、その横に革袋がおいてあって、魔よけやら鞍の修理用具やら驢馬の解熱剤やら、雑多なものがまとめてはいっているのだ。

　焚火に芸香《ヘンルーダ》が放りこまれる。一瞬、炎が爆《は》ぜると、オレンジに似てもっと強い香気が焚火のまわりに広がった。

　少年はほっと息をつくと、あらためて焚火の周囲を見まわし、ふと視線をとめた。

　視線があった相手は、人間ではなかった。犬かと思ったが、どうも狼のようだ。仔狼、といってもすでに乳児ではなく、人間なら少年期にはいったところ。焚火の近くに伏せて興味ありげに周囲を見わたしているようすである。

「土星《カイヴァーン》！　他人にかまうな」

　これはたぶん人間の声がして、仔狼は元気よく尻尾を振りながら声の主に駆け寄った。それで少年は気づいたのだが、となりの焚火の近くに、ひとり旅らしい男が片ひざをたて、片ひざを投げ出した姿勢ですわっている。すこしためらってから、少年は思いきって声をかけた。

「あんたの飼ってる狼かい？」

「まあな」

　短く答えてうなずいた男は、まだ若い。焚火の炎が揺れているので、眉目《びもく》のこまかいところまではとても確認できないが、すっきりした顔だちのようだ。立ちあがると背が高そうだが、むだな肉づきはない。

背中に長剣を負っている。足もとにもう一匹、仔狼がいて、若者の長靴にじゃれついていた。近くに荷物らしいものは見あたらない。

「あんた、何の商売だい？」

「商人じゃない。ペシャワールまで手紙をとどけにいく」

「ああ、手紙配達人《ケシュラーク》か」

　手紙配達人は顧客《こきゃく》に依頼されて遠くの土地に手紙をとどける職業だ。大富豪の場合だと、専属の手紙配達人をやとっている場合が多い。庶民だとなかなかそうはいかないが、たとえば、ペシャワールの城塞につとめる将兵の家族がエクバターナにいて、共同で手紙配達人をやとい、父や夫や兄弟や息子に手紙をとどけてもらうことがある。百組の家族が銀貨《ドラフム》一枚ずつ出せば、手紙配達人としても、遠いペシャワールまで往復するだけの価値のある仕事になるのだ。

　長剣を背負った若者は、自分から手紙配達人と名乗ったわけではない。少年がかってにそう思いこんだだけである。退屈しのぎに、さらに話しかけようとして、隊商の少年は若者のようすに気づいた。しきりに右の方角へ視線を向けている。その方角には、王都エクバターナから実家へ帰省する女たちの一団がいるのだ。

「あっちにいるのは女だけさ。しかもみんな亭主持ちだ。うかつに近づくと、袋だたきにされちまうぜ」

　ませたことをませた口調でいいたくなる年齢なのであった。若者は笑いもせずにうなずくと、また視線を女たちの方角へ向け、やおらつぶやいた。

「どうやら袋だたきにされたい奴が、おれの他にいるらしい」

　はじめて笑った。笑うと、ほんとうの年齢よりさらに若く見える。

　少年は目をこらし、口をとがらせた。

「そんなやつがいるのかい、よく見えないけど」

「おれには見える。黒っぽい外套《アバー》を着こんで、おなじ色のターバンをかぶっているぞ」

ゆっくりと若者は立ちあがった。少年は声をかけようとして、何となくたじろいだ。若者が歩み出す。と、二匹の仔狼もその左右を守るように歩み出す。夜の闇と、焚火の光とが交互に若者をつつんだ。と、若者の左にいた仔狼が、ひと声うなり、猛然と駆け出した。

まさに、熟睡する女たちの一団に黒い人影がもぐりこもうとする寸前。若者が低く鋭く叫んだ。

「火星《バハーラム》、気をつけろ！」

黒い人影にとびかかろうとした仔狼は急停止して飛びのいた。

間一髪。

夜目にも白い刃が、うなりを生じて宙を払った。仔狼の首は宙に飛ぶはずだったが、かわされて、刃はむなしく弧《こ》を描いた。いや、刃と見えたのは細く鋭くとがった骨で、男の手首から先の皮膚がずるりとむけて、兇器と化した骨が、剣か槍のように突き出した。

わずかな間に、若者はすばやくまわりこんで、女たちと、ターバンをかぶった男との間に立っている。無言の数瞬を、若者の声が破った。

「なぜ顔を隠す？」

「……傷がある」

「それは気の毒、といいたいが、夜蔭《やいん》にまぎれて女だけの集団に忍びよるような不心得者《ふこころえもの》のいうこと、信じる気にはなれんな」

皮肉っぽい光が若者の両眼にひらめく。

「おれは銀色の仮面で顔を隠した御仁《ごじん》と、戦場で相《あい》見《まみ》えたことがある。あの御仁は人間だったが、さて、おぬしはどうかな！」

同時に長剣が星の光を反射して宙を疾《はし》った。強烈な斬撃《ざんげき》がターバンの男の胴を払う。男はかわした。長剣の先に外套《アバー》が巻きついたかに見えたが、たちまち両断され、傷ついた鳥のようにはためいて闇のなかに舞いおりる。

我に帰った少年が声をかぎりに叫んだ。

「たいへんだあ、みんな起きてくれ！」

すでに何人かが起き出していたが、すべての焚火のまわりで人影がはね起き、不審と不安の声をあげた。屈強の男たちが、棍棒《こんぼう》や短剣《アキナケス》や駱駝《らくだ》用の鞭を手に走り寄ってくる。だが、対峙《たいじ》するふたりをとりかこんでも、手の出しようがない。状況がのみこめないのだ。

「何がたいへんなんだ、孺子《こぞう》?」

問われた少年がうろたえる。

「あっ、あの、あっちのやつが女をおそおうとして、こっちの人が……」

「要領を得ないやろうだな。どっちが悪党なんだ。加勢するにしても、しようがないだろうが」

「すぐにわかる」

落ち着きはらっていうと、若者は左手を懐にいれ、何かをつまみ出した。植物の葉らしく見えた。手首をひるがえすと、それが近くの焚火に落ちた。たちまち魔よけの香気がただよう。怪物は自制しようとして失敗した。すさまじい嫌悪《けんお》と怒りの叫びをあげると、顔があらわになった。人ではなく鳥の、それも猛禽《もうきん》の顔をしていた。人々のおどろきのなかを、若者めがけて突進する。一瞬。

「どうやら、芸香《ヘンルーダ》の匂いを好まぬようだな、おぬし!」

若者の長剣が、怪物の嘴《くちばし》をただ一閃で宙に斬り飛ばしていた。

怪物は悲鳴を放った。いや、放とうとしたが、嘴を斬り飛ばされた跡からは、何やら奇怪な音と鮮血がほとばしっただけである。

両手で顔をかばい、怪物は飛びすさった。おそろしい苦痛にちがいないが、それに耐えながら若者をにらみつける両眼に、憎悪がたぎっている。若者は、周囲の人々を見わたして、悠々と口を開いた。

「鳥面人妖《ガブル・ネリーシャ》は、おぞましくも人の胎児を好む。妊婦がねらわれるであろうことは予測がついた。だから、最初からご婦人がたの集団に注意していたのだ」

若者がかるく長剣を振ると、刃に付着した血の雫《しずく》が地面に散った。

「どうも斬る場所をまちがった気もするが、とらえて白状させてくれよう」

「あぶない！」

もう一体の影が、若者の背後からおそいかかったのだ。顔を隠してはおらず、大きな嘴を開き、両手をかざし、左右の男たちを突きとばして若者に飛びかかる。兇器と化した骨が電光のようにひらめいた。

同時に、前方からは、傷ついた怪物が突進してくる。若者は挟撃された。

周囲の男たちが身動きする間もなく、若者は前後から奇怪な骨の兇器に突きとおされるかと見えた。だが、つぎの一瞬、絶叫と血をほとばしらせて地に横転したのは怪物たちのほうだった。

若者は地面に身を投げ出すと、地に突いた左手を中心にして身体を回転させ、ほとんどひと息に、前後の怪物の足首を薙ぎはらったのである。

苦悶する二匹の怪物に、二匹の仔狼が飛びかかって、頸《くび》すじに小さな牙《きば》をたてた。変な動きをしたとたんに、頸動脈《けいどうみゃく》をかみさいてやろうというのである。

II

感歎の声のなかを立ちあがった若者は、長剣を手にしたまま、はじめて名乗った。

「わが名はイスファーン。国王《シャーオ》アルスラーン陛下におつかえする者ぞ。このありさまについて説明するゆえ、皆の衆には公正に聴いてもらいたい」

「イスファーン卿という、狼に育てられた者《ファルハーディン》か？」

知る者がいたと見えて、そう叫んだ。

「そう呼ばれることもある」

イスファーンと名乗った若者がうなずくと、ざわめきについで、あらたな質問が飛ぶ。

「そのイスファーン卿ともあろうお人が、こんなところで何をしておられる？」

「だから、これからそれを説明する。話せば長くなるが、王都エクバターナに先日、怪物があらわれた。蛇王ザッハークの眷族《けんぞく》よ」

「蛇王ザッハーク」の名を耳にして、千人余の男女がいっせいに息をのんだ。女性のなかには気を失って倒れかかる者もいて、周囲の者があわててささえる。

「それが正体を暴露《ばくろ》されて、王都を逃げ出した。逃げこむ先は、魔の山デマヴァント。つまりは東へ向かう旅人の群にまぎれこむこと必定《ひつじょう》と見て、陛下《シャーオ》がおれを派遣なさったのだ。国王の叡慮《えいりょ》に栄光あれ！」

「栄光あれ」と、何百人かが唱和する。

「といって、おれがここで彼奴《きゃつ》らをみすみす逃がしてしまったら、せっかくの叡慮も水泡に帰す。旅の方々にご協力願いたい」

「あなたおひとりなのか。軍隊は出動していないのか」

旅人のひとりが、さらに問いかける。

「おれひとりだ。蛇王ザッハーク自身が再出現したというならともかく、その手下どもに対していちいち軍隊を動かせるものか。おれひとりで充分よ！」

颯爽《さっそう》といい放つ。誰に聴かせるつもりか、いささか演技《しばい》がかっていたが、そこまで気づく者はいなかった。

「で、協力というのは？」

「眠りこんだ人を起こして悪いが、怪物どもがまぎれこんでいるのを捜し出したい。あやしげな者はいないか。逃げ出そうとする者はおらぬか。見まわして、たしかめてくれ」

ふたたびざわめきがおこった。

旅人たちはしばらく、興奮の声をあげながら左右をたしかめたが、とくにあやしい者は見あたらない、という。

イスファーンは、倒れた怪物のすぐそばに歩み寄った。

「よしよし、よくやった。火星《バハラーム》、土星《カイヴァーン》、もう離れていいぞ」

二匹の仔狼は、怪物たちの頸すじから小さな牙を離した。最初は油断せずに怪物たちのようすをうかがっていたが、すぐ得意そうな表情になって尻尾を振る。

　イスファーンは包帯と止血薬《ちどめ》をとりだし、怪物たちの目の前に置いた。

「さてと、妊婦を殺して胎児を食べようなどという奴らは、有無をいわさず誅殺《ちゅうさつ》してよいのだが、今夜にかぎっては未遂。質問に応えれば傷の手当をしてやるが、どうだ？」

　怪物たちは苦痛と憎悪のうめきをあげるだけで、応えようとしない。イスファーンは旅人たちに声をかけた。棍棒を受けとると、兇器と化したままの両手の指骨を容赦なくたたきつぶす。その上で、包帯をとりあげて巻きはじめた。

「夏至《げし》のころにデマヴァント山に怪物どもがあつまって何やらしでかすという話だが、それはいったいどんなことだ？」

　イスファーンの問いに、周囲の旅人たちが低くざわめいた。怪物たちは苦悶をつづけていたが、止血《しけつ》がすみ、頭から水をかけられると、嘴《くちばし》を失わないほうの一匹が、憎々しげな声ではじめてイスファーンに応えた。

「人間などに、われらの機密を明かすと思っておるのか、おろか者が……」

　吐き出した唾が、むなしく地に落ちる。

「おれがどう思おうと、おぬしらの知ったことではあるまい。しゃべる気があるのならしゃべれ。その気がないなら、だまっていさぎよく死んでいくべきだろう」

　イスファーンがひややかにいい放つと、怪物は激しくまばたきした。人ならぬ異形《いぎょう》の存在であっても、「死」と聞けば動揺するものらしい。すると、皮肉なことに、怪物とはいっても人間に近い一面があらわれる。

　動揺を静めて、怪物はうめいた。

「殺すのか。殺すがよいわ。汝《なんじ》らなどに何もしゃべるものか。われらの首、どこになりとさらすがよかろう」

「殺すのは一匹だけだ」

　イスファーンがそう応え、怪物の不審そうな表情に向けて話をつづけた。

「一匹を殺して、屍体をデマヴァント山の近くに投げすてる。もう一匹は生かしておいて、そうだな、ペシャワールとはかぎらんが、どこぞの城塞に監禁する。そして流言をまく。デマヴァント山で『盛夏四旬節《フローラム・チェツレ》』に何がおこなわれるか、すべてを知っている者を保護している、と」

イスファーンの半面を焚火が赤く照らしている。

「つまり、一匹は囮《おとり》だ。同類の怪物たちを誘い出すためのな。大挙してのこのこ出てきたところを、罠をはって鏖殺《おうさつ》してくれる。もっともらしい『盛夏四《フローラム・》旬節《チェツレ》』の秘密など、生きのこった奴から聴き出せばよいことだ」

怪物が血まみれの呪詛を吐き出した。

「図に乗るな、人間ども、蛇王ザッハークさまの恐ろしさを思い知ることになるぞ！」

「現実に蛇王ザッハークは再臨しておらぬ。ザッハークなきザッハーク一党など、誰が恐れるかよ！」

イスファーンは笑いとばした。これは心に準備も覚悟もあるからできることだ。

「だいたい蛇王ザッハークの魔力がそれほど偉大なら、いまおぬしがこのようにみじめな姿をしていることもあるまい。苦境のときに助けてくれぬ者をあがめたてまつったとて、むなしいだけだろう」

怪物は答えず、両眼に血光を満たしてうめくばかりである。わずかに眉をしかめて、イスファーンは立ちあがった。

「ま、おぬしら、やすやすとは死なぬようだし、おれのほうにも時間はたっぷりある。ゆっくり話を聴かせてもらうとして、今夜はご一同、もう寝ることにしないか」

最後の部分は、人間たちに向けての呼びかけだった。

旅人たちは意外そうだったが、イスファーンの指示を受けて怪物たちを革紐で岩に縛りつけると、それぞれ眠りの姿勢にはいった。旅に出たら、食べられるときに食べ、眠れるときに眠っておかないと、危難に即応できないのだ。

イスファーンが眠りこんだあと、千余人の旅人も安心して寝息をたてはじめた。

といいたいところだが、各処で黒い人影がうごめき、息も声もひそめて峠を下りはじめた。ひとりで行動する者もおり、十人ほどまとまって逃げ出す者もいる。怪物ではないにしろ、うしろぐらいことのある者が、かなりいるようだ。

仔狼たちはときおり目をあけたが、イスファーンのそばから離れようとはせず、彼らが逃げ出すにまかせた。

夜が明けると、小さな騒ぎが各処でおこった。あるいは荷物ごと、あるいは荷物を残したまま、五十人近い人数が峠から消えていたのだから当然である。残された旅人たちは興奮して意見をかわしあった。つまるところ、盗賊の一味とか外国の密偵とか持ち逃げの犯人とか、いろいろとつごうの悪い事情をかかえた者どもが、夜のうちに逃げ出したもの、と思われた。

「いくらイスファーン卿が腕におぼえありといっても、たったひとりではなあ。みすみす悪党どもを逃がしちまったじゃないか」

旅人たちがそうささやきあっていると、峠の東方から人馬の足音がひびいてきた。イスファーンは大きく伸びをして起きあがると、二匹の仔狼をしたがえて歩き出し、出現した人馬に向かって手を振った。

「ジャスワント卿、ここだここだ」

武装した騎馬隊の先頭で、肌の浅黒い若い武将が手を振り返した。旅人たちはとまどい、かわるがわるイスファーンとジャスワントを見やった。

「峠を逃げておりてきた奴らは、ひとりのこらずとらえた。イスファーン卿、ご安心あれ」

「誰ぞ大物はいなかったかな」

「盗賊や詐欺師《さぎし》の類《たぐい》ばかり、国をゆるがすような者はいなかったが、ついでの捕物としてはまずまずでござろう」

イスファーンが「おれひとりで充分」と必要以上の広言《こうげん》をしてのけたのは、罠だったのだ。イスファーンの広言を信じこみ、いそいで夜道を逃げ出した者たちは、自分からすすんで、張りめぐらされた網のなかに飛びこんでしまうことになったのである。

　旅人たちは事情を知らされて歓声をあげ、手をたたいた。さすがアルスラーン王の誇る騎士の面々、やることにそつがない！

「……で、例の怪物たちはいかが？」

　ジャスワントが声を低くすると、イスファーンも声をひそめた。

「軍師のおおせどおり、生かしてとらえた。正直なところ二度とかかわりたくないが、やむをえんな」

　ジャスワントは国王アルスラーンの忠実な近臣《きんしん》として知られるが、生まれ育ったのは隣国シンドゥラである。「蛇王ザッハーク」の名を耳にしても生粋《きっすい》のパルス人のように慄《ふる》えあがることはない。

　戦いにおいて勇敢であること、イスファーンはジャスワントに一歩もゆずらない。だが、「蛇王ザッハーク」と聞けば、一瞬、本能的に慄えてから、あらためて覚悟を決めることになる。これはパルス人としてはどうしようもないことである。


　イスファーンは旅人たちに大声で告げた。

「そういうわけで、旅の衆、もう心配することは何もない。とらえられるべき奴らは、人間も怪物も、すべてとらえられたからな。ここからつぎの城市《まち》ソレイマニエまでは三百人の兵がおぬしらと同行する。これはおぬしらを守るためでもあり、とらえた奴らを護送するためでもある。悪夢は終わった、よい旅を！」

「よい旅を！」

　と、旅人たちが応じる。

「実家にいいみやげ話ができたわね」

　と語りあう女性たちもいて、にぎやかにさざめきながら一同は峠を東へとおりていった。

　やがて旅人たちはそれぞれの目的地へと別れて、多くは二度と会うこともなかったが、

「怪物を退治したイスファーン卿と二匹の狼」の物語は、千の口から千とおりに語られて、いつのまにか曲までつき、民謡として永く歌いつがれるようになる。

……このようなことがあって、クバード、トゥース、メルレイン、イスファーン、ジャスワントの五将がデマヴァント山下に集結したのは六月十五日のことであった。

総指揮をとるのは、年齢からいっても格式からいっても、クバードである。彼は前王アンドラゴラスの時代からの万騎長《マルズバーン》であった。ペシャワールの城塞は千騎長のバルハイにゆだねている。戦場での経験が豊かで、万事にものなれており、よほどの大事がおこらないかぎり安心できた。

「それにしても、どうも、いつもとすこしかってがちがうな。戦う相手が人間ではないからな」

動員する兵力は二千。作戦の性質上、多数の兵力を動員しても意味がない。隻眼の猛将は見きわめたのだ。

たとえ五万、十万の大軍を動員したとしても、

「ザッハークが出た！」

の一言でわっと算《さん》を乱したのでは、魔の山の各処で、断崖から墜《お》ちたり急流で溺《おぼ》れたりして、屍体の丘を築きかねない。ひとたび恐慌《きょうこう》におちいった軍隊は、仔羊の群のように無力でおろかしくなることを、歴戦のクバードはよく知っていた。

イスファーンがとらえた二匹の怪物は、車輪のついた鉄の檻《おり》に放りこまれている。衰弱してはいるが、両眼は気味の悪い光を失っていなかった。檻は四頭の驢《ろ》馬《ば》にひかれ、槍をかまえた騎兵が周囲をかこんでいる。怪物たちの命運は、これからの展開次第だった。

先頭に馬を立てるのはジャスワントである。アルスラーンがまだ王太子であった時代、英雄王カイ・ホスローの廟《びょう》で宝剣ルクナバードを手にいれたことがあった。そのとき同行していた者のなかで、今回、デマヴァント山に足を踏みいれるのはジャスワントだけである。他の四将にとってははじめてのことなので、ジャスワントが先頭に立つのは当然のことであった。

「ふむ、今回の人選は、国王《シャーオ》のおはからいか。軍のおもだった者に、デマヴァント山に登る経験をさせ

ておこう、とのご所存《しょぞん》かな。とすると、いずれこの山を舞台として、人と魔の決戦がおこなわれる、ということになるのだろうか」

　ついジャスワントは深読みした。ダリューンにはおよばないが、軍師ナルサスのような男とつきあっていれば、しだいに色に染まるというものだ。

　隻眼の猛将クバードは、いささかちがうことを考えていた。

「当分、シンドゥラ国をふくめて近隣諸国がパルスを侵《おか》す気配はないということか。ま、チュルクにせよミスルにせよ、傷口に薬が沁《し》みている間は、そうそう無謀《むぼう》に国運を賭《か》けるようなまねもするまい。国境の守りは、さしあたって油断をせねばそれで充分……とすると、おれとしては退屈しのぎの種を探さなくてはならんが……」

　陽《ひ》に灼《や》けた精悍《せいかん》な顔に、不敵とも豪快ともいえる笑いがひらめく。

「……探す前に軍師どのが種を持ってきてくれた、と見てよいのかな」


　メルレインやトゥースは黙々《もくもく》と馬を進めているが、隊列の一角が妙にはなやいでいる。トゥースの三人の妻たちが、イスファーンの二匹の仔狼をかわいがって、馬上に抱きあげているのだ。乾肉《ほしにく》などを与えても、仔狼たちは食べようとしない。イスファーン以外の者からは餌《えさ》を受けとることはないのだ。

「せっかくのご好意だ。火星《バハーラム》、土星《カイヴァーン》、いただいていいぞ」

　イスファーンがいうと、二匹の仔狼は、はじめて、トゥースの妻たちの手から乾肉を食べはじめた。

精強《せいきょう》だが奇妙なパルス軍の一隊は、こうして魔の山の奥へと進んでいく。

III

「いまからこれほど暑いのでは、盛夏四旬節《フローラム・チェツレ》が思いやられるなあ」

　そうエクバターナの市民たちがぼやきあった六月十五日であったが、うだるような暑さも夕方までのことだった。

　いきなり空にわきおこった雷雲が、激しい雨をエクバターナにもたらして、それが終わると急速に涼気が満ちた。人々も花々も樹々もすっかり生き返って、濡《ぬ》れた石畳はひんやりと心地よく、わざわざ靴やサンダルをぬいで裸足《はだし》で歩く者までいる。酒場では、「麦酒《フカー》より葡萄酒《ナビード》が売れそうだ」と見こんで、酒の入れかえにいそがしい。

　空の色が濃くなるにつれて、星座がきらめきはじめる。このような夜は、屋内にいるのがもったいない。庭のある家は庭に食卓を出し、庭のない家は道路に食卓を運んで、料理や酒をならべ、涼しさを満喫しながらにぎやかに食事をはじめる。子供たちにとっては、井戸水でひやしたハルボゼ（メロン）の甘さがうれしい。

　食卓ごとに灯火がともされるので、エクバターナの市街は、まるで夜空の星座が舞いおりてきたような光の池になる。

「食事がすんだらきちんと食卓をかたづけるんだぞ。とくに、火の用心、火の用心！　失火でも罪は重いぞ」

　口うるさい巡視の役人たちは、右手に大きな鈴を持って鳴りひびかせ、左手には棒を持っている。その彼らにも葡萄酒の杯を差し出す者がいて、「火の用心、火の用心！」という声にも酔いがまじる。鈴の音も、いつのまにか三絃琵琶《ラバーブ》の音色にあわせて鳴っているようだ。

　この夜は、国王《シャーオ》アルスラーンも屋内で食事する気になれなかった。満天の星の下、テラスに食卓を出して、エラムを呼び、ダリューンとナルサスを招いて、ささやかな宴を開いた。

　ファランギースとアルフリードは公用でエクバターナに不在。ギーヴはどこへ出かけるともいわず、やはり不在。四年前、アトロパテネの大敗北の直後にそろった顔ぶれだけでの会食となった。

　ダリューンはといえば、王都に近い軍の宿営地を巡察して、この日の午後に帰ってきたばかりである。王宮に参上して報告をすませ、いったん自宅に帰って汗を流し、夕刻になってお召しに応じ、ふたたび参上したという次第であった。

国王の宴、とはいっても私的なものであり、富裕な市民の夕食とくらべても質素なくらいである。アルスラーンは美食家ではなく、とりたてて高価な珍味というものは食卓に並ばない。ただ果物が好きなので、王宮の深い井戸で朝からひやされた色とりどりの果物があふれている。贅沢《ぜいたく》といえば、そのていどである。

料理を運んだり食器をさげたりするのは王宮づとめの女官たちだが、一見《いっけん》「おばさん」が多いのは、戦死した兵士たちの未亡人をやとっているからだ。身分が高く、経済的にゆとりのある者は、なるべく多くの人間を雇用《こよう》しなくてはならない。ことは失業問題に結びつくのだ。かつてナルサスは隠者《いんじゃ》のころエラムひとりを侍童《レータク》としていたが、じつはあまりほめられたことではないのである。

ダリューンは半月ほど王都に不在だったので、公衆浴場《ハンマーム》にあらわれた怪物のことを知らない。したがって、最初の話題はそのことになって、ダリューンは、自分がその場にいあわせなかったことを残念がった。同時に、先だって王宮に「有翼猿鬼《アフラ・ヴィラーダ》」が出現したこととあわせ、エクバターナの夜空にひろがる暗黒の翳《かげ》りを気にせずにいられなかった。彼は百万の敵も恐れはしないが、蛇王ザッハークが相手では、やはりパルス人らしく、最初に呼吸をととのえる必要があるのだ。

話題はすぐ、現状の戦略論にうつった。

チュルクにマルヤム、ミスルにシンドゥラ。パルスをかこむいずれの国も、そうそう毎年、大軍を動かして戦争をしかけるような余裕はない。

ルシタニアの侵略をしりぞけた後、新国王アルスラーンの統治下で、パルスは急速に再建された。これはルシタニアによる破壊と掠奪が、南方の港市ギランにおよばず、海からもたらされる富が無傷であった、というのも理由のひとつである。いずれにせよ、パルスの再建の速度があらゆる国々の予測をこえたので、野心家たちは、パルスの弱体化につけこむことができなかった。

「まだアルスラーン王の統治はかたまっていないはず。つけこむ余地《よち》がある」

　そう判断してパルスにちょっかいを出したミスルとチュルクは、それぞれ手痛い目にあって、息をひそめている。これは、陰謀をめぐらしつつ用心深くようすをうかがっているということで、野望を断念したということではない。

「隣国とは、つねに陰謀をめぐらすもの。それを力ずくでやめさせようとすれば、戦争になってしまいます。彼らが陰謀をめぐらすのは自由、こちらが隙をつくらねばよいこと」

　葡萄酒の杯を灯火にきらめかせつつ、ナルサスがいう。彼の話は、シンドゥラ国を脱出したのち海上で行方を絶ったヒルメス王子のことにうつった。

「ヒルメス王子が海路ミスルへ行かれるのであれば、行かせておやりなさい。むしろ、そのほうがパルスにとってもつごうがよろしい。ミスルの国内を不安定にする要因になりますから」

　ダリューンが考えつつ応える。

「だが、ヒルメス王子は勇略の人だ。ミスル軍をかたらい、大兵力をもってパルスに攻めこんできたら、いささかまずいのではないか」

　ダリューンの視線が、若い国王《シャーオ》に向けられる。

　アルスラーンが首を横に振った。

「いや、ダリューン、その心配はないと思う。かつてヒルメスどのはルシタニア軍と手を結んでパルスに攻めこんだ。今度はミスル軍をかたらってパルスに攻めこんだとしても、国民《くにたみ》がしたがうはずがない」

「なるほど、おおせのとおりです」

　ダリューンはうなずいた。ヒルメスが個人的な復讐心にもとづいて行動したことを、パルス人はみなおぼえている。喜んでヒルメスを迎えることはありえない。

「それにだ、ダリューン、ミスル国王ホサイン三世がヒルメス王子を喜んで受けいれるとはかぎらぬ」

「そうかな」

ナルサスやダリューンの会話を聴きながら、エラムは熱心にオレンジや葡萄の皮をむき、実を絞り器にかけている。アルスラーンやエラムは、年長のふたりほど酒に強くないので、果汁で葡萄酒を割るようにしないと、とてもつきあいきれないのだ。

「ミスル国がヒルメス王子を受けいれるとすれば、政略的に利用できる場合だけ。しかも、ヒルメス王子はふたりは必要ない」

ナルサスが指摘したのは、ミスル国からもたらされた情報によるものだ。ヒルメス王子と名乗る人物がミスル国王ホサイン三世に庇護《ひご》され、そのもとに、反アルスラーン派のパルス人が集まりつつある、というのであった。

「もし糸がもつれてめんどうになれば、ふたりいるヒルメス王子を、ふたりながら抹殺してしまえばよい。真物《ほんもの》も偽者《にせもの》も、最初からそんな者は存在しない、と主張すればそれまでのこと」

「ふむ、だが、そこまでやるだろうか」

「やったとしても、誰からもとがめられる心配はないはずだ。じつは、陛下……」

ナルサスが上半身ごとアルスラーンに向きなおり、口調をあらためた。

「ありていに申して、私はそうなることを望んでおります。なまじヒルメス王子を生かしたままパルスに引き渡されるようなことになれば、かえって迷惑。あの御仁《ごじん》には、パルス以外の国で死んでいただきたい」

ほんの一瞬だが、冷徹きわまる声が、葡萄酒《ナビード》の香りの上をなめらかにすべっていった。ややあってダリューンの声がつづく。

「ナルサス、こういう可能性はないか。ミスル国がヒルメス王子を殺しておいて、その罪をパルスになすりつける、という可能性だ。殺していない、ということを証明するのは、存外むずかしいものだからな」

愉しそうに、ナルサスは友人を見やった。

「たしかに、その可能性はある。だが、そのような策略を用いるには、それ相応の理由が必要だ。ミスル国が、パルスからの刺客によって殺されたヒルメス王子の仇を討つためにパルスと戦う――というのは、いくら何でも不自然だろうよ」

　思いきり人の悪い表情で、ナルサスは葡萄酒《ナビード》の杯を目の高さにかかげた。

「むしろ反対の可能性を考えたほうがいい。つまり、ミスル国がヒルメス王子を殺したとき、それを口実としてパルスがミスル国に攻めこむ、という可能性だ。これはこれで、いささか不自然だが、ミスルにおけるヒルメス王子の死は、パルスにとって有利になる」

　ううん、とうなって、ダリューンが腕を組む。

　葡萄酒《ナビード》にオレンジをしぼって果汁を加えていたエラムが、小首をかしげた。

「ナルサスさま、たとえばヒルメス王子がミスル国に気にいられ、王族の娘と結婚する、というようなことはないでしょうか。ヒルメス王子に、ミスルの王族として生きる道はありえませんか」

「それもなかなかおもしろい意見だ。だが、そうなると、ミスル国の他の王族にとっては不愉快だろう。王位継承に関して、強力な競争相手ができることになるからな」

「とすると、ミスル国王はヒルメス王子をあまり厚《こう》遇《ぐう》するわけにもいきませんね」

「そのとおりだ、エラム。つまるところ、生かしておこうと殺そうと、真物だろうと偽者だろうと、ミスル国はヒルメス王子をもてあますことになる。ミスル国王ホサイン三世は、ヒルメス王子を政治的にも軍事的にも利用しようとしているらしいが、はたして利用のしようがあるかどうか、いまになって迷っているのではないかな」

　しばらく沈黙して三人の話を聴いていたアルスラーンが、ひさびさに口を開いた。

「すると、ナルサス、もしヒルメスどのがミスル国へ行かれたとしても、どうも、あまりよいことはなさそうだな」

「御意」

「だが、ヒルメスどのとしては、もはやミスル国へ行かれるより他に選択の余地はほとんどあるまい」

アルスラーンの問いに、ナルサスは、ハルボゼの汁にぬれた手をふいて答えた。

「おそらく、という以上のことは申しあげられませぬ。ヒルメス王子はトゥラーン人の、いわゆる仮面兵団の残党とともに、シンドゥラの船を乗っとって海へ出られました。西へ向かったようだ、と、シンドゥラから報告がございましたが、海上で針路を転じて東か南へ向かった可能性もございます。それに……」

「それに？」

興味をこめてアルスラーンが宮廷画家の話をうながす。

「海に嵐はつきもの。船が転覆して、ヒルメス王子はあわれ鮫《さめ》の餌《えさ》となりはてたかもしれませぬ。才能のあるわりに運のない御仁なれば」

「ナルサス」

アルスラーンは、ナルサスがふざけていると思ったようだ。すこしだけ、あきれたような調子が声にこもった。ナルサスにとっては、予想どおりの反応だったようで、悪びれるようすもない。

「僭越《せんえつ》ながら、陛下に申しあげます。ヒルメス王子の運命も人生も選択も、ヒルメス王子自身のもの。かの御仁については、ご放念《ほうねん》なさいますよう。かの御仁がふたたび陛下の御前にあらわれてから、このナルサスに対策をお問いくだされば、それで充分」

軽くいってのける宮廷画家であった。

「また、たとえかの御仁が海中で鮫に食われたとしても、陛下のご責任ではありませぬ。お心にかける必要はございません」

「身も蓋《ふた》もないな、おぬしのいいようは」

あきれたように、ダリューンが首を横に振る。

ダリューンにとって、ヒルメスは公敵《こうてき》であり私敵《してき》である。公敵というのは、ヒルメスがルシタニア軍のパルス侵略に加担し、その後もアルスラーンに敵対しつづけているからだ。私敵というのは、ヒルメスがダリューンの伯父《おじ》ヴァフリーズを殺したからだ。ヒルメスがダリューンの前に出現すれば、闘ってこれを斬る。ダリューンに迷いはない。

　だがそれでも、ダリューンはヒルメスに対して同情を感じてしまうことがある。少年時代の苦難もさることながら、その後、どれほど壮大な企《くわだ》てをなしても、成功寸前でかならず失敗してしまうことに対して。

「ヒルメス王子はナルサスと同時代に生まれたのが不運というべきだろうな」

　そうダリューンが思っているうちに、話題が変わった。王都に出没する怪物たちのことから、蛇王ザッハークについての話になっている。

「いつぞや陛下がおっしゃったように、魔道で国を建てることはできませぬ。陛下のお考えは、地上の王者としてごりっぱなご見識《けんしき》。このナルサスは感服つかまつったものでございました」

　ナルサスは一礼したが、その直後、視線を動かして皮肉な口ぶりになった。

「ダリューン、そっくりかえるな。おぬしをほめたわけではないぞ」

「いや、おれはべつに……」

「さて、陛下、とは申しましても、いまひとつの側面がございます。魔道で国を建てることはできませぬが、国を滅ぼすことはできる。それがまあ、おおかたの認識でございましょう」

　涼気を満たした夜風がテラスを通りぬけて四人の髪を揺らした。

「かの聖賢王ジャムシードの治世は、蛇王ザッハークによって打倒されました。歴史の事実は伝説や神話の雲によってしばしば隠されますが、大筋ではそういうことになっております。聖賢王ジャムシードが長すぎる治世の末に人心《じんしん》を失い、そこに邪悪な者どもがつけこんだことはたしかでございましょう。ま、ひとつの教訓ではございますが……」

　ナルサスの口調が微妙に変化する。

「陛下、じつのところ私は、蛇王ザッハーク自体を、それほど気にしているわけではございません。いえ、私もパルス人なれば、蛇王を軽視する気はございませんが、それよりも気になりますのは諸外国との関係でして」

この言葉はあまりに意外だったので、アルスラーンの問い返す声はつい高くなった。

「諸外国との関係？」

「どういう意味だ」

と、ダリューンも、口もとに運びかけていた杯を卓上にもどしてしまう。

淡々とナルサスは説明した。

「かりに、蛇王ザッハークが再臨したといたします。そのとき諸外国はどう動くか。陛下と蛇王とを戦わせ、双方が力弱まったとき、それをねらって諸外国の軍が侵入してくる。そうなった場合、パルスは重大な危機を迎えることになりましょう。蛇王ザッハークに関して、私が憂《うれ》えておりますのは、極端なところ、その一事のみでございます」

「そのような事態は想像もしなかった」

ようやくアルスラーンは声を出したが、自分の声とも思えなかった。

蛇王ザッハークはこの世の存在ではない。恐怖と邪悪の象徴だが、それが地上の政略や軍略とかかわってくるとは、想像を絶している。

ダリューンが腕を組んだ。

「やれやれ、おぬしにはかなわんな、宮廷画家どの。かの邪悪の権化《ごんげ》、蛇王ザッハークですら、おぬしにとっては、謀略の一要素にすぎんのか」

「おれは魔道士でも神官でもないからな。罰あたりにも、すべてを地上の論理で考えている。天上だの魔界だの、どうなろうと、おれの知ったことか」

平然といいすてて葡萄酒を口にふくむナルサスに、考えこんでいたエラムが問いかけた。

「初歩的な質問で申しわけありません、ナルサスさま、よろしいでしょうか」

「いってごらん」

「も、もし、蛇王ザッハークが再臨したとして、諸外国が干渉してくる前に、蛇王に勝つ策はございますか」

ナルサスは質問者だけでなく、アルスラーンとダリューンをも見やりながら答えた。

「蛇王ザッハークは、いま、黄金と宝石でつくられた宮殿に住んでいるわけではないぞ、エラム、蛇王はいまどこにいる？」

「それは、デマヴァント山の地下深くに封じこまれて……」

「なぜそうなった？」

「英雄王カイ・ホスローに敗れたからです」

　そう答えてから、エラムは、はっとしたように、師である人を見なおした。ナルサスは微笑し、アルスラーンやダリューンの視線に応えるようにうなずいた。

「というわけだ、エラム、蛇王は人間に負けるのだ。そのような前例があるのに何を恐れる？」

　たしかにそのとおりだ、と、アルスラーンは思った。この頼もしい仲間たちがいてくれれば、無用な恐怖をいだく必要はない。いまはひとつひとつ、国王としての懸案《けんあん》をかたづけていこう。満天の星の下で、あらたな決意が生まれた。

IV

　六月十五日。遠くパルス国のデマヴァント山でクバードら五将が行動をおこした日のことである。ここミスル国の首都アクミームでは、国王ホサイン三世が不快な夏をむかえていた。

　なぜ不快かというと、第一に気候である。ミスルに吹く風は三月までは北の海からやってくる。涼気と適度の雨をともない、まことに心地よく、緑と花はあざやかに、「これで金銭《かね》さえあれば天国」というところだ。

　それが四月になると一変《いっぺん》する。南の砂漠をこえて熱風がおそいかかり、植物は枯れしぼみ、砂埃がたちこめる。これが九月までつづき、人々は半死半生のありさまで冬を待ちこがれる。奴隷でさえ、昼寝を許される。午《ひる》から日没までの間、むりに労働させても、暑さと乾きで倒れてしまうのだ。奴隷は貴重な財産だから、みすみすそこなうようなことをするのは愚かというものである。

そのようなわけで、夏のミスル国では昼夜が逆転する。日没になると人々は起き出し、深夜まで活動する。ひと眠りして早朝にまた起き出し、午《ひる》になるとまた眠りにつく。

国王ホサイン三世は、ミスルでもっとも豪奢《ごうしゃ》な生活を送っている人物だ。ディジレ河の上流から王宮専用の水道を引き、夏の間は書斎や寝室の天井に水を流して室温をさげる。さらに、若くて美しい宮廷づとめの女官たちが、交替で団扇《うちわ》を使い、国王に風を送る。

午睡《ごすい》を終えて、ホサイン三世は寝台から起きあがった。女官たちが、飲むためと顔を洗うためと、二種類の冷水を運んでくる。惜しげもなく大量の水を使って顔を洗うと、完全に目がさめ、全身に生気がよみがえる。

それでもホサイン三世は不快だった。理由の第二は、つまり対パルス戦略がうまくいかないことにある。失敗した、というのではない。失敗すらできずにいる、というのが実状であった。

「どいつもこいつも、役立たずどもめが！」

冷水を飲みほしての第一声である。女官たちが思わず身をすくめた。

この年の三月には、パルスに攻めこむ機運が熟したかに見えた。軍隊の出動準備もほぼととのい、黄金の仮面をかぶった「ヒルメス王子」を陣頭に立てて、パルスの西方国境を侵す。せまくてもよいから、ディジレ河の東に占領地を確保し、そこに「ヒルメス王子」を置いて「パルス正統王室」の旗をかかげる。あとは軍事的・外交的な手段をつくしてパルスの領土をじわじわと侵蝕《しんしょく》していけばよいのだ。

その戦略はいまでも有効だ、と、ホサイン三世は信じているのだが、残念なことに、劇を演じる役者が消えてしまった。「ヒルメス王子」が偽者であることをザンデが察知《さっち》し、脱出行のはてに死んでしまったからである。マシニッサ将軍は「万《ばん》やむをえず殺した」と主張しているが、ホサイン三世はうたがっている。あえてマシニッサを問責《もんせき》しないのは、いまさらザンデが生き返るわけでもないからだ。

それにしても、ザンデの存在は大きく、彼の死は痛手だった。それまでの計画がすべて水泡《すいほう》に帰してしまったのだ。

寝室を出て、ホサイン三世は謁見《えっけん》の間へと歩きはじめた。以前は輿《こし》に乗っていたのだが、まだ老年でもないのに足腰が弱ってきたので、侍医《じい》にすすめられて歩くようになったのである。千歩ほどの距離になる。

「しかし、そうなると、あの黄金仮面めは単なるむだ飯喰《めしぐら》い、しかもいろいろとよけいなことを知っておる。はたして、これ以上、生かしておく必要があるだろうか」

ホサイン三世の思案は危険な方向へむかいかけたが、何とか彼は踏みとどまった。結論を出すのは急すぎる。これまでずいぶんと国費をかけたのだから、できれば回収したいところだ。

夜といっても、なお暑い。風はまったくなく、雨が降らないのに妙に湿気が多い。だがそれでも昼間よりはましであった。

ホサイン三世が玉座につくと、今度は王宮につかえる奴隷たちが、大きな団扇《うちわ》で風を送りはじめた。

人工の風を全身に受けながら、ホサイン三世は臣下からの請願《せいがん》や報告を受け、裁決《さいけつ》を下していく。その間に、ひやした葡萄酒や水を何杯も飲む。三十件ほど裁決をすませたころ、最年少のくせにあごひげをはやした宮廷書記官が報告した。

「ウムナカート地方の総督より、緊急の報告がまいっております」

「ウムナカート、と申すと、東南部の海岸地方であったな」

わざわざ確認したのは、記憶に自信がなかったからである。

「はい、さようでございます」

という返答だったので、ホサイン三世は内心ほっとして、氷を浮かべた水をがぶ飲みした。サトウキビで甘く味つけしてある。ミスルの庶民には想像もできない贅沢《ぜいたく》だ。

「で、どのような報告だ」

「はい、ウムナカート地方にタジュラという漁村がございまして、そこの海岸に不審な異国の船が漂着したそうでございます」

「異国とはどこの国だ？」

「それがわかりませぬ。目撃した村の者どもが無知でございまして」

と、村人に責任をなすりつける。

「船からは、百人ほどの異国人が上陸してまいりました。多少、荷物もあったようでございますが、彼らをおろすと船はさっさと帆をあげて沖へ出てしまったとか。あるいは、その百人は棄《す》てられたのかもしれませぬ。村人たちがおそるおそる近づいていきますと、何と金貨を投げてよこしたと申します」

それは異国の金貨だった。ためしに歯をたててみると、たしかに黄金だったので、村人たちは漂着者たちが身ぶり手ぶりで要求したとおり、食事を出してやることにした。ところが、それが揉《も》めごとの種になったのだ。

まず小麦粉の薄パンを出してやると、よほど空腹だったのだろう、漂着者たちはたちまち食べつくしてしまった。そこで、つぎに、香辛料《こうしんりよう》を使って焼いた魚や、魚とタマネギのスープなどを出してやると、なぜか食べようとしない。気味悪そうに魚をにらんで、しばらく話しあっていたが、皿をひっくりかえしてどなりはじめた。

「こんなものが食えるか。もっとましなものを出せ。ちゃんと料金を払ったんだからな！」

異国語であったが、こういう言葉は、なぜか通じるものである。

村人たちも感情を害した。貧しい漁村で、村人たちはできるだけのごちそうを出したつもりである。それをののしられれば、腹をたてるのは当然だ。

口論は、たちまち乱闘になった。漁師たちもたくましかったが、異国人たちの強猛《きようもう》さといったら、お話にならなかった。

異国人の首領らしい男が、きびしい声で制止するまでに、村人たちは五十人以上の重軽傷者を出した。

死者が出なかったのが不思議なほどだ。

　異国人たちがさらに金貨を差し出したので、村人たちは彼らを恐れながらも、鶏《にわとり》や水牛《すいぎゅう》を引き渡して、かってに料理させ、酒も出した。椰子《やし》やサトウキビからつくったまずい酒だ。

　異国人たちがいつまでいるのか、村人たちは困惑したが、ある日、街道で盗賊におそわれたパルス人の商人が、異国人に救われて村につれてこられた。とたんに事情が一変した。異国人たちは村人から車や驢馬《ろば》を高価で買いとり、その日のうちに村を出ていったのだ。

　村人たちは異国人たちを見送り、災厄《さいやく》が去ったことを喜んだ。だが、異国人たちがどうやら都へ向かったらしいので、相談の末、足の速い漁船を選んでウムナカート地方の総督府に事件を報告したのである。

　……報告を聞き終えて、ホサイン三世は広すぎる額《ひたい》をなでた。

「異国人と申すが、どこの国の者かわからんのか」

「聞いたこともない言葉だったそうで……それでも首領らしい男はパルス語をしゃべっていたそうで、背の高いりっぱな体格、まだ若く、顔に傷があったそうでございます。報告が正確でございましたら、彼らはそろそろ都に着くころではありますまいか」

　ホサイン三世は無言のまま鼻の横を指先でこすった。このとき彼の胸中には、予感が生まれていた。何ごとかがおこる、という予感だ。だが、その何ごとかは吉《きち》か兇《きょう》か、もっとも重要なことが、ホサイン三世にはわからなかった。

妖雲群行

第三章

ミスルの熱風

10

I

ヒルメスの前に海があった。太陽の上る方角に、はてしなくひろがっている。

波はおだやかだが、南国の太陽を受けて必要以上にぎらついていた。ひと月以上もただよっていた海だ。あと三日も海上にいたら発狂していたのではないか、と思う。

十年にわたって諸国をさすらい、その間に何度か航海も経験した。だが、今回のように、酷暑の海をあてもなくさまよったことはない。無慈悲にぎらつく南海の太陽は、人の肌を灼《や》くだけでなく、生気や覇気を蒸発させてしまうようであった。

ヒルメスでさえそうであったから、航海の経験を持たないトゥラーン人たちの心身の衰弱は激しかった。船上で六人が病死し、三人が錯乱して海に身を投げた。シンドゥラ国の商船バーンドラ号を乗っとったとき、トゥラーン人の数は百一人であったが、生きてミスルに上陸したのは九十二人であった。

ヒルメスをふくめて九十三人を上陸させると、バーンドラ号はたちまち帆をかかげなおし、海上へ逃れ去った。シンドゥラ人の船員六十人を生かしたまま帰してしまったのは、トゥラーン人が気力を失っていたからだ。陸にあがることができただけで満足してしまい、あえて殺戮《さつりく》をおこなう気になれなかったのである。

だが、陸は海よりさらに不毛だった。まともに食べるものさえなかったのだ。

草原の民であるトゥラーン人には、魚を食べる習慣がない。船上でも、つみこまれた肉や小麦しか食べなかった。そのことをミスル人は知らなかった。知らないのが当然で、この村の男女は、トゥラーンという国が存在することも知らない。辺境の貧しい漁村で、陸上の交易路からも、海上の航路からもはずれている。それでも、ひと月に一度はパルスの商人が立ち寄って、ささやかな行商をしていく、ということだった。

「一片の羊肉か牛肉があれば、こいつらは大陸公路で屈強の戦士なのだが……」

トゥラーン人たちは、ヒルメスの命令にそむかない。だがそれは忠実だからではなく、そむく気力がないからだった。草の海のなかで生まれ育った騎馬遊牧の民は、ひとにぎりの緑もない岩と砂の土地で、海上よりさらに衰弱していくようだった。

トゥラーン人たちは、自分たちが弱っていくのをさとっていた。さりとて気力のふるいようもない。

「陸と海を敗走したあげく、言葉も通じない暑いだけの国に流れついて、このまま死んでいくのか」

勇猛《ゆうもう》苛烈《かれつ》なトゥラーン人の戦士たちも、なさけなさで涙がこぼれそうになる。そのなさけなさから逃れるためには、酒と暴力しかなかった。酒を飲んでは暴力をふるうトゥラーン人たちは、たちまち村人から憎まれるようになった。上陸してから十日たらずで、このていたらくである。

「せっかく漂流を終えて上陸できたのに、このままではみな腐りはててしまいます。どうか、しっかりするようご命令を」

若い戦士ブルハーンの訴えを、ヒルメスは冷然と聞き流しているように見えた。彼は左手に長剣をさげ、右手に水牛の革《かわ》でつくられた水筒を持って、首都からの街道を見おろす丘の上に登った。強烈な直射日光を避けるため、黒っぽい巨岩が形づくる天然の庇《ひさし》の下にすわって待ちかまえた。何を待ちかまえたのか。

「そろそろ風向きが変わるころだ」

ヒルメスはつぶやいたが、そのとおりだった。丘に登ったのは朝。残忍な太陽が中天《ちゅうてん》に達する直前、街道に砂煙があがった。

赤茶けた不毛の大地を、白い煙がまっぷたつに割って、ゆるやかな弧《こ》を描きつつヒルメスに近づいてくる。

「さて、助ける役か、おそう役か」

空《から》になった水筒を投げすてると、ヒルメスは体勢をととのえた。

白い煙が眼下にせまった一瞬。ヒルメスは宙に躍る。

抜きはなった長剣が白い煙を紅く変えたのは、つづく一瞬だった。

頸部《けいぶ》を両断された騎手が、鮮血と絶叫をまきちらしながら地上へ転落した。鞍《くら》を空にした馬が、むなしくいななきながら走り去っていく。

もうひとりの騎手が、おどろきと怒りの声をあげ、手綱をしぼって馬をとめた。地上で一転して立ちあがったヒルメスの姿を見、その足もとで血を流して横たわる仲間を見やる。

半月形に湾曲《わんきょく》した刀を振りかざすと、男はヒルメスめがけて馬を突進させた。猛烈な勢いであったが、パルスの騎兵隊と死闘をくりかえしてきたヒルメスにとっては、隙だらけのかまえである。

無造作にヒルメスは突進をかわし、無造作に手首をひるがえした。半月刀をつかんだまま、男の右腕が宙に舞いあがる。

同時に鋭い口笛がヒルメスの口から飛んだ。走りぬけようとした馬が急停止する。右腕を失った男は、すでに身体の均衡《きんこう》を失っていた。落馬すると、自分でつくった血の池にうずくまって、そのまま息たえたようだ。

ヒルメスは剣の刃についた血の雫《しずく》を振ると、驢《ろ》馬《ば》とともに路上にへたばっている男に声をかけた。

「しゃんと立て。賊はかたづけた」

ふたりの盗賊に追われていたパルス人の商人は、こうしてヒルメスにともなわれ、タジュラの村にやってきた。

「きさまはミスル語がしゃべれるのだな」

「は、はいはい、何せ十二年もこの国で商売しておりますので、まあひととおりは。パルス語しかしゃべれない商人よりは、ミスル人も親しみを持ってくれますし……」

「よし、では今後おれの通訳をつとめてもらおう。名は？」

「ラヴァンと申します」

「前金だ、受けとれ」

放り出された金貨を受けとって、三十代半ばのパルス商人はつくづくとながめた。

「これはシンドゥラ国の金貨でございますな」

「それがどうかしたか」

「いえいえ、ミスル国の銅貨よりはシンドゥラ国の金貨。私めも商人でございますから、ちゃんと価値はわきまえております」

ラヴァンと名乗るパルス商人は、まじめくさって金貨をおしいただくと、懐《ふところ》にしまいこんだ。

「おつりはさしあげません。このラヴァンの誠意と熱意をお買い求めいただくのであれば、適正《てきせい》な値段だと心得ます」

「ほう、口は達者なようだな」

ヒルメスは唇の片端《かたはし》だけをつりあげた。ラヴァンはかしこまったようすで語を継《つ》いだ。

「正しい情報がお望みなのでございますな」

「そうだ、嘘《うそ》は赦《ゆる》さん」

「では多少お気に召さないことを私めが申しあげても、怒らないでいただけますな？」

ラヴァンの視線が、ヒルメスの表情をさぐる。ヒルメスは不快ではなかった。実りある会話ができそうな気がしたのだ。

「ふん、よかろう。情報の正確さが何よりも優先する。まず問うが、ミスル国の都の名は何と申したかな」

「アクミームと申します」

「いま現在、そこのようすは？」

「いま現在のようすは正確にはわかりかねます。私めがミスルの都におりましたのは、三月半ばまででございましたから。ただ、まずもっとも基本的なことを申しあげますなら、ミスルにはざっと三万人のパルス人が居住しております」

ヒルメスは壺《つぼ》の酒をひと口ふくみ、そのまずさを心の中でののしった。

「つづけろ」

「つづけまする。その三万人のうち、ほぼ一万人が、パルスの国王《シャーオ》アルスラーン陛下を打倒するための運動に加わっております」

「ほう」

さりげなくうなずいて、ヒルメスは心に甲《よろい》を着せはじめた。アルスラーンの名が、彼にそうさせたのだ。この先、ラヴァーンの話がどう展開するかによって、表情や声や動作を制御する必要がありそうだった。

「現在のパルスの国王《シャーオ》に敵意を持つ者がそんなにたくさんおるのか」

「これまではただ不平をならべるばかりでございました。ですが、三つの要素がそろいまして、すこし事情が変わりました」

「その三つの要素とは？」

「第一に、ミスル国王の支援。第二に、パルス人にとっての盟主の出現。第三に、盟主をたすける実際の指導者の出現……」

ラヴァーンはひとつひとつ左手の指を折ってみせた。

「時間的な順序から申しますと、二、一、三ということになりましょうか」

ヒルメスはわずかに眉をしかめた。

「そのパルス人にとっての盟主というのは、いったい何者だ」

「それはヒルメス殿下でございます。パルスの二代前の国王《シャーオ》オスロエス五世陛下の御子《みこ》であられます」

ヒルメスが心に着せた甲は、音もなくひび割れた。それでも、茫然自失《ぼうぜんじしつ》もせず逆上《ぎゃくじょう》もせずにすんだのは、甲の効果にちがいない。二瞬ほどの間をおいて、ヒルメスはどうにか皮肉っぽい笑いを返すことができた。

「どうも、にわかには信じがたい話だな。その人物はまことのヒルメス王子なのか？」

「そうミスルの宮廷ではいっております。私めなど、ヒルメス殿下をもとから存じあげているわけでもございませんので、真疑《しんぎ》のほどは確認しようもございません。ただ、ヒルメスと名乗る御仁《ごじん》がミスルの宮廷におられて、その御仁をミスル国王が全面的に支援していること、これは事実でございます」

ミスルの宮廷にいるヒルメスは偽者《にせもの》だ。そのことを、むろんヒルメス自身は知っている。だが公然とそんなことを口に出すわけにはいかない。いずれかならず偽者の面《つら》の皮をひんむいてくれよう。そう思いつつ、ヒルメスは問いをかさねた。

「それで、第三の要素とやらは何なのだ。ヒルメス王子をたすける、事実上のパルス人の指導者とか申したが……」

「ああ、そのことでございます」

もっともらしく、ラヴァンはうなずいた。

「その人物こそがまことにもって重要なので。ヒルメス殿下はめったに人前にお姿を見せません。その人物がパルス人たちをひきいるばかりか、ミスル国の騎兵まで訓練しております。何でもヒルメス殿下の無二《むに》の腹心《ふくしん》であったとかで、その人物がいなくては、とてものこと、パルス人をまとめることなど不可能でございましょう」

ヒルメスの胸中に黒雲がわきおこっている。まさか、と思いつつ、ヒルメスは、重大な問いを発した。

「で、その人物の名は何と申す？」

「はあ、パルスで歴代の武門の出身で、ザンデ卿と申される由《よし》」

ザンデの名を聴いたとき、ヒルメスは、あやうく大きな息を吐き出すところだった。

なつかしい、よく生きていてくれた。だが、奇妙な話だ。ミスルの都にいる「ヒルメス王子」とやらは偽者なのに、なぜザンデはそんな奴に協力しているのだろう。

「ヒルメス王子」が偽者であるように、「ザンデ卿」も偽者なのだろうか。それとも、ザンデが真物《ほんもの》であったとして、その彼すらまちがえるほど「ヒルメス王子」が真物のヒルメスにそっくりなのだろうか。

ヒルメスは判断をつけかねた。

「そのザンデ卿とやら、おぬしは会ったことがあるか」

「ございますが、お会いしたというより、パルス人の集会で遠くから見かけた、というほうが正確でございますな」

「どんな人物だった？」

「まだお若うございましたな。二十代で、筋骨《きんこつ》たくましい巨漢。パルスに正統の国王《シャーオ》を復帰させる、と主張する声には、熱と力がみなぎっておりました」

どうやら真物のザンデらしい、と、ヒルメスは思った。彼の胸中で、黒い雲がはっきりした形をとりはじめる。

「これから都へ行けば、そのザンデ卿に会えるだろうか」

「はあ、たぶん」

すでにザンデはミスル宮廷の陰謀を知って脱出し、マシニッサ将軍によって殺害されている。だが、そのことは秘密にされていたし、それ以前に都を離れて商用の旅をつづけているラヴァンとしては、ザンデの死を知りようもないわけだ。

「ザンデ卿はヒルメス王子を奉《ほう》じてパルスへ攻めこむために人材を集めていますからな、きっとあなたさまを歓迎するでしょう……ところで」

「ところで、何だ?」

「あなたさまを何とお呼び申しあげればよろしいのでしょうか。それがわかりませぬと、今後ご連絡を差しあげるとき、何かと不便でございますが」

「後で知らせる」

そっけなくヒルメスは答えた。

「いったんさがってよい。ブルハーン! 他の者を呼んできてくれ」

扉口《とぐち》に顔を出したブルハーンが、何かを察したのか、元気よく返事して駆け出していく。

II

呼集《こしゅう》されたトゥラーン人のうち、二十人ほどは酔っていた。まずい酒でも飲まずにいられない、というところであろう。指導者として、ヒルメスには責任がある。生き甲斐《がい》か、死に場所か、どちらかを彼らに与えてやる責任が。

ヒルメスは無言で一同を見すえた。最初のうちだらしなかったトゥラーン人たちの姿勢が、ほどなくととのい、表情が緊張しはじめる。ただならぬ気配を感じたのであろう。

「水をひっかける必要はなさそうだな。では聴け」

ヒルメスの声が一同の腹にこたえた。

「まず、いっておく。気力のない者はこの村に置いていく。銅貨の一枚も残してはやらん。めそめそ泣きながら、のたれ死ね！」

トゥラーン人たちの背すじが伸びた。強力な指導者に叱咤《しった》されると、彼らはそうなるのだ。

「気力のある者は、おれについてこい。生きるにせよ死ぬにせよ、おぬしらの生命に値するものを与えてやる」

ブルハーンが声をあげた。

「私はどこまでも、ヒルメス殿下のおともをいたします！」

ヒルメスはそっけなく応じた。

「お前がおれについてくるのは当然だ。だからだまっていろ。他の者の意見を聴きたい」

目も向けずにヒルメスがいいすてると、ブルハーンは微笑して口をとざした。そっけない態度をとられて、かえってうれしそうであった。

バラクという名の男が、慎重な口ぶりで答えた。

「ブルハーンの申したこと、われらも同様。どこまでもおともいたす所存でございますが、ただ願わくば、進む道すじの先にあるものを、われらに示していただきとうござる」

ついでアトゥカという男が口を開く。

「殿下、何のために戦うのか、ということを教えてくだされ。それさえ教えていただければ、われらは生命を惜しみませぬ。われらに、生きる意欲と死ぬ勇気を与えてくだされ」

「よくぞ申した。では教えてやろう、おれの考えていることを」

トゥラーン人たちが唾《つば》をのみこむ。

「われらの手でこの国を乗っとる！」

それがヒルメスの宣言であった。

「この国をミスルということは、すでに全員、知っておるな。おれはミスルの国王になる。おぬしらは貴族だ。ひとりひとりに、爵位《しゃくい》と財産と千人の奴隷《どれい》と百人の美女を与えよう。どうだ、おれについてくる気になったか」

無言の壁を突き破ったのは、バラクの震えをおびた声であった。

「そ、そのようなことが可能でございますか」

「可能だ」

ヒルメスの表情も口調も、力強い自信に満ちている。指導者の自信は、トゥラーン人に対して、最大の説得力を持つのだった。

「じつのところ、この海岸に流れついたときには、おれはまったく途方《とほう》にくれていた。おぬしら同様にな。だが、あのパルス商人に会って、情報を得たとき、おれの胸中には、必勝の策がわきおこったのだ」

トゥラーン人たちの表情が、当惑《とうわく》から期待へと、色どりを変えはじめた。

「思い出せ、われらがチュルク国王と結んでシンドゥラを劫掠《ごうりゃく》していた時期、パルス軍の主力は国を空《から》にしてシンドゥラを救援に来た。そのとき、ミスル軍がパルスの西方国境を侵《おか》せば、勝利は容易であったのに、ミスル国王は出兵をためらい、絶好の機会を逃したのだという」

ヒルメスは掌《てのひら》で卓《たく》をたたいた。トゥラーン人たちの耳に、その音は実際より大きく、雷鳴のようにとどろいた。

「ミスル国王は凡庸《ぼんよう》にして優柔不断！　彼奴《きゃつ》に接近し、隙を見て打倒するのは充分に可能なことだ。とくに善政をしいているわけでもなく、国民《くにたみ》の人気が高いわけでもないという。われらが彼奴にとってかわっても、何ら不つごうはない」

卓をたたいた掌で、ヒルメスは胸をたたいてみせた。

「勝算は、わが胸中にある。おぬしらが規律ただしくおれにしたがってくれれば、成功は疑いない。さあ、選べ。おれにしたがって栄華をきわめるか、めそめそ泣きながら異郷でのたれ死ぬか⁉」

「したがいまする！　殿下にしたがいまする！」

トゥラーン人たちの傷心《しょうしん》は癒《い》やされ、熱狂がとってかわった。満足そうに、ヒルメスはうなずく。

「よし、そうと決まれば、こんな辺境の寒村《かんそん》に用はない。ただちに出立《しゅったつ》の準備をせよ」

トゥラーン人たちは興奮の声をあげて出ていく。最後尾に立ったブルハーンがちらりと見やると、ヒルメスが声をかけた。

「ブルハーンよ、おれはこのミスルという国に、恩も怨《うら》みもない」

「はあ」

それはそのはずだ。ブルハーンと同様、ヒルメスもミスルの土を生まれてはじめて踏んだのである。ヒルメスが何をいおうとしているのか、ブルハーンは意図《いと》をつかみかねた。立ちつくすブルハーンに、ふたたび声がかかる。

「その国を、おれは乗っとるつもりだ。策謀のかぎりをつくしてな」

「殿下ならきっとご成功なさいます」

熱をこめたブルハーンの声を、ヒルメスは軽く受け流した。

「むろんそのつもりだが、おれがいいたいのはべつのことだ」

ヒルメスは低く笑った。ずいぶんひさしぶりの笑いであったが、無邪気なものではなかった。

「恩とも怨みとも関係なく、すすんで悪事をはたらくというのは、妙に心がはずむものだな」

ブルハーンが返答に窮《きゅう》していると、ヒルメスは今度は高々と笑って、「ラヴァン！」と呼んだ。

パルス人の商人が、おそるおそるという感じで隣室から姿をあらわすと、ヒルメスは、都までの道案内をするよう命じた。

「かしこまりました。ところで、ええと、先ほど申しあげた件でございますが、ご主人であるあなたさまを、何とお呼びすればよろしゅうございますか」

すこし考えてから、さりげなくヒルメスは答えた。

「クシャーフル」

それは英雄王カイ・ホスローの子として生まれながら、王位につくことができなかった王子の名であった。だが、彼の子孫からは、第四代ティグラネス、第五代キンナムス、第六代ゴタルゼス一世、第七代アルタバス、と四人の国王《シャーオ》が輩出《はいしゅつ》する。この名を選んだヒルメスの心理には微妙なものがあった。

「ではこれより、あなたさまをクシャーフル卿とお呼び申しあげます」

これがミスル国におけるヒルメスの仮名となった。

「出発だ、出発だ」

人が変わったように、トゥラーン人たちは陽気になり、出発の準備をととのえた。ラヴァンをいれて総勢九十四人。必要なだけの車や牛を買うため、村人に気前よくシンドゥラの金貨をばらまく。村人も大喜びだった。きらわれ者の異国人たちが立ち去ってくれるのだから、むりもない。実際にいなくなるまで波風たてぬように、と気を使い、その日の夕方、たがいに気持ちよく別れた。村人たちは心からの歓呼で異国人たちを送り出したのである。

夕方に出発したのは、涼しい夜の間に旅をするためだ。朝になると、岩蔭をさがして眠る。昼夜逆転の旅をつづけること五日、ディジレ河にそって北上することさらに十日。一行はついに都に到着した。

だが、ヒルメスはまだ知らない。かつて彼に忠誠をつくしてくれたザンデが、すでにこの世にいないことを。

III

ミスルの首都アクミームは人口五十万、国内最大の都市であり、北方に開けた港を通じて、マルヤムやルシタニアなどの諸国と結ばれている。だが、エクバターナの栄華を知るヒルメスにとっては、「大きな田舎町《いなかまち》」でしかなかった。

「ま、チュルクの首都ヘラートよりはましか。ここを支配するようになったら、街づくりの点で、ずいぶんと改善の余地があるだろう」

ヒルメスとトゥラーン人たちは宿舎で休息し、窓からディジレ河の流れをながめながら今後の策を練《ね》った。

多忙をきわめたのは、旅商人のラヴァンである。そもそも、パルス語の通じる宿舎を手配したのもラヴァンなのだが、それをすませると、彼はすぐ街に出た。冷水にひたしたタオルを頸すじにあてた姿で、パルス人のたまり場へ出かける。日中のことで、人通りはすくない。この時刻に外出するミスル人は、日傘《ひがさ》をさすか、ラヴァンとおなじ姿になる。でないと日射病で倒れてしまうのだ。

小肥《こぶと》りで目より眉《まゆ》が太いパルスの商人ラヴァンは、同胞《どうほう》が集まる酒場へと足を向けた。直射日光がみるみるタオルをかわかしていく。タオルがひからびる寸前に、どうにかラヴァンは目的地に着いた。青くさい椰子《やし》のしぼり汁を頼んで一気に飲みほすと、おしゃべりな知人の姿をさがした。見つかった。

ザンデに会いたがっている者がいる、というラヴァンの話を聞くと、知人は即答《そくとう》した。

「何だ、知らんのか、ザンデ卿は死んだよ」

ラヴァンは目をみはった。

「死んだ？　またどうして？」

「くわしいことはわからんが、どうも毒殺されたらしい。いやな、ザンデ卿と同棲《どうせい》していた女がいたが、その女がザンデ卿に毒を盛り、家に火をつけ、金品《きんぴん》を奪って逃亡したという話だ。身体がでかくて強そうなお人だったが、あっけないものさ」

ラヴァンが葡萄酒をふるまうと、知人の舌は一段となめらかになった。

「他人事じゃないな。おれにしたって、このまま、うだつがあがらないんでは、情婦《おんな》に毒を盛られかねん。もっとも、奪われるような金品もありゃしないが」

「で、ザンデ卿が死んだあと、事態は変わったのか」

気をとりなおしてラヴァンが問うと、知人は空《から》になった杯の縁《ふち》をなめながら説明した。

「ミスル国王がすっかりやる気をなくしちまったようだ。他にいろいろ事情もあるんだろうが、ザンデ卿が死んじまって、パルス人をたばねていける指導者がいなくなってしまったのが大きいな」

「すると現在のところ、ミスル国内のパルス人社会は、指導者不在というわけか」

考えこむラヴァンに、知人は、酒くさい息を吐きかけた。

「指導者になりたがっている奴は、何人かいるがね。ミスル国王から出される軍資金をあてにしてのことさ。だが、さて、ミスル国王にしたって、いつまでいい顔を見せてくれることやら」

「あてにならないのか」

「ミスル国王も、慈善《じぜん》でやっているわけではないからな。パルスの領土を手にいれる可能性がない、と踏んだら、おれたちは見すてられるさ。だいたい、日ごとにアルスラーン王の治政はかたまっているらしい。大きな声ではいえんが、アルスラーン王に頭をさげて帰国させてもらうほうが、妙な夢を見るより、よほどかしこいかもしれんなあ」

男は溜息《ためいき》をつき、杯を動かした。あらたな葡萄酒を、ラヴァンはそそいでやった。

「すると何だな、おれが都を離れている間に、状況はずいぶん不景気になってしまったようだな」

「景気のいい話は何ひとつないね」

ラヴァンはひと口だけ葡萄酒を口にふくみ、さりげなく問いかけた。

「すると、たとえば、何か景気のいい話を持ってくる者がいたら、人気が出るだろうか」

相手は力なく笑った。

「そうさな、話の内容にもよるだろうが、みんな元気を出したがってはいるんだ。ザンデ卿が、みんなの元気をあの世に持っていっちまった。ザンデ卿よりすぐれた指導者があらわれたら、一気にまた事態が変わるかもしれんが、そんな奴がいるかなあ……」


帰ってきたラヴァンからザンデの死を知らされたとき、ヒルメスは、動揺を隠すため、ラヴァンに背を向けて窓の外を見やった。ひとりであったら、深い溜息をもらしたことであろう。

「おれが腑甲斐《ふがい》ないばかりに、カーラーンとザンデ、父子《ふし》二代をむなしく死なせてしまった。いま死んでも、おれにはあのふたりに会わせる顔もない」

ザンデは同棲していた女に殺された、というが、そんなことをヒルメスは信じなかった。ザンデを殺したのはミスル国王ホサイン三世に決まっている。動機は、ザンデが邪魔になったためだ。なぜ邪魔になったのか。おそらくザンデは、黄金仮面をかぶったヒルメス王子とやらが偽者であることを知り、協力を拒否したのであろう。

「真実を知って、そ知らぬ顔で協力をつづけられるほど器用な男ではなかったからな。まったくザンデには何ひとつ酬《むく》いてやることができなかった。せめて仇《かたき》ぐらいはとってやろう」

そう心にさだめながら、ヒルメスは向きなおって、さらにラヴァンから話を聴いた。ラヴァンの話は正確でくわしく、ヒルメスのいくつかの質問にも明快な答えが返ってきた。

「……そういう次第でございまして、この国《ミスル》のパルス人社会は、ちょっと奇妙な空白状態におちいっております。誰ぞ強力な指導者があらわれて、みんなに明確な目標でもしめさないかぎり、このまま崩壊してしまうやもしれませんなあ」

「きさまの口ぶり、すこしわざとらしくないか」

「いいえ、けっしてそのような」

「ふん、まあいい。実力もないのに指導者になりたがっている奴らが何人かいる、といったな。そいつらの名前と所在《しょざい》はわかるか？」

「はいはい、すでに調べてございます」

ラヴァンが薄汚れた羊皮紙《ようひし》の切れはしを懐《ふところ》から取り出す。ミスルでは、まだパルスほど紙が普及していないのだ。

羊皮紙を受けとって、ヒルメスは、そこに書かれた名を確認した。知った名はひとつもない。つまり、いささかの遠慮もなく、この者たちを脅《おど》しつけ、屈《くっ》伏《ぷく》させてかまわないわけだ。

ただし、口に出してはこういった。

「この者たちを訪ねて、協力してもらうとしよう。王宮でホサイン三世陛下に謁見《えっけん》したいが、紹介者がいないことにはな」

「さようでございますね」

協力させたい相手に、どのように協力させるか。

ヒルメスは語らず、ラヴァンも問わなかった。

「このなかで、いちばん若いのは誰だ」

「クオレインどのですな。ですが同時に、いちばんものわかりの悪い御仁《ごじん》で、ご説得なさるにしても、たいそうやっかいでございますぞ」

「誰が説得するといった」

と口には出さず、ヒルメスは、いきなり、まったく別のことを要求した。

「それはそれとして、おれにミスル語を教えろ」

「はあ、ご命令とあらば。ただ、クシャーフル卿は私めを通訳としてお雇いになったと存じますが……」

「それはもちろん必要なときには通訳をつとめてもらう。おれとしては、表向き、ミスル語をしゃべれないことにしておきたいのだ、当分はな」

ラヴァンは大きくうなずいた。

「ははあ、ご深慮であられますな」

この男に特有のまじめくさった表情と口調だった。ほどなくラヴァンは自室に引きとった。壁ぎわに侍立していたブルハーンが、扉を閉めようとすると、ヒルメスは頭《かぶり》を振った。

「あけておけ。風が通る。熱い風でも、よどんでいるよりましだ」

ブルハーンは扉から手を離したが、そのままの姿勢で、ためらいながらヒルメスに質《ただ》した。

「あのパルス商人、信用してよいのでしょうか。忠誠をよそおって、何かたくらんでいるかもしれませぬ」

ヒルメスはじっとブルハーンを見つめた。

「根拠があって、そのようなことをいうのか」

「……いえ」

ブルハーンは目を伏せた。一歩まちがえば自分が同僚をねたむ佞臣《ねいしん》になったであろうことをさとって、恥じいったのだ。

「ブルハーンよ、この際いっておくが、お前には心を寛《ひろ》く持ってもらわねばこまる。お前はおれの第一の腹心《ふくしん》だ。おれがこの国をのっとって王位に即《つ》いたら、お前は重臣の筆頭《ひっとう》になる身だ。そのお前が、証拠もないのに他人をうたがうようなことをしたら、おれとしては、あたらしい部下を雇うこともできなくなるではないか」

　ヒルメスの話を聴くうちに、ブルハーンの頰《ほお》が紅潮してきた。ヒルメスの言葉は、思いもかけぬものだった。

「わ、私が重臣筆頭に？　まことでございますか」

「お前以外に誰がいるというのだ」

　ザンデが健在であったら、こういう話の運びにはならなかっただろうな。そう心のなかで思ったが、むろんヒルメスは口には出さなかった。実際、ブルハーンには成長してもらわなくてはこまる。このトゥラーン人の若者が忠実で勇敢であることはまちがいないが、「ヒルメス王」のもとで宰相《さいしょう》をつとめるには、まだまだ未熟だった。

「それにしても、ブルハーンはトゥラーン人で、ラヴァンはパルス人だ。ミスル国を統治するためには、やはり有能なミスル人の協力者が必要だな」

　ヒルメスは思案をめぐらせる。どのような人物が、協力者として望ましいか。才能がありながら、ホサイン三世のもとではうだつがあがらず、不満をいだいている——そのような人物こそが理想的だが、さて、そうつごうよく見つかるかどうか。

「だからな、ブルハーンよ、お前はただ、ひとりの戦士としての自分に満足していてはならん。ミスルがどういう国か、この国をどうやって奪いとり、どうやって統治するか、知識と意見を持て。おれはお前に期待しているのだ。期待にそむくな」

　ヒルメスは舌先で下の唇をなめた。埃《ほこり》の味がした。窓から吹きこむ風は、乾いた熱風を室内に運んでくる。

「はい、けっしてご期待にそむきませぬ」

　その風よりも熱っぽく声をはずませて、ブルハーンは深く頭をさげた。

IV

　六月十八日のこと。

いつものように夜の国務をはじめたミスル国王ホサイン三世は、三人のパルス人を謁見《えっけん》することになった。三人はパルス人社会の有力者で、ザンデの死後、指導者の地位を争っていた。その三人がそろって、「あらたな指導者を共同で推薦したい」と申し出たのだ。

三人とも何やらおどおどとホサイン三世の顔色をうかがうようすで、「クシャーフル卿を指導者に」と口をそろえるのであった。

「なるほど、三人ともすすんでその者を推薦すると申すのだな」

ホサイン三世の表情にも声にも、感銘を受けたようすはない。凡俗《ぼんぞく》の人間が特権的な地位をあきらめるには、かならず裏面《りめん》の理由があるはずだ。買収されたか脅迫されたか、どちらかであろう。パルス人社会内部のそういう事情に、ホサイン三世は興味がない。あたらしい指導者とやらが、ホサイン三世にとってつごうのよい人物ならそれでいいのだ。

「では、そのクシャーフルとやらに会ってみよう。つれてまいれ」

なるべく多くの人間に会うのは、国王の責務《せきむ》である。ときには、おもしろい話を聞ける場合もあるから、おろそかにはできない。

三人のパルス人はあらためて平伏した。

「じつはすでに宮殿の門前にて待たせてございます。呼び寄せてよろしゅうございますか」

「ふん、手ぎわのよいことだ。許すが、謁見の順番は守らねばならんぞ」

ホサイン三世が手を振ると、三人のパルス人は礼をほどこし、いったん退出した。

彼らはすぐ謁見室にもどってきたが、人数は四人になっていた。彼らのほうをちらりと見て、ホサイン三世の視線は四人めに釘づけになった。

十人ほどの先客は、目に見えてないがしろにあつかわれ、「クシャーフル」は玉座の前に呼びつけられた。夏季の正装でひざまずく長身のパルス人の顔には、見逃しようのない火傷《やけど》のあとがある。

「ふむ、其方《そのほう》がクシャーフルか」

肉の厚いあごをなでながら、ホサイン三世は無遠慮に呼びかけた。ほとばしる好奇心を抑制するのがひと苦労だった。

「其方、顔の傷はどうした？」

予期していた質問である。よどみなくヒルメスは答えた。

「子供のころ、家が火事になりまして、私めは逃げ出すのが遅れました。気がつきましたら、激しく痛む右半面が布でつつまれ、床に寝かされておりました」

「ほう、奇遇じゃな。其方が主君とあおぎたいと申すヒルメス王子も、子供のころ顔に火傷を負うている。こういうことは、パルスではよくあるものかな」

何というくだらない質問だ。クシャーフルことヒルメスは、あらためてホサイン三世を軽蔑した。ただし、そういう愚問《ぐもん》を発したホサイン三世の意図はよくわかるので、返答には気をつけねばならない。

「いえ、そうそうあることではございません。顔にこのような火傷のあとがあることを、私めは子供のころから恥じておりました。ヒルメス殿下に対して、かってに親しみおぼえましたのも、殿下におなじような火傷のあとがある、と聞いたからでございます。このようなことを御縁と申しあげれば、ヒルメス殿下はご不快でしょうが、僭王《せんおう》アルスラーンめに対する憎しみは、ヒルメス殿下と共通のものと、私めは確信しております」

ホサイン三世はわざとらしく咳《せき》をした。

「そなた、ヒルメス王子に会ったことはあるのか」

「残念ながら、ございません」

平然と、ヒルメスは返答する。嘘をついたつもりはない。鏡で自分の顔を見ることを、「会う」とはいわないだろう。

「ザンデ卿には？」

「何度かございます」

ザンデは万騎長カーラーンの息子だった。まったく会ってないというほうが不自然だろう。ホサイン三世は目を細めて、ヒルメスの表情をさぐった。

「で、其方の見るところ、ザンデの為人《ひととなり》はどうであった？」

「さて、私めがお会いしたときには、まだお若うございましたが、体格雄偉《ゆうい》、まことに頼もしい御仁とお見受けいたしました。ミスル国においてパルス人をたばねていると仄聞《そくぶん》いたしましたときは、さてこそ、と、ひざをうつ思いでございましたが……」

「あらたに聞いたであろう、ザンデは死んだ」

「はい、聞きました。何とも残念なことで」

ヒルメスは沈痛《ちんつう》な表情で溜息をつく。これには演技の必要はない。

「予としても残念であった。なかなかよくやってくれていたのでな。ザンデの死後、そのあとをついでくれる者も簡単には見つからなかったのだが……其方、すすんでその座に着こうと申し出たのはけっこうだが、そもそもなぜそういう気になったのだ？」

「私はパルスで三千人の奴隷を所有しておりました。ところが、あの善人面をしたアルスラーンめが、王位に即《つ》くと奴隷を解放してしまい、私は父祖以来の財産をすべて失ってしまったのでございます」

皮肉な気分で、ヒルメスは自分の演技をながめている。いまいましさに声をうわずらせるぐらい、容易なことだった。ホサイン三世の表情を観察しつつ、さらにつづける。

「私は前途に絶望しておりましたが、ミスル国にヒルメス殿下がご健在とうかがい、殿下の御元《おんもと》に馳《は》せ参じたのでございます。ヒルメス殿下はパルスの正統なる王室のお血筋。何とぞミスル国の支援のもとに、王位をご回復いただき、アルスラーンめを打倒していただきたく存じあげます」

ひとりで何度も練習した台詞《せりふ》だ。いまさらまちがいはしないが、ヒルメスとしては苦すぎる内容であった。おのずと表情も苦くなるのだが、それが真摯《しんし》な心をあらわすものと、ホサイン三世の目に映《うつ》ったのは皮肉なことである。

玉座から、ホサイン三世は身を乗り出した。

「其方はそう申すが、アルスラーン王の統治はパルスの国民《くにたみ》の支持を受け、一日ごとにかたまっていると申すぞ。其方らがいかにいきりたとうと、もはやアルスラーン王を打倒するのは不可能ではないのか」

　このていどの反問もまた、ヒルメスの予測するところであった。

「おお、偉大なるミスル国王陛下、お言葉はもっともでございます。ですが、あえて私めは申しあげます。アルスラーンめの統治は生の卵とおなじこと。表面のみかたく、内実は溶《と》けそうに軟《やわら》こうございます」

「根拠は？」

「はい、申しあげます。私めはパルスに見きりをつけて国外へ出ましたが、国内には私めの知人が多く残っております。私めの知人でなくとも、奴隷や財産を奪われて、アルスラーンめを憎んでいる者は数多くおります。彼らはアルスラーンめを打倒したいと熱望しておりますが、指導者がおらず、また大国の支援も望めませんでした。ですが、いまその両方がかないますれば、それは希望の光となって、何十万ものパルス人をみちびきましょう」

　このあたりの論法は、とくに独創的なものではない。いま黄金仮面をかぶっている「ヒルメス王子」にしても、非業《ひごう》の死をとげたザンデにしても、その他のパルス人にしても、似たりよったりの台詞《せりふ》をホサイン三世に申したてたものである。だが、だからこそホサイン三世としては、自分の野心を実現させるための要素として、亡命パルス人たちのいうことを信じこんだのであった。

「人は自分の信じたいことを信じるもの。ゆえに、真実のすぐ近くに陥《おと》し穴を掘っておくのが、すぐれた策略と申すものでございます」

　と、パルス国の軍師ならいうであろう。

　さらにホサイン三世はいくつかの質問をかさねたが、クシャーフルことヒルメスの返答は、ことごとくミスル国王の意にかなった。心のなかでホサイン三世はうなずく。

「こやつ、ザンデの代理として充分つとまりそうだ」

現在、ホサイン三世はパルスへの侵攻計画を中断させているが、むろんそれは本意ではなかった。

野心は大蛇のように、ホサイン三世の腹中《ふくちゅう》にわだかまっている。死んだのではなく、冬眠しているだけである。

パルスの軍師であるナルサスは、「国家というものはそうほしいままに出兵できるわけではない」という見地《けんち》から、早急なミスル軍の侵攻を否定した。それは正しい基本認識ではあるのだが、ナルサスにしても、ザンデの死や、それにともなう障害のかずかずまで見ぬくことはできない。ホサイン三世は出兵したくてたまらないのだ。彼の野心を、かろうじてとどめていたのが、ザンデの死であった。ザンデの代理として、ミスル国内のパルス人をたばね、パルス人部隊の指揮をとれるような人材があらわれれば、ホサイン三世の腹中では野心の大蛇がゆっくりと鎌首《かまくび》をもたげることになるのだ。

ホサイン三世の腹中で、何かがざわざわと波立った。大蛇が目覚《めざ》めつつあるのだ。ホサイン三世はついに決定的な質問を放った。

「で、其方、予に何を望むのだ」

勝った、と、ヒルメスは思った。凡庸なミスル国王は、自分自身を亡ぼす道に第一歩をしるした。むろんヒルメスは、内心の思いをひとかけらも表面には出さない。

「つつしんで陛下にお願い申しあげます。何とぞヒルメス殿下に、これまでにまさるご援助のほどを。私めはヒルメス殿下のもとで、働ける場をいただければ、それで満足でございます。もっとも――」

ヒルメスは微笑した。ホサイン三世を催眠にかけるような微笑だ。

「陛下のご援助のもと、ヒルメス殿下がパルスの王位に即かれましたあかつきには、私めも、働きに応じた恩賞をいただいて故郷に帰りたく存じます。じつは、多いほどありがたく存じますが」

ホサイン三世は腹をゆすって笑い出した。一瞬の間をおいて、国王の側近たちもいっせいに笑い出す。

おもしろい奴だ、と、ホサイン三世は思った。ミスル国王の思いは、ヒルメスには丸見えだった。いったん笑った以上、ホサイン三世は、気に入った相手に、寛大で気前のよいところを見せなくてはならない。

「よろしい、では其方に命じる。ザンデにかわって、今後、わが国に居住するパルス人どもをたばねよ」

「そのような大任を私めにおゆだねくださいますので？」

「そうだ。ヒルメス王子につぐ地位だ。とりあえず、其方に称号を与えよう」

　ホサイン三世の、すこし脂《あぶら》ぎった視線が、左側に投げつけられた。

「書記官長、何ぞ適当な称号はないか。ただちに前例を調べてみよ」

　瘦《や》せて体内の水分がすくなそうな中年の男が、席から立ちあがった。グーリイという名の男だ。あわただしい手つきで、羊皮紙の束をひっくりかえす。

「六十年ほど前の記録がございます。ミルザー二世陛下の御宇《みよ》に、マルヤム国より亡命してまいった貴族がおりまして、ミルザー二世陛下はその者に『マルヤム客将軍《アミーン・ヌ・マルヤム》』の称号を賜わりました。その尊《たっと》ぶべき前例により、このクシャーフルなるパルス人に、『パルス客将軍《アミーン・ヌ・パルス》』の称号をお与えくださるのが至当かと存じたてまつります」

　長い台詞は、咳で二度ほど中断されたが、とにかくしゃべり終えて深々と一礼すると、ホサイン三世は鷹揚にうなずいた。

「いちいち国名をつけるにもおよぶまい。『客将軍《アミーン》』だけでよかろう。其方を『客将軍《アミーン》クシャーフル』と公称することにする。異存があるか？」

「ございません。陛下のご厚情《こうじょう》に、心より感謝いたします」

　すべては演劇、ミスル国は劇場、自分は俳優だ。あらためてヒルメスがそのことを確認すると、ホサイン三世はにやりと笑った。

「よし、では客将軍《アミーン》クシャーフルよ、其方にはさっそく役に立ってもらうぞ。パルスの僭王《せんおう》アルスラーンと戦う前に、パルス人たちの忠誠と武勇を実際に予に見せてくれるであろうな」

うやうやしく一礼して、ヒルメスは自分の演技を終了した。

V

「客将軍《アミーン》クシャーフル」が退出すると、ホサイン三世は謁見室《えっけんしつ》から書斎へ移動した。

ミスル国王は満足していた。思わぬ収穫があったのだ。いったん冷えた料理が、あたためなおされて食卓にもどってきたようなものであった。

ホサイン三世は振り向き、随従《ずいじゅう》してきた腹心の将軍に声を投げつけた。

「マシニッサよ」

「は」

「今回はザンデのときのようなことがないようにしたいものだ。万事、慎重にな」

「……は」

マシニッサは気まずい思いがした。ザンデを殺したことを後悔してはいないが、どうもあれ以来、ホサイン三世の視線が冷たくなったような気がしている。

「早まって、かるがるしく事を起こすでないぞ」

「おそれいります。にいたしましても、あのクシャーフルと申すパルス人、口ほどに腕が立つものでございましょうか」

「だから腕を試すのだ。アシュリアル地方の野盗どもと戦って、勝てばよし、共倒れになるていどの腕なら、死んでも惜しくはない。これぞ万全の策と申すもの」

「感服つかまつりました」

形だけは鄭重に、マシニッサは答える。

「いざとなればな、マシニッサ」

ホサイン三世はわずかに声をひそめた。

「いまの黄金仮面を抹殺して、あのクシャーフルめに黄金仮面をかぶせ、ヒルメス王子と名乗らせる。どうせ顔に傷のあるパルス人ということなら、誰が仮面をかぶってもおなじこと。そうであろうが」

ホサイン三世の考えは、恐ろしくも滑稽《こっけい》なものであった。真物《ほんもの》のヒルメスに偽者の役を演じさせようというのだから。むろんホサイン三世自身は、その滑稽さに気づきようもない。気づいた、というより、ひっかかるものを感じたのは、猜疑心《さいぎしん》の強いマシニッサのほうであった。

「顔に火傷のあとのある三十歳ぐらいのパルス人。しかも武勇にすぐれ、気品のある……そんな人物がやたらといるだろうか。もしかして、あのクシャーフルという男は、真物のヒルメス王子ではないのか？」

自分自身の考えに慄然《りつぜん》として、マシニッサはホサイン三世を見やった。肥満ぎみのミスル国王は、あいかわらず上機嫌で、右手に葡萄酒の杯を持ち、左手で大きな耳をいじくっている。ホサイン三世は自分のことをたいした策士だと信じこんでいるが、傍《はた》から見ればそれほどでもない。

そこまで考えて、マシニッサはもう一度ぎくりとした。いやなことを思い出したからだ。自分がザンデを殺した、という事実を。

「ザンデはヒルメス王子の忠臣だった。もし、おれがザンデを殺したということを真物《ほんもの》のヒルメス王子に知られたらまずいぞ」

死ぬまぎわに彼をにらみすえたザンデの眼光が、マシニッサの脳裏に浮かんだ。だまし討ちとまではいえないにしろ、あまり他人に自慢できない方法で、マシニッサはザンデを殺したのだ。

「ばかばかしい。あのクシャーフルとやらが真物のヒルメスと決まったわけでもなし。おれは幻影におびえているのだ。しかもまだ完全にできあがってもいない幻影に。おちつけ、おちつけ」

そう自分に言い聞かせたが、やはり不安をぬぐうことはできなかった。

「何を考えておるのだ、マシニッサ？」

皮肉とも猜疑《さいぎ》ともつかぬホサイン三世の声が、ミスル国随一の勇将を軽くうろたえさせた。

「あ、いえ、ヒルメス王子が、かのクシャーフルをどのように思うか、なかなか観物《みもの》だと存じまして」

ふん、と笑って、ミスル国王は葡萄酒の杯をかたむけた。

「奴がどう思おうと、かまうものか」


翌日、つまり六月十九日。

「ミスル国王より称号を賜わった客将軍《アミーン》クシャーフル」

の名において、首都アクミームに居住するパルス人が、練兵場に召集された。ひとり残らず、ではない。かつてザンデがつくった名簿にのせられた三千人で、十八歳から四十歳までの男性である。いつか祖国パルスに攻めこむ日のため、ザンデが軍の中核に育てようとした三千人であった。

彼らは喜んで集まったわけではない。呼集《こしゅう》に応じないとミスル国王の不興《ふきょう》を買う、というので、いやいや集まったのである。

武装したヒルメスが彼らの前に立つと、口も開かぬうちに怒号が飛んできた。

「お前はどこの何者だ。どんな資格があっておれたちの上に立とうというのだ。お前の命令になど誰もしたがいはせぬわ、この道化者め！」

声の主を見すえると、ヒルメスは、ゆっくりと足を運んでその前に立った。

「きさまの名を尋《き》いておこうか」

「教えてやろう。わが名はクオレイン。父はフゼスターン地方の諸侯《シャフルダラーン》であった」

二十代半ばと思われる、いかにも不遜《ふそん》そうな若者だった。ヒルメスが一言も発しないうちにどなりつけたのは、機先《きせん》を制するためであろう。仲間を煽動《せんどう》するように振り返り、わざとらしく声をはりあげる。

「聞くところによると、お前は三千人の奴隷を持っていたそうだが、そんなていどで自慢になるか。わが家は三万人の奴隷を所有していた。つまり、このクオレインは、お前の十倍も、人の上に立つ資格があるのだ。かがやかしい家系だということがわかったか」

声をたてずにヒルメスは笑った。

「他に自慢になることはないのか」

「何……？」

「きさまの家系ではなく、きさま自身に何か誇るところはないのか。知恵は？　武芸は？　勇気は？」

「くだらぬことを尋《き》くな！　このクオレインは、かがやかしい家系の当主なのだ。それに対して敬意を払わぬきさまは……」

「わかった」

「何？」

「わかった、生かしておく価値はない！」

　ヒルメスの鞘《さや》から抜き放たれた長剣は、白熱した線を描いて、クオレインの右肩から左肩へと通過した。その線を境として、クオレインの肉体は上下に分断された。

　首が後方に飛び、胴体が前方に倒れ、双方から血が噴き出して砂を染める。凍結していたパルス人たちが動き出した。怒りの叫びをあげながら剣の柄《え》に手をかける。

「やれ！」

ヒルメスの号令と同時に。

十人のトゥラーン人が矢を射放した。

十人のパルス人が剣を手にしたまま倒れた。

生き残ったパルス人たちは、ふたたび凍結した。

いつでも矢を放てるような姿勢のトゥラーン人たちを左右に、ヒルメスは、パルス人たちをにらみわたす。

「きさまらに対する生殺与奪《せいさつよだつ》の全権は、ミスル国王ホサイン三世陛下よりいただいてある。おれの長剣の切れ味もよく見たろう。クオレインごとき、役立たずにして逆意《ぎゃくい》のみ盛んな輩《やから》は、今後いっさい存在を許さぬ」

　パルス人たちの顔に、畏怖《いふ》が翳《かげ》りをひろげていく。クオレインの血が砂に吸われ、色を変えていくように。

「今日より五日間、きさまらを訓練する。いまではたるんでいるだろうが、ザンデ卿の訓練を受けた下《した》地《じ》があれば、充分に耐えられるはずだ。ほんとうに耐えられないというならしかたないが、命令や指示にしたがわぬ者、手を抜く者は殺す。脱走する者も殺す。脱走の計画を知りながら、おれに告げなかった者も殺す」

口を開く者はひとりもいない。ひときわ熱い風が、パルス人たちの間を吹きぬけ、足もとの砂を舞いあげた。

「そのかわり、優秀と認められる者には賞を与える。訓練が終われば、一日休息して、その後に最初の出動をおこなう。国王陛下よりのご命令で、西のアシュリアル地方に出没する野盗どもを討伐に行くのだ」

ヒルメスは軍靴《ぐんか》につつんだ足を動かし、不運なクオレインの生首を蹴《け》りあげた。無情そのものの声がパルス人たちの耳をつらぬいた。

「戦いにあたって、すこしでも怯懦《きょうだ》なふるまいをする者は、例外なくこのようになる。忘れるな」

VI

七月四日。

ミスル国王ホサイン三世は、客将軍《アミーン》クシャーフルひきいるパルス人部隊が凱旋《がいせん》した、との報を受けた。三千人のパルス人と九十人のトゥラーン人から成るこの部隊は、西方アシュリアル地方において、五千人と推定される野盗集団と戦い、これを潰滅《かいめつ》させたのである。

「二千人を殺し、千人を捕虜とし、二千人を生命《いのち》からがら逃走させた」

というのが、戦果《せんか》であった。

かかった日数は十日。これは、

「行くのに三日、戦うのに三日、戦後処理に一日、帰るのに三日」

という、客将軍《アミーン》クシャーフルの計算どおりであった。

いずれにせよ、めざましい武勲《ぶくん》で、客将軍《アミーン》クシャーフルは王宮に敵の幹部五人の生首を運ばせ、ホサイン三世の実見《じっけん》にいれた。生首はそのままでは腐敗して悪臭を放つので、塩につけてある。ホサイン三世は宮廷奴隷の手から長い杖《つえ》を受けとり、その尖端《せんたん》で生首をつついて、満足の声をあげた。

「ようやった、ようやった、ほめてつかわすぞ」

「まことに二千人も殺したのか？」

マシニッサが口もとをゆがめつつ詰問《きつもん》する。ヒルメスが静かに答えた。

「まことでござる」

「百人ていどしか殺しておらぬのを、おおげさに申したてているのではないか。手柄ほしさの愚《おろ》か者が、よく使う策《て》だ」

「おうたがいはごもっとも」

あいかわらずヒルメスは静かだが、マシニッサの目には、どこか薄気味悪さをただよわせている。

「ですが、おうたがいはすぐにはらしてごらんにいれましょう。ブルハーン、部下どもに例の袋を運ばせよ」

五人のトゥラーン人が、重そうな麻の袋をそれぞれひとつずつかかえてきて、ヒルメスの前に並べた。

「この袋の口をお開きください」

ヒルメスの声を受けて、ホサイン三世は宮廷奴隷に向けてあごをしゃくった。宮廷奴隷のひとりが、袋の口をしばる紐をほどき、なかをのぞこうとして悲鳴をもらした。

ホサイン三世はうなり声をあげ、マシニッサも全身を硬直させた。袋の口からこぼれ出たのは、あきらかに人間の耳であったのだ。

「こ、これは、クシャーフルよ？」

「ひと袋に四百人分はいっております」

と、ヒルメスの声は静かなままだ。

「二千余の首を都まで持ち帰るのは、きわめて困難。よって敵の戦死者の耳だけを持ち帰りました。右の耳だけでございます。左の耳をまぜて、人数を水増しするような所業《まね》はいたしておりません。どうかご確認ください」

「……………」

「ご確認ください、マシニッサ将軍！」

わずかにヒルメスが口調を強めると、マシニッサは両手をにぎりしめて立ちつくした。ヒルメスに対抗したいのだが、とっさにどう反応すればよいかわからない。

声を出したのはホサイン三世であった。

「客将軍《アミーン》クシャーフルよ、其方《そのほう》の武勲のほどはよくわかった。みごとであった。マシニッサも口をつつしむがよい」

ヒルメスは鄭重に一礼して、ミスル国王の仲裁を受けいれた。

「其方には恩賞を与えねばならんな。望むものをいうてみよ」

「ありがたき幸せ。私めはすでに陛下のお心づかいにより、不自由なき身にございます。このたび善戦いたしましたパルス人の兵士たちに、公平な恩賞をたまわりますよう、お願い申しあげます」

「よしよし、士官ひとりに金貨五枚、兵士ひとりに金貨一枚をつかわそう。それに其方にも自宅が必要であろうから、適当な館を一軒与える。そこを『客将軍府《アミーンルフ》』とするがよい」

このとき、ホサイン三世はたいそう気前がよかった。彼にしてみれば、いずれパルス一国を手にいれるための先行投資である。けちっている場合ではなかった。

かさねて「客将軍《アミーン》クシャーフル」が国王の厚意《こうい》に感謝すると、ホサイン三世は上機嫌で玉座にすわりなおした。

「近いうちに、其方をヒルメス王子に対面させてやろう。頼もしい部下ができて、ヒルメス王子もうれしかろうて」

「おお、ありがたく存じます。陛下のご厚意に酬《むく》いさせていただく術《すべ》もございませんが、ミスル国のために私どもパルス人が奉仕させていただく機会がございましたら、どうかお申しつけくださいませ。生命を惜しまず、ご恩返しをさせていただく所存でございます」

「うむ、期待しておるぞ」

ホサイン三世の前から退出すると、ヒルメスはブルハーンやラヴァンをしたがえて王宮の門へと歩いた。夜の涼気が地上までおりてきて、微風が頬に心地よい。

ヒルメスの年齢は、まだ三十代にはいったばかりである。ミスル国の王位を得るまでに十年、いや二十年かかったとしても、「老王」と呼ばれるほどの年齢ではない。

「それからがアルスラーンめと真の勝負だ」

心につぶやきながら、ヒルメスは全身にひろがる充実感に、久々のこころよさをおぼえていた。だが、ヒルメスが飛びこんだ時運《じうん》の河は、彼の予測よりははるかに速く流れていたのである。

妖雲群行

第四章

谷にせまる影

10

I

山あいの道をぬけて谷間にはいると、色彩が一変した。それまでは灰色、褐色《かっしょく》、赤であったものが、緑一色になったのだ。

よく見れば緑も明暗濃淡《めいあんのうたん》さまざまなのだが、それと気づくのは、しばらく時間がたってからのことだ。涼風が頬《ほお》をこころよくたたき、鳴きかわす鳥の声や谷川の水音が耳をくすぐる。ほっとひと息ついて汗をぬぐうと、谷川の水音を頼りに道を下って、冷たい川の水で咽喉《のど》をうるおしたくなるだろう。

ファランギースとアルフリードは緑の楽園にいる。パルス中部、オクサス地方のなかでもひときわ緑と水にめぐまれたハマームルの谷だ。豊かな地下水が、いたるところで泉となって湧き出し、何十本もの川をつくり、森林と農牧地を育《はぐく》む。この谷では、貧しい庶民も、王都に住む国王《シャーオ》より快適な夏をすごすことができる、といわれている。

この谷では、パルスでも最高の葡萄《ぶどう》がとれる。暗《あん》紫色《ししょく》のカランジャリー種、緑色のパルニャーン種である。当然のように、パルスでももっとも美味な葡萄酒《ナビード》を産するのも、この谷だ。

葡萄だけではない。冬には霜がおりるので、柑橘《かんきつ》類《るい》は産しないが、桜桃《おうとう》、桃、林檎《りんご》、梨、ハルボゼなど、いずれも豊かに実り、それらを原料とした酒もつくられる。果物《くだもの》好きにとっても酒好きにとっても天国といえるだろう。

ふたりが馬を進めていくと、水辺の道に出た。清らかな谷川で、馬上から水底まで見とおせるほど水が澄んでいる。瀬音《せおと》もひときわ涼しげに耳をくすぐる。

「いいねえ、川の水が『飲んでくれ』といってるよ。ファランギース、水筒の水をつめかえていいだろ?」

「もうすぐご領主のお館に着くはず。よく冷えた麦酒《フカー》を出していただけるかもしれぬぞ」

「そうか、でもあたしはそんなに酒が強くないしなあ」

　オクサスの領主ムンズィルは、アルスラーンにつかえる騎士ザラーヴァントの父親である。アルスラーンがまだ王太子であった時代、ルシタニア軍と戦うために諸侯に檄《げき》を飛ばしたことがあった。そのときムンズィルは自分が老病《ろうびょう》であったため、代理として、息子のザラーヴァントをアルスラーンの陣営に送りこんだのである。

　ルシタニア軍は駆逐《くちく》され、ザラーヴァントは武勲をたてて王宮につかえる身となった。アルスラーンは何かとムンズィルに配慮していたが、このたびそのムンズィルから女性の巡検使《アムル》を派遣してくれるよう、宮廷に要請があった。女神官《カーヒーナ》だけ五百人がつかえるアシ女神の神殿に、あやしい影が出没し、さまざまに怪異《かいい》がおこっている、という。そこでファランギースとアルフリードがオクサスまで出向くことになったのである。

「この際、ザラーヴァントもひさしぶりに帰省したらどうか」

　アルスラーンがそうすすめたが、ザラーヴァントは首を振って辞退した。

「ありがたいお言葉ですが、それがしの部下どもは夏の休みもとらず、用水路の修復や道路づくりに励んでおります。工事が終了してから、部下とともに祭りを楽しみたく存じます」

　いやに模範的な返答だったので、アルスラーンもうなずかざるを得ず、当初の予定どおりファランギースとアルフリードだけが十日の旅をしてオクサス地方に到着したのだった。

　ふと、ファランギースが年少の僚友《りょうゆう》をかえりみた。アルフリードが急に笑いだしたのだ。

「何がおかしいのじゃ、アルフリード?」

　アルフリードは笑いすぎて、涙をふきながら答えなくてはならなかった。

「いや、その、女神官《カーヒーナ》だけの神殿に出没するあやしい影というのが、もしギーヴ卿だったらと思うと……ああ、おかしい。もしそうだったらどうする、ファランギース?」

「そのときは、苦しませずに殺してやろう。それがせめてもの慈悲《じひ》というものじゃ。当人も本望《ほんもう》であろう」

「うん、それがいいね」

放浪癖のある美女好きの宮廷楽士の命運は、女性たちによって、かってにさだめられてしまった。

「それで、あたしはどうすればいい？」

「女神官《カーヒーナ》の見習いということで、いっしょに来てもらうといたそうか」

「おもしろそうだね、引き受けた」

アルフリードは手を拍《う》った。

「あたし、一度は女神官《カーヒーナ》のまねごとをしてみたかったんだ。いい機会だよ」

「ただ、すこし勉強はしてもらうぞ」

「勉強⁉」

「女神官《カーヒーナ》としての作法《さほう》とか、祈禱《きとう》の台詞《せりふ》とか、神々の系図とか、まあそんなものじゃ。夕方から夜明けまで、徹底的にたたきこめば、何とか形もつこう。覚悟はよいな」

「よ、夜明けって、せっかくご領主の館に一泊するのに……」

アルフリードが、考えなおそうか、と考えたとき、川岸の方角で悲鳴があがった。

ふたりが見ると、女や子供たちが懸命《けんめい》に岸辺を逃げ走っている。対岸から馬を川へ乗りいれてきた七、八騎の男たちが、野卑《やひ》な声をあげて女たちを追いまわし、馬蹄《ばてい》で料理を踏みにじり、食器を蹴散《けち》らす。先頭には若い体格のよい男がいたが、着ている服は絹で、どうやら身分の高い者と知れた。

「緑の楽園にも、無頼《ぶらい》の輩《やから》がいると見える」

ファランギースとアルフリードが、馬首をめぐらせたとき、無頼漢どもも馬をとめていた。

「じゃまするな！　蹴殺すぞ！」

芸のない粗暴な脅《おど》しの台詞《せりふ》がひびく。男たちの前に歩み寄った人物がいたのだ。均整がとれた背の高い人影で、手には長い棒をにぎっている。

それが若い女だとわかったのは、女の服を着ていたからだ。緑だけが青い白地の短衣で、ほとんど装飾性がない。年齢はアルフリードくらい、あるいはすこし上であろうか。

「また弱い者いじめかい、ナーマルド。大の男がなさけないことだね」

よくひびく声は、たしかに女のものだった。川の浅瀬に立ち、半円を描いて包囲してくる男たちを、恐れる色もなく見わたす。

「あんたさえいなけりゃ、この谷も楽園そのものなんだけどね。何人に大けがさせたら気がすむんだい」

ファランギースと似たような感想を口にして、若い女は棒を立てた。長さは三ガズ（約三メートル）ほど、堅《かた》い材質の木に水牛の革をはってあるようだ。

さえざえとした声で女はつづけた。

「どんな人間でも得意なものがひとつはあるというけど、それが弱い者いじめというのでは、あんたを産《う》んだご両親が歎《なげ》くだろうよ。とっととお帰り。でないと、この世にいないご両親にかわってお仕置《しおき》するよ、ナーマルド！」

ナーマルドと呼びかけられた若い男は、赤黒く変色した両眼に、兇暴な光をみなぎらせた。幅の広い剣を、腰の鞘《さや》から抜き放つと、他の七人がそれに倣《なら》った。

アルフリードが女神官《カーヒーナ》にささやきかけた。

「助けなくていいのかい、ファランギース。女ひとりに男八人だよ」

「いざとなれば助ける。だが、おそらく助勢《じょせい》は要るまい。あの者、たぶんわたしやそなたよりずっと強いぞ」

ファランギースの返答に、べつの音がかさなった。男どもの怒号と、馬蹄が水を蹴る音だ。

男どもは剣を抜いていた。本気で殺すつもりのようだ。はねあがる水しぶきに、剣のきらめきがまじって、不思議なほど美しい。

振りおろされた剣は、女の棒に払いのけられた。一瞬の間もなく、棒のもう一端《いったん》がはねあがり、男の顎《あご》の下に突きこまれる。男は声も出ず、鞍上《あんじょう》から転落して、高々と水しぶきをあげた。そのときすでに、ふたりめの男が斬撃《ざんげき》をかわされ、宙に弧《こ》を描いた棒に頸《くび》すじを一撃されている。

　三人めは右手首を強打されて剣を取り落とし、四人めは前歯を打ちくだかれてのけぞった。五人めはこめかみを打たれ、六人めは鼻に打撃をくらって鼻血を噴《ふ》き出し、七人め……はみぞおちを突かれた。合計七つの水柱が川面《かわも》に立つと、七人の男が川の中に投げ出され、悲鳴をあげて水中でもがきながら逃げていく。

　そのとき、八人めの男――ナーマルドと呼ばれる首領格の男が、憤怒《ふんぬ》と憎悪《ぞうお》に顔をゆがませ、女の後方にまわりこんでいた。振りかざした剣を、女の後頭部にたたきこもうとした、その一瞬、ファランギースが馬を躍らせ、水しぶきのなか、細身の剣を二《に》閃《せん》させた。一閃でナーマルドの右手から剣をはね飛ばし、二閃めは茫然《ぼうぜん》とする彼の咽喉《のど》もとに剣尖《けんさき》を突きつけて、背の高い女に問いかける。

「どうする？　この谷を永く静穏《せいおん》にすることもできるが」

　背の高い短髪の女は、おどろきの表情をおさめると、苦笑まじりに頭《かぶり》を振った。

「そうしたほうがいいけど、そうもいかない。そいつは領主さまのご一族なんだ。領主さまはいいお人だから、悲しませるのはお気の毒だ」

「一族の無法を放置しておくのでは、いい領主とはいえないかもしれぬな」

　いいながら、ファランギースは、ナーマルドの咽喉から剣尖を引いた。ナーマルドは呼吸をととのえながら、いそがしく眼球を動かして、ファランギースと背の高い娘とを交互ににらんでいたが、咆《ほ》えるように罵声《ばせい》をあげると、馬首をめぐらせて岸へ駆けあがった。

　遠ざかる後姿《うしろすがた》を見送って、背の高い娘はファランギースに向き直った。

「わたしはレイラ。どうやら助けてもらったようだね。ありがとう」

「わたしはファランギース。男女を通じて、おぬしほどの棒術《ぼうじゅつ》の名人は、これまで見たことがない。

感服いたした」

「おせじでも、ほめてもらえるとうれしいね。で、そちらは？」

視線を受けて、アルフリードはかるく胸をそらした。

「あたしはアルフリード。じつは……」

「そうかい、よろしく、アルフリード」

長々と名乗る前に、あっさり返されてしまった。

ファランギースは女性としては長身で、男性の平均身長をすこし上まわる。だがレイラはさらに背が高く、アルスラーン王やナルサス卿とおなじくらいだった。おまけに短髪で、陽《ひ》に灼《や》けた長い腕と脚を短衣からむき出しにし、骨格も筋肉もしっかりして、引きしまった身体つきなので、背の高い若い男のように見えるのだった。

レイラは長身をかがめて、冷たい流れに手を突っこんだ。引きあげられた壺から水滴がたれて、水晶のようにきらめく。

「飲むかい？」

「麦酒《フカー》か？」

「昨日から、水の湧くところに置いて冷やしてたんだ。凍る寸前さ。国王陛下《シャーオ》だって、こんなうまい麦酒《フカー》はお飲みじゃあるまいよ」

壺の蓋をあけると、レイラは、直接、口をあてた。咽喉《のど》を鳴らすように五口ほど飲むと、壺から口を離して大きく息を吐き出す。微笑して、壺をファランギースに差し出した。

ファランギースも微笑して壺を受けとり、口をあてる。勢いよく、相手とおなじく五口飲んで、アルフリードにまわした。アルフリードは負けじと受けとって口をつけたが、二口めでむせかえって、壺をファランギースに返す。ファランギースが礼をいいながら壺を返すと、レイラは感心したようにファランギースを見て頭《かぶり》を振った。

「いい飲みっぷりだね、気に入った」

「おぬしこそな」

「どうやら旅のお人らしいけど、何のご用でこんな田舎《いなか》へ？」

「じつはな、所用があってムンズィル卿を訪ねてまいった。これから卿のお館へうかがうところじゃ」

「へえ、領主さまの」

レイラはかるく目をみはった。

「それじゃナーマルドとの争いに巻きこんで、悪いことをしたね。ナーマルドと顔をあわせたら気まずいだろう？」

平然として、ファランギースは首を横に振った。

「何、気まずいのは先方じゃ。わたしは何も気にしておらぬ」

「そうかい、それじゃ悪いついでにもうひとつ。これをナーマルドのやつに返してやっておくれよ」

先ほど、闘いのさなかにナーマルドの懐《ふところ》からこぼれ落ちたものだ、という。羊皮紙《ようひし》をかたく巻いて革紐《かわひも》で縛ってある、手紙のようなものを、レイラはファランギースに軽く放ると、背を向けた。右肩に棒をかつぎ、左手に麦酒《フカー》の壺をさげて歩き出す。肩ごしにちらりと振り向いて、

「領主さまのお館へは、左へ行って橋を渡るんだよ」

その一言を残して、森の中に姿を消していった。見送ったアルフリードが肩をすくめる。

「何者だろうね」

「先方もそう思っているであろうな」

女神官《カーヒーナ》は手中の巻物をじっと見つめた。

II

オクサスの領主ムンズィル卿の館は、谷のなかでももっとも大きい川に面した段丘《だんきゅう》の上にある。緑と花におおわれた広大な敷地は、陸に接した方角だけが白い石壁にしきられているが、川に面した方角はすっかり開放されていた。川面までおりる階段があり、岸には屋根つきの舟がつないであった。

ファランギースとアルフリードは、川と森を見はるかす二階の客室に案内され、そこで旅装《りょそう》を解いた。天蓋《てんがい》つきの大きな寝台がふたつ並び、床はみがきあげられた松材、壁には神々の狩猟のありさまを描い

たタペストリー。専用の浴室までついた豪華な部屋で、テラスに開いた窓から吹きこむ風の涼しさは甘美《かんび》なほどだ。

果物の大皿と冷水の壺を運んできた侍女が告げた。

「主人《あるじ》は、お客人には宴席《えんせき》でお目にかかると申しております。それまで、ごゆっくりおくつろぎくださいませ」

「ご厚意かたじけない、と、ご領主にお伝えください」

侍女が退出すると、ふたりは、内開きの扉に小さな閂《かんぬき》をかけ、椅子《いす》を寄せかけ、椅子の上に荷物を置いた。まずアルフリードが入浴して旅の汗と埃を洗い流し、その間、ファランギースが浴室の扉の前にすわりこみ、剣をひざの上に横たえて警戒する。やがて交替し、ふたりとも絹と紗《しゃ》の祝宴用の服に着かえた。

これであとは侍女が呼びにくるのを待てばよいのだが、その前に、ふたりにはやっておくことがある。

「アシ女神もお赦《ゆる》し下さるであろう。他人の手紙をひそかに読む罪を犯すことになるが、精霊《ジン》どもが忠告するゆえ」

ファランギースは、レイラから渡されたナーマルドの手紙を開いた。正確には、何者かが、ナーマルドに送ってきた手紙である。しなやかな指先で、かたくしまった紐《ひも》を解くと、変色しかかった羊皮紙に細かく記されたパルス文字《パルス・アレフバー》の列が見えた。

「何と書いてあるの？」

「まず、差出人はクオレインとなっている。ミスルの暑い埃《ほこり》っぽい夏にはもう飽きた……どうやらミスルに亡命したパルス人のようじゃ」

「日付は？」

「今年の四月末日《まつじつ》となっておる。ミスルからこの地まで、手紙がとどくのにひと月はかかろう。それにしても、へたな字じゃな」

形のいい眉《まゆ》をわずかにしかめながら、ファランギースは本文を読みすすんでいったが、ある箇処《かしょ》にくると、確認するように読み返してから、ゆっくりとアルフリードに告げた。

「ザンデ卿が死んだそうじゃ」

「ザンデって、あの、たしかヒルメス王子の腹心の……」

こうして、アルスラーンの近臣《きんしん》たちのなかで、ふたりの女性が最初にザンデの死を知ることになったのである。

「この手紙によるとじゃ、ヒルメス王子とザンデ卿はミスル国内の亡命パルス人を糾合《きゅうごう》して、西からパルス国内へ攻めこもうとしていた。そのやさき、ザンデ卿が同棲《どうせい》していた女に殺された。いずれ自分がザンデ卿になりかわるゆえ協力せよ、というのがだいたいの内容じゃ」

「そりゃおかしいよ。四月といったら、ヒルメス王子はあの仮面兵団をひきいてシンドゥラ国を荒らしまわってたはず。おなじ時期にミスル国にいられるわけがない」

両国の間には、パルスの領土をはさんで四百ファルサング（約二千キロ）の距離がある。

アルフリードは腕を組み、あわただしく思案《しあん》をめぐらせた。

「シンドゥラ国にいたヒルメス王子が真物《ほんもの》なら、ミスル国にいたほうは当然、偽者ということになるね」

「ずっとミスル国にいたとしたらな」

「だとしたら、いったい誰がヒルメス王子になりすましてるんだろうね」

「ふむ、それもそうだが、誰がなりすましているにせよ、ザンデ卿の目をごまかせるものだろうか」

ファランギースも考えこんでしまう。

「ルシタニア国がパルス国を侵略したとき、ミスル国は中立を守った。ミスル国王の名はたしかホサインといったが、むやみに対外戦争するよりも内政を充実させる型の統治者であったらしい。それが昨年以来、しきりにパルスに対して、ちょっかいを出してくるようになったのじゃ」

「だとしたら、東のチュルク国あたりと西のミスル国とが手を結んで、東西からパルスを挟撃《きょうげき》する。そういう可能性もあるんじゃないか。危険だよ」

「おもしろい考えじゃな」

ファランギースはうなずいた。

「じつはわたしも、一時そう考えたことがある。だが現実にはむずかしかろうな。チュルクとミスルとが、陸上で連絡するとしたら、かならずパルスの国土を通過せねばならぬ。海上で連絡しようにも、チュルクは内陸の国で港がない……ま、このあたりの思案は軍師どのにおまかせするとして……」

ファランギースは指先で顎をつまんだ。

「この手紙を受けとったナーマルドを反逆者として公然と処断《しょだん》すれば、ムンズィル卿にも累《るい》がおよぶし、ザラーヴァント卿にまで傷がつくやもしれぬ。ここは秘密のうちに結着《かた》をつけて、アルスラーン陛下にご報告申しあげるしかないな」

「まあナーマルドとかいう奴をかたづけるのは、ちっとも良心がとがめないけどね。でも、心がけの悪い親戚《しんせき》ってものは、ほんとに迷惑だよね」

「友人は選べるが、親戚は選べないからな。ただ、正確なところはムンズィル卿ご自身にお目にかかってからでないと」

ファランギースは思い出す。ファランギースとアルフリードをハマームルの谷へと送り出すとき、国王《シャーオ》アルスラーンはいった。

「ムンズィル卿にお会いしたことはないが、ザラーヴァントのお父上だし、国にとっても私にとっても恩人だ。できるだけの手助けをしてさしあげてほしい」

軍師にして宮廷画家たるナルサスは、国王のかたわらにあって、やや皮肉っぽくつけ加えた。

「ムンズィル卿というお人は、もちろん悪人ではないが、自分が先頭に立つより他人にさせる、という傾向があるかもしれない。今回、巡検使《アムル》の派遣を願い出てきたのは、自分の手を汚さずに何かをしたい、という思惑《おもわく》があってのこと、とも考えられる。女神官《カーヒーナ》どのは、お好きなようにやっていただければけっこう。『すべて軍師の指示どおり』といってくだされば、あとは私が処置します」

そこで表情と口調が微妙に変化する。

「ま、それと、アルフリードのお傅《も》りを、申しわけないが、よろしくお願いいたします」

……いちおうアルフリードのことが気になっているらしい。ナルサスの表情を思い浮かべて、ファランギースは短く失笑《しっしょう》した。軍事や外交においてはあれだけ冷徹《れいてつ》・非情・辛辣《しんらつ》な策士が、ことアルフリードに関しては、ばかばかしいほど優柔不断《ゆうじゅうふだん》になる。特定の誰かを愛しているとか愛していないとかいうことではなく、家庭や結婚を自由の敵とみなしているからだろう。そういえばパルスには、妻に頭のあがらない男たちが好んで使うことわざがある。

「最高の結婚とは、実現しない結婚のことだ」

扉が外からたたかれ、宴のはじまりを告げる侍女の声がした。ファランギースは、アルフリードに声をかけた。

「では、ご領主にお目にかかるとしよう。すべてはそれからじゃ。アルフリード、果物など宴席にいくらでもあると思うぞ、指をふけ」

III

「愚息《ぐそく》がいつも王都でお世話になっております」

老貴族に深々と頭をさげられ、ファランギースとアルフリードは礼儀ただしく頭をさげて応じた。ムンズィル卿は六十代半ば、髪と髯《ひげ》は灰色になっているが、体格は堂々として、いかにもザラーヴァントの父親らしい。

「こちらこそ、ザラーヴァント卿のお働きには、いつも感服しております」

「いやいや、ザラーヴァントの奴め、図体《ずうたい》ばかり大きくなりおって、なかなか人間として成長しませんでな。さぞ皆さまがたにご迷惑をかけておりましょうが、悪意はなく、未熟なだけですのじゃ。大目《おおめ》に見ていただければありがたい」

老領主は柔和《にゅうわ》な笑《え》みをつくった。

「ごていねいに、おそれいります」

礼を返しながら、ファランギースは、やや距離を置いた視線で老領主を見やった。パルスでは、国王《シャーオ》のアルスラーンにしてからが、地位のわりに腰が低いのだが、このムンズィル老人は、どこまで本気でファランギースに頭をさげているのだろうか。

「そうじゃ、お客人に紹介しておきたい者がおりましてな。これ、ナーマルド、こちらへ」

声に応じて歩み寄ってくる人影を見て、アルフリードは目をみはり、ファランギースもわずかに眉をひそめた。

「ナーマルドと申しましてな、わしの兄の子で、ザラーヴァントの従弟《いとこ》でござる。これ、ごあいさつせぬか。こちらは国王《シャーオ》陛下のご信任あつい巡検使《アムル》のおふたり、女神官《カーヒーナ》のファランギースどのとアルフリードどのじゃぞ」

老領主ムンズィルの紹介を受けたのは、まさしく、谷川で、レイラという若い女にこらしめられた若い暴漢であった。

権威をかさに着て自己を肥大化《ひだいか》させるような型の人間は、より大きな権威の前にすくみあがる。ナーマルドという名の若者は、「国王《シャーオ》」と聞いてたじろいだようすだった。いまいましげにファランギースたちをにらむと、頬《ほお》をふくらませながら形だけ一礼する。ふたたびあげた目に、好色そうな光がよぎるのを、ファランギースは正確に見てとった。要するに人間としての底が浅くて、心の動きをことごとくファランギースに見ぬかれてしまうのである。

宴会がはじまった。老領主や客たちは、アルスラーンが侵略者たるルシタニア軍から王都を奪還《だっかん》し、王位についた後は奴隷を解放し、さまざまな改革をおこない、敵国に敗れたことがないことを賞賛した。だがいきなり大声がひびいた。

「新国王は貧民どもに甘すぎる！」

悪意をむき出しに、ナーマルドが、アルスラーンを非難したのだ。

ファランギースは静かに、アルフリードは憤然として、ナーマルドを見やった。ナーマルドは妙に演技めいたしぐさで、あらたな葡萄酒《ナビード》をあおり、酔眼《すいがん》でふたりの女性をにらんだ。アルフリードは、彼を軽蔑した。酒に酔うか、酔ったふりをするか、いずれにしても酒の力を借りねば何もできない男なのだ。

アルフリードの内心を知る由《よし》もなく、ナーマルドはまくしたてた。

「どれほど生活が苦しく、世の中が不公正だろうと、不満をいわず働いて税を納《おさ》め、国王のご命令ひとつで喜んで生命を投げ出す。それが国民《くにたみ》の義務だ。なのに新国王は、世の不公正をただすなどと称して、奴隷を解放し、貴族の正当な権利を奪い、パルスの伝統を破壊した。おれには失政《しっせい》としか思えぬ。いい気になっていると、いずれ足もとの大地がくずれ落ちるであろうよ」

「ファランギース……」

何かいってやってくれ、というアルフリードの表情をちらりと見て、ファランギースは瑠璃《るり》の杯を下に置いた。

「ナーマルド卿のご高説《こうせつ》、しかとうけたまわった。意見に耳をかたむけるのは王者の義務、いずれ陛下にご報告申しあげるといたそう」

そこで女神官《カーヒーナ》の口調に皮肉がこもる。

「ただし、その前にひとつうかがいたい。アルスラーン陛下がまだ王太子であられたころ、王都エクバターナを奪還するため、各地で兵を募《つの》られた。おぬしの従兄《いとこ》であるザラーヴァント卿は、生命を惜しまず、王都奪還の戦いに参加なさったのじゃが、そのころおぬしはどこで何をしておられたのじゃ？」

ナーマルドの酔った顔に、狼狽《ろうばい》の縞模様《しまもよう》が浮きあがった。アルフリードはわざと低い笑声をあげ、ひざをたたいた。

ファランギースとしては、ナーマルドの安っぽい意見に対して、まともに議論などする気はない。そもそも、えらそうに現在の国王《シャーオ》の政治方針を非難する資格があるのか、といい返したのである。

老領主ムンズィルが、見かねたように口をはさんだ。

「ナーマルドは、そのころ、わしとおなじく病床《びょうしょう》にありましてな。残念ながら、募兵《ぼへい》に応じることができなかったのですじゃ。本人もくやしがりましたが、何と申しても病魔《びょうま》には勝てず……お責めくださいますな」

嘘をつけ、と、アルフリードは心につぶやく。ファランギースは微笑にさらなる皮肉をこめた。

「さようでございましたか。もちろん、あらゆる人間が戦場へ馳《は》せ参じねばならぬ、という法はございません。ご本人がご病気の場合はもちろんのこと、家族に病人がいるとか、他に働き手がいないとか、不義《ふぎ》の戦《いく》さに批判があるとか、正当な理由はいくらでもございます。ナーマルド卿がご病気とは、まことにお気の毒なことでしたが、ご病名は何と申されますか？」

「病名……」

ナーマルドが口ごもるのを見て、アルフリードが声高く嘲笑《ちょうしょう》した。

「決まってるさ、臆病《おくびょう》って名の病気だろ」

「アルフリード！」

ファランギースに鋭くきびしくたしなめられて、アルフリードは口をつぐんだが、激発《げきはつ》したのはナーマルドのほうだった。

「なまいきな女め！」

怒号すると同時に、肉を切るための短刀を大皿からすくいあげ、猛然と突きかかる。

アルフリードの反応はすばやかった。立ちあがるのと身体を開くのが同時だ。ナーマルドの突き出した短刀は無人の空間をつらぬいた。

あとさき考えず、第一撃に全体重をかけたため、ナーマルドはたちまち身体の均衡を失った。大きく前のめりになる。とたんにアルフリードが両手の指を組み、両拳《りょうこぶし》をナーマルドの背中に思いきりたたきこんだ。

ナーマルドは奇声とともに肺の空気をいちどに吐き出した。目がくらみ、腰がくだけ、ナーマルドは並んだ酒や料理の上に倒れこむ。はでな音がして、皿や杯が砕《くだ》け、酒や肉汁が飛び散る。宴席の客たちはあわてて立ちあがり、礼服が汚されたことに怒りや歎《なげ》きの声をあげた。

アルフリードはナーマルドの肉の厚い背中を踏ん

づけてやりたいところだったが、さすがにそこまではできず、相談するようにファランギースのほうを見やる。

「アルフリード、ご領主に謝罪を！」

ナーマルドにあやまれ、といわれたら、アルフリードは納得しなかったであろう。だが老領主ムンズィルの体面《たいめん》をつぶしたのは明白《めいはく》な事実であったから、反論のしようがなかった。座にすわり、姿勢をただしてからムンズィルに頭をさげる。

「領主さまにおわび申しあげます。せっかく名誉ある宴席にお招きいただきながら、短慮《たんりょ》の至り、ご覧《らん》のような不始末《ふしまつ》をしでかしてしまいました。どのような処罰をこうむりましょうとも、つつしんでお受けいたします」

いざとなれば、アルフリードもこのていどの儀礼はできるのである。すかさず、ファランギースが声をかけた。

「アルフリード、領主さまよりのお沙汰《さた》をわたしがもたらすまで、部屋で謹慎《きんしん》していなさい。すぐこの場をさがるように」

「はい、そういたします」

他の誰もが、ひとこともいえないうちに、アルフリードはさっさと退出していった。あとはファランギースにまかせておけばいい。

ファランギースは老領主に、完全無欠な謝罪の辞を述《の》べたて、たくみに、アルフリードへの追及をふせいだ。

「いやいや、謝罪なさるにはおよばぬ」

老領主の表情は、歎いているのか苦々しく思っているのか、判断しがたい。

「そもそも和《なご》やかなるべき宴席において、客人に口論を吹きかけるなど、ナーマルドのほうが非礼のきわみ。おわび申しあげるべきは当家のほうじゃ。まことにもって……」

老領主ムンズィルは、大きく息を吐き出すと、宴席全体を見わたし、気まずそうな表情の客たちに告げた。

「今宵《こよい》の宴はこれまでとしよう。おのおの引きとるがよい。ナーマルドは自分の足では立てぬようだから、誰ぞ起こしてやれ」

客たちは老領主に一礼し、出口へ向かって動きはじめた。体格のよい従者がふたり、左右からナーマルドをかかえおこす。

「女神官《カーヒーナ》どの、さぞ興ざめとは存ずるが、まだ肝腎《かんじん》の話がすんでおらぬ。申しわけないが、ご足労いただいて、わしの書斎で話を聞いていただきたい。もうおひとりのほうにも、ぜひ」

こうして、アルフリードは、部屋にもどったとたんに呼び返されることになった。

IV

老領主ムンズィルの書斎は、絨毯《じゅうたん》を厚く敷きつめた、広い豪華な部屋であった。壁には獅子《シール》狩りの勇壮《ゆうそう》な光景を描いたタペストリーが飾られ、黒檀《こくたん》でつくられた卓《たく》や、絹ばりの椅子が配置されている。すすめられてファランギースとアルフリードが椅子にすわると、老領主ムンズィルは自分も腰をおろした。彼が口を開くまでは、居心地《いごこち》のよくない沈黙がつづいた。

「……さて、何から申しあげるべきか。そもそもは、国王《シャーオ》の巡検使《アムル》たるおふたかたに、わざわざ来ていただいた理由を説明申しあげねばならんのじゃが、その前に思いきって、わしの家庭の内情をお話しいたそう。じつはあのナーマルドは……」

「思いきって」といいながら、老領主ムンズィルはいいよどんだが、めんどうになったようにファランギースがあとをつづけた。

「ナーマルド卿は、領主どのの甥《おい》ということになっていますが、じつはご子息でありましょう?」

「おお、お察しのとおりじゃ。さすがに巡検使《アムル》。見ぬいておられたか」

アルフリードは、おどろきの声をあげずによかった、と思いながら老領主の話を聞いた。

「わしにもちと打算がありましてな。息子たちのうち、ひとりにはここの領地を相続させ、もうひとりには王宮で栄達《えいたつ》させようと思ったのでござるよ。ザラーヴァントはわしの思いを察し、すすんで領地の相続権をナーマルドに譲り、戦いに赴《おもむ》いたのじゃが、そのときわしに向けた笑顔を、忘れることはでき申さぬ。生きのびても死んでも、もう帰ってこないから相続のことは心配するな。そう口には出さなんだが、わしにはよくわかり申した」

ザラーヴァントは、よくいえば豪快で闊達《かったつ》、悪くいえば粗野《そや》で能天気な青年であると思われている。その彼に、思わぬ一面があることを、ファランギースもアルフリードも、はじめて知ったのであった。

ファランギースが、静かだが強いまなざしを老領主にそそいだ。

「ザラーヴァント卿は、宮廷におけるご自分の地位を、ご自分で確立なさいました。戦闘では勇猛、いっぽうでは土木建築にも有能とのご評判。いっぽうナーマルド卿はいかがなのでしょう。まことに失礼ながら、ナーマルド卿は、ご自分の特権を当然のものと思っておいでのごようす。あのまま領主となられたのでは、領民たちが迷惑いたしましょう」

ファランギースの直言にうなずいて、老領主はこの夜、何度めかの溜息をついた。

「わしは次男でしてな、本来、父の領地は長男が、つまりわしの兄が受けつぐはずでござった。ところが兄が不慮《ふりょ》の事故で死んでしまい、領地の継承権がわしの手にころがりこんだのでござる。ずいぶんと蔭口《かげぐち》をたたかれ、いやな思いもいたしたゆえ、息子たちにはそのような思いをさせたくござらなんだ。母親のちがう兄弟ゆえ、いっそう公平にあつかいたかったのでござるよ」

老領主の回顧談《かいこだん》はなお延々《えんえん》とつづくところであったが、美しい女神官《カーヒーナ》は優雅な微笑で、話の流れを本題に引きもどした。

「お察しいたします。それで、領主どの、われら両名をわざわざお呼びになったご用件は何でございましょう。くわしいことは存じませんゆえ、うかがえればありがたく存じあげます」

「おお、そうじゃった」

老領主は大きくうなずき、アルフリードは内心で、アシ女神をはじめとするパルスの神々に感謝した。

「どうも年齢《とし》をとると、話がまわりくどくなっていかん。いや、すでにいちおう王都に報告させていただいた件じゃが、当地のアシ女神の神殿で、奇妙な失踪《しっそう》事件がおこりましてな。それも一度のことではないのですじゃ」

「失踪でございますか？　出奔《しゅっぽん》ではなく？」

自分自身の過去について想いをいたしたのであろう、ファランギースの瞳を薄い翳《かげ》りがかすめ去った。

「どうもそうではなさそうじゃ。そもそも、その神殿は英雄王カイ・ホスロー陛下の御宇《みよ》以来の伝統があってな」

「すると、その神殿は、ハッラールという名ではございませんか」

「おお、巡検使《アムル》どのはご存じで？　いや、それはうれしい。いまここで郷土自慢するのもちと不謹慎じゃがの」

「名前だけは存じております。不幸な境遇の女性を救恤《きゅうじゅつ》したり、若い女性に学問や手仕事を習得させたり、いろいろと有益な事業をしているとか」

「さよう、それでわしも多少の援助をさせてもらっておるのじゃが、この半年の間に女神官《カーヒーナ》やその見習いやら、あわせて三人の女性《にょしょう》が夜のうちに姿を消してしもうたのですじゃ」

まさに忽然《こつぜん》としかいいようがなく、人間が消えた以外には何ひとつなくなっていない。神殿には、財政をささえるための資金がたくわえられており、アシ女神への寄進もあって、かなりの金貨《デーナール》や銀貨《ドラフム》も置かれていたが、それらは無事だった。盗賊のしわざとも思えず、奇怪な失踪がくりかえされるにおよんで、こまりはてた神殿から捜査の依頼が老領主のもとにあった、という。

「女性ばかりの神殿ゆえ、男の役人をいれるのもはばかりがござってな。それで王都へ連絡して、女性の巡検使《アムル》を派遣していただいたという次第ですじゃ」

「事情は承知いたしました。それで、ひとつうかがいとうございますが」

「何かな」

「その失踪した三人というのは、美しゅうございましたか？」

老領主は迷いを見せず、うなずいてみせた。ここにおられる
「さよう、美しかったそうな。

巡検使《アムル》おふたりのように」

あらためてふたりを見やると、老領主は、ようやく具体的に説明をはじめた。


一夜がこともなく明けて、ファランギースとアルフリードはハッラール神殿をおとずれた。神殿は領主館からそれほど遠くはなかった。半ファルサング（約二・五キロ）ほどの距離で、糸杉の林と、清流を引きこんだ濠《ほり》とにかこまれた白い壁の建物である。

神殿の責任者である女神官長は、白い髪と血色のよい頰《ほお》とが目立つ老婦人だった。国王《シャーオ》アルスラーンの直筆《じきひつ》になる巡検使《アムル》の身分証明書は見せず、老領主ムンズィルの紹介状をしめしただけであったが、女神官長は疑う色もなく、ファランギースとアルフリードを迎えいれた。

「領主さまのお心づかい、ありがたくお受けいたします。おふたかたを頼りにさせていただきますよ」

「おそれいります。微力《びりょく》をつくす所存でございます」

「まあ昼間はとくに不穏《ふおん》なこともおきますまい。部屋に案内させますゆえ、荷物を置いてから、神殿の日課に参加してください。見習いの方《かた》、ここでは正式の女神官と見習いとでは、権利も待遇もちがいます。よく心しておいてください」

こうしてファランギースは南向きの個室をあたえられ、アルフリードは北向きの六人部屋に放りこまれることになった。質素だが清潔な寝台の上に荷物を放り出し、「よろしく」と同室の五人に短く挨拶すると、アルフリードは窓から外をのぞいた。神殿の庭のようすを観察するつもりだったのだが、五人の見習い少女のささやきかわす声が背後からただよ

ってきた。

「あのかた、二十歳すぎてまだ見習いなのですって」

「ふつう十七、八で正式に女神官《カーヒーナ》になれますわよね」

「お気の毒、適性がすこしたりないのかもしれませんわ」

「そういえば、お年齢《とし》の割に、ちょっと落ち着きがねえ」

　アルフリードの眉が勢いよくはねあがった。女神さまのおひざもとでも、俗界《ぞっかい》とおなじく、新入りを的にした噂話《うわさばなし》は、かならず存在するものらしい。ひとつ呼吸すると、アルフリードは身体ごと振り向いて一喝した。

「いいたいことがあるなら、面と向かってはっきりいわんか、こらあ！」

　少女たちのうちふたりはとびあがり、三人は立ちすくんだ。アルフリードは少年のように腕を組んで、一同をにらみすえた。

「人間に向かってはっきりものがいえなくて、神さまと人間の仲立《なかだ》ちがつとまるか。あたしはけんかはしても蔭口《かげぐち》はたたかないぞ。神さまが、あんたたちとあたしと、どちらを嘉《よみ》したもうか、勝負してやろうじゃないのさ！」

「アルフリード、アルフリード」

　苦笑まじりにたしなめる声がしたときには、見習いの少女たちは、開いた扉から仔《こ》ウサギの群みたいに逃げ出していた。扉の横に立つ人影を、アルフリードは認めた。ずばぬけた長身、強健《きょうけん》でしなやかな四肢、つい昨日、知り合ったばかりの相手である。

「レイラ、だったね」

「おぼえていてくれたかい。いや、新入りの噂をついさっき聞いたばかりなんだけど、アルフリードだったとはね」

「あんたも女神官《カーヒーナ》なの？」

「いやいや、あんたとおなじさ。いい年齢《とし》して、まだ見習い」

　屈託《くったく》なく笑って、レイラは、玉葱《たまねぎ》を盛りあげた籠《かご》を軽々と肩にかついだ。

動作のひとつひとつに無理がなく、柔軟で弾《はず》みと律動性がある。いざとなれば発条《ばね》がはじけるように力が爆発する。雌《めす》の獅子《シール》のようだ、と、アルフリードは感心した。それがわかるのは、アルフリード自身が若くして歴戦《れきせん》の強者《つわもの》だからである。

レイラのように、正式の女官にできないさまざまな実務を分担する者は、年齢や経歴などにかかわらず、神殿ではひとまとめにして「見習い」と呼ばれるのであった。

「いい年齢って、あんた、幾歳《いくつ》なの？」

「あたしはたぶん今年で十九歳になるはずなんだけど……」

アルフリードは一瞬のけぞった。

「えっ、あんた、あたしより年下なの!?」

今年十九歳になるというなら、国王《シャーオ》アルスラーンと同年である。アルフリードは、レイラが彼女と同年か、一、二歳上だと思いこんでいた。レイラがおとなびているのか、アルフリードが子供っぽいのか。

このことは、レイラも意外だったらしい。

「アルフリードは幾歳《いくつ》なの？」

「今年、二十一」

「そうだったの。それじゃあたしよりお姉さまだったんだ」

「お姉さま……ねえ」

「なれなれしくしてごめん、いや、ごめんなさい」

「いいよいいよ、気にしなくて。友達なんだしさ。あたしだってファランギースをお姉さまなんて呼びやしないもの。あたしのこともアルフリードと呼んでおくれ」

V

広い厨房《ちゅうぼう》の一角で、アルフリードはレイラを手伝って野菜を洗った。厨房のなかにも井戸があり、汲み出すまでもなく、水が湧いている。冷たく清らかな水の感触を楽しみながら、アルフリードは、レイラから、この土地に関するさまざまな話を聞くことができた。何をするにしても、情報はひとつでも多く集めておかねばならない。

「ナーマルドは領主さまの兄君の息子だよ。以前は領主さまも、それほどかわいがっておいでではなかったような気がするけどね。でも、そうだね、ザラーヴァント卿がこの谷を出られて二年ぐらいたつと……」

「いまから二年ぐらい前？」

「そうなるね。領主さまは大病《たいびょう》をなさって、ひと月ほどずっと寝ておられたんだけど、お元気になられてから、ナーマルドを引き立てなさるようになったみたいだ」

「何でだろう」

「さあね。ナーマルドが熱心に領主さまの看病をしたので見なおしたという話もあるけど、どんなものだか」

「ナーマルドの父親というのは？」

「なくなった領主さまの兄上というのは、一歳ちがいで、腹ちがいだけど双生児《ふたご》みたいにお顔が似ていたらしいね。でも性格は全然、似てなくて……」

「仲が悪かった？」

「らしいね。ま、その兄上がなくなったのはずっと昔のことだし、あたしも直接お会いしたことはないけど……」

他に尋《き》くべきことはなかっただろうか。アルフリードは思案して、すぐに思いあたった。

「そうそう、領主さまのご家族といえば、だいじな方のことを忘れてたよ。領主さまの奥方はどんなお人なの？」

レイラは、水にぬれた指先を、形のいいあごにあてて小首をかしげた。

「そうだね、とくに目立つお人ではなかったと思うけど……この一年ほど、まったくお館の外に出てこられなくて、誰もお姿を見てないんだよ。女神官長さまさえもね。ご病気かもしれないけど、正確なところはわからないね」

パルスでは、古来の習慣で、女性が貴族の宴席に姿を見せることはめったにない。ファランギースやアルフリードの場合は、領主に招待されたのであり、また国王《シャーオ》から公職に任命されているので、例外を認められているのだ。アルスラーン王の治政下《ちせいか》で、さまざまに改革が進められてはいるが、身分の高い女性のほうが、身分の低い平民の女性たちより社会の旧《ふる》い習慣に縛《しば》られてしまうというのも現実であった。

だから老領主ムンズィルの夫人が宴席に姿を見せなかったのは、べつに不思議なことではない。ファランギースもアルフリードも気にしていなかったのだが、「ここ一年以上、まったく姿を見せない」という話は、気にとめておく必要がありそうだった。

「……いま気づいたけど、あんた、いい腕環《うでわ》をしてるね。ずいぶん値打物《ねうちもの》だよ、それ」

レイラの左の手首に、銀製らしい腕環が光っている。複雑な意匠《デザイン》がほどこされているようだった。

「へえ、この腕環が値打物だってこと、アルフリードにはわかるのかい」

「いや、ま、その、ちょっとね」

アルフリードは言葉を濁《にご》した。彼女はゾット族の族長の娘で、幼いころはよく父親が掠奪してきた宝石や装身具《そうしんぐ》で遊んだものだ。だから、指環《ゆびわ》とか腕環とか首飾りとかに、けっこう鑑定眼《め》がきくのである。むろん、そんなことをうかつに口に出すわけにはいかない。

「神殿に寄進しようかと思ったんだけど、女神官長さまがおっしゃるには、あたしの身元を知るための重要な手がかりだから肌身はなさず持っていたほうがいいからって……」

レイラの話によると、彼女は赤ん坊のころ、この神殿の門前にすてられていたのだ、という。彼女ひとりではなく、他にもふたり、同様の赤ん坊がいて、三人ともに銀の腕環がそえられていた。そのことを、十五歳になってレイラは女神官長から聞かされ、あずかっていた腕環を渡されたのだという。アルフリードはあらためて腕環を見せてもらった。雄牛《おうし》にまたがった若者が、雄牛の首に短剣を突き刺しているという、かわった意匠である。

「あんたをふくめて、その三人というのは姉妹だったの？」

「さあ、それがわからないのさ。出生証明書があったわけでもないし、五歳までに離ればなれになってしまったからね。じつは顔もよくおぼえていない」

苦笑して、レイラは頭《かぶり》を振った。

「いま再会しても、誰だかわからないだろうね。それどころか、とっくに会っているのに、わからないままでいるのかもしれない。まあ、あんまり過去のことを気にしてもしかたないしね」

「このままずっと神殿にいて、女神官《カーヒーナ》になるのかい？」

「そうだね、身分は見習いのままで女神官《カーヒーナ》たちのお世話をするのも意義のあることだとは思ってるけど、まだはっきりとは決めてない」

そのときレイラを呼ぶ女神官《カーヒーナ》の声がして、彼女は立ちあがり、話は打ちきられたのであった。


夜になった。

昨夜とおなじく、涼気《りょうき》に満ちた心地よい夜であった。神殿の夕食はごく質素なものであったが、土地柄であろうか、さまざまな果物が大量にそえられており、正式の女神官《カーヒーナ》には葡萄酒《ナビード》も出されるという。

アルフリードは全身で溜息をつきたそうな表情である。どのような職業でも、見習いというものは楽ではない。女神官《カーヒーナ》とて例外ではなかった。アシ女神に対して八十種類にわたる祈りの言葉をとなえながら、窓をふき、床をみがく。まちがえたら、棒で打たれることはないが、空《から》の桶《おけ》をかかえて一番遠くの井戸まで走り、水を満たしてもどらねばならない。

羊や鶏《にわとり》に餌《えさ》をやるときも、皿を洗うときも、祈りは欠かせない。新人教育を担当する中年の女神官《カーヒーナ》が、容赦なく宣言する。

「はい、アルフリード見習い、最初からもう一度やりなおし！」

十万の敵軍めがけて突っこむほうが、はるかにましだ。アルフリードは心から願った。早いところ、あやしい人影なるものが出現してほしい、と。そいつをやっつけて、一日も早く王都へ帰り、「あたしのナルサス」に功名譚《てがらばなし》を聴《き》いてもらうのだ。

「そうつごうよく、最初の夜から事件はおこるまい。まあ十日ほどは忍耐して、修行につとめることじゃな」

苦笑をこらえてファランギースがさとし、アルフリードは深く深く落胆《らくたん》したのであった。

ところがその夜半に、事件はおこったのだ。

後日《ごじつ》になって、アルフリードは、「あたしの苦労をアシ女神が憐《あわ》れみたもうたんだよ」と主張したが、エラムの意見はちがった。「アルフリードの女神官としての才能の無さに、アシ女神があきれはてたまい、一日も早く神殿から追い出そうとなさったのさ」と唱えた。ファランギースはというと、「神々の御心《みこころ》は、人知のおよぶところにあらず」というだけで、論評を避けたものである……。

「あーあ、もう、こんな苦労までして女神官《カーヒーナ》になりたいなんて、あんたたちも物好きだねぇ。ほかになりたいものはないのかい」

不信心《ふしんじん》な台詞《せりふ》を、アルフリードは同室の少女たちに投げつけたが、少女たちは頭から毛布をかぶって無視を決めこんでいる。

同室の少女たちは、ほどなく寝静まった。消灯後はよけいなことを考えず、すぐに眠るというのも、女神官《カーヒーナ》としての修行のひとつである。それに加えて、夜明けとともに起きて祈禱《きとう》し、働きはじめるのだから、さっさと眠らないと身がもたないのだ。

むろん本気で女神官《カーヒーナ》になる気のないアルフリードは、器用に音をたてず寝台のなかで着かえると、すばやく部屋の外へ出た。帯には短剣《アキナケス》を差しこんでいる。

廊下では、すでにファランギースが服装をととのえて待っていた。彼女は個室を与えられているから、他人に気がねなく身仕度ができたのである。

「さあて、どこからどう調べようか」

アルフリードは張りきったが、ファランギースは冷淡なほど落ちついていた。

「あまり逸《はや》るでない。昼間にもいったと思うが、いつ何が起こるやら、予定はたたぬ。ただ待つだけの夜が、当分はつづくであろう……いかがした、アルフリード？」

アルフリードの視線が、美しい女神官《カーヒーナ》の肩ごしに流れたのだ。

「いや、ファランギース、当分って、ずいぶん短い間なんだね」

振り向いたファランギースは、無言でアルフリードの手をとり、すばやく壁の角に身を隠した。

壁の一部が動いた。

それは幅一ガズ（約一メートル）、高さ二ガズほどの部分で、上下左右を木の枠《わく》でかこまれ、タイルが貼ってあった。タイルはさまざまな色に彩色され、アシ女神の姿が浮かびあがるような細工がされていた。昼の間に、ファランギースもアルフリードも目にしていたが、アシ女神の神殿にアシ女神の画像があるのは当然なので、とくに気にかけなかったのだ。

「なるほど、アシ女神の御姿があれば、誰もかるがるしく触れようとはせぬ。かりにたたいてみたところで、タイルが貼ってあったのでは、音で空洞があるとはわからぬ。奸智《かんち》の産物じゃな」

なめらかに、秘密の扉は開いて、ひとりの男が姿を見せた。顔を黒い布でおおって両眼だけを出し、左手に革紐の束をつかんでいる。この半年間に、三人の女性をかどわかした犯人であること、疑いたくとも疑いようがなかった。

「ギーヴではないな。あの男ならずうずうしく素顔で犯行におよぶであろう」

「何者だろうね」

「すぐにわかる」

男は周囲を見まわすと、足音をころして数歩あゆんだ。その動作を見て、ファランギースはひややかに論評した。

「隙だらけじゃな。いままで失敗したことがないので、油断してもいるのであろう。それにしても、とうてい武芸に通じているとは見えぬな」

「あたしたちに気づかないのかな」

「見るがいい、布で耳まで隠している。あれでは、わたしたちのささやきに気づきもすまい。それもまた未熟と軽率《けいそつ》の証拠じゃ」

男は壁の松明《たいまつ》の前に差しかかった。影が後方に伸びる。後方から忍び寄ったファランギースの影も、さらに後方に伸びているから、男は気づきようもなかった。

黒い布が宙に舞った。

男は絶叫しかけて、さすがに口をおさえた。革紐の束が床に落ちる。すさまじい形相《ぎょうそう》で振りかえり、ファランギースの姿を見て立ちすくんだ。

美しい女神官《カーヒーナ》は、一瞬で巻きとった黒い布を手に、形のよい眉をわずかにしかめた。

「ほう、これはこれは……」

「ナーマルド！　出来の悪い甥《おい》じゃないか」

おどろきの声をあげたのはアルフリードだ。

老領主ムンズィルの甥ナーマルドは、混乱しきったようすだったが、うなり声をあげながら後退していった。ファランギースが懐《ふところ》から紙をとりだして、ナーマルドにしめした。

「ちょうどよい、これを返しておこう」

「……!?」

「ミスル国にいる友人からとどいた手紙であろう。誤解されるような内容ゆえ、もっとたいせつにあつかうがよかろうぞ」

ナーマルドの顔色が紫《むらさき》になった。この期におよんで、あわただしく懐や袖口《そでぐち》をまさぐる動作が、あわれになるほどの無能さをしめしている。

「叔父上《おじうえ》がいかに心配りなさっても、当人がこのありさまではな。甲斐《かい》がないというものじゃ。陰謀をめぐらせるのは誰にでもできるが、成功させるには、せめてもうすこし思慮が必要に思われるぞ」

ナーマルドは身をひるがえした。そう表現するのはためらわれるほど鈍重《どんじゅう》な動きだったが、距離があったので、すばやく飛びかかったアルフリードの短剣を、かろうじて受けずにすんだ。だが、むろん扉を閉ざすだけの余裕はなく、そのまま闇の奥へと逃げこんでいく。

「待て、アルフリード、罠かもしれぬ」

あまりにつごうよく事が運びすぎる。ファランギースは危惧したが、すでにアルフリードはナーマルドを追って扉の向こうへと走りこんでいた。

アルフリードなりの計算があってのことだ。いくらでも不審な点はあるが、それはナーマルドをとらえて尋問《じんもん》すればよい。罠だとしても、ナーマルドを人質にすれば、脱出するのはむずかしくないはずだ。ここでためらえば、解決が先送りになるだけである。

「明日になってナーマルドを別の場所で尋問しても、しらを切られればどうしようもない。領主さまの前で思いきったこともしづらいし、神殿への不法侵入ということで、この場でつかまえてしまうのが最善だよ」

「なるほど、一理ある」

追いついてアルフリードの腕をつかんだファランギースは、早口の説明を受けてうなずいた。だが何《なに》分《ぶん》にも、扉の奥の闇は深く濃密《のうみつ》で、アルフリードも進むに進めず、すぐファランギースに追いつかれてしまったほどなのだ。

いったん廊下にもどって、ふたりは壁の松明《たいまつ》をそれぞれ手にした。ふたたび扉の奥へと進む。足もとには、切り出されたまままろくに加工もされていない粗《あら》い石材が敷かれていた。裸足《はだし》ならたちまち足の裏が傷つくにちがいない。

かすかに音がするのはナーマルドの足音であろう。よほどこの通路を歩きなれているようだ。高さも幅も二ガズ（約二メートル）ほどの石づくりの通路は、分岐点もない一本道で、かなり長い間ふたりは黙々と闇のなかを進んだ。

細い光の線が壁面から洩れている。通路はまだ先に伸びているが、途中にも出入口があるのだろうか。ファランギースは壁に手をあててみた。おどろいたことに、それはやわらかい感触で揺れた。ファランギースはそれをつかんでそっと動かし、隙間からのぞきこんだ。どこかで見た光景だ。ファランギースはそっと息をついた。そこは前日、招《しょう》じいれられた老領主ムンズィルの書斎であった。

VI

「あのタペストリーの裏側が、秘密の通路の入口のひとつになっていたとはねえ」

アルフリードが歎声《たんせい》をあげた。ファランギースは思案をめぐらせた。

「貴族の城館《じょうかん》に秘密の通路があるのは、べつにめずらしいことではない。問題は、当主のムンズィル卿がこのことをご存じだったか、ということじゃ」

「まるっきり知らなかったってことは、ないんじゃないかなあ。自分の家のことだよ。そりゃ、ま、小さな家じゃないし、自分で建てたわけでもないだろうけどね」

証拠なしに推測をつづけてもしかたないので、ふたりはしばらく黙ってさらに足を運んだ。松明《たいまつ》の灯は、空気の流れを知るためにも必要だが、暗闇からそれを目あてに矢でねらわれる恐れもある。どちらにころぶかわからない。それにしても、この通路はどこまでつづいて、最終的にはどこへ出るのか。

「……何の音だろうね」

「そなたにも聞こえるか、右の方向じゃな」

硬いものがこすれあう不快な音だった。硬いものはそれぞれ質がちがうようで、一方は金属、一方は石のようだ。ふたりが右へ方向を転じると、進むにつれ、不快な音は大きく、はっきりとしてきた。松明の火影《ほかげ》を受けて、ファランギースとアルフリードはうなずきあった。

石の床に鎖《くさり》が鳴る音だ。人か獣《けだもの》か知れぬが、何かがこの地下道に囚《とら》われている。

悪臭がただよい、うめき声が流れてきた。人だと確信できるまで、しばらく時間が必要だった。それほど獣じみたうめき声だったのだ。

やがて松明の灯に照らし出されたのは、ぼろをまとった老人であった。枯死《こし》しかけたポプラのように痩せおとろえ、白い髪が肩の下まで波うって伸びている。顔は下半分がひげにおおわれているようだが、よく見えないのは、壁のほうを向いているからだった。右の手首と左右の足首に鉄の鎖《くさり》が巻きつき、人頭大《じんとうだい》の鉄球につながっていた。

「そなたは何者だ？」

ファランギースのきびしい誰何《すいか》に、老人は弱々しく答えた。その答えは、アルフリードを仰天させ、絶句させるものだった。

「……わが名はムンズィル。この土地の領主じゃ。其方《そのほう》たちこそ何者か。いよいよわしを殺しにまいったのか」

老人は緩慢《かんまん》な動作で振り向いた。白く乱れた髪の下に、老人の顔を確認したとき、アルフリードの手にした松明が揺れた。

老人の両眼は黒ずんだ穴だった。何者かが老人の両眼をえぐりとったのだ。たとえ闇のなかに幽閉されていなくとも、老人はこのさき永遠に暗黒のなかに置き去りにされて、光を見ることはかなわぬ身なのであった。

「ファランギース……」

呼びかけるアルフリードの声に、困惑と同情がこもる。事情がどうであれ、この怪異な老人が虐待されていることはたしかだから、とりあえず助けてやりたいのだ。充分に彼女の心を読んで、だが、ファランギースは静かに頭《かぶり》を振った。

「アルフリード、わたしもこの御仁を助けて進《しん》ぜたいが、素手《すで》で鎖を断《た》つ術《すべ》はない。せめて苦痛だけでもやわらげてあげるといたそう」

一人前の女神官《カーヒーナ》であれば、医療や薬草学についても、ひととおりの心得がある。ファランギースは懐《かい》中《ちゅう》からひと包《つつ》みの粉薬をとり出した。バンデジャンという草の汁をしぼって乾燥させ、香料をまぜて粉にしたもので、苦痛をやわらげる効果がある。

包みを開いて老人の口もとにあてがうと、老人は赤黒い舌を伸ばしてそれをなめた。ほどなく老人の表情がゆるむのを見て、ファランギースはあらためて話しかけた。

「ご老人、そなたがムンズィル卿と名乗るのはかってじゃが、さて、そうなると、わたしたちがお会いしたムンズィル卿は何者ということになる」

「それは……」

「それは？」

「それは偽者じゃ。わしこそ真《まこと》のムンズィルじゃ。わしのいうことを信用せぬのか？」

美しい女神官は、かるく吐息《といき》した。

「ミスルもパルスも偽者ばやりのご時勢《じせい》と見える。いや、こちらのことだが、ご老人、そなたが真のムンズィル卿だという証拠はおありか？」

老人はうなり声をあげた。老人に同情しているアルフリードでさえ悪寒《おかん》をおぼえるような、負《ふ》の感情にみちたうなり声であった。

「おお、証拠はない、残念ながら。わしをここからつれ出してくれ。彼奴《きゃつ》と対決させてくれ。さすれば、彼奴の正体を、わしがあばいてくれる」

「正体とは？」

返答に間があった。

「彼奴はわしの兄なのだ」

ファランギースは眉をひそめただけであったが、アルフリードは声も出ない。

「……だが、ムンズィル卿の兄上は、ずっと昔になくなったはず。だからこそ、ムンズィル卿は次男でありながら、領主の地位を獲得できたのではないか」

「それは……そういうことになっていたのじゃ」

「事情をお聞かせ願いたい」

老人は、ひからびた唇を閉ざした。その唇が動かないのに、男の声がひびいた。ファランギースとアルフリードの背後から。

「そやつの口からいえるわけがないわ」

毒液のしたたるような声に慄然《ぞっ》としながら、アルフリードは振り向く。松明《たいまつ》の灯を受けて赤く染まった顔は、この日の朝まで「ムンズィル」と名乗っていた老人のものであった。

第五章

妖雲群行

10

I

人間の顔というものは、目や鼻や口の形だけで成立するものではない。それらの造作が表情と一体化して、はじめて個性を持った顔になるのだ。

そのことをアルフリードは身にしみて思い知った。いま彼女の前に立つ「ムンズィル卿」の顔の、何と兇々《まがまが》しいことであろう。

領主館で対面した「ムンズィル卿」は温和《おんわ》で礼儀ただしい一方、優柔不断さも目立つ老貴族であった。だが、いま、ファランギースとアルフリードの前に立ちはだかった人物は、顔の造作だけはムンズィルのものであっても、表情はまったく別の人格をあらわしていた。

平服だが、腰には刃幅《ははば》の広い剣をさげている。どのていどの剣士であるかは知れないが、ファランギースとアルフリードのふたりを相手どるのは困難であろう。彼の背後には、武装した数十人の兵士がひかえているかもしれない。そう思って、アルフリードは闇《やみ》の気配をさぐったが、甲冑《かっちゅう》のひびきもなく、兵士たちの息づかいも感じられなかった。「ムンズィル卿」はひとりでここへ来たようだった。

「くりかえすが、そやつの口からいえるわけがない。そやつの犯した大罪を告白することになるのだからな」

自信満々の態度、邪悪にかがやく両眼、毒を吐きつけるような口調。いまや「ムンズィル卿」は、はばかるものもなく、正体をあらわしたと見えた。

「ムンズィル卿、と、そうお呼びすればよろしいのかな」

わずかな皮肉をこめて、ファランギースが静かに応戦を開始した。

「何しろ、わたくしどもは事情に昏《くら》い。いずれのご老人が真のムンズィル卿であるか、判断しようにも材料がすくなすぎる。かさねてお尋ねするが、あなたをムンズィル卿とお呼びしてよろしいのか」

「せっかくだが、よろしくない。虚妄《きょもう》にみちた地上とちがって、地下は真実の世界。こやつの申したとおりでな、わしはこやつの兄にあたる者じゃ」

鎖《くさり》につながれた老人に指が突きつけられた。

「こやつはな、兄たるわしを地下深くに幽閉し、死んだことにして、まんまと領主の地位を奪いおったのよ。わしの地位を奪い、わしの人生を奪い、わしの名誉も未来も奪いおったのだ」

昨夜まで「ムンズィル」と名乗っていた老人の口から唾《つば》が飛んだ。その唾には、憎悪と激情の毒がこもっており、床に落ちたとき白煙をあげないのが不思議なほどだった。

男たちの激情ぶりにくらべ、女たちは冷静だった。ファランギースはもとより、アルフリードも、おどろきと嫌悪感が飽和《ほうわ》状態になってしまうと、すうっと昂奮が退《ひ》いて、醒《さ》めた目でふたりの老人を観察する気になった。見知らぬ土地の地底で、危険な事態に直面しているのだ。冷静にならなくては、この危地《きち》から脱出することもかなわぬ。ファランギースもアルフリードも、幾度となく死線《しせん》をくぐりぬけてきた身であったから、そのことをよく承知していた。

「どうも複雑すぎて当惑《とうわく》を禁じえぬ。この場におられるおふたり、おひとりはムンズィル卿だとして、もうおひとりは何とお呼びすればよろしいのかな」

「そうだよ、この際だから堂々と名乗ってほしいもんだね。偽《にせ》のムンズィル卿、じゃ、形がつかないだろ」

ふたりの女性は、真相に近づくと同時に、時間もかせごうとしたのだ。その思惑《おもわく》を読んでのことかどうか、昨夜までムンズィルと名乗っていた老人は、傲然《ごうぜん》と胸をそらして答えた。

「わが名はケルマイン。ムンズィルの兄で、オクサスの正統の領主である」

その声を聞いて、苦悶と憤怒のうめき声をあげたのは、鎖につながれていた老人だった。衰弱しきっていた身体のどこに、そのような力がひそんでいたのか。激しく鎖を鳴らし、声の主めがけて躍りかかろうとする。むろん無益な行為だった。

「おお、まだそれだけの気力があったか。よしよし《ゼムゼム》、そうでなくては生かしておいた甲斐がないわ。もっと苦しみもがいて、兄たるわしを楽しませてくれ、弟よ」

ケルマインと名乗った老人が、地下道の壁を震わせて笑った。

「他人に聞かせるためだけの笑いは、長くつづくものではないぞ」

ファランギースの声に、ケルマイン老人の笑いは急停止した。

「腹の底からの笑いではなく、口先だけのものゆえな。息も声も、すぐにつづかなくなるのじゃ。それはさておき、ケルマイン卿、いちおう貴族であられるらしいゆえ、卿と呼ばせていただくが、弟御《おとうとご》に領主の地位を奪われたには、相応《そうおう》のご事情がおありのはず。あなたが、ご自身の行為を正しいとお思いなら、堂々と説明していただきたいものじゃ」

ケルマインが猜疑《さいぎ》の視線でファランギースをえぐったが、美しい女神官《カーヒーナ》は平然としてつづけた。

「いや、他人にはいえぬほどはずかしい、なさけない事情なら、あえて聞こうとは思わぬが……ま、単に兄が弟に才幹のうえで負けた、というだけのことであろうな」

「だまれ！」

ケルマインが一喝する。こめかみに青く紐《ひも》のような血管が浮きあがっていた。松明《たいまつ》の灯にそれを認めて、アルフリードは心にうなずく。ケルマインの猜疑心は、怒りによって吹きとばされてしまったのだ。

「わしは兄というだけでなく、すべての面でムンズィルめよりすぐれておったのだ。だからこそ、何ひとつ波乱なく、父は長男たるわしを後継者にしたのだ。陰険なムンズィルめは、心に毒刃《どくじん》を秘めながら、機会をうかがっておったのよ」

憑《つ》かれたように、ケルマインは弟ムンズィルの「悪事」をあばきつづけた。

父が病床につくと、ムンズィルは兄の地位を奪うために策動《さくどう》を開始した。口ではしきりに兄に対する忠誠を強調し、すっかり油断させておいて、山地への遠乗りにつれ出したのだ。

　こころよく汗をかいたケルマインは、弟にすすめられ、革袋《かわぶくろ》につめられた麦酒《フカー》を飲みほした。妙に苦い、と思ったとき、手と足から力がぬけ、意識が闇に墜《お》ちた。

「ふたたび意識をとりもどしたときには、この地底にいて、鎖につながれておった。いまのこの男にようにな。わしは救いを求めて叫んだ。咽喉《のど》が破れて血を吐くに至ったとき、この男がやって来た。薄笑いを浮かべ、白と黒の喪服《もふく》を着た姿でな。そしてぬかした――いまあなたの葬式をすませてきたところです、兄上、とな」

　ケルマインは馬ごと谷に墜ちて死に、遺体は獅子《シール》に食われた、ということになっていたのだ。長男の死に衝撃を受けた父は、急速に衰弱して、ひと月ほどで世を去った。次男のムンズィルがあたらしい領主となった。

　語りつづけるケルマインの顔に、憎悪の縞模様《しまもよう》が浮きあがっていた。激情のあまり歯を嚙《か》み鳴らす。

「わしは何度、自殺しようと思ったかしれぬ。舌をかんでもよし、石の壁に頭をたたきつけてもよし、食《しょく》を絶って餓死《がし》してもよかった。だが、そのたびに、こやつはわしを脅迫しおったのだ。わしが死んだら、ただちにわしの子を、ナーマルドを殺す、とな」

「よほどに憎まれたものじゃな」

「わが弟ながら、心底からねじ曲がった奴。わしは死ぬこともかなわず、いつか正義がおこなわれることだけを頼みに、二十年の歳月を生きぬいたのじゃ」

「なるほど」

　ファランギースはうなずいてみせた。

「事故をよそおって地下に幽閉され、領主の地位を奪われ、二十年にわたって辛酸《しんさん》のかぎりをなめた。そなたは、憎むべき弟に復讐したというわけじゃな」

「復讐ではない」

「では何だというのじゃ」

「正義の裁きだ」

自信にみちて、ケルマインは断言する。ムンズィルはといえば、気力を費《つか》いきったのであろうか、弱々しい呼吸をくりかえすばかりで、反論しようとしない。

「ムンズィル卿のご夫人を、一年前に殺したのも、正義の裁きか」

ファランギースの声に、ケルマインは目を光らせた。

「ほう、そのようなことも存じておるのか」

「あるいは、と思っただけじゃ。いかに顔が似ていようと、妻が夫と別人を見あやまるとは思えぬ。最初は重病のために人が変わったかと思っても、しだいに不審が募《つの》り、疑惑が育《はぐく》まれていくであろうからな」

アルフリードは心にうなずいた。彼女も聞き知っていたことだ。ムンズィルの妻が長いこと館の外に姿を見せない、と。おそらく彼女は別人が夫になりすましていることに気づき、口封じのために殺されたのであろう。

「ということは、ザラーヴァント卿はこの男に母親を殺された、ということになるのか」

アルフリードは思ったが、そうではなかった。ザラーヴァントの母親はずっと前に死去し、ムンズィルは後妻をめとったのだ。ザラーヴァントが故郷を出て帰らない理由は、父の後妻に対して遠慮があったからである――とは、後日になって知らされたことだ。

何度めのことか、ケルマインが狂気をこめた笑い声をひびかせた。

「わしのことを、慈悲深いといってくれてよいぞ。わしはあの女を、ムンズィルの後妻めを、苦しめずに殺してやったからな。本来なら仇《かたき》の片割《かたわ》れ。石灰《せっかい》の穴に生き埋めにしてやってもよかったのだが、この手で絞め殺してやったわ。鶏《にわとり》より簡単に息をしなくなったぞ」

ファランギースとアルフリードは、ケルマインが慈悲深いとは思わなかった。問題は、ケルマインが生まれつき残忍な男であったか、復讐心によってそうなったのか、ということであった。

II

「それで、そなたはどうやって二十年にわたる幽閉から脱し、弟に対して復讐をとげることができたのじゃ？　後学《こうがく》のためにぜひ知っておきたい」

「あたしも、ぜひ知りたいね」

　問いかけに対して、ケルマインははじめていいよどんだ。

「それは……うむ、それはわしの長年の苦しみにくらべれば、とるにたりぬことじゃ」

「ふうん、でも正義の裁きがどうとかいうなら、自由の身になったあと、国王《シャーオ》アルスラーン陛下に訴え出ればよかったのさ。きっと公正な裁判をしてくださったろうよ。何でそうしなかったのさ」

　アルフリードが話題を変えてみせると、ケルマインの舌はふたたびなめらかに動き出した。

「アルスラーン？　ふん、あんな未熟な青二才に、何ができる。わしはあんな奴をあてにしたことは一度もない。いや、先代のアンドラゴラス王とて、わしを救ってはくれなんだ。国王《シャーオ》などに何の価値がある」

　ケルマインの舌に狂熱がこもった。

「わしには、アルスラーンなどよりはるかに強力で頼もしい味方がいるのだ。いや、おられるのだ。わしはその御方《おかた》に、至尊至高《しそんしこう》の存在に、忠誠だけでなく生命すらもささげると誓約《せいやく》したのじゃ」

　偽領主ケルマインの口調と、言葉の内容とが、ファランギースに悪寒をおぼえさせた。彼女はするどく闇に視線を放ち、剣の柄《つか》に手をかけながら問いかけた。

「誰のことじゃ、それは？」

「それは……」

　いいさしてケルマインは口を閉ざした。不自然というしかない態度を見て、アルフリードが別の角度から質問をあびせる。

「いくらムンズィル卿にすりかわったところで、ザラーヴァント卿の目をごまかせるわけないだろう？　いくら似ていたって、実の子が父親を見あやまるわけがない。現に、夫人だってそうだったんだから」

「そんなことはかまわぬ。どうせザラーヴァントの奴は殺すのだからな」

「へえ、どうやってさ。ザラーヴァント卿はけっこう強いよ」

「お前たちが知る必要はない」

ケルマインは吐きすてた。

かわりにファランギースが口を開く。

「アルフリード、だいたいのことはこのわたしにもわかる。このおぞましい復讐者は、口実《こうじつ》をもうけて、まずわたしたちを呼び寄せたのじゃ」

ケルマインは沈黙している。目の動きが狡猾だった。それを観察しながら、ファランギースはアルフリードに対して説明をつづけた。

「そして、わたしたちを奇妙な状況のなかで殺害し、死体を隠してしまう。国王《シャーオ》の近臣がふたりそろって姿を消してしまったとあっては、ザラーヴァント卿が責任を感じ、調査のために故郷へ帰ってくるのは必定《ひつじょう》。谷の入口にでも兵を伏せ、不意に矢をあびせかければ、いかにザラーヴァント卿が勇猛であろうと、まず討ちもらすことはあるまい」

「あたしたちは囮《おとり》ってわけかい」

アルフリードは憮然《ぶぜん》とした。ファランギースの説明が正しければ、ケルマインの言動には、おおかた納得がいく。

「でも、そんなやりかた、長く通用するはずがないよ。だって、これでザラーヴァント卿まで行方《ゆくえ》が知れなくなったら、王都のほうで手をこまねいてはいないもの」

「それはそうじゃな」

「そうだよ。ナルサスかダリューン卿か、もしかしたらアルスラーン陛下ご自身で、軍をひきいてこの谷へ親征なさるかもしれない。いくらこの谷が要害《ようがい》でも、王都の大軍の前に、そう長くは保たないさ」

「そして王都は空《から》になる」

ファランギースの冷静な声に、アルフリードははっとして息をのんだ。

ファランギースはケルマインの目から視線をはずさない。

「こうなると、ナーマルドが落とした手紙、ミスル国からの密書は大きな意味を持ってくるな。内外呼《ないがいこ》応《おう》してパルス王国を亡ぼそうというのではないか。ミスル国がチュルク国と結ぶのはまず不可能だが、そのていどのことなら充分にできようぞ」

「………」

ケルマインは答えない。答えるのは不利と思ったのか、いまやかたく口を閉ざし、両眼に脂《あぶら》ぎった光をたたえ、そろそろと足を動かしかけた。

「それとも、ミスル国すら陰謀の道具にすぎぬか。目的は、パルスの国内に混乱を引きおこし、分裂と争乱《そうらん》を招き寄せることか。何者がそのようなことを望む？　地上だけではなく地下にひそむ者どもか」

すさまじいほどの緊張の高まりに耐えかねて、短剣の柄をにぎったまま、アルフリードがささやきかけた。

「ファランギース⁉」

「気をつけよ、アルフリード、この復讐者は、憎悪に目がくらんで、蛇王ザッハークに魂《たましい》を売ったとみえるぞ！」

一瞬アルフリードは立ちすくんでしまった。蛇王ザッハークの名が雷鳴のごとくとどろきわたり、目に見えない鎖となって、アルフリードを縛りあげてしまったのだ。王族だろうと自由民だろうと盗賊だろうと、ザッハークの名を聞けば戦慄せずにいられない。理屈ではない。パルス人であれば誰でもそうなる。アルフリードの勇敢さと敏捷《びんしょう》さをもってしても例外ではなかった。

そして、じつはファランギースでさえもそうだった。アルフリードに対して警告を発するのが一瞬だけ遅れたのだ。

ファランギースの一瞬と、アルフリードの一瞬。あわせて、わずか二瞬。それだけで、憎悪と怨念《おんねん》にくるった老人にとっては充分だった。

人間とも思われぬ叫びを発して、ケルマインは宙を奔《はし》った。

魔道による飛行か。だが、とっさにファランギースがふるった細身の剣に、手ごたえがあった。黒い大蛇が床に躍った、と見えた。黒く塗られた綱が天井近くに張りわたされており、それがファランギースの剣で切断されて落下してきたのだ。

つづいてアルフリードの足もとに落ち、火花を散らしてはね返ったものがある。滑車だった。そのひびきを圧して、重い不吉な音がわきおこる。第二の火花が散った。宙から舞いおりたケルマインの左肩めがけ、アルフリードが猛然と短剣《アキナケス》を突き出したのだが、寸前、何か固いものが刃をさえぎったのだ。思わずアルフリードは罵声《ばせい》をあげてしまった。

「何てこったい《イラッラール》！」

アルフリードとケルマインとの間には鉄格子が立ちはだかっていた。親指ほどの太さのあるその一本が、短剣《アキナケス》の刃をくいとめたのである。重い不吉な音は、鉄格子が動き出す音であったのだ。

「雌獅子《めすじし》どもめ、檻《おり》に閉じこめてくれたぞ」

ケルマインは毒々しく笑い、鉄格子をつかもうとして手を引っこめた。うかつに近づけば、鉄格子ごしに女たちの刃が一閃《いっせん》するであろう。

「五日たったら来てやる。飢《う》え疲れたお前たちを、どう処分するか、その間にゆっくり考えておこうぞ。無力な神々に、せいぜい幸運を祈るがいい」

わざとらしく、ひときわ高々と笑うと、ケルマインは、松明《たいまつ》の灯のとどかぬ闇の奥へ、兇々《まがまが》しい姿を溶けこませていった。

「してやられたな。不覚であった」

「大丈夫さ。ナルサスがいる。きっと的確に策《て》を打ってくれるよ」

「軍師どのは、たしかに比類ない智者であられる。だが、ナルサス卿は、ナーマルドが落とした手紙のことまではご存じない。神々でなくては、知りようもないことじゃ。軍師どのの知略は、精確な情報にもとづいてこそ発揮されるのだから」

アルフリードは考えこんだが、すぐ元気のよい声をあげた。

「ということは、あたしたちは、どうあっても生きて王都に帰らなくてはならないってことだね」

「そのとおりじゃ。王都に帰って、陛下や軍師どのにこの件をご報告申しあげねばならぬ。ひとつまちがえば、パルス国の存亡にかかわることゆえ」

　ファランギースは懐中から小さな翡翠《ひすい》の笛をとり出した。アルフリードが手をたたく。

「ああ、その笛を吹いたら、出口まで精霊《ジン》が案内してくれるんだね」

「地上ではな」

「え？」

「精霊《ジン》は地下を好まぬゆえ、笛の音の聞こえる範囲におらぬかもしれぬ。だとすると、吹いても無益なのじゃが」

「そ、それは吹いてみないとわからないことだろ。いちおう吹いてみておくれよ」

　うなずいて、ファランギースが笛に口をあてたとき、鉄格子の彼方《かなた》から音がわきおこった。ファランギースは笛から口を離し、ふたりは耳をすませた。

　優美な音曲にはほど遠い、妙に重くて騒々しい音だ。それは人の足音と、何やらじゃらじゃらと鳴る金属のひびきだった。

　音の正体はすぐに知れた。鉄格子の向こうにあらわれたのは、先刻、ファランギースたちに追われて逃げ出したナーマルドの姿で、腰帯《こしおび》には大きな鍵《かぎ》の束が揺れていた。

III

「いいざまだな、女神官《カーヒーナ》」

　あざけりの声をかけられて、ファランギースはそっけなく答えた。

「そなた、何者じゃ」

「何者だ、だと？」

　ナーマルドはおおげさに目をむいた。

「あきれた女神官《カーヒーナ》だ。何度も会ったのに、おれの顔をおぼえていないというのか」

「おぼえておる。心ならずもな」

「だったらいってみろ、おれが誰だか、名前にさまをつけて呼んでみろ」

ファランギースの双瞳《そうどう》は、松明の光を受けて、宝石のようにきらめいた。

「本人はナーマルドとか名乗っておったな。だが、わたしがいいたいのは、それが事実かどうか、ということじゃ。何しろ、この地下にはムンズィル卿と称する人物が、ついさっきまでふたりおったゆえな」

「事実だ。おれは正真正銘、この世でただひとりのナーマルドさまだ」

「それは残念」

「何だと?」

「ナーマルドという名のために惜しむのじゃ。そなたが偽者で、他に真のナーマルドがいるとしたら、いますこし賢明で度量《どりょう》のある人物であることが期待できたものを」

「けっ、なぜそんな期待ができる?」

「わかりきったことではないか。そなたほど愚《おろ》かで狭量《きょうりょう》な人間は、これまで見たことがない。どんな男であっても、そなたよりましなはずじゃ」

ナーマルドの顔がひきつる。アルフリードが声をあげて笑った。

「まったくだよねえ、こいつにくらべたら、ギーヴ卿なんて半分、神さまに思えるもの」

「それはほめすぎじゃな。せいぜい五分の一ぐらいであろう」

ようやくナーマルドは息とともに言葉を吐き出した。

「つらにくい女神官《カーヒーナ》め。サソリの尾のような舌を持っておるわ」

するどい毒舌《どくぜつ》のことを、パルスでは、「口のなかにサソリの尾がはえている」と表現することがある。

「だが、天上の麗人《フーリー》のごとく美しいことも認めてやろう。どうだ、心をいれかえて素直になるなら、地下から出してやってもいいぞ」

ファランギースが返事をしないので、ナーマルドは視線を横に動かした。

「そちらの見習い女はどうだ。この女神官《カーヒーナ》に、おれの側女《そばめ》になるようにすすめろ。そうすれば、お前も下女ぐらいにはしてやるぞ」

「まっぴらごめんだね《アスタグフェロッラー》」

アルフリードは軽蔑のしるしとして、思いきり舌を出し、顔の前で指を鳴らしてみせた。ナーマルドが何かどなろうとしたとき、ファランギースが問いかける。

「そなた、自分の父親が叔父と入れかわったのを、いつから知っていたのじゃ」

「ほとんど最初からだ」

つりこまれてナーマルドは即答する。

「親父のやったことは当然のことだ。親父は領主として自分の正統な地位をとりもどし、おれもまた正統の後継者としての地位を回復したってわけだ。まったくもって、めでたしめでたしさ」

「結局それか」

ファランギースの声に霜《しも》がおりた。

「自分が正統の後継者だと思うなら、それにふさわしい力量《りきりょう》を持つよう努《つと》めるがよい。生まれつき他人より有利な位置に立っているのであれば、他人とおなじ努力で他人より遠くまで行けるはずではないか。だが、そなたが将来のオクサス領主として自分をみがいてきたとは、とても思えぬ」

「何をいうかと思えば、くだらん説教か。ほざけほざけ、おれは叔父ムンズィルのあととりとして、オクサスの主となる。ムンズィルの甥《おい》、じつは隠し子ということにしてあるわけだから、誰からも異論は出まいて。ザラーヴァントのまぬけめ、真実を知ったときの面を見てやりたいわ」

アルフリードがナーマルドをにらんだ。

「ひとつ確認しておきたいんだけど」

「うるさい女だな、何だ」

「神殿から行方不明になった三人はどうなったのさ」

「お前たちが知る必要はない」

「乱暴して殺したんだろ⁉」

「ふん、だとしたらどうする」

歯茎《はぐき》までむき出して、ナーマルドはせせら笑った。

「この谷はおれのものだ。この谷に住む女もすべておれのものだ。生かそうと殺そうと、服を着せようとぬがせようと、おれの意向《いこう》ひとつだ」

「下種《げす》！」

「何だと」

「下種な男は腕ずくで女を屈伏《くつぷく》させようとするものだけどさ、その腕ずくでさえ、あんたはまともに女に勝てないんだものね。下種のなかの下種、それがあんただよ」

「……ぬかしたな」

「怒ることないさ。どんなことでも国で一番なら、たいしたもんだ。たとえ下種でも卑怯者でも嘘つきでもね」

いいながら鉄格子に向かってアルフリードは歩み寄った。無造作な足どりに見えるが、戦士として計算されつくされた足どりだった。そのことが、ファランギースにはわかったが、ナーマルドにはわからなかった。

つぎの瞬間、アルフリードの吐きかけた唾が、鉄格子の隙間から、ナーマルドの鼻にかかった。

兇暴な叫び声をあげて、ナーマルドは鉄格子の隙間から腕をつっこんだ。間一髪で、アルフリードは跳《と》びすさっている。ナーマルドの大きな手は空をつかんだ。そして、伸びきったナーマルドの右腕を、横あいからつかんだのはファランギースだった。

強烈に腕をひねりあげる。

ナーマルドは上半身を鉄格子に押しつけられ、苦痛と狼狽《ろうばい》の悲鳴をあげた。自由な左手でむなしく空をかく。

「アルフリード、鍵を！」

そういわれたとき、すでにアルフリードのしなやかな指は、ナーマルドの腰帯から鍵の束をもぎとっていた。

「いったいいくつ鍵を持ってるんだろ、この役立たずは」

舌打ちしながら、アルフリードはつぎつぎと鍵をためした。四つめで反応があり、錠前《じょうまえ》は自棄《やけ》になったような音をたててはずれた。

鉄格子の一部が開き、アルフリードがそこからすべり出た。短剣《アキナケス》の尖先《きっさき》をナーマルドの咽喉《のど》に突きつける。ナーマルドの腕を放して、ファランギースも外に出た。ナーマルドが腰を蹴られ、鉄格子の中へ転がりこんで、錠前がおろされ、囚人と看守の立場が逆転しようとした、まさにそのとき。

どこからか陰々《いんいん》たる声がひびいてきた。

「この期におよんでも、父の足を引っぱるか……腑《ふ》甲斐《がい》ない奴め」

「父上、助けてくれ」

「自分で何とかできぬのか」

「み、見すてないでくれ。おれはあんたの息子だ。あんたのだいじなあととりだぞ！　も、もし、おれを見すてるというなら……」

ナーマルドの声がとだえた。ファランギースに勁《けい》動脈《どうみゃく》を強く押さえられて声が出なくなったのだ。

アルフリードが闇に向かって皮肉を投げつけた。

「出来の悪い子ほどかわいい、とはよくいったもんだね。でも、ナーマルドのやつ、あたしたちにはちっともかわいくないんだ。あたしたちを地上に出さないと、あんたのかわいいナーマルドは首と胴が永遠に離れてしまうよ」

「おのれ、人質をとるなど卑怯だとは思わぬか」

「卑怯？　あんたたちにはいわれたくないね。抜け穴を使って女ばかりの神殿に忍びこんで、女をかどわかすような奴らにね」

「あの女どもは犠牲にささげられたのだ。むやみに殺したのではないぞ」

アルフリードは笑殺《しょうさい》した。

「まともな神々が人間の犠牲など欲《ほっ》したもうはずがないさ。どうしても必要なら、あんたたち自身が犠牲になればいい。名誉なことなんだろ？　どうしてそうしないのさ」

アルフリードの痛烈な質問に、声の主は即答しなかった。ファランギースは声の主がどこにいるか、気配をさぐったが、たくみに相手は闇の中に潜んで位置をつかませない。

「……わしが自殺もせず、錯乱もせず、屈辱に耐えて地底で生きのびたのは、ひとえにお前のためであった」

「お前」とは、むろんナーマルドのことであろう。

「蛇王ザッハークさまのご威光によって地上へもどることがかなったとき、わしはお前の成長が楽しみであった。お前は身体だけは大きくたくましくなっておったが……」

ケルマインの声は、胆汁《たんじゅう》さながらに暗く苦《にが》い。

「女ども、不本意だが取引しよう。ナーマルドを、わが不肖《ふしょう》の息子めを解放せよ。かわりに、きさまらの安全を保障してやろうぞ」

おちつきはらってファランギースが口を開く。

「この鎖につながれたご老人は？」

「…………」

「どうした？」

「そやつの命運は、きさまらに関係ないことではないか。助ける値打もない奴。なぜこだわる？」

「おぬしは二十年にわたって幽閉されたというが、両眼をえぐられはしなかったであろう」

「……何をいいたい？」

「それで満足しろ、とはいわぬ。まだ飽《あ》きたりないであろうが、このご老人を生かしておけば、また復讐の機会も来るというものじゃ。ここはひとつ引き分けということにして、決着は後日にせぬか」

「そうしてくれ、父上！」

ナーマルドがどなる。アルフリードの短剣《アキナケス》の尖端が、ごくわずかながら彼の皮膚にくいこんで、血がにじみ出した。ナーマルドの声がひときわ高まる。

「わかった。かってにせよ」

うめくような諒承《りょうしょう》の声がして、とりあえず談判が成立した。

IV

追い放たれたナーマルドの姿が酔漢《すいかん》のようによろめきながら闇に溶けこむと、ただちにファランギースは、真物の老領主ムンズィルを鎖から解放してや

ることにした。談判は成立しても、永続きするはずはない。偽領主ケルマインが兵を動かす前に、地底から脱出しておくべきであろう。

「アルフリード、そなたが持っている鍵束のなかに、たぶんこの老人の鎖をはずす鍵があるであろう。それを使ってくれ」

「わかった、だけど……」

「不満か？」

「不満というわけじゃないけど、何だか、すごくいやな感じなんだよね。聞かなければよかった、聞きたくもなかった、そういうことばかり聞かされてさ」

その心情は、ファランギースにもよくわかる。

「あのケルマインと名乗った人物が申した経緯《いきさつ》が事実だとすれば、ずいぶんとおぞましい話じゃ。だが明々白々たる物証があるわけではなし、いまのところ一方的な弾劾《だんがい》であるにすぎぬ。こちらのご老人からも証言を聞かぬかぎり、うかつに信じることはできぬし、裁きようもないぞ」

「そうだね、アルスラーン陛下とナルサスに裁きはおまかせしよう」

アルフリードは鍵束を鳴らして、鎖につながれた老人に近づいた。血と汗と脂とに汚れきった身体や衣服からただよう悪臭が鼻をつく。思わず顔をしかめながら、アルフリードは、だが「くさい」と口には出さなかった。今度は三つめの鍵がめでたく反応し、錆《さ》びついた鎖はきしみながらはずれた。へたりこもうとする老人を、アルフリードがささえる。

「わしは兄が憎かった……」

長いあいだ沈黙していた老人がひからびた唇を動かした。どこか力のぬけてしまった声であったが、しだいに熱をおびてくる。憎悪が力の源泉《げんせん》となったかのようだ。老人の衰弱しきったはずの身体に激情の慄《ふる》えが走った。

「兄は自分が父の後継者であるのをよいことに、わしの許婚者《いいなずけ》を横どりしたのだ。そしてナーマルドを生ませた。わしは兄を憎んだ。憎むのが当然ではないか！」

アルフリードには返答のしようがない。憎みあい傷つけあって老年に至った兄弟が、あわれであり、おぞましくもあった。

「ナーマルドを殺す気はなかった。あれは、わしの許婚者が生んだ子だ。いずれ父親の姿を見せてやった上で、そこそこの地位をくれてやろうと思っておったに……」

「さあ、しゃべるのは地上に出てからでいいだろう。鎖はもうはずれたよ。自力で立てるかい？」

なるべくやさしい声をかけながら、アルフリードは老人の身体をささえた。地上に出て陽の光を浴びれば、老人の暗く濁《にご》った怨念もすこしはやわらぐかもしれない。

アルフリードが老人をささえ、ファランギースが松明《たいまつ》をかかげて、三人は歩き出した。とりあえず、神殿の方向へと歩いたのだが、十歩と行かぬとき、闇が悪意をこめてうなった。老人が小さくのけぞった。悲鳴のかわりに、少量の血と息が吐き出されただけだ。咽喉《のど》もとに突き刺さった太い矢が、松明の灯を受けて黒々と震えた。

「ざまを見ろ、殺してやったぞ！」

ナーマルドの叫び声だ。憎悪と歓喜に煮えたぎった声が闇をかきまわした。

「つぎはきさまらの番だ。どちらから射殺してやろうか。いや、まず動けなくしておいて……」

その声が苦痛の悲鳴に急変する。

「ああっ、ちくしょう、痛い、痛い、よくもやったな……！」

跳躍したファランギースが、左手に松明を持ったまま右手に長剣をふるい、闇に向かって容赦《ようしゃ》ない斬《ざん》撃《げき》をあびせたのだ。

「ファランギース！」

「手ごたえは充分だった。だが、はたしてどこを斬ったかな」

「……左腕だよ」

アルフリードが指さす。数歩の距離をへだてて、石の床に何か転がっていた。松明の灯影《ほかげ》がかろうじてとどく範囲だ。それは弓をつかんだままの人間の左腕であった。

「ちくしょう、ちくしょう」

単純だが深刻な呪詛《じゅそ》の声がつづいていた。負《ふ》の感情が血とともに床にしたたり、闇に反響をかさねる。

「よくもおれのたいせつな左腕を斬り落としたな。女神官《カーヒーナ》め、赦《ゆる》さんぞ、見ておれ、泣面かかせてやる」

声が遠ざかっていく。ナーマルドは意外な弓の手練《しゅれん》を見せつけたわけだが、二度とそのような機会は来ないであろう。追いかけてさらに一刀をあびせる気にもなれず、ファランギースは血ぬれた剣を鞘《さや》におさめ、倒れた老人の上に松明をかかげた。老人の顔に苦痛の表情はなく、ひたすら虚《うつ》ろだった。

「だめだ、もう息をしてないよ」

「……ザラーヴァント卿には、まことに気の毒な仕儀《しぎ》となったな」

ふたりの溜息《ためいき》がかさなった。だが、いつまでも感傷《かんしょう》にふけっている場合ではない、という戦士としての判断がある。冷徹にいうなら、ふたりがいそいで地底から脱出するに際し、足手まといがなくなったのだ。地下道のどこで敵が待ち伏せしているにせよ、ふたりの女戦士は充分に実力をふるうことができるのである。

「アルフリード、ご老人の髪をひと束だけ斬りとってくれ。せめてそれだけでも、ザラーヴァント卿にとどけてやろう」

「わかった」

「それがすんだら、すぐここを出る」

真物の老領主ムンズィルの遺体は置いていくしかないのだ。後日、あらためて埋葬するとしても、ファランギースとアルフリードが生きて脱出をはたさないかぎり、不可能なことだった。

ふたりは老人の遺体にかるく拝礼すると、半ば走るように地下道を進んだ。松明がほどなく燃えつきる。真の闇につつまれるまでに、できるだけ距離をかせいでおく必要があった。

ふたつほど角を曲がったころ、異変に気づいた。まだ息がはずむほど進んではいなかったが、アルフリードが小首をかしげる。

「ファランギース、何か変な匂《にお》いがしないかい？」

「そなたも気づいたか」

　松明の灯が一瞬ごとに暗くなる。ふたりは緊張した表情を見あわせた。アルフリードがあえいだ。

「ファランギース、これは煙の匂いだよ。何かが近くで燃えてる！」

　その声を合図としたかのように、煙の尖兵《せんぺい》がふたりの背後から追いついてきた。アルフリードが目をこすり、ファランギースが二度咳《せき》をした。意外なできごとではあったが、美しい女神官《カーヒーナ》はただちに事情をさとった。

「ナーマルドが火を放ったのじゃ。わたしたちを焼き殺すか、蒸《む》し殺すか、いずれにしても生かして地上に出す気はないらしい」

「おもしろい、生きて出てやろうじゃないのさ」

　口にはいりこんだ煙とともに、アルフリードが怒りを吐き出した。

「そして二度と、こんな陰険な所業《まね》ができないようにしてやる！　ああ、もう、まったく、どうせならもっと勇ましくて堂々としていて尊敬できる敵と戦いたいよ」

「それこそ勇者の気概《きがい》というものじゃな。だが、戦う前に、ここは逃げるしかなさそうじゃ」

　ひときわ濃い煙が吹きつけてきて、ふたりの目と鼻を無慈悲にひっかいた。だが、それで煙の吹きつける方角を正しく判断することができた。煙と風に背中を押されながら、ふたりは地下道を駆け出した。

　風があるということは、どこかに空気の出口が存在することになる。風下へ逃げるのは当然であった。そして、そのことは、神殿の隠し扉が開いたままであることを示していた。

　どうやら助かりそうだ。なお駆けながら、アルフリードが、最近できた友人のことを思い出した。

「そうだ、レイラが気づいて助けに来てくれればいいけど」

「レイラか。あれは頼もしい娘だが、あまり期待しても悪かろう。何も知らず、いまごろは夢の園を散歩しているのではないか」

「うらやましいね、あたしもそうしたい」

「レイラといえばな、アルフリード」

　現在の状況と直接は関係ないことだが、ファランギースはレイラに関して気になっていることがあった。昼の間に、アルフリードから聞いた話である。おそらくレイラは十九歳で、他のふたりの赤ん坊とともに神殿の前にすてられていた、というのだが……

「思いあたらぬか、アルフリード」

「レイラについて？　何を？」

「アルスラーン陛下のご出生にまつわる秘密のことじゃ。十九年前、当時のタハミーネ王妃がご出産あそばされた御子《みこ》は女ではなかったか」

　あっと叫びかけて、アルフリードは口をおさえた。ふたりのほかには誰もおらず、口をおさえる必要もなかったのだが。

「……そうか、気がつかなかった。単なる偶然じゃないかもしれないね」

「まだ結論を出すのは早い。単なる偶然かもしれぬ。だが、レイラのはめていた腕環は銀でできていて、雄牛にまたがった若者の姿が彫《ほ》られていたのであろう？」

「そう、短剣を雄牛の首に突き刺してた」

「王族か、それに匹敵する高貴な身分の者だけに許される意匠《デザイン》じゃ。その若者はミスラ神の地上におけるお姿なのじゃから……」

　ファランギースは口を閉じた。背後から熱気が押し寄せ、赤い光がせまってきたのだ。煙だけでなく火が近づいている。速すぎるのではないか。

　そう思いつつ振り返ると、不吉な色に踊りくるう炎が見えた。見る見るふたりに近づいてくる。火ではなく、水が流れるように。その動きを見て、ふたりはさとった。ナーマルドは火を放っただけでなく、油を地下道に流しこんだのだ。地下道にはわずかに傾斜があるようで、油は火を乗せて、地下道全体を焼きつくしつつ、ふたりに肉薄してくるのだった。

　無言でファランギースとアルフリードは走り出す。

もはや全力疾走だ。炎の反射で地下道が赤々と染まるなか、ふたりの足がにわかにとまった。前方から場ちがいな歌声がひびいてきたのだ。

「ラールラー、ルルラルー、嵐のごとき喝采《かっさい》のなか、旅の楽士、優雅に登場」

「ファランギース、あの歌声！」

「パルスは広く、人は多けれど、あのようなおどけ者は、ふたりとあるまい」

「でも、ギーヴ卿がどうして……やっぱり、よからぬ目的で神殿にはいりこんだんだろうか」

　考えこんでいる余裕はなかった。赤い熱風に押されて、ファランギースとアルフリードはまた走り出す。その前方に出現した人影が、うやうやしく一礼した。状況をわきまえぬ虚礼《きょれい》ぶりが、いっそあっぱれである。

「やあ、ファランギースどの、それにアルフリードどのも、ご無事で何より」

「戯言《ざれごと》をいう間に、無事ではなくなるぞ」

と、女神官《カーヒーナ》の声は冷たい。

「おぬしの目がいくら不純に曇《くも》っていようと、あの炎は見えるであろう。すぐ神殿にもどり、火災の発生を知らせるのじゃ。避難させぬと、何百人もの死者が出よう」

「しかも女性ばかり。これはおおいにまずうござるな」

　まじめくさってうなずくと、ギーヴは道を開いてファランギースとアルフリードを先に行かせ、自分が後尾を守って走り出した。三人の影が、赤く染まった地下道の壁に揺れ、そのあとを猛火が追撃していく。

V

　黄金色と薔薇色《ばらいろ》の黄昏《たそがれ》が終わると、濃藍《のうらん》色の夜がとってかわった。日中の熱気が一瞬ごとにしりぞき、涼気が王都エクバターナの市街をつつみこむ。詩人たちが讃《たた》えてやまぬ「王都のうるわしき夏の宵《よい》」が、またはじまろうとしている。

て、鷹《シャヒーン》の告死天使《アズライール》を自分の腕からとまり木にうつして、国王《シャーオ》アルスラーンは露台《バルコニー》へ出てきた。天上には星座、地上には灯火の群。夜風に乗って、市街のざわめきもかすかに流れて来る。「平和と繁栄」という表現そのままの場所と時刻であった。

この夏、アルスラーンは王都を動かず、甲冑《かっちゅう》を着ることもなく、国政に専念することができた。まだ夏が終わったわけではないが、奇蹟のように平穏な日がくり返された。

「こういう毎日も悪くないなあ」

予定どおりに執務や行事をこなす日々が、案外アルスラーンはきらいではない。若くしてすでにアルスラーンは「武勇の国王《シャーオ》」としての実績をあげ、名声を確立している。いまさら軍事的成功を求めて、無用な戦いに国家を巻きこむ必要もないのであった。

表面的に平穏な、ある意味では退屈な日々を、アルスラーンは、たぶん過大評価している。それというのも、このような日々が永くつづくものではない、ということを、若い国王《シャーオ》が感じているからであった。

だからアルスラーンは毎日、ダリューンやナルサスと会う時間をつくり、なるべく食事をともにした。いずれ、ゆっくりと談笑などしていられぬ日が来る。そう思ってのことである。

アルスラーンは十八歳。まだ十八歳である。だが地上に夭逝《ようせつ》や横死《おうし》の王者は多く、青春が晩年となってしまった例もある。可能性は無限だが、アルスラーンの統治者としての理念や構想が、生きているうちにすべて実現できるとはかぎらなかった。理念を継承する者をこしらえるのも王者の義務、よってなるべく早くご結婚を——というのが、老宰相ルーシャンの口癖である。

アルスラーンは食卓についた。陪席《ばいせき》はダリューン、ナルサス、エラム。ここ何日かつづく顔ぶれだ。ひととおり料理と酒を楽しむと、アルスラーンは色気のない話題を持ち出した。

「ずっと気になっていることがある。聞いてくれるか」

「どうぞ、陛下のお考えをうけたまわりましょう」

ナルサスの表情が、教師のものになる。またかい、といいたげなダリューンの目つきであったが、さりげなく葡萄酒《ナビード》の杯をかたむけた。

「今年の二月、わが軍はナルサスの軍略にもとづいて、シンドゥラ国を劫掠《ごうりゃく》する仮面兵団を討った。そのとき、トゥラーン、チュルクの両国を通過してシンドゥラ領へ出たのだ」

世に「アルスラーンの半月形」と呼ばれる劇的な軍事行動であった。ナルサスの軍略は完璧な形で成功し、それ以来、パルスは他国と戦火をまじえることなく、平穏な夏を迎えることができたのだ。

「チュルク国のカルハナ国王は、どう思ったことだろう。自国の領土を他国の軍隊に通過され、シンドゥラ国への侵攻には失敗し、貴重な戦力である仮面兵団を失った。私がカルハナ王の立場であっても、パルス国を憎まずにいられない」

「絵に描いたような逆恨《さかうら》みでございますな」

ナルサスがいうと、わざとらしく音をたてて、ダリューンが卓上に杯を置いた。

「さてさて、誰の描いた絵やら」

「うるさいぞ、芸術を理解せぬ俗物め。失礼いたしました、陛下、どうぞお先を」

いつもながらのやりとりに微笑しながら、アルスラーンは先をつづける。

「むろん国王個人の感情だけで、軍を動かし、他国と戦争をはじめるわけにはいかないだろう。だけど、その気になれば、カルハナ王にはそれなりの理由がつくれる。ナルサスは以前、私にいった。カルハナ王は穴熊《あなぐま》の性《さが》ゆえ、大胆に他国へ兵を出すことはできず、難攻不落の国都へラートにたてこもって動くことができない、と」

「ご記憶のとおりでございます」

ナルサスが卓上で指を組む。ダリューンは白米飯《チエロウ》にポロワをかけて食べはじめる。これは牛と羊の挽《ひき》肉《にく》に巴旦杏《はたんきょう》と干葡萄《ほしぶどう》をくだいてまぜ、胡椒《こしょう》で味をととのえたものだ。

「もともとチュルク人はトゥラーン人と同族だった。

いまトゥラーンは国王が不在、軍隊も潰滅《かいめつ》して、国家の態《てい》をなしていない。カルハナ王が大軍を北へ進めれば、トゥラーンの領土はチュルクの手に落ちるかもしれない」

アルスラーンの言葉にうなずきつつ、ナルサスは手もとにザクロの氷菓子《シャーベット》を引き寄せ、梨《なし》の木でつくられた匙《さじ》を手にする。

「カルハナ王が大軍を北へ派遣するとして、その目的は、ただ領土をひろげるだけでございましょうか、陛下」

アルスラーンも梨の木の匙を手にする。彼の前にエラムが置いたのは酢蜜《セキャンジェヴィーン》かけシャーベットで、さわやかな薄い甘味が特徴である。

「トゥラーン領を手にいれることができれば、カルハナ王は、北からパルス国へ侵攻するための路《みち》を確保することになる」

脳裏に、パルス周辺の地図を描きながら、アルスラーンは匙を動かす。

「アルスラーンの半月形。今年の二月にわが軍が行動した針路を、そう呼ぶのであれば、同じ路を逆にたどって、チュルク軍がパルス国に侵攻するとき、どう呼ばれるだろう」

「カルハナの半月形、とでも申しますかな」

と、ダリューンが笑う。彼はポロワをかけた白米飯をたいらげて、今度は紅茶の椀を手にしている。

「もしそういうことをやってのければ、カルハナ王の復讐心と虚栄心は、おおいに満足させられましょうな」

「ダリューンもそう思うか」

「さよう、春から夏にかけてチュルク国のカルハナ王は沈黙をたもっております。おかげで国境が平穏なのはよろしゅうござるが、かの御仁《ごじん》、肚《はら》のなかで何をたくらんでおることやら」

紅茶の湯気をすかして、ダリューンは、じろりとナルサスを見やった。

「陛下のご懸念《けねん》はごもっともだ。パルス軍にできたことがチュルク軍にできぬはずがない、とカルハナ王が思いこんだとしても、不思議はあるまい」

「それはまあな」

もともとパルスの北方国境には平原がひらけており、要害となる山岳も大河も存在しない。だからこそ、トゥラーン国が強盛であったころは、パルス国もずいぶん悩まされたのである。平原での騎馬戦では、勝つにしても犠牲が大きい。しかも敗れたトゥラーン軍はどこまでも後退していくので、それを追撃してとどめを刺すのは至難の業であった。アルスラーンの王太子時代に、トゥラーン軍を潰滅《かいめつ》させることができたのは、ダリューンやナルサスの功績もさることながら、トゥラーン軍がパルス領に深入りしすぎたからでもある。

ナルサスがエラムに顔を向けた。

「カルハナ王がその気になって大軍を北上させ、トゥラーン領へ侵攻したとする。そうなるとチュルク国はどういう状態になる、エラム？」

「大軍とやらの規模にもよると思いますが、もし全軍こぞって出征ということになれば、チュルクの本国は空になってしまいます」

「……ということだ、ダリューン」

ナルサスは笑顔をつくり、シャーベットの一片を口のなかに放りこんだ。

「なるほど、チュルク国の南にはシンドゥラ国がある。そして彼《か》の国の主君は例の御仁……」

「愛すべき陽気な悪党どのだ。ついでにいえば、ラジェンドラ二世陛下のもとには高貴な囚人がひとりいる。おぼえているか、エラム？」

「はい、たしかカドフィセス卿と申す御仁でした」

その名を聞いて、一同は人の悪い笑いを浮かべた。カドフィセス卿なる人物がパルス軍の捕虜となり、「きたない拷問」にかけられた、というできごとを思い出したのである。孔雀の羽でつくられたホウキを動かして、カドフィセスを笑死寸前《わらいじに》に追いこんだのは、この場にいないギーヴであった。しばらく宮廷でおとなしくしていた美女好きの楽士は、いまごろどこで恋の歌を口ずさんでいるのやら。

「チュルク本国が空になれば、ラジェンドラ二世陛下はカドフィセス卿をチュルクの王位に即《つ》けるべく、軍を動かすだろう。せっかくカルハナ王が北征《ほくせい》しても、後背《こうはい》をおそわれ、本国を失ってしまうはめになる。それを恐れて、カルハナ王はうかつに兵を動かせぬ。そういうわけか」

ダリューンがナルサスに確認する。

「基本的には、そういうことだ。そういう絵図面を描いたからこそ、ラジェンドラ二世陛下は、カドフィセス卿を生かしておかれた。そして、それでこそわがパルス国がシンドゥラ国と同盟の好誼《よしみ》を結んでおいた甲斐もあるというもの」

そうしむけたのはナルサスなのだ。いまさらに感歎しながら、アルスラーンは問うた。

「だからといって、ナルサスは、東方国境についてすっかり安心しているわけでもなかろう」

「ご賢察《けんさつ》おそれいります。じつのところ、私が申しあげましたことは、すべて理屈《りくつ》。国を支配し動かすような者は、万事に理屈をたて計算ずくの上で行動するかと申しますと、案外そうでもございませぬ」

空になったシャーベットの器を、ナルサスが押しやった。すかさずエラムが緑茶の椀をすすめる。国王《シャーオ》アルスラーンの学友であるこの若者は、食事のとき、自分が美味を楽しむよりむしろ他人にこまごまと気を遣《つか》うほうを好むようであった。

「陛下、ご存じのように、私は先日、クバード卿らの五将に、デマヴァント山の封鎖を指示いたしました。それによって何ごとが生《しょう》じるか、予断を許さぬ面がございますが、私が選んだ五人なら、多少の危難は自力でくぐりぬけてくれるかと……」

不意に周囲が暗くなった。一陣の風が露台を駆けぬけ、灯火を吹き消したのだ。頭上から降りそそぐ月の光さえ何かにさえぎられ、ダリューンは壁に立てかけておいた長剣に手を伸ばしかけた。だがすぐに青い澄明《ちょうめい》な光が回復する。見あげると、月がそ知らぬ顔で天にかがやいている。

「夜空を雲が奔《はし》っただけのようでござる」

ダリューンは苦笑を浮かべた。単なる自然の現象に、不吉の翳りをおぼえるのは、ダリューンもまた、平穏な日々の終わりを予感していたからかもしれない。

「満ちた月はかならず欠ける。晴天の日は永遠にはつづかず」

ナルサスがつぶやき、緑茶に口をつけた。

VI

雷鳴がとどろき、暗い空の一角を白い閃光《せんこう》が切り裂いた。それを合図とするかのように、谷間にわだかまっていた冷気の塊《かたまり》が渦を巻き、寒風となって吹きつけてくる。

「こいつはまずい」

デマヴァント山中を移動するパルス軍二千の先頭で、不安そうに空を見あげたのは、シンドゥラ国出身のジャスワントであった。彼は敵軍を恐れたことはないが、南国に生まれ育ったので寒冷に弱いのはぜひもない。

「すぐに雨が降り出す。それも豪雨だ。ただちに避難したほうがよい」

ジャスワントの提案は、即座に実行された。高山で冷雨に打たれれば、体温と体力を奪われて容易に死に至る。天候の変化を察知して慎重にふるまうのは、兵をひきいる将として当然であった。

「引き返せ、むやみに進んではならん。今日の行軍はここまでだ」

前進をつづけても、避難場所が見つかるとはかぎらない。万事に堅実なトゥースは、行軍の途中で避難場所となりそうな洞窟《どうくつ》や岩棚《いわだな》や森をひとつひとつ確認し、三人の妻に簡単な地図をつくらせていた。三人姉妹の次女のクーラはたくみに絵筆を動かし、簡単だが正確でわかりやすい地図を描きあげている。

「これはこれは、クーラどのはナルサス卿より画才がおありのようだ」

イスファーンがそう評しているが、これではあまりほめたことにならないであろう。

「すぐにもどれるのは、この鍾乳洞《しょうにゅうどう》です。かなりの人数がはいれること、たしかめておきました」

「役に立つ奥さまがただ。いそぐとしようか」

クバードがいい、二千の将兵は来た道を逆にたどった。ほどなく将兵の甲冑《かっちゅう》に雨滴《うてき》がはじけはじめ、やがて沛然《はいぜん》たる雨が四方を閉ざした。パルス軍は冷たい灰色の世界をつっきり、道が泥濘《でいねい》になる前に何とか目的地に着くことができた。

洞の入口は、高さ四ガズ（約四メートル）、幅三ガズというところであったが、内部はおどろくほど広く、奥もにわかに涯《はて》がわからないほど深い。すべての人馬が洞内にはいって雨を避けることができた。

洞の入口に歩哨《ほしょう》を立て、各処で火を焚《た》かせ、すぐ身体を暖めるために酒を配る。入口がこれほどせまければ、敵襲を受けても防御しやすいはずであった。

二匹の仔狼《こおおかみ》とともに、イスファーンが腰をおろしてひと息ついていると、トゥースが歩み寄ってきた。

「イスファーン卿、おぬし、モルタザ峠であの鳥面人妖《ガブル・ネネリーシャ》の嘴《くちばし》を一刀に斬り落としたのだったな」

「さよう、いささかむごいことをしたような気もいたしております」

「いや、同情する必要はない。というのもな、まあ見ていただこう」

トゥースの表情を見て、イスファーンは質問をのみこみ、彼のあとにしたがった。二頭の鳥面人妖を閉じこめた檻車《かんしゃ》の前に、クバード、メルレイン、ジャスワントの三人が立っている。イスファーンの姿を見たクバードが声をかけてきた。

「おぬしが嘴を斬り落としたのは、どちらの怪物だ、イスファーン卿」

「これは……」

イスファーンは目をみはる。二頭の怪物は、ともに、無傷の嘴をそなえており、血走った両眼で人間どもをにらんでいるではないか。

「どうやら斬り落としたものが、いつのまにか再生したようだ。我らが相手にしているのは人ではない。そのことを、どうも胆に銘じておいたほうがよさそうだな」

いうと同時に、クバードは上半身をそらした。胸甲をかすめ去ったのは鳥面人妖の鉤爪だ。怪物は檻の床を蹴って鉄格子に飛びつき、腕を伸ばして鉤爪でクバードを切り裂こうとしたのである。

「このとおり、油断も隙も……」

苦笑しかけたクバードの語尾が、異様な音響にかき消された。足もとに不吉な震動が伝わってくる。

地震か、と思ったがそうではなかった。トゥースの三人の妻たちが駆けつけてきた。

「トゥースさま、皆さまがた、大きな岩が墜ちてきて、入口をふさいでしまいました。気の毒に、歩哨が二名、岩の下敷きになって、助けようがございません」

三人姉妹の長女パトナの報告に、クバード以下の五将は鋭く視線をかわしあった。入口のようすを見るため、メルレインとジャスワントが走り出す。残ったトゥースと三人の妻、イスファーンと二匹の仔狼を、焚火のあかりに見わたしながら、クバードは低く笑った。

「できすぎた状況だ。どうやらまんまと何者かの罠にはまったようだな」

二千人のパルス軍将兵は、こうしてデマヴァント山の巨大な鍾乳洞の内部に閉じこめられてしまったのであった。パルス暦三二五年六月。「平穏な夏」がまさに終わろうとしている。

パルスの食卓

文……小前亮（パルス料理研究家）
写真…竹内雅弘

パルスの食卓

『アルスラーン戦記』には、食事のシーンがしばしば出てくる。アルスラーンやダリューンはいったい何を食べているのか。ここでは、パルスの食卓を彩る料理の数々を、現代イラン料理の写真とともに紹介しよう。

・白飯《チェロウ》

パルスでは、長粒種の米を一度ゆでてから、油をくわえて蒸す。炊きあがった米は一粒一粒がぴんとたち、見事な光沢と芳香を放つ。また、サフランを混ぜて炊くこともあり、このとき、米は鮮やかな黄色に染まる。

パルスの主婦の料理の腕前は、ご飯を炊くときに、どれほどうまく「おこげ」を作れるかではかられる。おこげはもっともおいしいところとされており、真っ先に客人にすすめられる部分なのである。

近年、このおこげにスープをかけて食べることが流行している。セリカから伝わったこの料理では、おこげに熱々のスープがかかるときの音もまた、味わいのひとつである。

ちなみに、ご飯もパンも主食というより、つけ合わせという感じが強い。

各種ケバブとスープ、白飯
ケバブは鶏、羊、羊と牛の合挽の３種。まろやかなスープの具は、野菜に豆、米。白飯にはサフランライスが散らしてある。色と香りをお伝えできないのが残念。

・ピラフ《ポロウ》

羊肉や鶏肉、豆、野菜、干し葡萄《ぶどう》などの具をいれて炊きこんだご飯。パルスの代表的な家庭料理である。味付けは塩・胡椒と油というシンプルなものだが、具によってさまざまな味わいが出る。

　また、チェロウにかけて食べる、挽肉と巴旦杏《アーモンド》や干し葡萄をまぜたものをポロワというが、これも語源は同じである。

・パン

パルスのパンは、イーストを使わない平べったいもの。大きな窯で焼く。ポロワや後述の煮込み料理といっしょに食べるのが一般的である。

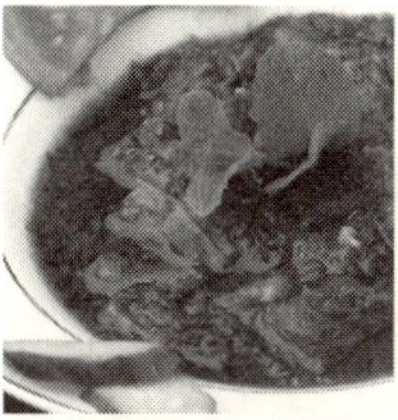
セロリがメインの煮込み料理。

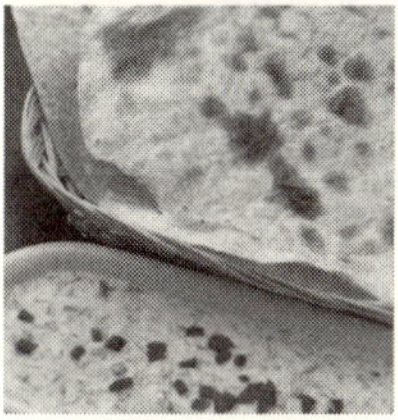
ナン、ヨーグルトとほうれんそうの和え物。

・ケバブ

羊肉の串焼き。ブロック状の肉と玉葱を交互に刺したものが、もっともポピュラーである。貴族の食卓には、やわらかな子羊の肉を用いた高級料理がならぶ。市場の屋台で売られているものは、筋があってやや固いが、それがパルスの庶民の味である。さらに、挽肉をつかったものもあり、これが一番安い。

また、牛肉や鶏肉の串焼きもケバブという。

・シチュー、煮込み料理《ホレーシュ》

羊肉、牛肉、鶏肉、豆、野菜……。パルス人は何でも煮込む。なかでも代表的な料理がアーブグーシュト。直訳すれば「肉の水」で、さまざまな肉と野菜を小さな壺にいれて煮込む。チェロウにかけてもよし、パンをひたしてもよし、貴賤《きせん》の別なく親しんでいるおふくろの味である。

　ドルメは、キャベツやナス、葡萄の葉に、挽肉と米を炒めたものを詰めて、煮込んだ料理。夏は冷やして食べてもよい。

ドルメ
写真はピーマンと赤ピーマン、キャベツを使ったもの。これを食べれば野菜嫌いもなおる……かも知れない。

・魚料理

魚は、エクバターナではやや高い食材だが、ギランなど海沿いの街や、ダルバンド内海の沿岸では、よく食べられている。料理法としては、フライが一番人気があり、柑橘《かんきつ》類をしぼってかけ、パンに挟むなどして食べる。ギランではポロウの具としても用いられるが、これは内陸部の人からはゲテモノ視されている。

また、ダルバンド内海にはシャブルンと呼ばれる体長2ガズを超える怪魚が棲息《せいそく》している。生で食べると絶品だというが、あまりのおいしさにすべて漁村内で消費されるため、他所者《よそもの》の口に入ることは、まずない。

・ヨーグルト

ヨーグルトといえば、マルヤムのものが一番とされているが、パルスでも重要な食材である。きゅうりやほうれんそうなどの野菜と和えてサラダにしたり、パンにつけて食べるのが一般的だが、はちみつとまぜてデザートにするのもよい。

・果物

アルスラーンの果物好きは有名だが、パルスの果物の豊かさからすれば、それも当然であろう。西瓜、葡萄、桃、スモモ、梨、杏、イチジク、桑の実、ナツメヤシの実……。季節を問わず、市場には新鮮な果物が山とつまれる。

なかでも白眉《はくび》はメロン《ハルボゼ》。とびきり甘くてジューシーな果実が、シーズンの夏にはただ同然の値で売られるのだ。ハルボゼの味に感動して、パルスに住みついてしまう旅人も多いという。

また、大粒でルビーのような光沢を放つザクロも、パルスの特産品として名高い。甘酸っぱい実はそのまま食べてもおいしいし、料理の隠し味としてもよく使われる。

これら果物は、生でももちろん、ジュースやシャーベットにしてもおいしい。また、葡萄や杏は干して料理に使う。干したナツメヤシの実は高カロリーの保存食で、旅人の必携品である。

・**お菓子**

小麦粉、牛乳、はちみつ、ごまなどを用いた焼き菓子のハルワーや、牛乳で煮た粥のフェニールなどがある。いずれもきわめて甘い。また、ひまわりや西瓜の種を煎ったものも、子どもからお年寄りまで好むおやつである。

ペルシャ・トルコ料理店『ザクロ』

東京都荒川区西日暮里 3-4-13　日暮里コニシビル B1F

電話／ FAX 03-5685-5313

http://www.zakuro-nippori.web.infoseek.co.jp/

今回、料理の撮影に協力していただいたのは、東京・日暮里にあるペルシャ・トルコ料理店『ザクロ』です。「できるだけ本場の味に近いものを格安で提供したい」というのがモットーのこのお店、次から次へと出てくるイラン、トルコ、中央アジアの料理は、初めての人には新鮮なおどろきを、現地を旅行したことのある人には不思議な懐かしさを、与えてくれるでしょう。店主の軽妙なしゃべりもウリのひとつです。ただ、コースの料理は品数も量も本当に多いので、おいしいからといって最初から飛ばしすぎないように。

アルスラーン戦記⑨⑩旌旗流転✤妖雲群行は、1992年及び1999年に
それぞれ角川文庫より刊行されました。
田中芳樹公式サイトURL http://www.wrightstaff.co.jp/

◎お願い◎

この本をお読みになって、どんな感想をもたれたでしょうか。

「読後の感想」を左記あてにお送りいただけましたら、ありがたく存じます。

なお、「カッパ・ノベルス」にかぎらず、最近、どんな小説を読まれたでしょうか。また、今後、どんな小説をお読みになりたいでしょうか。読みたい作家の名前もお書きくわえいただけませんか。

どの本にも一字でも誤植がないようにつとめておりますが、もしお気づきの点がありましたら、お教えください。ご職業、ご年齢などもお書き添えくだされば幸せに存じます。当社の規定により本来の目的以外に使用せず、大切に扱わせていただきます。

東京都文京区音羽一―一六―六
郵便番号 一一二―八〇一一
光文社 文芸図書編集部

架空歴史ロマン

アルスラーン戦記⑨⑩ 旌《せい》旗《き》流《る》転《てん》 妖《よう》雲《うん》群《ぐん》行《こう》

2004年2月25日 初版1刷発行
2015年4月30日 14刷発行

著者 田《た》中《なか》芳《よし》樹《き》
発行者 鈴木広和
印刷所 豊国印刷
製本所 ナショナル製本
発行所 株式会社光文社
東京都文京区音羽1-16-6
電話 編集部 03-5395-8169
書籍販売部 03-5395-8116
業務部 03-5395-8125
URL 光文社 http://www.kobunsha.com/

落丁本・乱丁本は業務部へご連絡くだされば、お取り替えいたします。

ISBN978-4-334-07553-8

Printed in Japan

「カッパ・ノベルス」誕生のことば

カッパ・ブックス Kappa Booksの姉妹シリーズが生まれた。カッパ・ブックスは書下ろしのノン・フィクション(非小説)を主体としたが、カッパ・ノベルス Kappa Novelsは、その名のごとく長編小説を主体として出版される。

もともとノベルとは、ニューとか、ニューズと語源を同じくしている。新しいもの、新奇なもの、はやりもの、つまりは、新しい事実の物語というところから出ている。今日われわれが生活している時代の「詩と真実」を描き出す――そういう長編小説を編集していきたい。これがカッパ・ノベルスの念願である。

したがって、小説のジャンルは、一方に片寄らず、日本的風土の上に生まれた、いろいろの傾向、さまざまな種類を包蔵したものでありたい。かくて、カッパ・ノベルスは、文学を一部の愛好家だけのものから開放して、より広く、より多くの同時代人に愛され、親しまれるものとなるように努力したい。読み終えて、人それぞれに「ああ、おもしろかった」と感じられれば、私どもの喜び、これにすぎるものはない。

昭和三十四年十二月二十五日

KAPPA NOVELS

田中芳樹

田中芳樹

田中芳樹

田中芳樹

田中芳樹